GISBERT HAEFS

DAS OHR DES KAPITÄNS

GISBERT HAEFS

DAS OHR DES KAPITÄNS

ROMAN

HEYNE

Neumarkter Straße 28, 81673 München
Satz: Schaber Datentechnik, Austria
Druck und Bindung: GGP Media GmbH, Pößneck
Printed in Germany

ISBN 978-3-453-26930-9

www.heyne.de

Wo hat die Geschichte der Völker eine Epoche aufzuweisen, der gleich, in welcher die folgenreichsten Ereignisse: die Entdeckung und erste Colonisation von Amerika, die Schifffahrt nach Ostindien um das Vorgebirge der guten Hoffnung und Magellan's erste Erdumseglung, mit der höchsten Blüthe der Kunst, mit dem Erringen geistiger, religiöser Freiheit und der plötzlichen Erweiterung der Erd- und Himmelskunde zusammentrafen? Eine solche Epoche verdankt einen sehr geringen Theil ihrer Größe der Ferne, in der sie uns erscheint, dem Umstand, daß sie ungetrübt von der störenden Wirklichkeit der Gegenwart nur in der geschichtlichen Erinnerung auftritt. Wie in allen irdischen Dingen, ist auch hier des Glückes Glanz mit tiefem Weh verschwistert gewesen. Die Fortschritte des kosmischen Wissens wurden durch alle Gewaltthätigkeiten und Gräuel erkauft, welche die sogenannten *civilisirenden Eroberer* über den Erdball verbreiten. Es ist aber eine unverständig vermessene Kühnheit, in der unterbrochenen Entwickelungsgeschichte der Menschheit über das Abwägen von Glück und Unglück dogmatisch zu entscheiden. Es geziemt dem Menschen nicht, Weltbegebenheiten zu richten, welche, in dem Schooße der Zeit langsam vorbereitet, nur theilweise dem Jahrhundert zugehören, in das wir sie versetzen.

Alexander von Humboldt, *Kosmos.*
Entwurf einer physischen Weltbeschreibung. Zweiter Band.

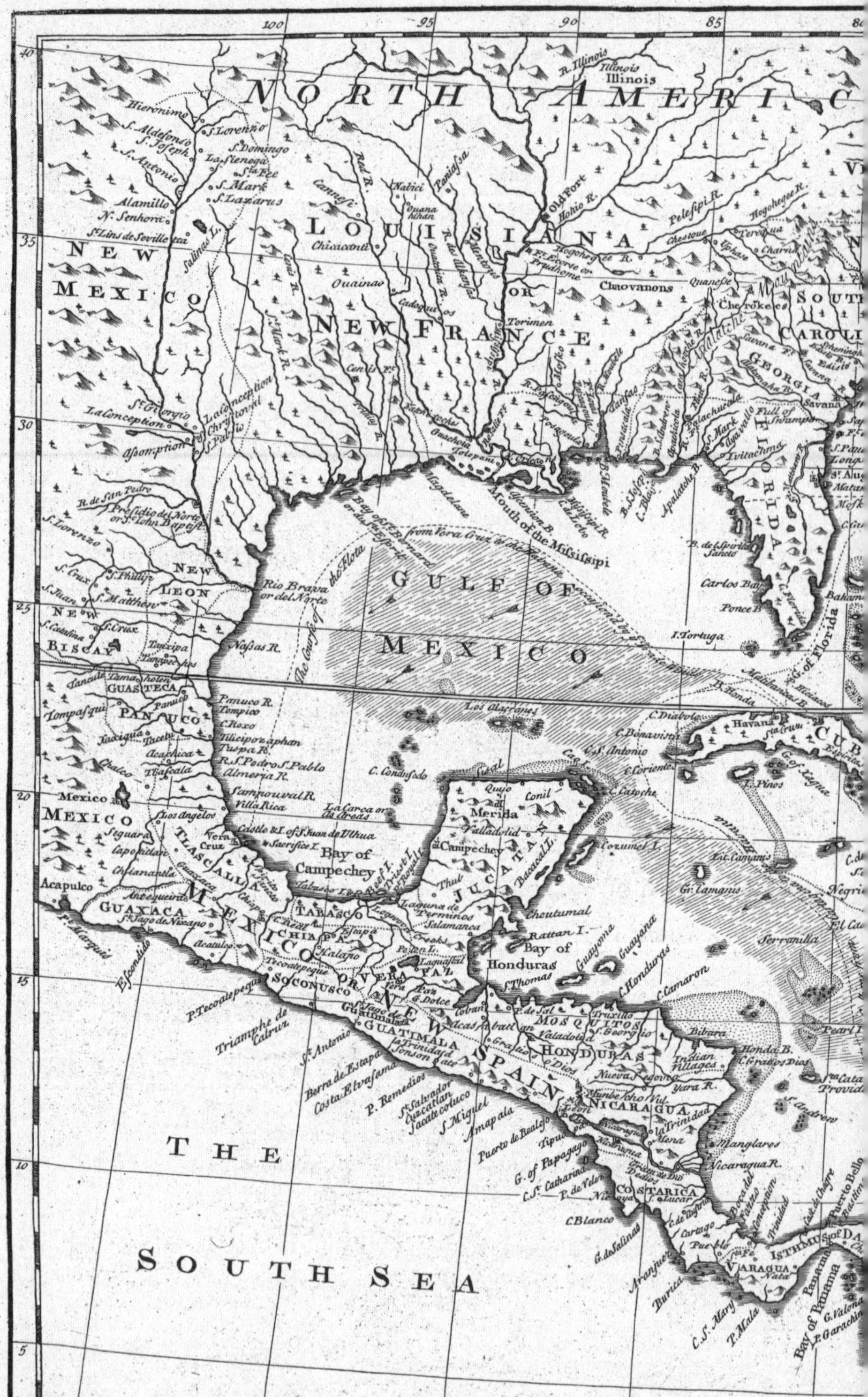
NORTH AMERICA
LOUISIANA
OR
NEW FRANCE
NEW MEXICO
Illinois
Chaovanons
Cherokees
GEORGIA
FLORIDA
GULF OF MEXICO
Mouth of the Missisipi
Bay of Campechey
Bay of Honduras
JUCATAN
Merida
Valladolid
Campechey
NEW LEON
NEW BISCAY
GUASTECA
PANUCO
MEXICO
Mexico
TLASCALLA
Vera Cruz
Acapulco
GUAXACA
TABASCO
CHIAPA
SOCONUSCO
GUATIMALA
NEW SPAIN
HONDURAS
MOSQUITOS
NICARAGUA
COSTARICA
VARAGUA
Havana
Rio Brava or del Norte
Los Alacranes
THE SOUTH SEA
Longitude West from London
100
95
90
85
80
40
35
30
25
20
15
10
5

N°. 57

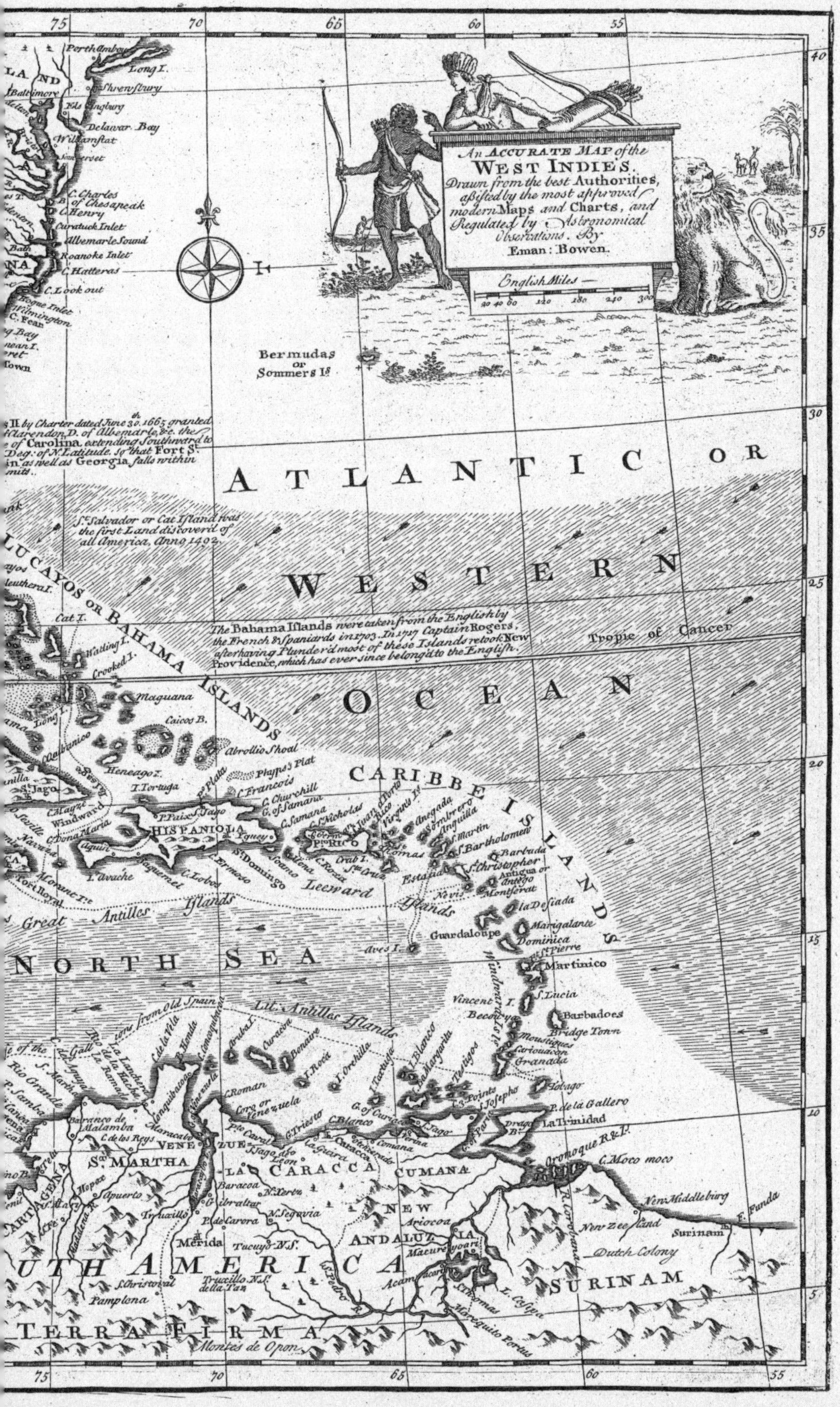

An Accurate Map of the West Indies. Drawn from the best Authorities, assisted by the most approved modern Maps and Charts, and Regulated by Astronomical Observations. By Eman: Bowen.
English Miles
20 40 60 120 180 240 300
Bermudas or Sommers Is
ATLANTIC OR WESTERN OCEAN
St. Salvador or Cat Island was the first Land discover'd of all America, Anno 1492.
The Bahama Islands were taken from the English by the French & Spaniards in 1703. In 1717 Captain Rogers, after having Plunder'd most of these Islands retook New Providence, which has ever since belong'd to the English.
Tropic of Cancer
LUCAYOS OR BAHAMA ISLANDS
CARIBBEE ISLANDS
Leeward Islands
Great Antilles Islands
NORTH SEA
Lit. Antilles Islands
HISPANIOLA
Pt. RICO
Guardaloupe
Dominica
Martinico
S. Lucia
Barbadoes
Bridge Town
Granada
Tobago
La Trinidad
Oroonoque R. & I.
C. Moco moco
New Middleburg
Surinam
Dutch Colony
SURINAM
CARACCA
CUMANA
NEW ANDALUZIA
St. MARTHA
CARTAGENA
TERRA FIRMA
SOUTH AMERICA
Long I.
Delawar Bay
C. Charles of Chesapeak
C. Henry
Albemarle Sound
Roanoke Inlet
C. Hatteras
C. Look out
C. Fear
Wilmington
Watling I.
Crooked I.
Maguana
Caicos B.
Abrollio Shoal
Heneago I.
I. Tortuga
St. Domingo
Anegada
Sombrero
Anguilla
S. Martin
S. Bartholomew
Barbuda
S. Christopher
Antigua
Nevis
Montserat
la Desiada
Marigalante
Aves I.
Curacao
Bonaire
Margarita
Maracaibo
Merida
Pamplona
Montes de Opon
75 70 65 60 55
40 35 30 25 20 15 10 5

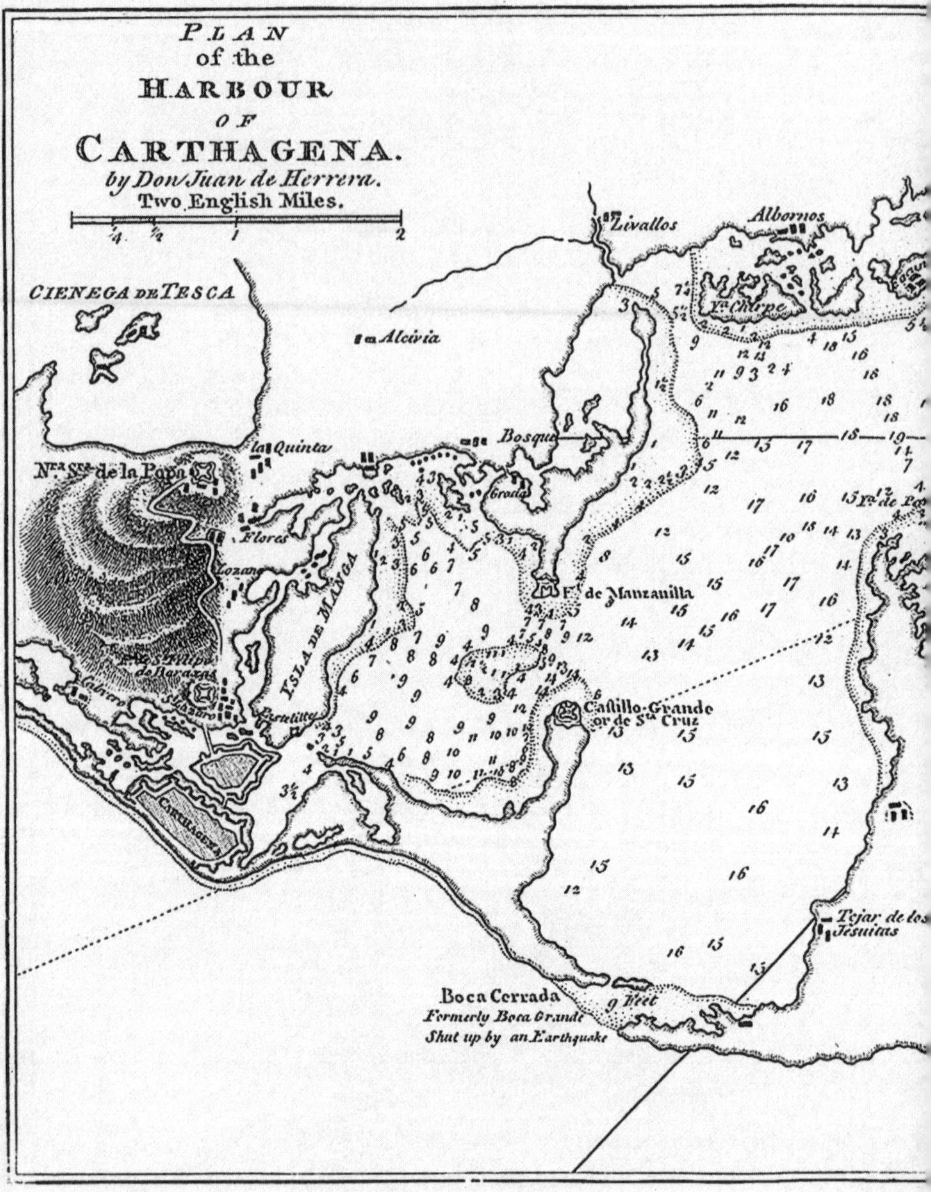
PLAN
of the
HARBOUR
OF
CARTHAGENA.
by Don Juan de Herrera.
Two English Miles.
CIENEGA DE TESCA
Alcivia
Zivallos
Albornos
Bosque
la Quinta
Nra. Sra. de la Popa
Flores
Lozano
ISLA DE MANGA
Grada
Ft. de Manzanilla
Castillo Grande
or de Sta. Cruz
Pastelillo
CARTHAGENA
Tejar de los
Jesuitas
Boca Cerrada
Formerly Boca Grande
Shut up by an Earthquake

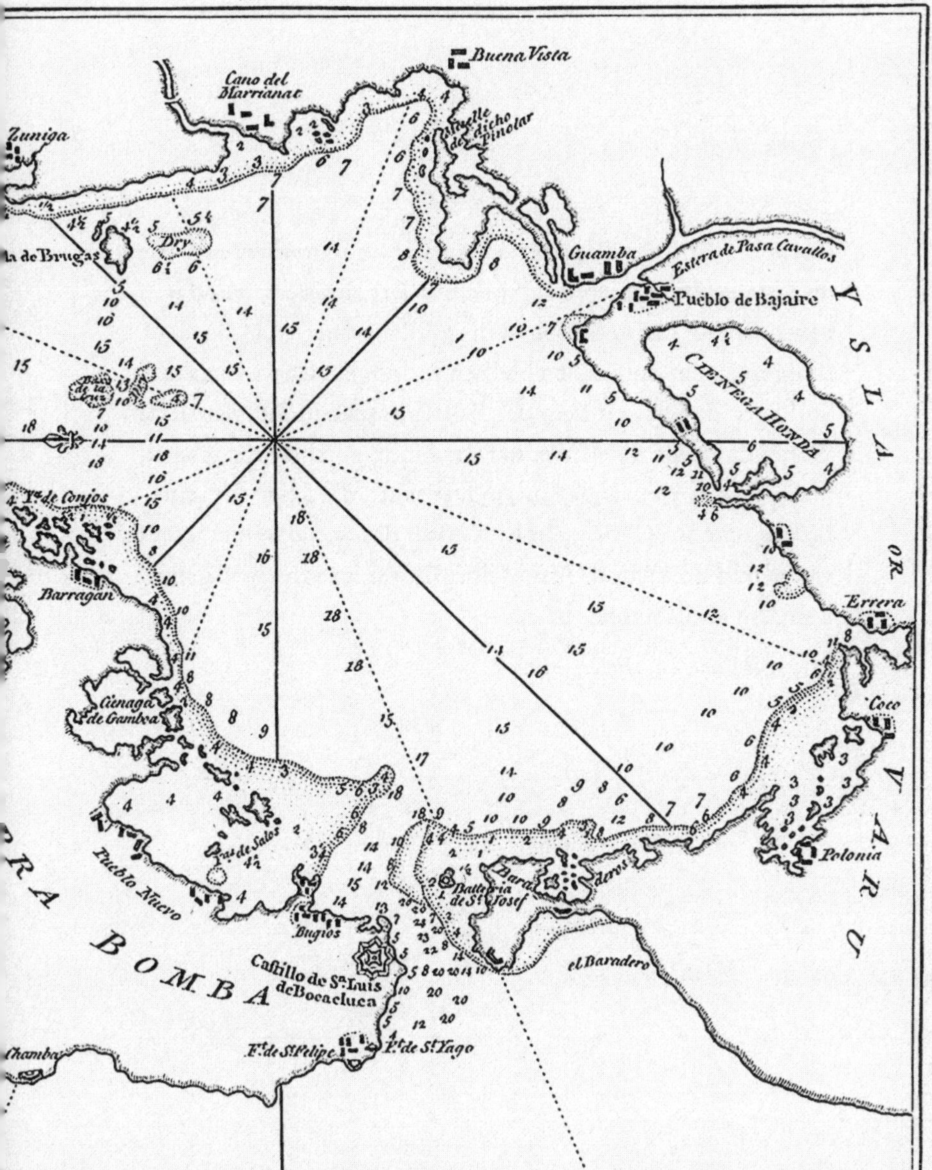
Buena Vista
Cano del Marrianat
Zuniga
Muelle de dicho Pinolar
Guamba
Estera de Pasa Cavallos
Pueblo de Bajaire
CIENEGA HONDA
Y S L A
OR
V A R U
a de Brugas
Dry
Ya. de Conjos
Barragan
Cienaga de Gamboa
as de Salos
Pueblo Nuevo
RA BOMBA
Bugios
Castillo de Sn. Luis de Bocachica
Batteria de St. Josef
Baraderos
el Baradero
Errera
Coco
Polonia
Fte. de St. Felipe
Pt. de St. Yago
Chamba

Irgendein Trottel soll gesagt haben, die wahren Abenteuer seien im Kopf oder in unseren verkorksten Verhältnissen, und das ganze Unglück der Menschen rühre allein daher, daß sie nicht ruhig in einem Zimmer zu bleiben vermögen. Und wer hat den Stuhl gezimmert, auf dem der Trottel in seinem Zimmer sitzt? Woher das Holz dazu? Wer hat das Huhn geschlachtet, das er mampft, den Wein angebaut, den er säuft, die Seide für seine Leibwäsche aus China geholt? Und all das nur, damit er jetzt da sitzen und dösen und Unsinn über Odysseus schreiben kann? Bah, bah und abermals bah.

LUCIEN PASCAL, *Arrière-pensées*

Angeheuert in Havanna

Auf dem Weg von Batabanó nach Havanna dachte Rafael immer wieder über den Rat nach, den Vater Ortiz ihm vor Monaten gegeben hatte, vor seinem Tod: »Wenn er es für nötig hält, wird er dir den Hals abschneiden, höflich und mit Eleganz. Also gib ihm keinen Grund, unhöflich zu sein.«

Der Mann, auf den sich der Rat bezog, hieß Juan de León Fandiño, und wenn dieser gelegentlich höflich Kehlen schlitzte, sollte man ihn lieber unhöflich stimmen. Wenn er aber bereits im Zustand der Höflichkeit zum Messer griff, was mochte er dann anstellen, wenn er mürrisch und unhöflich war? Andere Fragen schlossen sich an – zum Beispiel die, ob Höflichkeit ein Dauerzustand sein konnte. Und ob der Rat eigentlich ein mißlungenes Paradoxon war oder hatte sein sollen.

Da er für den Weg nicht ganz zwei Tage brauchte, konnte er diese und andere Gedanken hin und her wenden, aber nicht so ausgiebig, daß das Wenden zu gewundener Langeweile ausartete. Wie er von Vater Ortiz gehört hatte, war Fandiño Sevillaner, und zwar aus Triana, dem Viertel der Seeleute und Arbeiter. Er besaß ein Haus in San Juan de los Remedios, nahe der kubanischen Nordküste; dort lebte seit dem Tod der ersten seine zweite Frau. Vater Ortiz hatte eine Reihe wüster Geschichten über die gemeinsame Zeit an Bord einer Fregatte erzählt. Die meisten waren unglaubwürdig, also interessant. Es blieb abzuwarten, ob die Kenntnis des einen oder anderen Ereignisses ihm irgendwie nützen konnte.

Er hatte sich gut vorbereitet; dennoch war er ein wenig unsicher. Man konnte nie wissen, welche Fragen drohten. Oder konnten Fragen schmeicheln? Locken? Auf dem Weg nach Havanna und dann durch Havannas Straßen unterzog er sich einer stummen Prüfung, erwog die Fragen, die er an Fandiños Statt dem Mann stellen würde, der da an Bord kommen wollte, dachte sich weitere aus und sagte sich, daß es wahrscheinlich die falschen wären.

Die Aufgabe der Küstenschützer? Schmuggel und Piraterie bekämpfen.

Wann hatte man das System der Guardacostas eingerichtet? Erst vor fünf oder sechs Jahren.

Wer waren die Männer, die diese Aufgabe erfüllen sollten? Erfahrene Seeleute, die meisten von ihnen wohl selbst ehemalige Schmuggler und Piraten und daher mit allen Schlichen vertraut.

Welche Schiffe wurden dafür verwendet? Einige gehörten den Kapitänen, die dann vom zuständigen Vizekönig oder Gouverneur Auftrag und Dokumente erhielten – früher wären es Kaperbriefe gewesen; andere Schiffe, oft beschlagnahmte Schmuggelfahrzeuge, wurden von der jeweiligen Behörde gegen Beteiligung bereitgestellt.

Warum Guardacostas statt der königlichen Flotte? Weil die vielen tausend Meilen Küste der spanischen Lande in Amerika mit ihren Buchten und Schlupfhäfen von keiner regulären Flotte bewacht werden konnten.

Wer waren die Schmuggler? Holländer, Franzosen und vor allem Engländer.

Warum Schmuggel statt gewöhnlichen Handels? Weil die Krone das Handelsmonopol hütete und außer den Schiffen, die von Cádiz kamen und dort mit Fracht, Besatzung und Passagieren registriert waren, niemand mit den spanischen Landen Handel treiben durfte.

Und so weiter. Aber wahrscheinlich würden sie ihn fragen, ob er Brot backen, Kanonen putzen und Segel flicken könne. Die großen Zusammenhänge? Ach nein, die gingen einen von der Mannschaft nichts an und waren vermutlich sogar zu hoch für die Offiziere.

Es war heiß und stickig zwischen den Häusern. Häuser aus Holz und Lehmziegeln, an engen Straßen aus Lehm, von Sonne und zahllosen Füßen steinhart. Bei Regen, sagte er sich, würde man hier gleiten und waten müssen. Andere Straßen mit Häusern aus Stein, mit Erkern und Torbogen und Patios, im Vorübergehen eher erahnt als gesehen, hatten Ziegelpflaster und gehörten vermutlich den Reichen und Mächtigen. Breit genug für deren Kutschen waren diese Straßen allemal.

Er kam vorbei an kleinen Läden, halboffenen Handwerksstuben und Verkaufsständen, mußte sich hier und da den Weg durch Gedränge bahnen. Buntes, lautes, hektisches Gedränge; er hatte Batabanó für eine große Stadt gehalten, aber verglichen mit Havanna war es bestenfalls ein großes Dorf. Aus einer Schmiede in einem Hof hörte er Hammerschläge auf Metall. Ein paar Schritte weiter bot jemand bunte Vögel in einem Käfig zur Betrachtung und gackernde Hühner zu späterem Verzehr feil. Aus der Kapelle an einem kleinen Platz hörte Rafael geistlichen Chorgesang.

An der anderen Seite des Platzes gab es mehrere Garküchen und Stände, an denen Obst, Gemüse, Fleisch und frisches Brot verkauft wurden. Die duftenden Wolken ließen seinen Magen knurren. Er tastete nach dem Gürtel und beschloß, etwas zu essen. In dem Beutel befand sich sein ganzes Vermögen: alles, was er für den Verkauf der Besitztümer von Vater Ortiz erhalten hatte. Er war gewarnt worden vor den bösen Menschen, die sich in großen Orten angeblich massenhaft herumtrieben; deshalb hatte er den Beutel an der Innenseite des Gürtels befestigt, unter dem weiten hellen Hemd.

An einem der Stände kaufte er einen gerollten Maisfladen mit gebratenem Fisch, Gemüse und einer scharfen roten Tunke, dazu einen Becher mit Saft und Wasser. Vorsichtig balancierend, brachte er alles zu einer wackligen Bank an der nächsten Hauswand. Er setzte sich, ließ das Bündel von der Schulter gleiten, nahm es zwischen die Beine und begann zu essen. Dabei beobachtete er die Leute ringsum und stellte erstaunt fest, daß er sich irgendwie angekommen fühlte.

Mit einigem Unbehagen hatte er erwartet, in der fremden Stadt aufzufallen, als Fremder, gleichsam Unkraut in einem Blumenbeet. Nun beschaute er das Gemenge: braun, weiß, schwarz, Mischlinge, einige halb nackt, andere üppig gekleidet, bunte Gewänder, grelle Tücher, Gelächter und Geschnatter. Er hätte johlen oder auf dem Platz Kopfstand machen können, ohne weiter bemerkt zu werden.

Einfach angenommen werden wie ein Stein oder eine Pflanze, sagte er sich. Oder nein, nicht angenommen, einfach als selbstverständlich ignoriert. Ist das vielleicht eine Form des Willkommens, am Ende gar die beste?

Als er fertig gegessen und getrunken hatte, brachte er den Becher zurück zum Stand, schulterte dann sein Bündel und ging weiter zur Mauer. Da er nicht wußte, wo genau *La Isabela* lag, nahm er das erste Tor südlich der Hafeneinfahrt und schlenderte außerhalb der Mauer an den Liegeplätzen und Werkstätten entlang. Jenseits der etwa zweihundertfünfzig Schritte breiten Einfahrt glommen die Türme und Wälle von El Morro im Abendlicht. Bald würde die Sperrkette gespannt und nach Sonnenuntergang in der Festung der Kanonenschuß abgefeuert werden: Zeichen, die Tore der Stadtmauern zu schließen. Aber es gab etliche kleinere Pforten, die offen blieben, so daß er in die Stadt zurückkehren konnte, wenn er das Schiff nicht fand. Oder wenn Kapitän Fandiño ihn nicht haben wollte.

Vorbei an Fischerbooten und kleineren Lastseglern, an den Fährschiffen, mit denen man die Bucht durchqueren konnte; das nächste Schiff war ein Zweimaster mit Geschützpforten und Riemenlöchern: eine Schebecke. Er wußte, daß einige dieser Schiffe nordafrikanischer Korsaren – erbeutet oder nachgebaut – auch in Spaniens karibischen Gewässern verwendet wurden, hatte aber noch nie eines gesehen. Interessiert betrachtete er die nicht besonders hohen Heck- und Bugaufbauten, musterte die Verzierungen neben den sechs Stückpforten der Backbordseite – und stutzte. Klein am Backbordbug, groß am Heck war der Name in schlichten Lettern angebracht: *La Isabela.* Ein algerischer Piratensegler als spanischer Guardacostas in der Bucht von Havanna?

Die Bordkante überragte den Kai um kaum drei Fuß. Er kletterte die paar Stufen der Leiter empor und ging an Deck. Mittschiffs trieben sich einige Männer herum, teils lungernd, teils mit den gewöhnlichen Arbeiten wie Segelflicken oder Ausbessern der eigenen Kleidung beschäftigt. Er sah zwei Indios und sieben Schwarze, aber keinen Europäer.

»He, Bruder, wo finde ich Kapitän Fandiño?« sagte er.

Der angeredete Schwarze bleckte die Zähne. »Wenn du dich umdrehst und auf dem Kai nach links gehst, findest du ihn. Vor irgendeiner Taverne.«

»Heuert er noch Leute an, oder seid ihr vollbesetzt?«

»Wenn du gut bist …«

»Natürlich bin ich gut.«

Der Schwarze grinste. »Das sagen alle von sich. Viel Glück.«

Vor der dritten Taverne, an der er vorbeikam, saßen zwei Europäer an einem Tisch, auf dem zwischen Bierbechern und einem Krug einige Papiere lagen.

»Kapitän Fandiño?«

Der ältere der beiden Männer blickte auf. »Anwesend. Wer will das wissen?«

»Rafael Ortiz; mit Grüßen von Daniel Ortiz.«

Fandiño stützte sich auf die Tischplatte und stand auf. »Daniel? Das ist lange her.«

»Er hat gesagt, Sie hätten vielleicht Bedarf an guten Leuten.«

Fandiño nickte, deutete auf einen leeren Stuhl und setzte sich wieder. »Gute Leute werden immer gebraucht. Was ist mit Daniel? Und wieso schickt er …«

»Er schickt nicht mehr; er ist tot. Er war mein Vater.«

Fandiño kniff ein Auge zu. »Ihr *Vater?*« Er klang mehr als verblüfft.

Ortiz lachte leise. »Er hat mich adoptiert«, sagte er.

»Ah.« Fandiño lächelte. Er wies auf den anderen Mann, der fragend zwischen ihnen hin und her blickte. »Santiago Dorce, mein Leutnant. Fähnrich. Steuermann. Wie Sie wollen.«

Dorce nickte dem Neuankömmling zu.

»Ehe wir anfangen, Geschichten über den guten alten Daniel auszutauschen – was können Sie?«

Ortiz setzte sich, schloß kurz die Augen und atmete tief. Er roch Salz und Tang, das Brackwasser, heißes Pech aus einer der Werkstätten, das Bier im Krug (oder in den Bechern der beiden anderen), und er sagte sich, daß es eigentlich keinen Grund gab, unsicher zu sein.

»Lesen, schreiben, rechnen.« Er öffnete die Augen und schaute Fandiño an. Der Kapitän der *Isabela* mochte um die vierzig sein, hatte eine tiefe Kerbe im Kinn, dunkles Haar, stechende dunkelgraue Augen und borstige Brauenwülste. »Backen und kochen auch, falls das hilfreich sein sollte.«

Dorce gluckste leise. Der Steuermann war ein paar Jahre jünger als Fandiño, schlank, fast schmächtig; sein ursprünglich wohl mittelbraunes Haar war von grauen Strähnen durchzogen und lichtete sich über den Schläfen. »Behaupten kann man viel«, sagte er. »Beweisen.« Er schob Ortiz die Papiere zu.

»Soll ich Ihnen das jetzt alles vorlesen?«

»Zusammenfassen reicht.«

»Wie Sie wünschen.« Ortiz blätterte, überflog das Geschriebene und sagte: »Sie haben eingekauft. Mehl, Bohnen, Salzfisch, Salz, Honig, Pulver, Kanonenkugeln.«

Dorce grinste. »Könnte auch geraten sein.« Er beugte sich vor und deutete auf eine Zeile unten auf einem der Blätter. »Was steht da?«

»›Der Satan soll Fray Nicolas in Schweinedärme wickeln und in Hundekotze ertränken.‹ Sieht wie eine Schreibübung aus; neue Feder, nehme ich an – die Kleckse wirken, als wären sie beim Versuch entstanden, die Biegsamkeit der Feder zu prüfen.« Ortiz blickte vom Papier auf. »Wenn ich jetzt die einzelnen Summen addiere und Ihnen die korrekte Gesamtsumme nenne, erzählen Sie mir dann, wer Fray Nicolas ist und weshalb sich der Satan seiner annehmen soll?«

Fandiño langte nach den Blättern. »Daniel Ortiz«, sagte er halblaut. »Der beste Artillerist, bis ihm eine Musketenkugel das linke Knie zertrümmert hat.«

»Das rechte Knie«, sagte Ortiz.

»*La Isabela* sollte an die fünfzig Mann Besatzung haben. Mit Ihnen wären wir neunundzwanzig. Das heißt, jeder muß möglichst alles tun können.«

Ortiz nickte.

»Wissen Sie eigentlich, wovon die Leute auf den Guardacostas leben?«

Ortiz hob die Brauen. »Sold, nehme ich an?«

Dorce schnaubte. »Keinen Sold gibt es bei der königlichen Flotte«, sagte er. »Wir leben von dem, was wir den Schmugglern abnehmen.«

»Ich dachte, das wäre für den König.«

»Ein Fünftel geht an den König.« Fandiño berührte den rechten Daumen mit dem linken Zeigefinger. »Ein Fünftel an den Gouverneur oder Vizekönig, je nachdem, wo das Schmuggelgut verkauft wird. Drei Fünftel sind für uns.«

»So viel? Klingt gut.«

»Klingt besser, als es ist. Wir bringen es in den nächsten Hafen, und da wird es verkauft. Vielleicht sofort, vielleicht später, manchmal lange Zeit gar nicht, je nachdem.«

»Deshalb die Einkaufslisten also.« Ortiz wies mit dem Kinn auf die Papiere, die vor Fandiño lagen.

»Deshalb, ja. Essen, trinken und schlafen an Bord. Kein Sold, aber Aufteilung der … sagen wir Beute.«

Dorce ergänzte: »Bei der Flotte würden Sie einen Real am Tag bekommen. Manchmal. Manchmal auch jahrelang nichts, weil die Krone bankrott ist. Manchmal. Bei uns kriegen Sie insgesamt mehr. Wenn Sie wollen.«

»Können Sie hauen und stechen?« sagte Fandiño. »Oder sonst noch was, abgesehen von lesen und schreiben?«

»Ich habe eine kleine Sehstörung.« Ortiz lächelte.

»Wie sieht die aus?«

»Ich sehe – wie soll ich sagen? Ich sehe Ordnung. Ordnungen, könnte man auch sagen. Und Dinge, die die Ordnung stören.«

Dorce runzelte die Stirn; Fandiño schüttelte den Kopf. »Darunter kann ich mir nichts vorstellen. Können Sie das erklären?«

»Wenn ich eine Schafherde sehe, tausend Tiere oder so, sehe ich sofort das eine Tier, das hinkt oder lahmt«, sagte Ortiz. »Wenn ich ein Feld mit Klee sehe, sehe ich den vierblättrigen Klee.«

»Tja.« Fandiño zuckte mit den Schultern. »Nicht viel Klee auf See, und ich weiß nicht, wie viele Schafe draußen herumschwimmen.«

»Navigieren«, sagte Ortiz. »Karten lesen, Sterne erkennen.«

»Hoho!« sagte Dorce. »Jakobsstab? Astrolabium? Die Geheimnisse der Seefahrt? Das müssen Sie uns erst mal beweisen. Aber ...!« Er blickte Fandiño an.

»Alles vom alten Ortiz gelernt?«

»Mit seinem steifen Bein konnte er ja nicht mehr viel tun außer seine Frau streicheln, den Hund füttern und mir Dinge beibringen.«

Fandiño klatschte in die Hände. Aus der Taverne kam ein Halbwüchsiger, vielleicht Sohn des Wirts. »Bier!« sagte der Kapitän. »Einen dritten Becher, Brot, kaltes Fleisch. Und mach ein bißchen Licht.«

Die Sonne war fast untergegangen. Der Junge brachte das Gewünschte. Fandiño goß die Becher voll, zuerst den für Ortiz, während der Junge ein paar Schritte entfernt eine Fackel in den Eisenring am Geländer steckte und entzündete. Sofort bildete sich eine wirbelnde Traube von Insekten darum.

»Sind Sie Nummer neunundzwanzig?« sagte Fandiño, als Ortiz den Becher absetzte und sich den Mund wischte.

»Deshalb bin ich hergekommen.«

»Gut. Dann wollen wir noch ein wenig reden und essen. Ist das alles, was Sie haben?« Er wies auf den Mantelsack, den Ortiz neben seinen Stuhl gestellt hatte.

»Was brauche ich mehr?«

Dorce stieß ein schrilles Lachen aus. »Glück, wie wir alle. Eine scharfe Klinge kriegen Sie von uns. Genug Blut, einiges davon verlieren zu können, werden Sie ja haben.«

»Hab ich. Muß ich etwas unterschreiben?«

»Das machen wir per Handschlag. Hände halten länger als Papier, *hombre.*«

Fandiño streckte die Hand aus; Ortiz drückte sie.

Dorce räusperte sich. »Leihen Sie mir Ihr Ohr, Kapitän«, sagte er.

»Wozu?«

Dorce deutete auf den Bierkrug. »Wenn wir zusammenlegen, könnten wir den Handschlag um einen Schluck Wein ergänzen. Schmackhafter und der Gelegenheit angemessen.«

Fandiño zögerte kurz, dann hob er die Schultern. »Warum nicht? Machen Sie mit, Ortiz? Ihren Anteil ziehen wir von der nächsten Beute ab.«

Ortiz nestelte an seinem Gürtel und legte einen Lederbeutel auf den Tisch. »Ich möchte das übernehmen. Wenn Sie erlauben ...«

»Ganz sicher?« Dorce runzelte die Stirn. »Wissen Sie, wie teuer Wein ist?«

»Nein. Sehr teuer?«

»Fünfmal so teuer wie Bier.«

»Puh. Warum eigentlich?«

»Fragen Sie die Krone«, sagte Fandiño; er verzog das Gesicht. »Anfangs sollten die neuen Länder hier, in Amerika, entwickelt werden. Dann kamen die Herren, die über uns und den halben Erdkreis gebieten, auf den Gedanken, es wäre besser, wenn wir nur Rohstoffe lieferten und alles, was fertig ist, aus Spanien bezögen. Also wurden Webstühle verbrannt und Weinstöcke ausgerissen. Bier und Rum dürfen wir selbst machen, aber Wein haben wir aus Spanien zu beziehen. Deshalb.«

»Nicht jammern.« Dorce grinste. »Wenn es anders wäre, könnten wir ja auch mit Engländern und Franzosen handeln, und dann gäbe es uns nicht – die Guardacostas.«

Ortiz deutete auf seine Börse. »Lassen Sie uns das Lederbeutelchen peinigen«, sagte er. »Als mein Vater starb, hat er mir alles hinterlassen. Eine Taverne am Hafen von Batabanó, ein wenig Land, ein kleines Haus. Ich habe alles verkauft. Trinken wir auf ihn – und auf den Handschlag.«

Lange nach dem Kanonenschuß von der Festung gingen sie an Bord der *Isabela.* Unter dem erhöhten Achterdeck gab es zwei Kajüten, für den Kapitän und seinen Leutnant. Die übrige Besatzung schlief an Deck oder notfalls in Hängematten im engen, niedrigen Zwischendeck. Einer der Indios zeigte Ortiz, wo er seine Sachen verstauen konnte. Die meisten Männer schliefen schon, mehr oder minder berauscht von dem, was sie im Lauf des Tages in den Hafenschenken zu sich genommen hatten. Mit den wenigen, die noch wach und ausreichend nüchtern waren, saß Ortiz am Fuß des Hauptmasts.

Natürlich hörte er in den ersten Stunden an Bord keine zusammenhängenden Geschichten. Immerhin erfuhr er, daß die Indios vom nördlichen Festland kamen, aus La Florida, ebenso wie fast die Hälfte der Schwarzen, von denen die meisten ehemalige Sklaven waren. Einige hatten auf dem Rücken Narben, die im matten Licht der Sterne und des frischen Monds eher zu ahnen als zu sehen waren – Spuren von Peitschen, Zuwendungen ihrer früheren englischen Herren in Georgia oder Virginia, nördlich von La Florida. Ausreichender Grund, besonders gern gegen englische Schmuggler zu kämpfen. Einer hatte ein Brandzeichen auf der Schulter, angebracht von einem früheren Besitzer in Panama. Es waren etliche Entflohene dabei, *cimarrones,* aber auch solche, die sich freigekauft hatten oder nach Taufe freigelassen worden waren. Indios, Neger, Mulatten, Zambos ... und allen, wie auch Ortiz, hatte Fandiño gesagt, wenn es in Havanna Schwierigkeiten gebe, sollten sie einfach sagen, sie gehörten ihm. Dem Kapitän der *Isabela,* der sie alle mit Sie anredete; nicht aus Höflichkeit, sagte sich Ortiz, sondern um eine gewisse Distanz zu wahren und, vielleicht, für bessere Stimmung und jedenfalls für einen anderen Umgangston an Bord zu sorgen.

Was offenbar nicht immer so gewesen war. Ein Indio namens Joselito behauptete, Fandiño habe ein paar Jahre zuvor einen aufsässigen Matrosen, der ihn schon mehrmals attackiert hatte, eigenhändig über Bord geworfen und zugesehen, wie der Mann von Haien zerlegt wurde. Erst danach sei der Kapitän auf den Gedanken gekommen, allgemein Höflichkeit zu verordnen, und das habe gut gewirkt.

»Was ist mit diesem Fray Nicolás?«

Joselito kicherte leise. »Was hast du gehört?«

»Nur daß der Satan ihn in Schweinedärme wickeln und in Hundekotze ertränken soll.«

»Priester«, sagte Joselito. »Können einen nie in Frieden lassen. Dieser Dominikaner ... immer finster, immer mit beiden Beinen im Jenseits, weißt du. Alles schön und gut, fromm sein, von mir aus, wem's Spaß macht, aber warum muß man dann allen anderen jeden Spaß versauen? Kein Bier, ohne sich zu bekreuzigen, und wenn wir in den Hafen kommen, müssen wir mit ihm in die nächste Kirche, statt daß wir zu den Mädchen …«

»Wo ist er jetzt?«

»Er hatte einen Unfall.« Joselito schnalzte. »Als wir vor ein paar Tagen in die Bucht eingelaufen sind – Havanna –, gab's ein bißchen Wind und Seegang. Fray Nicolás hat morgens immer auf dem Vorderdeck sein Brevier gelesen und gebetet, und irgendwie ist ihm dabei die Drehbasse gegen das Bein gekracht. Hatte sich irgendwie gelockert, die Schrauben, weißt du. Dabei hatte der Kapitän sie abends noch, eh, geprüft. Ist jetzt in der Krankenstation von irgendeinem Kloster.«

Kaum Wind, kaum bewegtes Wasser in der Bucht. Rafael Ortiz lag in eine leichte Decke gewickelt an der Steuerbordwand und versuchte einzuschlafen. Sterne zählen. Aber die Gedanken waren noch zu zappelig und hielten ihn wach. Er mußte immer wieder an das Gespräch mit Fandiño und Dorce denken, die ihn nicht einmal nach seinem Alter gefragt hatten. Neunzehn, hätte er gesagt, weil sie ihn mit seinen sechzehn Jahren sonst vermutlich nicht genommen hätten. Er wußte, daß er älter wirkte, aber … Vielleicht nicht Sterne zählen, sondern die unterschiedlichen Schnarchtöne an Bord sortieren? Joselitos Röcheln neben ihm, mattes Schnarchen weiter vorn, eine Art rauhes Kläffen vom Fuß des Hauptmasts, etwas wie blubbernder Brei, hektisches Sägen, irgendwo ein Keuchen wie beim Stemmen eines schweren Gegenstands. Untauglich.

Er schloß die Augen und erinnerte sich an Gedichte, sagte sich stumm den Anfang der Geschichte *Rinconete und Cortadillo* von Cervantes auf, überlegte, ob er mit diesen spanischen Lümmeln hätte Freundschaft schließen können, ob sie heute vielleicht an Bord anderer Guardacostas statt in schmierigen Gassen unterwegs wären. Er dachte an Schebecken und Galeeren, Galeonen und Karavellen, dann streunten seine Gedanken zum englischen Wunderschiff, dem Unerschöpflichen, das immer dann, wenn auch spanische Flotten von Cádiz nach Cartagena, Portobello und Veracruz fuhren, mit Handelsgütern die Verkaufsmessen dieser Häfen anlaufen durfte. Ein Mysterium, dieses Schiff; wie konnte es denn unerschöpflich sein? Ewig leck vielleicht? Aber dann wäre es längst gesunken. Vielleicht sank es immer wieder und tauchte dann erneuert auf. Mit einem erneuerten Leck. Aber wenn es wirklich ein Wunderschiff wäre, ein Zauberfrachter? Der nicht nur Tuch und Werkzeug brächte, sondern gemästete Tiger, sprechende Delphine, Drachen, Magier, den Gral, oder ein Füllhorn – ein Füllhorn von Schiff, beladen mit Füllhörnern? Füllhörner, die Träume bargen und seinen Schlummer mit Träumen sättigten.

Daß die Spanier als Volk außerordentlich [...] grausam sind, setze ich einfach voraus. Diese Meinung wird ganz allgemein geteilt, und den meisten Leuten gegenüber braucht man hierzu keine Argumente anzuführen ...

Los Angeles Herald, 3. APRIL 1898

Die Spanier sind so häßlich, daß man kotzen möchte, wenn man einen sieht. Die häßlichsten Affen, die auf Erden wandeln. Und was die Andalusier angeht ... es ist eigentlich überhaupt nicht nötig, daß sie leben.

ANONYMER BRITE IN MÁLAGA, 2016

Ein Ohr und viele Münzen

Drei Tage später verließen sie die Bucht von Havanna. Da die Festung und das Arsenal von Havanna nicht über die nötige Anzahl Kugeln für die kleinen Vierpfünder der Schebecke verfügten, hatten sie erst gegossen werden müssen. Zwei Tage verloren. Ortiz wußte nicht, weshalb diese zwei Tage wichtig sein sollten, sah aber deutlich, daß Fandiño und Dorce mindestens mißmutig, vielleicht verärgert waren. Einer der Schwarzen sagte, im Moment sei das Wetter unzuverlässig, wenig Wind, man könne in eine Flaute geraten, und wahrscheinlich hätten sich ein paar Engländer, mit denen der Kapitän gerechnet habe, inzwischen samt ihrer verbotenen Fracht in Sicherheit gebracht, in britischen Gewässern, bei den Bahamas und der dortigen Flotte.

Im schwachen Westwind kreuzten sie nach Norden. Dabei wurden sie mehrmals von Delphinen überholt. Ortiz, für den alles neu war, hatte das Gefühl, daß die anmutigen Tiere um das Schiff herum tanzten, unhörbar sangen und sie ob ihrer Trägheit verlachten. Nachmittags schlief der Wind völlig ein. Fandiño und Dorce berieten sich auf dem Achterdeck; dann wiesen sie die Leute an, ein paar morsche Planken über Bord zu werfen, und ließen die Männer rudern. Als die Planken weit genug entfernt waren, wurden die Riemen eingeholt.

Ortiz fragte sich, warum löchrige Bretter, die längst durch gesundes Holz ersetzt worden waren, überhaupt an Bord mitgeführt wurden. Aber dann begriff er. Dorce ließ Pulver und Kugeln zu den sechs Backbordgeschützen bringen und Schießübungen veranstalten. Die meisten Kugeln fielen weit von den Planken entfernt ins Wasser. Zambrano, einer der Schwarzen, traf mit fünf Versuchen dreimal, und Ortiz ebenfalls. Mit der fünften Kugel zertrümmerte er die letzte Planke.

»Wieso können Sie das?« sagte Fandiño. Er hatte die Hände auf dem Rücken verschränkt und musterte den jungen Mann.

»Mein Vater, uh, Adoptivvater, hat es mir beigebracht.«

»In Batabanó? Er hat doch bestimmt keine Kanone zum Spielen mit an Land gebracht!«

»Doch. Eine Spielzeugkanone.« Ortiz lächelte. »Eine Tonröhre mit so was wie einem Katapult. Und damit haben wir Steine und Holzkugeln auf Bäume geschossen.«

»Mal sehen, wie Sie sich halten, wenn's ernst wird.«

Kurz vor Sonnenuntergang kamen sie in die nächste Flaute. Dorce schickte einen der Indios auf den Hauptmast. »Sehen Sie sich um; vielleicht sind wir ja doch nicht ganz allein hier.«

Chippuhawa (oder so ähnlich; Ortiz sah den Namen nie geschrieben, und die Aussprache änderte sich mit den Sprechern) kletterte zum Korb hinauf; fast unmittelbar danach rief er etwas und deutete.

»Kapitän?« sagte Dorce.

»Nordnordwest«, knurrte Fandiño. Er setzte das Fernrohr ans Auge und starrte lange hindurch. »Na ja, ein schwarzer Punkt«, sagte er schließlich. »Lassen Sie noch ein paar Schläge rudern, Dorce; vielleicht bringt uns das morgen früh näher ran.«

Bei Sonnenaufgang sichteten sie weit im Nordwesten den schwarzen Punkt. Leutnant Dorce übergab das Ruder einem der schwarzen Maate, ließ den Kapitän wecken und versuchte, die ungefähre Position der beiden Schiffe zu bestimmen. Er winkte Ortiz zu sich.

»Sie können das doch angeblich«, sagte er. »Mal sehen; wo sind wir ungefähr?«

Als Fandiño mit einem ölgetränkten Brot und einem Blechbecher voll Kaffee zum Kartenhäuschen auf dem Achterdeck kam, legte Dorce den Finger auf einen Punkt der Seekarte.

»Wir müßten ungefähr hier sein«, sagte er. »Und die da drüben ungefähr dort. Ortiz hat das auch rausgekriegt.«

Fandiño blies auf den heißen Kaffee. »Offenbar haben wir einen guten Fang mit Ihnen gemacht, Junge. Also, halbe Strecke zwischen Havanna und den Tortugas Secas?«

»Vielleicht ein bißchen weiter westlich. Schwer zu sagen, kommt aber ungefähr hin.«

Der Kapitän betrachtete die Karte. »Engländer?«

»Was sonst?«

Die Strömung trug sie mit etwas mehr als drei Knoten nach Osten. Das andere Schiff schien genau nach Osten zu treiben; Fandiño hatte die *Isabela* abends auf einen halben Strich Ost zu Nord gebracht.

»Hundertsechzig Meilen bis zum Cayo de Muertos – ungefähr«, sagte Dorce. »Dann sind sie fast in den Bahama-Gewässern, und da trödeln wahrscheinlich ein paar Kriegsschiffe der Briten herum. Was meinen Sie, Kapitän?«

»Die Männer sollen frühstücken«, sagte Fandiño. »Danach die Hälfte der Riemen besetzen. Wechsel alle halbe Stunde. Und wir gehen auf Kurs Ostnordost. Gegen Mittag müßten wir sie haben.«

Die Schebecke hatte zwölf Riemen, sechs auf jeder Seite. Die Lateinsegel an den beiden Masten waren so weit eingeholt, daß die restliche Segelfläche die Fahrt nur unwesentlich abbremste. Als Fandiño den zweiten Kaffee getrunken hatte, winkte er Zambrano und Ortiz zu sich.

»Sollen wir vorsichtshalber schon etwas vorbereiten, Kapitän?« sagte der Schwarze.

»Keine unnötige Hast. Ortiz – wenn wir in Reichweite kommen, übernehmen Sie die Drehbasse im Vorschiff. Aber nur auf mein Kommando. Nichts Unsinniges, hören Sie? Der übliche Schuß vor den Bug. Es sei denn, die wehren sich. Dann sind Sie dran, Zambrano.«

»Backbordgeschütze?«

»Ja. Machen Sie vorsichtshalber alles bereit. Aber Vorsicht mit den Kartuschen. Wir haben nicht so viele.«

Dorce pfiff leise durch die Zähne und trommelte mit den Fingern auf das Steuerruder. Der Kapitän griff zum Fernrohr. »Sieht wie eine Brigg aus.« Er schob das Fernrohr wieder zusammen. »Ist noch zu früh, das genau zu sagen, aber es könnte die *Rebecca* sein.«

»Ah. Die gute alte Becky.« Dorce grinste. »Hatten Sie schon mal das Vergnügen?«

»Noch nicht; aber wenn, dann wird's eines.«

»Was ist mit der *Rebecca?*« sagte Ortiz.

»Ein Engländer. Oder Waliser, egal, Jenkins. Hat sich schon drei- oder viermal mit anderen Guardacostas angelegt. Gehört mit Sicherheit zu denen, die das Unerschöpfliche Schiff ausmachen.«

»Sie vergessen, ich bin noch ziemlich neu hier«, sagte Ortiz. »Was hat es damit auf sich? Und wie kann ein Schiff unerschöpflich sein?«

»Die Engländer haben das Sklavenmonopol; und sie dürfen hin und wieder ein Handelsschiff schicken. Das läuft dann mehrere Häfen an und ist im zweiten und dritten immer noch voll. Weil es zwischendurch auf See von anderen wie der *Rebecca* Nachschub kriegt.«

»Und alles, was die Leute an unseren Küsten von den Engländern kaufen, kaufen sie nicht von spanischen Händlern«, sagte Dorce. »Die mit den Frachtflotten kommen.«

»Ah, jetzt hab ich es verstanden.« Ortiz zupfte sich am rechten Ohrläppchen. »Aber – gibt es denn überhaupt genug spanische Waren, die Leute hier zu beliefern?«

Dorce hob die Schultern. »Keine Ahnung.«

»Nein, gibt es nicht«, sagte Fandiño. »Zu teuer sind sie außerdem. Amerikanisches Gold treibt in Spanien schon so lange die Preise in die Höhe. Und es gibt nicht genug Schiffe. Die zwei Flotten alle paar Jahre ... Aber das hat uns nicht zu kümmern. Die Heiligkeit der Könige und die himmlisch undurchsichtigen Beschlüsse der Regierungen; tja.« Er wandte sich ab und spuckte über die Reling.

Ortiz wandte sich an Dorce. »Darf ich Sie was fragen?«

»Immer los. Noch haben wir ja nichts zu tun.«

»Was ist das mit dem Sklavenmonopol und dem Handelsschiff?«

Fandiño gluckste. »Hat Ihnen Vater Ortiz doch nicht alles beigebracht, wie?«

Dorce legte die Arme um das Steuerruder und bleckte die Zähne. »Muß das jetzt ... Ah, warum nicht. Reden verkürzt das Warten. Ich muß aber weiter ausholen.«

Unter der Vermittlung des Papstes, sagte er, hatte man vor langer Zeit einen Vertrag geschlossen, der eine ungenaue, mehrmals veränderte Linie von Norden nach Süden zog und Spanien die Länder westlich, Portugal die östlich dieser Linie zusprach. Brasilien, der Atlantik, Afrika und der größte Teil Asiens standen demnach den Portugiesen zu, und als Spanien zur Erschließung der ungeheuren Landmassen des übrigen Amerikas Negersklaven brauchte, durften spanische Schiffe die Sklavenküsten nicht aufsuchen. Jahrzehnte- oder gar jahrhundertelang hatten portugiesische Händler Sklaven geliefert, danach die Franzosen, und nach dem Ende des Kriegs um die spanische Thronfolge hatten sich die Engländer 1714 für dreißig Jahre das Monopol gesichert und an ihre Südsee-Kompanie übertragen. Außerdem durfte sie, immer wenn die Flotten aus Cádiz in die Karibik fuhren, ein Schiff mit fünfhundert Tonnen Fracht schicken – das Unerschöpfliche Schiff. Und Spanien hatte natürlich das Recht, englische Schiffe in spanischen Gewässern zu kontrollieren und zu inspizieren. Manchmal mochten die sich aber nicht kontrollieren lassen, und Dorce ergänzte seinen Vortrag um ein paar Dutzend Geschichten, die zum Teil albern, zum Teil blutrünstig waren.

Als zwei Stunden später das Rudern eingestellt wurde, fühlte Ortiz sich nicht klüger, aber doch wissender als vorher. Der Kapitän, der mit halbem Ohr zugehört hatte, wechselte mit Dorce ein paar Worte, Strömung, Restschwung, Zeit und und Entfernung betreffend. Dann deutete er zum Vorschiff.

»Ans Geschütz, Ortiz; in einer halben Stunde gehen wir längsseits. Und wenn Sie über Handel und Verträge nachdenken, vergessen Sie das Schießen nicht!«

Inzwischen hatten sie das englische Schiff als die *Rebecca* ausgemacht; bald würde man den Namen am Bug auch mit bloßem Auge lesen können.

»Zambrano!«

»Kapitän?« Der große Schwarze stand neben dem letzten Backbordgeschütz, das Ortiz auf dem Weg zum Bug passierte, und blickte zum Achterdeck hoch.

»Machen Sie drei Geschütze fertig. Einmal Kartätschen und zweimal Kugeln.«

Zambrano salutierte, ließ Pulver und Kugeln herbeischaffen und bestimmte Leute zur Bedienung der Kanonen.

Ortiz fragte sich, ob drei Geschütze und seine Drehbasse ausreichen würden. Die englische Brigg war kleiner als die Schebecke und verfügte nur über ein paar leichte schwenkbare Geschütze. Natürlich mochten die da drüben sämtlich Selbstmörder sein, aber das war unwahrscheinlich. Andererseits gab es genug wilde Geschichten ...

Warten. Die Schiffe kamen einander immer näher. Fandiño nahm das Fernrohr und betrachtete die Leute auf dem kaum erhöhten Achterdeck der *Rebecca*. Ortiz, neben der Drehbasse auf dem Vorschiff, kniff die Augen zusammen und schaute ebenfalls hinüber. Der dunkelhaarige Mann, der sich eben mit den Fingern durch die Mähne fuhr und dann den Dreispitz wieder aufsetzte, mußte Robert Jenkins sein. Als ob er sich beobachtet fühlte, blickte er in diesem Moment zur *Isabela* herüber und schnitt eine Grimasse. Auf dem Deck der Brigg gab es keine größeren Bewegungen.

Als die beiden Schiffe keine Achtelmeile mehr voneinander entfernt waren, nickte Fandiño Dorce zu. Der Leutnant veränderte den Kurs der *Isabela* geringfügig so, daß sie nach etwa einer weiteren Meile des Gleitens mit der Strömung längsseits an der *Rebecca* liegen würde.

»Ortiz!«

»Kapitän?«

»Ein Schuß vor den Bug – knapp.«

Ortiz hob die Hand, richtete die Drehbasse noch einmal neu aus und feuerte. Etwa eine Kabellänge vor der *Rebecca* stieg eine Gischtfontäne auf.

Fandiño gab weitere Befehle. Zwischen den Kanonen stellten sich mit Musketen bewaffnete Matrosen auf, hinter ihnen weitere mit Knüppeln, Säbeln und Pistolen.

Als die Schiffe einander beinahe berührten, rief Fandiño den Engländer an.

»*Rebecca* ahoi! Wir gehen längsseits und kommen zur Inspektion an Bord.«

Der Mann, den Ortiz für Kapitän Jenkins hielt, hob die Schultern und spreizte die Arme ab.

»Kleiner Satan«, sagte einer der Männer in der Nähe von Ortiz. »Als ob der kein Spanisch könnte.«

»Jenkins!« rief Fandiño. »Ich weiß, daß Sie Spanisch verstehen. Aber wenn es Sie erheitert ...« Er wiederholte den vorigen Satz auf Englisch.

»Was soll das?« rief Jenkins zurück. »Wir sind nicht in einem spanischen Hafen.« Dabei fuchtelte er mit den Armen; offenbar gab er wortlos Anweisungen.

»Spanisches Hoheitsgewässer zwischen Kuba und La Florida. Schicken Sie Ihre Leute nach vorn. Und weg von den Geschützen; ich habe Kartätschen laden lassen.«

Knirschend berührten die Schiffe einander. Ein paar Männer der *Isabela* sprangen mit Tauen auf die *Rebecca,* um die Schiffe zu verbinden. Englische Matrosen stürzten sich auf sie, um sie über Bord oder zurück auf die *Isabela* zu treiben. Fandiño kletterte mit der nächsten Gruppe auf die *Rebecca* und kam seinen Leuten zu Hilfe. Mit lautem Gebrüll und hochrotem Kopf stürzte sich Jenkins auf die Gruppe um Fandiño. Hier und da klirrten Entermesser oder Degen gegeneinander, aber die Auseinandersetzung wurde zum größten Teil mit Fäusten und Knüppeln betrieben. Ortiz juckte es in den Fingern; mühsam hielt er sich an Fandiños Befehl, auf jeden Fall das kleine Schwenkgeschütz zu hüten.

Er betrachtete das Gemenge an Deck der englischen Brigg, sah die quirlenden Muster, die durcheinanderfließenden Bewegungen der Kämpfenden – Priele, Rinnsale am Strand, von der nächsten Welle angereichert und verändert. Irgendwo, an Deck oder in der Takelage, störte ihn etwas, aber er fand es nicht gleich wieder.

Das Hauen und Stechen konnte nicht viel länger als fünfzig Herzschläge gedauert haben, bis Dorce den Zeitpunkt für gekommen hielt, weitere fünf Männer auf das andere Schiff zu schicken. Danach war alles schnell zu Ende. Die meisten englischen Matrosen ließen Knüppel, Fäuste und Messer sinken; einige auf beiden Seiten bluteten aus leichten Wunden, drei oder vier hielten sich den Kopf. Nur Kapitän Jenkins brüllte immer noch, drosch auf alles ein, was ihm im Weg stand, und versuchte Fandiño zu erreichen. Zwei Männer der *Isabela* packten ihn schließlich an den Armen.

»Haltet ihn fest«, sagte Fandiño. »Bei dem Lärm, den er macht, kann man sonst nicht ordentlich inspizieren.«

Dorce übergab Zambrano das Ruder und winkte Ortiz, sich ihm anzuschließen; die Drehbasse wurde nicht mehr benötigt.

Jenkins zeterte immer noch. »Blöde Dagos«, brüllte er. »Und Neger und Rothäute will ich erst recht nicht an Bord haben.«

»Es handelt sich um Untertanen des Königs von Spanien, die ihren ehrenvollen Dienst tun«, sagte Fandiño.

»Feiner König, verlauste Untertanen, was soll da an diesem sogenannten Dienst ehrenvoll sein?«

»Sogar die Ehrlosigkeit, Mister; wie bei Ihnen.«

»Was soll das alles überhaupt?«

»Sie wissen so gut wie ich, was die Abkommen vorsehen.«

»Weiß ich das? Erhellen Sie mich, Sie Pirat.«

»England darf ein Schiff mit Handelsgütern schicken. Und dieses eine Schiff darf die vorgesehene Menge Waren mit nach England nehmen. Erzeugnisse oder Münzen unserer Gebiete an Bord eines anderen Schiffs, etwa der *Rebecca,* sind Schmuggelgut und werden beschlagnahmt.«

»Ich habe keine spanischen Waren an Bord. Und ich wiederhole: Wir sind nicht in einem spanischen Hafen.«

Fandiño hob die Brauen, sagte aber nichts. Einige seiner Leute bewachten die entwaffneten Engländer, die anderen hatten sich verteilt, schoben Fässer und Kisten beiseite, öffneten Luken, durchsuchten die Laderäume. Die kleinen Trupps wußten genau, wonach sie zu suchen hatten. Und daß sie dabei nicht allzu zimperlich sein mußten.

Dorce stieß Ortiz an; leise sagte er: »Schauen Sie sich um. Vielleicht sehen Sie ja Klee oder dreibeinige Schafe. Aber bleiben Sie neben mir.«

Jenkins atmete immer schneller, stieß weitere Flüche aus, und sein Gesicht begann sich dunkler zu färben. Er versuchte, sich von den beiden, die ihn festhielten, loszureißen.

Fandiño hatte bisher den Degen in der Scheide gelassen. Nun zog er ihn heraus, hielt ihn aber gesenkt. Einer seiner Leute rief ihm etwas zu; er hatte offenbar Schwierigkeiten, eine Luke zu öffnen.

»Aufbrechen«, sagte Fandiño.

»Was soll das, Sie spanischer Lumpenhund?« röhrte Jenkins.

»Ich glaube, wir werden etwas für die allgemeine Sicherheit tun. Bindet ihn an den Mast.«

Die beiden, die Jenkins gepackt hielten, schleiften ihn zum Großmast, wo sie ihn festbanden.

»Hurensohn!« schrie Jenkins. »Kommandeur von Hurensöhnen, Diener eines Hurenkönigs, laßt mich los!«

Fandiño nickte. »Machen wir. Später.«

»Du hast mich nicht zu inspizieren, Hurensohn«, sagte Jenkins; er zerrte an den Stricken, mit denen ihm die Männer die Arme an den Mast gebunden hatten.

»Werft ein Tau über die unterste Rah, und zieht ihn ein bißchen am Mast hoch«, sagte Fandiño. »Vielleicht beruhigt ihn das.«

Aber auch eine Mannslänge über den Decksplanken zeterte, zappelte und fluchte Jenkins weiter. Fandiño ignorierte ihn, ging ein paar Schritte vom Mast weg und schien die weiter vorn zusammengedrängten Engländer zu betrachten. Plötzlich lachte er und befahl ihnen, sich zu setzen. »Wenn ihr erst aufstehen müßt«, sagte er auf Englisch, »kommt ihr nicht so schnell auf die Beine und dumme Gedanken.«

Ortiz, ein Entermesser in der Hand, bemühte sich, das Gebrüll des englischen Kapitäns zu überhören. Er konzentrierte sich auf das Schiff, Taue, Wanten, feste und bewegliche Gegenstände. Das, was ihn zuvor gestört hatte, fand er nicht gleich wieder. Er ging zur Seite, nach vorn, zur anderen Seite.

»Haben Sie was?« sagte Dorce.

»Irgendwas stimmt nicht, aber ich weiß noch nicht, was es ist.«

»Suchen Sie weiter. Ein bißchen Zeit haben wir noch.«

Vielleicht sollte ich mich nicht so konzentrieren, sagte sich Ortiz. Vorhin habe ich das so nebenbei gesehen; vielleicht ist es etwas, was nur den Augenwinkeln auffällt. Oder wie im Halbtraum.

Er blickte weiter hin und her; dabei fragte er sich, wie es dazu gekommen war, daß zumindest Dorce, möglicherweise aber auch Fandiño ihm zu vertrauen schien. Der Name des alten Artilleristen, seines Adoptivvaters, mit dem Fandiño vor Jahren auf einem Schiff gedient hatte? Die Tatsache, daß er als einer von vier Leuten an Bord der *Isabela* – neben Fandiño, Dorce und Zambrano – lesen und schreiben konnte? Daß er die Position zutreffend bestimmt und den Schuß vor den Bug der *Rebecca* ... Und da gab es ein Tau, nein, ein Seil, das über die Backbordwand der *Rebecca* hing, und er fragte sich, wohin es führen mochte. Wenn dort ein Beiboot wäre. Aber.

Die ersten Leute kamen aus den Laderäumen zurück.

»Nichts«, sagte einer. »Nur Zucker aus Jamaika und so was. Kein Schmuggelzeug.«

»Hab ich doch gesagt«, brüllte Jenkins. »Laßt mich runter und bindet mich los, ihr stinkenden Schweine!«

»Ablassen, aber noch nicht losmachen«, sagte Fandiño; er klang verärgert.

Ortiz wandte sich an Dorce. »Señor?«

»Gefunden?«

»Könnte sein. Mögen Sie mitkommen?«

Sie gingen zur Backbordwand.

»Das Seil da«, sagte Ortiz. »Das ist der eine vierblättrige Klee. Das eine lahmende Schaf. Ich weiß noch nicht viel von Schiffen, aber es scheint mir keinerlei Sinn oder Zweck zu haben.«

»Mal sehen.« Dorce streckte die Hand aus. »Und hören. Wenn Sie recht haben, wird der englische Brüllaffe gleich anfangen zu toben.« Er zog an dem Seil. »Uh, schwer. Helfen Sie mal.«

Zu zweit holten sie Hand über Hand das Seil ein. Sie hörten Jenkins brüllen; offenbar waren einige seiner Leute aufgesprungen, denn Fandiño befahl scharf, alle sollten sitzen bleiben. Jemand feuerte eine Pistole ab, vermutlich in die Luft, und ein paar Klingen klirrten, als Dorce und Ortiz einen schweren Wachstuchsack über die Bordwand zogen. Er rumpelte auf die Planken, und diesmal klirrte etwas anderes.

Dorce deutete auf das Entermesser. »Machen Sie auf.«

Ortiz zerschlitzte die Schnüre, mit denen der Sack verschlossen war, und kippte den Inhalt aufs Deck. Eine eisenbeschlagene Holzkiste. Er reichte Dorce das Entermesser. Der Leutnant bückte sich und benutzte die Klinge als Hebel, um die zwei Schlösser zu sprengen. Dann hob er den Dekkel und sagte: »Aha.«

Silberne Pesos zu je acht Reales, dazwischen etliche goldene Escudos zu je 32 Reales. Letztere hatte Ortiz nie zuvor gesehen.

Und Jenkins spuckte Gift und Galle, erklärte in drei Sprachen, was er mit den Genitalien von Fandiño und seinen Leuten anzustellen wünsche, äußerte sich über die Herkunft der Besatzung von *La Isabela* aus Bordellen und Schweineställen, forderte seine Leute auf, die Dago-Barbaren abzuschlachten, sich endlich wie echte Engländer gegenüber diesem Abschaum zu bewähren, der nur dazu gut sei, gekrönten katholischen Bastarden mit der Zunge den After zu erweitern, verkündete schließlich, als Kapitän sei er gewissermaßen Stellvertreter des englischen Königs und als solcher berechtigt, Spanien samt und sonders den Krieg zu erklären.

»Leihen Sie mir Ihr Ohr, Kapitän«, sagte Fandiño, als Jenkins kurz schwieg, um Luft zu holen.

Der Engländer brüllte abermals los, wiederholte die Kriegserklärung im Namen von König Georg, und einige seiner Leute setzten tatsächlich dazu an, aufzustehen und sich auf die Gegner zu stürzen.

Fandiño hob den Degen, den er die ganze Zeit gesenkt gehalten hatte. Mit drei Schritten erreichte er den schäumenden Jenkins und brüllte seinerseits: »Leihen Sie mir gefälligst Ihr Ohr!«

»Los doch, Männer!« schrie Jenkins. »Für England und König Georg!«

Fandiño packte Jenkins' rechtes Ohr, hob den Degen und sagte: »Wenn du mir das Ohr nicht leihst, muß ich es mir eben nehmen.« Mit einem Hieb trennte er die Ohrmuschel ab, musterte sie einen Moment lang, verzog angewidert das Gesicht und steckte sie dann in den zum Gebrüll geöffneten Mund des englischen Kapitäns. »Sag deinem König, wenn er herkommt und sich genauso lausig benimmt wie du, mache ich das auch mit ihm.« Dann wandte er sich an die Leute der *Isabela.* »Zurück an Bord, Señores; wir sind hier fertig.«

»Was ist damit?« Dorce deutete auf die Kiste.

»Mitnehmen.«

Nachdem die Schiffe sich voneinander gelöst hatten, ließ Fandiño zunächst noch Zambrano mit glimmender Lunte neben der mit Kartätschen geladenen Kanone stehen. Die Engländer befreiten Jenkins vom Mast, aber der Kapitän schien mit seinem Ohr oder seinem Gemüt beschäftigt zu sein; jedenfalls machte er keine Anstalten, die eigenen Geschütze zu benutzen.

Dorce übernahm das Steuerrad. Auf Befehl von Fandiño schleppte Ortiz die Kiste mit den Münzen in die Kapitänskajüte. Als er wieder an Deck kam, entfernten sich die Schiffe, nur von der Strömung bewegt, allmählich voneinander.

Fandiño ließ die Ruder bemannen, und Dorce brachte die *Isabela* auf Südkurs. Nach etwa einer Stunde wurden die Männer an den Riemen abgelöst. Diesmal war auch Ortiz dabei. Einer der Schwarzen sang ein leicht melancholisches Lied in einer Ortiz unbekannten Sprache und klatschte dabei einen langsamen Rudertakt. Wieder änderten sie den Kurs; nun ging es nach Westen. Ortiz nahm an, daß Fandiño weitere Schmuggler abzufangen hoffte. Beim Rudern versuchte er, den Inhalt der Münzkiste auszurechnen – die Silberpesos, das Gewicht von Holz und Eisen, ein paar Goldmünzen. Sinnloses Unterfangen, sagte er sich, aber es vertrieb die Zeit.

Fandiño ließ noch mehrmals die Ruderer abwechseln und schließlich kurz vor Sonnenuntergang die Riemen einziehen. Es war immer noch windstill, das Meer eine kaum bewegte, glitzernde Fläche. Eine unendliche Schicht gehämmerten Silbers.

Nach der Essensausgabe erhielten alle eine Extraportion Rum und statt der üblichen billigen Zigarren, die sich die Männer leisten konnten, gute aus dem Vorrat des Kapitäns. Sie saßen unter dem gleißenden Sternenhimmel, plauderten, rauchten und warteten darauf, daß Fandiño ihnen von der Beute berichtete.

Als er aus der Kajüte auftauchte und zu ihnen kam, glaubte sogar Ortiz, der ihn ja noch kaum kannte, so etwas wie Zufriedenheit auf seinem Gesicht zu sehen. Fandiño ließ sich von einem der Männer einen Becher mit Rum reichen, hob ihn, lächelte und sagte:

»Caballeros – auf den König und Spaniens Ehre!«

Alle tranken, Ortiz nahm an, daß den meisten der König und die Ehre des fernen Landes herzlich gleich waren. Wie ihm.

»Nach Abzug dessen, was wir für Vorräte und Munition ausgegeben haben, bleiben vom Inhalt der Kiste genau zweitausendeinhundert Pesos«, sagte der Kapitän. »Je ein Fünftel, vierhundertzwanzig, für die Krone und den Gouverneur in Havanna. Zur Verteilung unter uns macht das eintausendzweihundertsechzig Pesos – zehntausendachtzig Reales.«

Gemurmel, hier und da Laute des Erstaunens, aber von den meisten hörte Ortiz das, was auch er empfand: freudige Überraschung. Dabei würden viele, sagte er sich, mit den Zahlen nicht viel anfangen können, außer daß es furchtbar viel Geld war. Vater Ortiz hatte erzählt, nach Abzug aller Kosten für Verpflegung, Waffen, Uniform und derlei hätten Matrosen der königlichen Flotte in Europa Anspruch auf etwa eineinhalb Reales am Tag – theoretisch, weil erstens oft monatelang kein Geld verfügbar sei und man zweitens erst nach dem Einsatz, der die Anzahl der zu Besoldenden vermindert habe, ans Zahlen gehe. An Land – nun ja, die meisten Leute, die er auf Kuba kenne, müßten sich und ihre Familie mit weniger als einem Real pro Tag ernähren.

Vater Ortiz hatte ihm auch gesagt, er habe nie erfahren, ob es für die Verteilung von Beute oder Prisengeld feste Regeln gebe. Mit einem eher bitteren Lachen hatte er hinzugesetzt, er sei nie in die Lage gekommen, solche Anteile entgegennehmen zu können. Bei den Engländern, sagte er, gebe es ein Achtel für den Admiral der Flotte, zwei Achtel für den Kapitän, drei Achtel für die Offiziere und zwei Achtel für die Besatzung.

Bei Fandiño wurde anders geteilt: ein Zehntel für den Kapitän, ein Fünfzehntel für Leutnant Dorce, ein Zwanzigstel für den als zweiten Offizier geführten Zambrano. Der Rest, geteilt durch die anderen 26 Männer der *Isabela,* ergab 38 Pesos pro Mann. Eigentlich nur 37 Komma irgendwas, aber Fandiño legte aus seinem Anteil etwas dazu, so daß es volle 38 Pesos wurden – 304 Reales.

Joselito, der neben Ortiz hockte, stieß ihn mit dem Ellbogen an. »Na, was sagst du dazu?« Er grinste breit.

Ortiz hob den Becher, in dem noch ein kleiner Rest Rum war. »Was soll ich sagen? Weiter gutes Jagen!«

Man braucht nur eine unvernünftige oder unverschämte Forderung abzulehnen, und schon springt ein Patriot auf.

Robert Walpole (1676–1745)

Man kann sagen, Jenkins' Ohr symbolisierte die Empfindungen der englischen Öffentlichkeit ganz allgemein, ihren Haß auf die Spanier als grausame Papisten, ihre insulare Verachtung des Ausländers, und so weiter. Die Frage ist, wie ausschlaggebend diese Gefühle für die Kriegserklärung waren ... Es war vielleicht der erste englische Krieg, bei dem wirtschaftliche Interessen den absoluten Vorrang hatten.

Harold Temperley (1909)

Downing Street 1738

Der Sondergesandte Ludwigs XV. begleitete den Hausherrn auf die Terrasse, wo sie ein paar Momente ohne Sekretäre, Berater und Lauscher sprechen konnten. Es war ein trüber, kühler Spätnachmittag; die Pflanzen im Garten schienen sich zu ducken, als ob sie in Erwartung von Regen schon den Versuch aufgegeben hätten, Sonne zu erflehen.

»Nicht sehr beeindruckend für Sie, fürchte ich«, sagte Walpole. »Der Garten nicht, und als Château wird wohl keiner dieses, ah, Gebäude bezeichnen. Aber die Geschenke der Könige sind, wie wir wissen, manchmal nicht von denen der Danaer zu unterscheiden.«

Der Marquis de Mirepoix deutete ein Lächeln an. »Schlösser sind etwas für Friedenszeiten. Auf dem Schlachtfeld muß man sich mit Zelten begnügen, wie ich allzu wohl weiß. Ihr Schlachtfeld ist die Politik, Sir Robert.«

»Ein wenig besser als ein paar Zelte ist es schon. Es waren ursprünglich drei Häuser; wir haben eines daraus gemacht und die bescheidene Terrasse hier hinzugefügt.«

»Wie ich hörte, haben Sie das Kunststück fertiggebracht, des für Ihre Dienste dankbaren Königs Geschenk sowohl anzunehmen als auch abzulehnen.«

»Manchmal muß man auf Speeren balancieren, die über einer Schlangengrube liegen«, murmelte Walpole. »Wenn ich das Geschenk persönlich angenommen hätte, wäre das

Geschrei der Opposition noch in Paris zu hören gewesen. Oder in Wien.«

»Daß Sie es nur als Amtssitz des Ersten Ministers angenommen haben ...«

Walpole unterbrach ihn. »Dieses Amt gibt es nicht, Marquis, ebenso wenig wie den Titel. Das Haus Nummer zehn ist der Sitz des Ersten Lords des Schatzamts. Übrigens ...« Er räusperte sich. »... ist der Boden, auf dem die Häuser hier von Mister Downing gebaut wurden, weich und feucht. Sagen wir – schwankend wie der, auf dem Ihr großer Erfolg ruht.«

»Was meinen Sie damit? Die Beendigung des Kriegs zwischen Frankreich und Österreich?«

»Kriege beginnen und enden, das ist immer so. Nein, ich meine damit, daß Sie Franz Stephan dazu gebracht haben, Ihnen Lothringen zu überlassen.«

»Dafür hat er die Toskana bekommen und Maria Theresia geheiratet. Und Lothringen?« Der Gesandte zuckte mit den Schultern. »Lothringen geht an Stanislas, als Ersatz für Polen, und fällt erst nach seinem Tod an Frankreich. Wir werden sehen, wie lange es währt.« Nach kurzer Pause setzte er hinzu: »Das ist ja erst ein vorläufiger Friede, irgendwo zwischen Waffenstillstand und möglichem Neubeginn der Kämpfe. Es gibt aber noch mehr schwankende Böden.«

»Sprechen Sie, Marquis – schneller, wenn Sie mögen. Wie ich unsere Begleiter kenne ...« Er blickte zurück zum Haus. »Sie zerren an den Leinen ihrer Höflichkeit wie Jagdhunde, die das Wild wittern. Noch sind wir unter uns.«

»Wird Don Tomás Geraldino sich heute hier einfinden?«

»Der spanische Gesandte? Nein; ich hielt es angesichts der allgemeinen Lage und der anderen Gäste nicht für tunlich, Sir Thomas Fitzgerald einzuladen.«

»Spanien«, sagte der Marquis. »Und, wie Sie so elegant andeuteten: die allgemeine Lage.«

»Ich nehme an, Sie denken an unsere Handelsherren und ihre Leute im Parlament.«

»Mein König ist beunruhigt ob der Gerüchte.«

Walpole lachte leise. »Gerüchte? Sie meinen die Berichte Ihrer Spitzel, nicht wahr? Aber Sie haben recht, Marquis. Sie wissen, was ich von den Anfragen und Anträgen halte. Nichts. Ich finde sie ... lästig. Und kopflos.«

»Ich weiß. Aber manche Ihrer Landsleute begreifen nicht, daß Politik Geben und Nehmen ist; sie wollen nur nehmen. Wie ich hörte, soll sich hier heute ein Überraschungsgast einfinden.«

»Wer denn?«

»Monsieur Sans Ear.«

Walpole stutzte. »Wer?« Dann preßte er die Lippen zu einem Strich. »Dieser walisische Seeräuber? Wer ... Nein, sagen Sie mir nicht, wer dafür zuständig ist.«

Der Franzose runzelte die Stirn. »Wie Sie wollen. Aber Sie werden unter Druck geraten, Sir Robert. Nach unseren, ah, Kenntnissen haben die ehrenwerten Gentlemen inzwischen wohl eine Mehrheit im Haus.«

Walpole stieß einen Grunzlaut aus.

Der Marquis de Mirepoix schien auf eine verständliche Äußerung zu warten; nach kurzem Zögern beugte er sich vor und sagte leise, aber eindringlich: »Soll ich weiter ausholen? Vor fünfundzwanzig Jahren hat Spanien die restlichen Niederlande und Italien aufgeben müssen. In Italien fassen sie gerade wieder Fuß, aber ... Ihre Vorgänger haben durchgesetzt, daß englische Handelshäuser das Monopol im Sklavenhandel mit Spanisch-Amerika erhalten. Vor zehn Jahren hat man Sie gezwungen, Sir Robert, eine Flotte unter

Hosier nach Westindien zu schicken. Immerhin konnten Sie dafür sorgen, daß er Portobello nur blockiert, nicht angegriffen hat.«

»Und viertausend tote Briten durch Fieber«, knurrte Walpole. »Ich will das nicht wiederholen, nur weil diesem Waliser ein Ohr fehlt. Der Herr wird es ihm am Jüngsten Tag neu befestigen.« Er musterte das Gesicht des Marquis. »Da ist aber noch etwas, oder?«

Der Sondergesandte nickte. »Spanien ist vermindert, aber immer noch eine Großmacht. Nach dem vorläufigen Frieden von Wien ist alles einigermaßen ... ausgeglichen. Wie Sie wissen, sind mein König und der von Spanien blutsverwandt. Es gibt Verträge, nicht wahr? Und es wäre keinesfalls im Interesse meines Königs, dieses Gleichgewicht der Kräfte destabilisiert zu sehen. Etwa durch eine weitere Verminderung des spanischen Gewichts. Etwa durch eine britische militärische Operation in Westindien.«

»In diesem Fall ...?«

»... könnte Frankreich nicht neutral bleiben. Die französische Flotte müßte zum Schutz unserer Besitzungen in Westindien eingesetzt werden.«

»Nur dazu?«

»Und zu allem, was sonst nötig sein sollte.«

Hinter ihnen füllten sich die Räume mit lachenden und plaudernden Gästen. Diener eilten hin und her, um Getränke anzubieten und Lampen zu entzünden.

Walpole blickte den Marquis von der Seite an. »Sie meinen, Frankreich würde ...« Er sprach nicht weiter.

Der Gesandte hob die Schultern. »Ein kühler Frühlingsabend. Für kalte Reden bestens geeignet.«

»Kalt, fürwahr, trotz Rock und Wams und Perücke. Wir sollten hineingehen.« Walpole wandte sich halb um, blieb aber stehen und legte die Hand auf den angewinkelten Unterarm des Marquis. »Wissen Sie, wer Burton mitgebracht hat?«

»Wie kommen Sie auf Burton?«

»Die edlen Handelsherren ...« Walpole zog die Mundwinkel ein wenig herab. »Sie lassen gern den schmutzigen Teil des Geldvermehrens von anderen erledigen. Mister Burton ist zuständig für Bestechungen und derlei; er ist auch derjenige, der sich um die Verbreitung der Ohrengeschichte gekümmert hat. Wenn also Jenkins hier ist, wie Sie sagen, Marquis, muß Burton ihn mitgebracht haben. Burton war aber zweifellos nicht eingeladen. Also, wer hat Burton mitgebracht?«

»Ich finde keinen Tadel an Ihren Ausführungen, Sir Robert – aber ich befürchte, die Frage kann ich nicht beantworten.«

»Können Sie nicht oder wollen Sie nicht?«

»Ich kann nicht, weil ich es nicht weiß.«

Walpole lachte leise. »Gut, daß die Ohren Ihrer Spitzel doch nicht in alle Nischen Britanniens reichen. Kommen Sie, gehen wir hinein.«

In allen Räumen mit Kaminen gab es Feuer, in den übrigen hatten die Diener Kohlenbecken entfacht; trotzdem war es überall klamm. Öllampen und Kerzen verbreiteten viel Licht und noch mehr Gestank. Walpole nippte an einem Becher, den ein Diener mit Punsch gefüllt hatte, ließ sich in einen Sessel neben dem Kamin sinken und sah, wie jemand den Waliser mit der schlechtsitzenden Perücke am Reden zu hindern suchte. Aus dem Nebenraum erschien der unvermeidliche Burton, klatschte in die Hände und brüllte:

»Ruhe, Gentlemen! Ein wenig Aufmerksamkeit für den Helden der bedauerlicherweise Spanischen Meere! Kapitän

Jenkins – viele hier wissen immer noch nicht, welche Qualen Sie leiden mußten, als diese Unmenschen, die Spanier, Ihnen das rechte Ohr …«

»Das linke Ohr«, rief jemand.

»… abgeschnitten haben. Ich bin mir sicher, alle wollen die blutige Geschichte hören.« Mit einem halben Lächeln schaute er sich um. »Schließlich macht nichts einen Abend gemütlicher als blutige Geschichten, nicht wahr?«

Walpole ächzte stumm. Es gibt Arbeitssitzungen, sagte er sich, Arbeitsessen, politisch unvermeidliche und diplomatisch unergiebige Arbeitshochzeiten und Arbeitsbegräbnisse, Friedens- und Kriegsverhandlungen, Höflichkeitsbesuche und sinnvolle wiewohl nutzlose Dinner, bei denen man die Stimmung auflockert, um einander hinterher besser an die nunmehr arglose Gurgel zu gehen. Wichtige Leute einladen, um Meinungen und Neigungen zu erforschen. Aus politischen Gründen erwünschter Beischlaf. Trunkenheit am Ruder des Staatsschiffs. Und wenn unliebe Gäste unerwünschte Gäste mitbringen, schließe man die Augen und denke an etwas Heiteres. Lächle, Robert. Er trank einen weiteren Schluck Punsch, bleckte die Zähne und betrachtete die schäbige Perücke und den hier und da fadenscheinigen Rock von Jenkins. Jenkins, der auch Robert hieß, aber aussah wie einer, der, wenn er eine Frau wäre, Agatha heißen sollte. Walpole verkniff sich ein Grinsen.

»… gewöhnliche, vollkommen rechtmäßige Fracht«, sagte Jenkins eben. »Aber wir wissen ja, wie die Dagos arbeiten.«

»Wie denn?« sagte jemand.

Jenkins wandte sich halb um. »Das kann Ihnen mein Freund Harold Burton besser erklären; übernehmen Sie, Hal?«

Der Angeredete räusperte sich. »Sie, also die Spanier, halten es für ihr von Gott gegebenes Recht, die armen Indios auszubeuten und zu unterdrücken. Statt die unendlichen Reichtümer von Spanisch-Amerika zu allgemeinem Nutzen mit der Welt zu teilen, indem sie freien Handel zulassen, gewähren sie uns lediglich das Recht, ein einziges armseliges Handelsschiff im Jahr dorthin zu schikken. Übrigens jetzt schon länger nicht – das letzte ist vor sieben Jahren gesegelt. Wie auch immer – es ist eine unerträgliche Anmaßung!«

Zustimmendes Gemurmel ringsum; jemand rief: »Sagen Sie's, wie es ist, Burton.«

»Und wenn dann, wie im Fall des ehrenwerten Kapitäns Jenkins, in den von ihnen beanspruchten Gewässern ein englisches Schiff unterwegs ist, zum Beispiel von Jamaika zu den Bahamas, sagen die Dagos, es müsse sich um einen Schmuggler handeln. Und sie nehmen sich das Recht heraus, so ein Schiff zu untersuchen, auszuplündern und die Leute an Bord zu mißhandeln.«

»Sie nehmen es sich nicht heraus«, sagte Walpole. Er sprach laut und mit Nachdruck. »Wir haben Verträge unterschrieben, die ihnen dieses Recht geben – mit unserem Einverständnis. Ich spreche von Inspektion, nicht von Mißhandlung.«

Er sah, wie einige Perücken nickten; die meisten Gäste stießen Schnaufer und andere Geräusche der Mißbilligung aus oder schnitten Grimassen.

»Wie auch immer«, sagte Jenkins mit einer angedeuteten Verneigung und einem Lächeln, das Walpole bestenfalls verlogen devot fand. »Mit meinem braven Schiff, *Rebecca,* und der Ladung aus Fellen, Rum, Zuckerrohr und ähnlichen Köstlichkeiten, befand ich mich in der Passage zwischen Kuba und Florida. Wir waren fröhlich und bester Dinge, ein stetiger Südwest – eher Westsüdwest – füllte unsere Segel, bis wir irgendwann in die Flaute gerieten, und ...«

Walpole hörte nicht aufmerksam zu. Erstens kannte er die Geschichte bereits, und zwar sowohl die Version von Jenkins, die der Waliser inzwischen so oft erzählt hatte, daß sie wie auswendig gelernt klang, als auch die mehr oder minder amtliche, die dem Außenministerium vorlag, übermittelt von der Gesandtschaft aus Madrid und von Konteradmiral Stewart aus Jamaika. Zweitens interessierte es ihn mehr, die Gesichter und Gesten der Anwesenden zu beobachten. Ehrenwerte Mitglieder des Unterhauses, Angehörige seiner Partei und der Opposition, ein paar Peers aus dem Oberhaus, einflußreiche Handelsherren und Bankiers, dazu etliche, die er nicht kannte und für Mitbringsel anderer Gäste hielt. Drittens dachte er über die durchaus anmutig vorgebrachte Drohung nach, die der Marquis überbracht hatte. Die zu erwarten gewesen war, beinahe selbstverständlich, da sie sich aus der Lage und den gültigen Verträgen ergab. Daß Frankreich allerdings einen hochrangigen Sondergesandten schickte, um sie diskret vorzubringen, ließ darauf schließen, daß man in Paris die Sache für weit ernster hielt, als sie ihm bisher erschienen war.

Irgendwie lösten sich die Gesichter plötzlich auf, wurden zu hellen, nichtssagenden Flecken unter Perücken. Jenkins erzählte, wie ihn die Spanier, die die Ladung untersuchten und nichts Anstößiges fanden, fesselten und aus reiner Willkür und Vergnügen an der Grausamkeit den Mast hinaufzogen, so daß Rock, Hemd und Haut hinterher ein blutiges Gemenge von Fetzen waren, und schließlich nahm der spanische Kapitän den Degen und hieb ihm das rechte Ohr ab. Jenkins langte in die Rocktasche und holte einen verstöpselten Glasbehälter hervor; darin trieb, in einer klaren Flüssigkeit – Gin, dachte Walpole –, ein verfärbter Fleischklumpen: das Ohr.

Der anderen Version zufolge hatte Jenkins geflucht und getobt und unflätige Reden gegen Spanien, den König und all seine Offiziere und Schiffe ausgestoßen ... Walpole fragte sich, woraus der Klumpen in dem Glasbehälter tatsächlich bestehen mochte – ein Ohrläppchen, an ein halbes Schweineohr genäht? Und wie viele Ohren schleppte Jenkins in der Welt umher? Er erinnerte sich, daß ihm vor einiger Zeit jemand etwas von einer Ohrmuschel erzählt hatte, die Jenkins in Baumwolle gewickelt aus der Tasche gezogen habe. Der unsägliche Mensch trug eine Perücke, unter der man kein Ohr sehen konnte.

Wie wäre es denn, wenn er seine Diener anwiese, Jenkins zu packen, ihm die Perücke abzunehmen und nachzusehen, ob darunter wirklich eine Narbe war oder vielleicht doch ein Ohr? Ein Schweineohr, das Ohr eines walisischen Teufelchens? Da gab es doch alte Geschichten, Legenden; wie hießen die seltsamen Geister noch, die darin Unfug trieben? Pookas? Ah nein, die gab es in Irland, und Satyrn konnte es auch nicht sein. Walpole schnaubte leise und wandte seine Aufmerksamkeit wieder den realen Vorgängen im Salon zu. Real? Nun ja, Wörter wie absurd oder grotesk träfen es wohl besser.

»Sie können das doch bestätigen, my Lord, nicht wahr? Wenn ich mich nicht irre, haben Sie damals aus Jamaika einen entsprechenden Bericht erhalten.« Jenkins stand nun neben dem Außenminister, dem Herzog von Newcastle, der sich leise mit Mirepoix unterhielt.

Newcastle gab sich keine Mühe, mangelnde Wertschätzung und Ärger ob der Unterbrechung zu verhehlen. Ohne Jenkins anzusehen, sagte er: »Ich habe damals zwei Briefe erhalten, wenn Sie es genau wissen wollen. Im zweiten schrieb mir der Admiral, ich solle die Geschichte mit Ihrem Ohr nicht allzu ernst nehmen. Er könne mir versichern, daß er immer wieder von Schmuggelkapitänen höre, sie hätten bei dieser oder jener Unternehmung in spanisch-amerikanischen Buchten sieben oder acht Spanier umgebracht.«

Jenkins, zweifellos nicht als redlicher Händler, sondern als Schmuggler in spanischen Gewässern unterwegs gewesen, langweilte Walpole nun schon seit fast sieben Jahren mit dieser Geschichte. Zum Glück nur in großen Abständen. Einer der Vorzüge des Amts war es, daß man sich unliebsames Pack meistens vom Hals halten konnte, sagte sich Walpole. Aber manchmal ... Wieder musterte er die Gesichter, höfliche oder amüsierte oder angeödete Masken, eingeklemmt zwischen Perücken und hohen Kragen. Viele der ehrenwerten Herren hatten damals viel Geld in die Südsee-Kompanie gesteckt und anders als er nicht zeitig abgezogen, ehe die Blase platzte. Sie alle, dachte er, mochten von grausamen Spaniern, Schmähung englischer Ehre und anderen Phantasmen faseln, bis der Geifer ihre Rüschenhemden durchtränkt hatte, aber er wußte, worum es ihnen wirklich ging: Geld. Sie gierten danach, den Reichtum von Spaniens Kolonien in die Hände zu bekommen. Wie vielen Spaniern man in den vergangenen Jahrzehnten Ohren, Hände und Kopf abgeschnitten hatte, spielte keine Rolle.

Plötzlich bemerkte er, daß der unsägliche Jenkins mit seinen Märchen fertig war. Gerade redete der junge William

Pitt, ein glänzender Rhetoriker, den seine flotte Zunge aus jeder Klemme rettete, in die ihn sein Ungestüm brachte. Nicht einmal dreißig, dachte Walpole, und schon Abgeordneter. Irgendwann wird er die Regierung führen, sagte er sich, und zum Glück werde ich das nicht mehr erleben. Mit seinen zweiundsechzig Jahren fühlte sich Walpole plötzlich uralt, verbraucht, ausgelaugt von Jahrzehnten im Zentrum der Macht.

Und er fragte sich, wie lange er noch die Kraft haben würde, jene zu zügeln, die das Land unbedingt in einen neuen großen Krieg stürzen wollten, bei dem nichts auf dem Spiel stand außer Geld für wenige und Tod für viele.

Mirepoix hatte sein Gespräch mit dem Herzog von Newcastle beendet und kam wieder zu Walpole. »Wer ist der Mann, der dort mit dem jungen Pitt spricht?« Der Marquis schob einen Sessel neben den von Walpole vor den Kamin und ließ sich nieder.

»Vernon«, sagte Walpole.

»Ah.« Der Marquis nickte. »Einer Ihrer ruhmreichen Seehelden, nicht wahr?«

»Ich nehme an, er erklärt Pitt gerade, wie er Portobello genommen hätte, wenn sich ihm die Gelegenheit geboten hätte.«

»Die Goldstraße ...« Mirepoix ließ die Nasenflügel beben. »Seit den Tagen von Drake ist das so etwas wie eine Besessenheit Ihrer Kapitäne, nicht wahr?«

»Vor allem der Händler.«

»Klären Sie mich auf, Sir Robert. Warum haben Sie vor zehn Jahren Ihrem Admiral Hosier verboten, Portobello anzugreifen?«

»Die Goldstraße«, sagte Walpole ohne jede Betonung.

»Ja, eben.«

»Die Spanier bringen Gold aus Peru und anderen Gebieten im Süden nach Panama, dann von der Pazifikküste über Land nach Portobello. Wir können sie ein bißchen beschießen, ein paar Schiffe plündern, und sie beschießen uns und plündern ein paar von unseren Handelsschiffen. Ein Angriff auf Portobello oder Cartagena, wo die Schatzflotten zusammengestellt werden, wäre das Ende des schwierigen Gleichgewichts; es wäre der Beginn eines großen Kriegs.«

»Von dem Ihre Leute behaupten, England könne ihn ohne große Anstrengungen gewinnen.«

Walpole legte den Kopf in den Nacken und blickte hinauf zur Decke. Halblaut sagte er: »Mag sein. Wir haben mehr Schiffe, wahrscheinlich auch die besseren. Aber Sie wissen, Marquis, daß ein verzweifelter Gegner zu allem fähig ist, wenn er wirklich in die Enge getrieben wird. Spanien ist immer noch eine große Macht. Ich will gar nicht wissen, wozu Madrid fähig wäre, wenn es um alles ginge.«

Der Marquis runzelte die Stirn. »Es gäbe zweifellos ein furchtbares Blutbad. Aber Ihre Leute werden sagen, das sei der Einsatz für einen ungeheuren Gewinn.«

»Hunderttausend tote Briten, hunderttausend tote Spanier, zahllose versenkte, verbrannte, zerstörte Schiffe. Netter Einsatz – wofür?«

»Geld. Macht. Die Reichtümer von Spanisch-Amerika.«

Walpole gluckste leise. »Klingt, als ob Vernon oder Pitt Ihnen etwas ins Ohr flüsterten. Aber Sie und ich, Marquis, wir wissen es besser, nicht wahr?«

Mirepoix kniff ein Auge zu. »Wie meinen Sie das?«

»Vernon stellt zweifellos kluge taktische Erwägungen an. Was müßte man tun, um Portobello oder Cartagena oder meinetwegen Kuba zu erobern. Rüstung, Taktik, Risiko. Was aber die Herren Seeleute und Generale immer vergessen, ist die Strategie. Wer auch immer diesen großen Krieg gewinnt, wird hinterher zunächst einmal geschwächt sein. Aber keiner von den tapferen Gentlemen bedenkt, daß Frankreich, Holland und Österreich nur darauf warten, diese Schwäche zu nutzen.«

Mirepoix nickte. »Mehr als wahrscheinlich. Aber sagen Sie, was hat es mit den Andeutungen von Newcastle auf sich?«

»Welche Andeutungen hat er denn gemacht?«

»Er sagte etwas von einem Versuch, mit Madrid zu verhandeln.«

»Das müßten Ihnen aber doch Ihre Leute in Madrid ebenfalls gemeldet haben, Marquis. Oder wollen Sie mir weismachen, Sie hätten dort keine Augen und Ohren?«

»Natürlich nicht; ich würde es nur gern von Ihnen hören. Sagen wir: zur Bestätigung zweifelhafter Nachrichten.«

Walpole klackte mit der Zunge. »Wir tasten das gerade ab. Unser Botschafter Keene sieht gewisse Chancen. Es ist aber noch zu früh, darüber laut zu reden.«

»Was schwebt Ihnen denn dabei vor? Falls die Spanier wirklich mit sich reden lassen?«

»Die South Sea Company liefert Negersklaven und schickt ein Handelsschiff. Wie Sie wissen. Laut Vertrag steht vom Gewinn ein bestimmter Anteil der spanischen Krone zu. In den vergangenen zwanzig Jahren hat es durchaus Gewinne gegeben, aber die ehrenwerte Company hat den Spaniern nie etwas bezahlt. Statt dessen will sie von Madrid für aufgebrachte Schiffe und beschlagnahmte Ladungen entschädigt werden.«

»Die laut Vertrag aufgebracht und beschlagnahmt werden dürfen, nicht wahr?«

Walpole nickte.

»Und Sie meinen, Ihr Botschafter könnte eine Art Ausgleich zustande bringen?«

Walpole rümpfte die Nase und streifte Burton, der zu ihnen getreten war, mit einem mißbilligenden Blick. »Ich hoffe es«, sagte er. »Keene ist ein fähiger Mann und genießt in Madrid Vertrauen und Ansehen.«

Burton stieß eine Art Grunzen aus. »Nicht bei der Company«, sagte er sehr laut. »Und was immer er da aushandeln kann – wer sagt uns denn, daß die Dagos sich an einen Vertrag halten würden?«

Walpole wandte ihm den Rücken zu und sah, daß Mirepoix ein wenig ironisch lächelte.

»Lediglich uralte spanische Vertragstreue ermöglicht Ihnen diese Sklavengeschäfte, guter Mann«, sagte der Franzose.

»Wie meinen Sie das? So alt ist der Vertrag von Utrecht doch gar nicht.«

»Von dem rede ich nicht. Ich spreche von Tordesillas.«

Burton schnaubte. »Torde was?«

»Tordesillas, anno vierzehnvierundneunzig«, sagte Walpole. Schneidend setzte er hinzu: »Zweihundertvierundvierzig Jahre her, um Ihre zweifelhaften Rechenkünste nicht zu überfordern. Damals haben sich Spanien und Portugal auf eine Art Linie im Atlantik geeinigt, die ihre Einflußgebiete trennt. Östlich dieser Linie darf Spanien nichts unternehmen, zum Beispiel in Afrika. Und nur weil die Spanier sich immer noch daran halten, können sie nicht selbst die nötigen Sklaven beschaffen. Jetzt stören Sie uns nicht weiter, Burton!«

Als der Vertreter der Südsee-Kompanie sich mit einer Grimasse zurückgezogen hatte, sagte Mirepoix: »Wie könnte denn, wenn es dazu käme, ein solcher Kompromißvertrag mit Spanien aussehen? Allgemeiner Verzicht auf alles Strittige?«

»Natürlich nicht; Staaten verzichten nicht. Ich habe die genauen Summen nicht im Kopf, Marquis; ich bin kein Buchhalter.«

»Ungefähr? Nur damit ich meinem König ein paar Zahlen nennen kann … Er mag Zahlen, wissen Sie.«

»Wie alle Herrscher. Also, ungefähr? Ich meine, mich daran zu erinnern, daß die Spanier etwas um die siebzigtausend Pfund verlangen. Die South Sea Company ihrerseits behauptet, durch die Konfiskationen an die hunderttausend Pfund verloren zu haben. Es kann aber auch umgekehrt sein. Man könnte das eine vom anderen abziehen, meint Keene, und dann muß eine Seite eben den Rest an die andere zahlen.«

»Glauben Sie, Madrid läßt mit sich reden? Was einen Kompromiß angeht?«

»Ich hoffe es. Ich bin mir aber nicht sicher, ob die Company sich an einen neuen Vertrag eher hält als an den alten.«

»Und wenn nicht? Was mir, mit Verlaub, wahrscheinlicher vorkommt.«

»Ich weiß nicht, ob ich sie zwingen kann.«

»Und wenn nicht?« wiederholte der Gesandte.

Walpole seufzte. »Dann gibt es das Blutbad. Das ich vermeiden will.«

Der Marquis lächelte. »In Paris wird schon gewettet.«

»Das habe ich mir gedacht. Deshalb werde ich auch den Teufel tun … «

»Es könnte sein, daß man Sie zu einem Abenteuer zwingt.«

»Eine Mehrheit im Unterhaus und der König, meinen Sie?« Walpole schwieg für einen Moment. »Möglich. Vielleicht. Aber noch habe ich Hoffnung.«

Mirepoix schnalzte leise. »Hoffnung?« sagte er. »Die wird, was ihren Gegenwert angeht, überschätzt. Leider.«

Oder doch lieber, den Bugspriet voran,
mit gemächlichem Stoßen und Schlingern
fremde Buchten erkunden, der Hänge saftiges Buschwerk,
schamlos Hügel erklimmen und gleitend
flaumige Früchte kosten, obskure Öbste,
und sich unter streunenden Sternen
schäbiger Verse erledigt entledigen? Ja!

JÖRG BESAN, *Schiffen ist Notdurft*

Von Menorca nach Malta

Im Spanischen Erbfolgekrieg hatten die Engländer Menorca erobert, nicht ganz fünfzig Jahre danach die Franzosen, die es nach sieben Jahren den Briten zurückgeben mußten, und das war nun ebenfalls sieben Jahre her. So oft die Sieben, sagte sich Osvaldo Belmonte; am besten hätte man sieben Flaggen setzen sollen bei der Einfahrt in den Hafen von Ciudadela. Er hatte sich dann für die Flagge von Savoyen entschieden: blau, mit weißem Balkenkreuz auf rotem Grund im oberen linken Viertel. Ortiz würde die *Santa Catalina* mühelos in den Hafen bringen und ihn rufen, falls irgendein englischer Offizier oder Beamter Scherereien machen sollte. Während er am Tisch seiner Kajüte die nötigen Papiere sortierte, dachte er leicht erheitert über die Friedenswirren dieses Jahres 1770 nach. Und über die Möglichkeiten, die sich daraus für freie Händler ergaben.

Im Hafen Torres im Norden Sardiniens hatten sie Kohle, Eisen und harten Schafskäse gekauft und geladen, außerdem einen dort gestrandeten hohen Geistlichen – einen Kardinal samt Sekretär und Entourage. Er wollte zu Schiff nach Nizza, aber das Boot, das ihn befördert hatte, war vor der sardinischen Nordküste in einen Sturm geraten und arg beschädigt worden. Die Fracht sollte ohnehin nach Nizza, um die Käseliebhaber und einige Fabriken des an Bodenschätzen nicht gerade reichen Savoyens zu ergötzen;

Belmonte hatte dem Kardinal seine Kajüte zur Verfügung gestellt und ihm neben den Kosten für die Passage einen Kaufvertrag angeboten. Für einen Dukaten gehörte die *Santa Catalina* bis Nizza nominell dem Kardinal, also dem Kirchenstaat, was bedeutete, daß sie für diese Strecke die Flagge des Papstes aufziehen durften. Notfalls auch noch danach, wie der Kardinal mit einem Zwinkern sagte.

In Nizza konnten sie die Fracht mit Gewinn verkaufen. Zwar gab es keine neuen Waren für sie, aber Geld und einen Auftrag, erteilt vom Vertreter eines norddeutschen Handelshauses und von einem Richter, der den Herzog von Savoyen – zugleich König von Sardinien – vertrat: Sklaven in Tunesien freikaufen. Belmonte erhielt eine Liste mit Namen, Geld für die Fahrt, Lösegeld für die Gefangenen, die Anweisung, eine bestimmte Person in Ciudadela auf Menorca aufzusuchen; und für je einen Dukaten verkaufte er die *Santa Catalina* an Savoyen und Lübeck; was bedeutete, daß er beide Flaggen setzen durfte, wenn er es für sinnvoll hielt.

Während der letzten Reise war der alte Schiffskoch gestorben. Ertrunken, wie man an Bord der *Santa Catalina* sagte: ertrunken in einem jahrelangen und klaftertiefen Weinglas. Deshalb hielt Belmonte in Nizza Ausschau, allerdings ohne Ergebnis. Es war Ortiz, der in einer Hafenkneipe den Ersatz fand, einen Savoyarden namens Leborgne, der dort kochte und ihn, als er ihm Lob für köstlich zubereitete Fische spendete, nach Arbeit an Bord fragte. Der Landboden sei ihm zu fest unter den Füßen, sagte er, und gewisse Häscher könnten ihn irgendwann einholen.

Als Belmonte ihn später an Bord nach dem Grund für die Verfolgung fragte, breitete Leborgne die Arme aus.

»Nichts, was Sie zu beunruhigen hätte, *mon capitaine*. Es war eine trübe Folge der Musik.«

»Mögen Sie das erläutern?«

»Sagen wir, ich habe das Falsche am falschen Ort zur falschen Zeit geträllert.«

Offenbar hatte der brave Mann in seiner Küche zu Chambéry bei der Arbeit Liedchen gesungen, zu seiner und der Helfer Erheiterung. Leider auch zu der der Gäste, da die Tür zwischen Küche und Schankraum nicht geschlossen war. Einige der fröhlichen Gesänge – mit Refrain und Gegenrefrain zu grölen – seien ein wenig schlüpfrig gewesen, andere hingegen hätten sich in durchaus aufmüpfiger Weise mit den Genitalien von Fürsten – auch savoyardischen – befaßt, und jemand im Gastraum habe Anstoß genommen.

»Wer ist eigentlich anstößig? Der, der Anstoß nimmt, wo keiner vorgesehen war? Oder ... nun ja.«

Jedenfalls sei es ihm gelungen, den Häschern zu entkommen, wenn auch mit knapper Not, und da er befürchte, daß man ihn suche und alsbald auch in Nizza aufspüren werde, und da er außerdem immer schon das Meer begehrt habe ...

»Begehren? Wie darf man das verstehen?«

»Wie die bisher unerreichbare Maitresse eines Vornehmen, Monsieur, die nun plötzlich geneigt zu sein scheint.«

Belmonte dachte vergnügt an die Speisen, die es seither an Bord der *Santa Catalina* gab; dann rief er sich zur Ordnung. Er hörte – und spürte an den Bewegungen des Schiffs –, daß sie an einem der Kais von Ciudadela festmachten, schob die Dokumente in eine Mappe aus hellem, weichen Leder, zog eine hellgrüne Uniformjacke an, die keiner Nation zuzuordnen war, ihn aber als

Kapitän auswies, setzte den Dreispitz auf und verließ die Kajüte.

Er kam gerade rechtzeitig, um die ungläubige Tirade des in Zivil gekleideten britischen Beamten zu beenden, der sich lautstark weigerte, mit Rafael Ortiz zu verhandeln.

»Spanisches Schiff«, schnauzte er. »Flagge von Savoyen, ein Neger als …«

»Um Vergebung, Sir«, unterbrach Belmonte ihn. »Mr Ortiz ist Mitbesitzer des Schiffs, spricht mehrere Sprachen, zu denen das Englische leider nur bruchstückhaft gehört« – Ortiz, dessen Englischkenntnisse vorzüglich waren, verzog keine Miene – »und war daran gewöhnt, von Mr Fenton höflich behandelt zu werden, der uns lange kennt. Darf ich fragen …«

Der Beamte unterbrach ihn seinerseits. »Fenton ist versetzt worden«, sagte er. »Mein Name ist Harris, ich bin jetzt zuständig. Was …«

»Abermals um Vergebung, Mr Harris – können Sie sich ausweisen?«

Der Engländer lief rot an. »Warum sollte …«

»Sie könnten ein zufällig herumlungernder Schurke sein.« Belmonte lächelte. »Nicht daß Sie so aussähen, aber man weiß ja nie, in diesen wirren Zeiten des Friedens.«

Harris wandte sich um und winkte. Von einem Poller, etwas weiter weg, erhob sich ein Mann und kam an Bord.

»Der edle Hafenmeister.« Belmonte reichte ihm die Hand und drückte sie kräftig. »Don Antonio Pujol, es ist mir wie immer ein Vergnügen.« Er sagte das auf Spanisch.

Pujol bemühte sich um ein ernstes Gesicht. »Hast du immer noch nicht Katalanisch gelernt?« sagte er.

Harris räusperte sich. »Könnten die Gentlemen bitte eine zivilisierte Sprache verwenden?«

»Das haben wir eben getan«, sagte Belmonte. »Aber wenn Sie auf dem Englischen bestehen ...«

»Mitkommen«, knurrte Harris.

»Sehr wohl, Sir.« Belmonte zwinkerte Pujol zu. »Einen Moment bitte noch.« Er wandte sich an den Kajütjungen, einen halbwüchsigen Mulatten. »Master Tommo, erinnerst du dich noch an das Haus von Doña Carmen?«

»Natürlich, Kapitän.«

»Dann lauf hin, mach einen Kniefall vor ihr, und bitte sie, mich zu empfangen. Sobald die Hafenfragen beantwortet sind.«

Der Junge nickte, sprang auf den Kai und lief davon.

Belmonte schloß zu Pujol auf, der gewartet hatte; Harris befand sich schon kurz vor dem Haus des Hafenmeisters.

»Sieh dich vor«, sagte Pujol. »Er kann Spanisch, tut nur so, als ob ... Und du, wie ist es dir ergangen, seit, uh, wie lang ist es jetzt her?«

»Zu lange, Antonio. Aber laß uns das Reden auf den Abend verschieben, wenn es dir recht ist.«

»Bei mir?«

»Gern.«

»Margarita wird sich freuen, dich zu sehen.«

Die Formalitäten nahmen nicht allzulange in Anspruch. Belmonte entrichtete das übliche Liegegeld für zwei Tage, nickte Pujol zu, zog vor Harris mit übertriebener Gebärde den Dreispitz und verließ das Gebäude. Draußen wartete Tommo.

»Doña Carmen erwartet Sie, Kapitän«, sagte er. »Ich soll ausrichten, man möge sich sputen.«

»Spute du dich zurück aufs Schiff.«

»Aye, aye, *comandante*.«

Doña Carmens Gemahl, Sproß einer noblen alten Sippe, Besitzer von Spinnereien und Ölmühlen sowie Inhaber verschiedener Ehrenämter, hatte sich wie die meisten Bewohner im Lauf der Jahrzehnte mit den Engländern arrangiert, zumal sie sich in Ciudadela – Ciutadella für die Einheimischen – im Prinzip zurückhielten. Was auch daran lag, daß sie Mahón – Maó – am anderen Ende der Insel zum Flottenstützpunkt und zur neuen Hauptstadt machten und Ciudadela weitgehend in Ruhe ließen. Er hatte sich auch mit den Franzosen abgefunden, die zu Beginn des Siebenjährigen Kriegs die Engländer vertrieben und Menorca besetzten. Kurz vor Kriegsende hatte ein französischer Leutnant ungebührlich über Doña Carmen gesprochen und den Gemahl, der ihn zum Duell forderte, mit dem Degen getötet. Bald darauf starb er an einer Fischvergiftung, und da Doña Carmen um drei Ecken mit dem zuständigen Wirt verwandt war und ihn am Tag vor dem unheilvollen Bankett aufgesucht hatte, galt sie seither als Heldin. Sie war einundvierzig, sah aus wie fünfundzwanzig, und ihr langes, dunkles Haar trieb gleich einem schlummernden Rochen auf dem Wasser des Beckens, in dem sie göttlich nackt zu meditieren schien. Belmonte mußte sich den Weg zu ihr durch Haus und Garten suchen, da kein Bediensteter aufzutreiben war.

»Osvaldo«, sagte sie. »Welche Freude! Da drüben ist Wein; gieß dir ein, wenn du magst.«

Er zog den Dreispitz, machte eine Verbeugung, legte den Hut auf einen kleinen Tisch und nahm sich ein Glas. »Ich glaube, mein Entzücken ist größer als deine Freude, Carmen.«

Sie zog die Oberlippe zwischen die Zähne. Mit den Blikken tastete sie ihn ab, dann schaute sie zu einem anderen

Tisch, der neben dem Durchgang vom überdachten Becken zum Salon stand.

»Die Geschäfte zuerst?« sagte sie.

»Dann hemmen sie uns nicht mehr. Sprich, Göttliche.«

»Auf dem Tisch da liegen ein paar Papiere. Namen und Beschreibungen britischer Handelsherren, die sich zur Zeit als unfreiwillige Gäste an der Küste nahe Tunis aufhalten.«

Er ging hin, warf einen Blick auf das oberste Blatt und den Geldbeutel daneben, der an einer Schüssel mit Oliven lehnte.

»Man hat mir in Nizza gesagt, die Herrin von Menorca habe etwas vorbereitet und im übrigen die verschiedenen Stränge des Geschäfts verflochten. Könnte man sagen.«

»Könnte man«, sagte sie halblaut. »Man könnte auch anderes. Die Diener habe ich für den Nachmittag fortgeschickt.«

»Klug und zuvorkommend wie immer, Euer Gnaden.«

»Ja. Nun mach schon.«

»Ich bin ein wenig verschwitzt von der Reise und sollte mich reinigen.«

»Warum, meinst du, ist das Wasser warm?«

Er lachte, zog die Jacke aus, dann die Stiefel und das Hemd. »Soll ich die Oliven mitbringen?«

»Unbedingt.«

Er trank einen Schluck Wein, füllte das Glas auf, nahm es in die linke Hand, die Schüssel mit den Oliven in die rechte und ging zum Becken. Dort stellte er die Gefäße ab und stieg ins Wasser, das ihm nicht ganz bis zu den Hüften reichte. Sie stand auf, legte die Arme um seinen Hals und küßte ihn. Bis er nach Luft schnappte, sie ein wenig von sich schob und lachte.

»Hungrig?«

Sie lachte ebenfalls und setzte sich auf den Beckenrand. »Und durstig.« Sie griff in die Schüssel, nahm eine Olive und hielt sie hoch. Mit einem schrägen Lächeln sagte sie: »Soll ich sie verstecken?«

»Ich bitte darum.«

»Auf die Knie, mein Ritter.«

Bei Wein, kaltem Braten und Käse berichtete er von den Fahrten, seit er zuletzt, im Jahr zuvor, in Ciudadela gewesen war.

»Du kommst weit herum«, sagte sie. Dann blinzelte sie und setzte hinzu: »Manchmal frage ich mich, ob Seßhaftigkeit nicht überbewertet ist. Oder sogar ein Laster.«

»Willst du …«

Sie hob schnell die Hand. »Als einzige Frau an Bord deines Schiffleins? Ah nein, lieber nicht. Außerdem muß ich mich um all das hier kümmern – die Geschäfte, die Arbeiter, du weißt schon.«

»Nicht zu vergessen die Nachrichten.«

»Die auch. Aber wir haben ja zur Zeit diesen unbehaglichen Frieden, da ist das mit den Nachrichten so eine Sache.«

»Er wird nicht ewig halten. Befürchte ich.«

»Du befürchtest – ich eigentlich auch, obwohl ich manchmal fast hoffe.«

»Wenn es wieder losgeht, wird es nicht mehr so leicht sein, in deinem Hafen Oliven zu suchen.«

Sie lächelte und legte die Hand auf seine. »Du weißt, du bist jederzeit willkommen.«

»Ich weiß. Manchmal …« Er machte eine kleine Pause. »Hin und wieder frage ich mich, wie lang ich das alles noch machen kann.«

»Oliven suchen?«

»Seezigeuner spielen.«

»Seezigeuner? Klingt gut. Aber was würdest du denn dann machen? Wo?«

Er hob die Schultern. »Havanna? Ich weiß nicht. Cartagena de Indias? Cádiz? Ciudadela?«

Sie tätschelte seine Hand. »Hier bist du jederzeit willkommen, das habe ich dir ja schon häufiger gesagt. Aber ... in Abständen.«

»Ich dachte, du brauchst vielleicht einen Aufseher für deine Ölmühlen.«

Sie kniff ein Auge zu. »Liebling«, sagte sie leise. »Wie alt bist du jetzt?«

»Achtundvierzig. Warum?«

»Über fünfzig sind Männer nicht mehr viel wert.« Sie gluckste. »Vorher auch nicht, aber immerhin manchmal ganz angenehm.«

»Also kein Aufseher?«

»Ich habe da draußen Vorarbeiter.« Nun machte sie ein beinahe ernstes Gesicht. »Du weißt doch, die Frau folge dem Manne nach ... Das habe ich getan. Als Frau gehört man einem Gemahl, ob man mag oder nicht. Als Witwe ... einer Witwe gehören notfalls alle Männer, wenn sie mag und die Männer nichts Besseres zu tun haben. Männer, Geschäfte und Nachrichten.«

Er nickte; dann kicherte er. »Ich bin also bald zu alt, und außerdem weiß ich gar nicht, ob ich es auf Menorca aushalten kann – unabhängig von der Frage deiner Männer. Irgendwie ist mir die Insel zu klein, obwohl du prächtig auf ihr prangst. Mach dir also keine übermäßigen Sorgen; ich werde darauf verzichten, Belagerungen zu unternehmen.«

»Ach, zwischendurch ...«

»Ich dachte, ich hätte die Technik der vorübergehenden Belagerung einigermaßen gemeistert, Schönste.«

»Hast du.« Sie lachte. »Ehe wir uns weiter sinnlos, wenn auch reizend, mit Wörtern balgen, gibt es von dir aus noch dringende Angelegenheiten zu bereden?«

Er wies hinter sich, auf den Tisch mit dem Beutel und den Papieren. »Sollte ich dazu noch etwas wissen?«

Sie runzelte die Stirn. »Ich glaube nicht ... Doch, ja, da ist noch etwas. Eine englische Fregatte.« Sie nannte den Namen des Schiffs und den des Kapitäns. »Sie wird nördlich von Messina kreuzen, wenn du alles abgewickelt hast. Sie wird die befreiten Engländer übernehmen. Und ehe du fragst, nein, der Kapitän mag keine Oliven.«

Im Haus des Hafenmeisters gab es ein beinahe üppiges Gelage, an dem auch einer der längst verheirateten Söhne teilnahm. Zum Mißfallen seiner Eltern erwähnte er, daß er samt Familie demnächst nach Mahón umziehen wolle, wo es dank des englischen Flottenstützpunkts mehr und bessere Arbeitsbedingungen gebe. Antonio Pujol bestätigte das mürrisch. Seit Ciudadela nicht mehr Hauptstadt sei, habe es viele Veränderungen gegeben, und abgesehen von heimischen Fischern sei die *Santa Catalina* das erste Schiff seit Tagen, das den Hafen angelaufen habe.

Danach kamen sie auf andere Themen, eine gewisse Heiterkeit stellte sich ein, und als Belmonte nachts zurück zum Schiff ging, hatte er ein wenig Schlagseite.

Morgens ging es um Wasser und Proviant. Ortiz hatte bereits das meiste beschafft beziehungsweise bestellt; es wurde im Verlauf des Vormittags von mehreren Händlern geliefert. Bei gutem Wind würden sie vier oder fünf Tage bis Malta benötigen, wo man alles für vierunddreißig »Gäste«

ergänzen konnte. Als er Ortiz die Zahl nannte, die er selbst erst dank Carmens Liste kannte, knurrte der Navigator leise und erwähnte den begrenzten Platz an Bord; Belmonte hob die Schultern und sagte, man müsse eben auf gutes Wetter hoffen, bei dem es befreiten Sklaven durchaus zuzumuten sei, an Deck zu schlafen.

Während die Leute der Besatzung alles verstauten, verließ Belmonte das Schiff noch einmal. Pujol hatte ihm abends einen Tabakhändler empfohlen und von einem »netten Kramladen« erzählt, in der Mitte des Orts, der neben allerlei Curiosa auch gebrauchtes Tauwerk, defekte Kompasse und abgegriffene Bücher feilbiete.

Nachdem er den Tabakladen gefunden hatte, in dem er zu einem dreisten, aber nicht völlig unverschämten Preis zwei Kistchen mit karibischen Zigarren erstehen konnte, begab er sich zu dem anderen Geschäft, das *Kostbar & Kinkerlitz* hieß, falls das nicht der Doppelname des Besitzers war. Zu seinem Vergnügen fand er dort die acht Bände der vierten Auflage von Lewis Theobalds Ausgabe der Werke Shakespeares, ein paar verstreute Bände Torres Villarroel, Quevedos *Buscón,* den er immer einmal hatte lesen wollen, und mehrere andere Bände, darunter einen fast unberührten Roman von Tobias Smollett, *The Life and Adventures of Sir Launcelot Greaves*. Smollett und Shakespeare, sagte der Händler, habe er einem englischen Marineoffizier abgekauft, der Spielschulden bezahlen mußte. Belmontes Frage nach französischen Autoren wie Diderot und Voltaire beantwortete der Mann mit der Gegenfrage, ob der geschätzte Kunde ihn nicht lieber gleich weltlichen Häschern oder der Inquisition ausliefern wolle.

»Und ich dachte, unter britischer Herrschaft hätten sich die Dinge gelockert.«

Der Händler breitete die Arme aus. »Was die Inquisition angeht, haben Sie recht«, sagte er. »Aber die Gewalt des weltlichen Arms? Kennen Sie denn einen Staat, der Wert darauf legt, selbständiges Denken zu fördern?«

Tatsächlich erreichten sie den Hafen von Valletta aufgrund schwankender Winde nicht am fünften Tag, sondern am Vormittag des achten. Ortiz wählte ein paar Leute aus und begab sich mit ihnen zu den üblichen Händlern, während Belmonte auf den wichtigsten Mann wartete, der auch alle bisherigen »Geschäfte« dieser Art eingefädelt hatte, den Vermittler Konstantinos Papadopoulos.

Der erschien, kaum eine Stunde nachdem die *Santa Catalina* festgemacht hatte. Er kletterte an Bord, klopfte seine Pluderhosen ab, rückte die goldverzierte Jacke zurecht, sah sich um und kam zum Achterdeck. »Don Osvaldo!« Er strahlte und vollführte eine üppige Verneigung.

Belmonte verkniff sich ein Lächeln, lupfte kurz den Dreispitz, den er nur zu diesem Zweck aufgesetzt hatte, und sagte: »Meister Konstantinos, es ist mir wie immer ein Vergnügen.«

Papadopoulos blinzelte in die hochstehende Sonne und deutete auf die Flagge. »Welcher der vielen Flotten gehören Sie diesmal an?«

»Lübeck«, sagte Belmonte. »Man hat es mir gestattet, weil ich mehrere ehrenwerte Herren aus Lübeck freikaufen soll.«

Der Grieche klopfte auf seine Jackentasche, aus der zusammengerollte Papiere ragten. »Ich weiß; ich habe die Listen. Können wir uns an einen schattigeren Ort begeben?«

Belmonte ging in die kleine Kajüte des Zweimasters voraus. »Auf einem Gaffelschoner ist leider auch für den Kapitän und seine geehrten Gäste nicht viel Platz«, sagte er, den Kopf halb nach hinten gedreht. »Aber das wissen Sie ja seit Jahren. Was es nicht minder unbequem macht. Treten Sie ein, Papadopoulos Effendi. Wein?«

»Ah ah. Zu früh am Tag. Ich will doch, wenn ich nachher wieder an Land bin, nicht lallend durch die Gassen wanken. Die edlen Herren des Ordens könnten sich gestört fühlen. Und wenn wir uns schnell einigen und ich an Bord bleibe, sollte ich auch nicht schlingern. Das überlasse ich Ihrem trefflichen Kahn.«

»Wasser? Kaffee?«

»Kaffee wäre nicht schlecht.«

Belmonte nickte dem Kajütjungen zu, der eine Verbeugung andeutete und verschwand. Die beiden ließen sich am Tisch der Kajüte nieder; durch das geöffnete Heckfenster waren Teile der mächtigen Hafenbefestigung zu sehen. Auf einem der Türme wehte die Flagge der Malteser.

»Wie stehen die Dinge in Valletta?«

Papadopoulos strich sich den sauber gestutzten Bart. »Schlecht.« Er klang beinahe vergrämt, und durch das Streichen oder die Stimmung schienen seine Mundwinkel abzusinken. »Betrüblich, könnte man sagen. Der Orden braucht Geld.«

Belmonte faltete die Hände auf dem Tisch. »Das ist eigentlich nicht neu.«

»Nicht neu, aber sie brauchen mehr Geld. Jedes Jahr mehr als im Vorjahr, und deshalb verlangen sie einen höheren Anteil an unserem Geschäft.«

Tommo kam mit zwei Blechbechern voller Kaffee zurück und stellte sie auf den Tisch. Belmonte nickte und bedeutete ihm mit einer Handbewegung, daß er sie verlassen solle. Als sie wieder unter sich waren, sagte er:

»Das tut mir leid – für Sie, Kosta.«

»Es wird nicht nur meinen Teil vermindern, Kapitän. Auch Ihren.«

»Ich habe gar keinen Anteil, den man vermindern könnte.«

Der Grieche blies über den heißen Kaffee. »Wie darf ich das verstehen? Haben Sie sich der unbezahlten Mildtätigkeit ergeben?«

»Keineswegs. Eine Zigarre zum Kaffee?« Belmonte öffnete ein Kistchen und schob es ihm hin.

»Zu liebenswürdig. Aber ...«

»Bitte sehr, die Schere.«

Papadopoulos kniff die Augen zusammen. Während er die Zigarre beschnitt, sagte er langsam, wie tastend: »Kann es sein, daß Sie nicht nur feilschen, sondern mich ausnehmen wollen?«

Belmonte lachte. »Wie kommen Sie darauf? Weil ich Ihnen eine gute Zigarre aus Westindien anbiete? Ausnehmen stelle ich mir anders vor. Nein, mein Freund – es ist nur so, daß ich diesmal nicht auf Beteiligung fahre, sondern von den Auftraggebern eine feste Summe für die ... auszulösenden Gäste erhalten habe. Und eine feste, wiewohl mindere Summe für das Schiff und die Fahrt.«

Papadopoulos paffte; der Duft breitete sich aus. »Rauchen Sie heute nicht?«

»Doch, doch; später. Zuerst die Abwicklungen. Wer ist diesmal unser Geschäftsfreund?«

»Ayub al Saif.«

»Ayub das Schwert? Hm.« Belmonte spitzte den Mund. »Und was verlangt er?«

Bis jetzt hatten sie Spanisch gesprochen; nun wechselte der Grieche ins Englische. »Vierzig Pfund für jeden«, sagte er. »Oder, je nachdem, hundertneunzig Pesos.«

»War nett, Sie zu sehen.« Belmonte leerte seinen Becher und stand auf.

Papadopoulos blieb sitzen. Er nahm einen Mundvoll Rauch, stieß ihn langsam aus, spülte mit Kaffee nach und murmelte: »Immer diese Hast. Was hatten Sie sich denn so gedacht?«

Belmonte verschränkte die Arme. »Was soll ich mir gedacht haben! Ich kann erst zu denken und zu rechnen beginnen, wenn ich weiß, wohin ich fahren muß, um die, uh, Ware abzuholen. Wie viele Tage Verpflegung und Sold für meine Leute. Wo befindet sich Ayub denn?«

»Er wollte Ihnen ein wenig entgegenkommen, damit Sie nicht allzuweit segeln müssen. Dafür erwartet er auch ein gewisses Entgegenkommen von Ihnen.«

»Das heißt, er ist in der Nähe? Aber außerhalb der für die Malteser sichtbaren Gewässer?«

Der Grieche nickte.

»Wie viele Gäste hat er an Bord?«

»Zweiunddreißig.«

Belmonte setzte sich wieder. »Es sollten, nach allem, was ich weiß, vierunddreißig sein.«

Papadopoulos hob die Schultern. »Die Unwägbarkeiten der Dinge, die Widrigkeiten des Geschicks ... Zwei sind – sagen wir, sie haben die Zweifel des Diesseits für die Gewißheiten des Paradieses aufgegeben.« Mit einem schrägen Lächeln setzte er hinzu: »So daß es Ihnen möglich sein sollte, die anvertrauten Gelder durch zweiunddreißig statt vierunddreißig zu teilen und entsprechend für jeden mehr zu zahlen.«

»Ich habe immer gewußt, daß ich auch bei argem Seegang auf Ihren Witz zählen kann, mein Freund.«

»Witz? Danke, aber diesmal habe ich es ernst gemeint.«

»Ein Jammer. Eigentlich mache ich gern Geschäfte mit Ihnen, aber so kommen wir nicht zusammen.«

Papadopoulos legte die Zigarre in die dafür vorgesehene Blechschale, leerte seinen Kaffeebecher und erhob sich. »Dann werde ich leise weinend Ihr schönes Schiff verlassen.«

Belmonte hob eine Braue. »Früher oder später wird das wohl der Fall sein. Aber Sie können von mir aus in Ruhe zu Ende rauchen. Wie geht es der Familie?«

Der Grieche setzte sich wieder. »Kläglich«, sagte er. »Die Menge der Kinder nimmt zu, der Liebreiz der Gattinnen nimmt ab, die Börse dessen, der für alles zu zahlen hat, leidet an Schwindsucht.«

»Sie zerreißen mir das Herz, Konstantinos.«

»Haben Sie eines?«

»Es pocht noch ein wenig.«

»Was hatten Sie sich denn vorgestellt?« Er hob die Hand. »Lassen wir die Frage der Segelstrecke beiseite. Sagen Sie mir eine Zahl. Was wollen Sie pro Kopf ausgeben?«

»Es kommt nicht auf meinen Willen oder meine Lust an, Kosta. Wie gesagt: Man hat mich angewiesen, die vorgesehene Summe auf keinen Fall zu überschreiten. Fünfundzwanzig Pfund für jeden.«

Papadopoulos hob die Hände mit abgespreizten Fingern. »Fünfundzwanzig?« Er schrie beinahe.

»Für jeden Lebenden. Für Tote? Nichts. Die Angehörigen wollen ihre Väter, Brüder, Söhne wiedersehen, keine Leichen.«

»Aber … fünfundzwanzig? Nein nein nein. Unmöglich. Die vierzig, die ich genannt habe, sind schon gewissermaßen, also, tja, billig. Bedenken Sie doch, Don Osvaldo, wie viele Teilnehmer zu allenfalls läßlichem Zetern zu bewegen sind!«

»Eben, das tue ich ja. Die Leute, die mich beauftragt haben. Mein Schiff, meine Mannschaft und ich.«

»Ah ah«, sagte Papadopoulos. »Sie und Ihre Leute zum Beispiel gar nicht. Sie kriegen doch einen festen Betrag – wie Sie vorhin gesagt haben.«

Belmonte beugte sich vor und klopfte auf den Tisch. »Ja, meinen Sie denn, das genügt, das Schiff tüchtig zu halten und die Mannschaft zu ernähren? Nicht zu reden davon, daß auch ich bisweilen essen muß. Ich stecke in der Klemme zwischen Ihrer und Ayubs Gier und dem Geiz der Familien!«

»Und was ist mit meiner Klemme? Ich vermittle; dabei entstehen unsägliche, wenn nicht gar unsagbare Kosten! Und die Malteser ... Früher sind sie losgezogen, um europäische Sklaven mit dem Schwert zu befreien. Heute können sie das nicht mehr, dafür wollen sie aber an jedem Freikauf, der Malta irgendwie berührt, beteiligt werden.«

»Trotzdem – vierzig ist viel zuviel.«

Papadopoulos ächzte dramatisch. »O ob der hungernden Enkel! Neununddreißig? Äußerstes Entgegenkommen!«

»Wenn wir außer Sichtweite der Herren des Ordens bleiben, entfällt doch ihr Anteil, nicht wahr?«

»Als Bewohner von Valletta habe ich aber Abgaben zu zahlen. Wovon, wenn nicht von Einnahmen?«

»Fünfundzwanzig Pfund und zehn Shilling«, sagte Belmonte.

Papadopoulos raufte sich die Haare. »Unmöglich! Unsäglich! Unzumutbar! Unerträglich!«

»Warum ist Ayub al Saif denn so weit gefahren? Kann es sein, daß er Ärger mit seinen Nachbarn hat? Seinem Fürsten?«

»Er ist der Fürst.«

»Dann will er vielleicht ... Hm, könnte es sein, daß einer seiner zu verkaufenden Sklaven krank ist? Daß er deshalb schnell und weit gefahren ist, um ihn zu verkaufen, ehe auch dieser stirbt?«

Am Ende einigten sie sich auf 32 Pfund 10 Shilling pro Kopf. Belmonte sagte sich, daß man dieses Ergebnis auch schneller hätte erzielen können; es war ja genau die halbe Strecke zwischen den zu Anfang genannten Beträgen. Aber Papadopoulos wäre sich untreu geworden und hätte sich vermutlich tagelang gegrämt. Und Belmonte konnte zufrieden sein. Er hatte mit den Leuten in Nizza und mit Doña Carmen über Summen zwischen 35 und 38 Pfund gesprochen, die zur Zeit für versklavte Europäer zu zahlen seien. Man hatte ihm je 38 Pfund mitgegeben und seine Forderungen, die Kosten des Unternehmens betreffend, ohne großes Feilschen akzeptiert. Er würde 35 Pfund ansetzen, drei Pfund pro Person zurückzahlen, dazu zweimal 38 für die in Gefangenschaft Verstorbenen, und 80 Pfund Reingewinn machen. 32 mal 2 Pfund 10 Shilling ...

Aber vorläufig war nichts davon gewiß, geschweige denn sicher. Ayub al Saif mochte vielleicht neu verhandeln wollen. Andere Fürsten der tunesischen Küsten könnten das Schiff samt Besatzung und Freigekauften überfallen. Es gab Stürme und wüste Wellen. Erd- und Seebeben, Vulkanausbrüche, Krankheiten. O die Unwägbarkeiten, die Wechselfälle des Geschicks, dachte er. Und er grinste dabei.

Der Beutel, den Papadopoulos – ebenfalls grinsend – entgegennahm, wog schwer, und es klirrte darin; er enthielt den Gegenwert von 1040 Pfund, in Sovereigns, Dukaten, Zechinen, Escudos und Talern.

»Ach, wenden Sie mir doch ein Weilchen den Rücken zu«, sagte der Grieche. »Das, was nicht für Ayub bestimmt ist, möchte ich herausnehmen; aber Sie müssen das ja nicht unbedingt sehen.«

»Nicht unbedingt, das stimmt. Und wie geht es jetzt weiter?«

»Wenn der Wind halbwegs günstig ist, könnten wir sofort auslaufen.«

»Welche Richtung?«

»Westnordwest.«

Belmonte ging zur Kajütentür, klatschte in die Hände und rief: »Señor Ortiz, zum Kapitän!«

Der schwarze Navigator ließ nicht lange auf sich warten; er mußte sich auf dem Achterdeck aufgehalten haben. Belmonte wechselte ein paar Worte mit ihm und wies ihn dann an, die *Santa Catalina* zum Auslaufen klarzumachen. »Ich komme gleich an Deck.«

Ortiz neigte den Kopf und ging hinaus.

»Wir werden ein bißchen kreuzen müssen, aber es geht«, sagte Belmonte. »Wie weit?« Er blickte weiterhin zur Tür. Hinter sich hörte er Münzen klirren.

»Zwei Stunden? Drei? Kommt darauf an, wie arg wir kreuzen müssen.« Papadopoulos schnaubte und schob auf dem Tisch Münzen hin und her.

»Und wie kommen Sie danach zurück? Sollen wir noch einmal nach Valletta und Sie absetzen?«

»Sie können sich umdrehen, Don Osvaldo; ich bin fertig. Und – nein, ich habe noch mehr mit Ayub al Saif zu verhandeln. Wahrscheinlich werde ich die Nacht an Bord verbringen und mich morgen von ihm heimbringen lassen.«

Belmonte wackelte mit dem Kopf. »Geht das? Ein Araber im Hafen der Malteser?«

Der Grieche schob einen kleineren Beutel in eine seiner Jackentaschen; den größeren befestigte er am Gürtel. Als er damit fertig war, breitete er die Arme aus und lächelte. »Mein Freund, im Augenblick herrscht blutrünstiger Friede, in dem nur das Geld und der eigene Vorteil zählen.« Er gluckste. »Im Krieg, der manchmal nicht ganz so blutrünstig ist, ist es genau umgekehrt.«

Unsere Flotte stieß zu einer anderen, die auf sie gewartet hatte. Sie warfen beide zu Port Royal in Jamaika Anker. Dort lagen wir ungefähr einen Monat. In dieser Zeit wurden zweifellos Sachen von Belang verhandelt, wenngleich einige behaupteten, wir hätten dort gar nichts zu tun gehabt; vielmehr hätte, um die für unser Unternehmen günstige Jahreszeit zu nutzen, das Westindische Geschwader [...] an der Westseite von Hispaniola mit dem nötigen Kriegsvorrat und frischem Proviant zu uns stoßen müssen.
Von da wären wir im Stande gewesen, sogleich nach Cartagena zu segeln, ehe der Feind sich zur Verteidigung hätte vorbereiten oder den geringsten Wink von unserer Absicht bekommen können.

Tobias Smollett, *Die Abenteuer des Roderick Random*

Der Sklave und der Schatz

Ayubs Schiff trieb mit gerefften Segeln dahin. Nur eines war halb aufgezogen, damit man bei dem unangenehmen Seegang wenigstens einen kleinen Druck auf dem Ruder hatte, um Schlingern und Schlimmeres zu vermeiden. Das Segeltuch war ockerfarben, und jemand hatte ein großes böses Auge darauf gemalt. Das Schiff war die größte Schebecke, die Belmonte je gesehen hatte, mit zwanzig Stückpforten auf der ihm zugewandten Seite. Ortiz sagte, sie komme ihm vor wie das Ergebnis der Paarung einer Galeere mit einer Galeone. Papadopoulos ließ sich mit einem Beiboot hinüberbringen; er sagte, er müsse drei diskrete Worte mit Ayub wechseln und werde ein Zeichen geben, wenn alles so weit geklärt sei.

Belmonte faßte sich in Geduld. Es dauerte etwa eine halbe Stunde, bis der Grieche drüben wild mit den Armen fuchtelte und winkte. Wind und Wellengang ließen das Beiboot kräftig schaukeln. Von einem Wellental aus war die Leiter des Arabers kaum zu erreichen, und die nächste Woge drohte das Beiboot gegen die Bordwand des großen Schiffs zu schmettern. Beim vierten Versuch kriegte Belmonte endlich eine Stufe, dann den Handlauf zu fassen und zog sich hoch.

Papadopoulos erwartete ihn neben der Pforte. »Kommen Sie; Ayub scheint es eilig zu haben.« Er ging voraus zum Achterdeck, die Arme halb abgespreizt, um auf dem schwankenden Deck nicht das Gleichgewicht zu verlieren.

Belmonte folgte ihm; dabei sah er sich um. Weiter vorn, von Bewaffneten bewacht, erblickte er eine Gruppe zerlumpter, hagerer Gestalten, vermutlich die zum Freikauf vorgesehenen Sklaven. Ein Teil der Schiffsbesatzung schien ebenfalls aus Sklaven zu bestehen, die von weiteren Bewaffneten beaufsichtigt, angeleitet und angetrieben wurden. Aus den Augenwinkeln sah Belmonte, daß plötzlich mehrere Leute aufblickten, nach oben, in den Himmel oder zur Mastspitze. Dann schleuderte ihn ein heftiger Stoß in den Rükken mehrere Schritt weit nach achtern, und hinter ihm krachte etwas auf die Decksplanken.

Rufe, Schritte; jemand packte ihn am Oberarm und zog ihn auf die Beine: ein schlanker, dunkelhaariger Mann in Fetzen und barfuß. Hinter ihm lag das, was sich offenbar bei Arbeiten weiter oben am Mast gelöst hatte. Eine Spiere, ein schwerer Taljenblock und allerlei Tauwerk. Belmonte schaute hinauf; oben sah er erschreckte Gesichter. Drei Männer – Sklaven? Seeleute? – hatten dort offenbar etwas verändern oder neu befestigen sollen, und durch den Seegang hatte es sich gelöst.

Belmonte sah dem Dunkelhaarigen ins Gesicht. »Danke für den Stoß, Freund«, sagte er auf Spanisch. »Ich schulde dir was.«

Der Mann hob die Schultern. »Ich verstehe nicht, aber du hast bestimmt recht.« Sein Englisch klang nach Irland.

Belmonte wiederholte den Dank auf Englisch. Der Ire nickte und wandte sich ab, weil einer der bewaffneten Aufseher ihn scharf zu sich rief.

Papadopoulos hatte die Luft angehalten. Nun stieß er sie lautstark aus und schüttelte den Kopf. »Um ein Haar oder zwei«, sagte er. »Schlechter Beginn der Geschäfte, dem hoffentlich ein besseres Ende folgt. Kommen Sie.«

Ayub al Saif stand auf dem Achterdeck und stützte sich auf das Geländer neben dem Aufgang. »Allah ist mit den Geschäftstüchtigen«, sagte er, als Belmonte ihn erreichte. »Verstehst du das Arabische, Spanier?«

»Ich spreche es sogar ein wenig.« Belmonte deutete eine Verneigung an und berührte nacheinander Stirn, Mund und Brust mit der Rechten. »Es wäre aber nicht nötig gewesen, Herr des Schwerts, mich so aufwendig an Bord deines prächtigen Schiffs zu begrüßen.«

Ayub zwinkerte. »Manchmal muß man sich besondere Mühe geben.«

Der Mann, der einen Ruf als harter Geschäftsmann und rücksichtsloser Korsar hatte, schien über Humor zu verfügen. Derlei hatte ihm bisher niemand nachgesagt, soweit Belmonte wußte. Man lernt ja nie aus, sagte er sich und musterte das Gesicht des Arabers, der um die sechzig sein mußte. Das mit bunten Schnüren umwickelte Tuch, das sein Haar bedeckte, war ebenso weiß wie der Bart, und die Falten des Gesichts wirkten im Moment weniger schroff als erheitert.

»Wollen wir schnell zur Sache kommen?« sagte Papadopoulos. Er trat von einem Bein aufs andere. »Ich muß Sie nämlich doch bitten, mich wieder nach Valletta zu bringen, Don Osvaldo. Fürst Ayub hat andere Pläne. Der Wind ...«

»Es könnte Sturm geben.« Ayub deutete nach Südwesten, wo sich der Himmel verfinsterte. »Ich mag nicht tagelang in einem feindlichen Hafen festliegen.«

»Natürlich. Gibt es noch etwas zu bereden?«

Ayub winkte einem Diener, der näher kam und vor ihm niederkniete. In den Händen hielt er eine Silberplatte mit Brot, einem Schälchen mit hellen Kristallen und zwei Tonbechern.

»Brot, Salz und Wasser«, sagte Ayub. »Daß nichts zwischen uns stehe. Oder liege.« Seine Blicke richteten sich auf die Trümmer, die Belmonte beinahe erschlagen hätten.

»Du ehrst mich, Fürst.«

Ayub riß ein Stück Brot ab, streute Salz darüber und reichte es Belmonte. Der Spanier biß die Hälfte ab und gab ihm den Rest zurück. Ayub aß, reichte ihm einen Becher, nahm den zweiten. Beide tranken. Dann klatschte der Korsar in die Hände. »Macht alles fertig«, rief er. Es galt den Bewaffneten, die die Gruppe Sklaven am Fuß des vorderen Masts bewachten.

»Hat alles seine Ordnung«, sagte Papadopoulos. »Ich habe die Namen auf der Liste aufgerufen, alle sind da.«

Belmonte blickte hinüber zur *Santa Catalina* und hob den rechten Arm als Zeichen für Ortiz, das zweite Beiboot zu schicken. Dann wandte er sich an Ayub.

»Allah ist mit den Barmherzigen, Fürst, und mit den Gerechten. Dem zu danken, dem Dank gebührt, ist vielleicht nicht notwendig, aber gerecht. Was willst du für den Mann haben, der eben mein Leben gerettet hat?«

»Lassen Sie mich das machen«, sagte Papadopoulos. »Ohne Beteiligung.«

»Wenn es dem Fürsten recht ist.«

»Es ist«, sagte Ayub. Er winkte Papadopoulos zu sich. Sie sprachen leise miteinander. Belmonte hörte vom Vorschiff her erregte Stimmen. Er versuchte, in dem Gedränge um die Leiter etwas zu erkennen. Der Lärm ebbte ab, und kurz darauf konnte er das Beiboot sehen, das mit der ersten Gruppe Freigekaufter abgelegt hatte und zur *Santa Catalina* fuhr. Einer der ehemaligen Sklaven, triefnaß, war vermutlich beim Besteigen des Beiboots ins Wasser gefallen und hatte dadurch die Unruhe ausgelöst.

Das zweite Boot näherte sich schnell und wurde unter der Bordwand für ihn unsichtbar.

Papadopoulos hüstelte und sagte: »Don Osvaldo?«

»Meister Konstantinos?«

»Sie haben Ihren Mann. Es gab da noch dies und das zu regeln, er ist Teil des Geschäfts. Über den Preis sprechen wir später.« Leiser setzte der Grieche hinzu: »Aber vielleicht könnten Sie die Sache durch ein Geschenk unter Männern abrunden. Nicht für mich, für den Fürsten.«

»Geschenk unter Männern? Wo soll ich hier ein Pferd oder ...« Er unterbrach sich, nickte und löste das Messer samt Scheide von seinem Gürtel, nahm es auf die Handflächen und streckte die Arme aus. »Ein schlichter Dolch, Herr«, sagte er. »Seine einzige Zier ist, daß er mir zweimal das Überleben ermöglicht und Feinde in die Dschehenna geschickt hat. Magst du mir die Ehre erweisen, ihn anzunehmen?«

Ayub deutete eine Verneigung an, nahm den Dolch entgegen, hob ihn an die Stirn und schob ihn in den Gürtel.

»Wohlgetan«, murmelte Papadopoulos. »Abschied?«

Belmonte wies einige Leute seiner Besatzung an, sich um die Freigekauften zu kümmern. Er hatte sie an Bord begrüßt, hielt es aber für sinnvoll, sie zuerst einmal sich selbst zu überlassen. Aus Erfahrung – es war das fünfte Unternehmen dieser Art, und er wußte, daß viele, vielleicht die meisten zunächst einfach nur etwas wollten, was man »unbeaufsichtigt existieren« nennen konnte. Einige saßen am Hauptmast und starrten vor sich hin, andere gingen auf und ab, unterhielten sich miteinander oder versuchten, mit Matrosen zu reden.

»Engländer«, sagte Papadopoulos. »Franzosen, Italiener, Holländer, Deutsche, Spanier ...«

»Ich weiß, ich habe die Listen gesehen und mit den Mittelsleuten der Familien verhandelt. Aber sagen Sie, was haben Sie da noch mit Ayub ausgehandelt? Ich will Ihnen nichts schuldig bleiben.«

Papadopoulos blickte zu dem Iren, der an der Backbordreling lehnte und aufs Meer hinausschaute. »Ich hatte bei Ayub noch etwas gut«, murmelte er. »Das haben wir verrechnet. Die Differenz, wenn Sie darauf bestehen, dürfen Sie mir gern ausbezahlen. Zwanzig Pfund.«

»Dann schulde ich Ihnen aber immer noch das, was Sie bei Ayub guthatten, wie Sie sagen.«

Der Grieche knurrte etwas; dann sagte er: »Ausgleich für Sünden, die auf meinem Gewissen lasteten. Begnügen Sie sich damit, Don Osvaldo. Mehr wollen Sie nicht wissen. Und wenn Sie darauf bestünden, mehr zu zahlen, würde sich die Erleichterung meines Gewissens wieder verflüchtigen.«

Belmonte klopfte ihm auf die Schulter. »Der Mensch ist eine komplizierte Maschine, nicht wahr? Gut; lassen wir es dabei bewenden.« Er griff in seinen Beutel, zählte Münzen ab und hielt sie Papadopoulos hin. »Hier sind die zwanzig Pfund. Quitt?«

»Quitt. Danke.«

Der Ire löste sich von der Reling, blickte zum Achterdeck und kam näher. An der Treppe blieb er stehen, räusperte sich vernehmlich und sagte: »Darf ich, Captain?«

»Kommen Sie.«

Der Mann war barfuß und trug nur eine ausgefranste Hose, die einmal weiß gewesen sein mochte. Wie die anderen ehemaligen Sklaven war er keineswegs wohlgenährt, hatte aber kräftige Muskeln und schien gesund zu sein. Belmonte schätzte ihn auf Mitte Dreißig.

»Gehöre ich jetzt Ihnen?«

»Haut und Haar, Leib und Seele.«

Der Ire blickte an sich hinunter und breitete die Arme aus. »Nicht viel dran, schlechtes Geschäft, könnte man sagen.« Er grinste.

»Das werden wir sehen. Wie heißen Sie, woher kommen Sie, was können Sie, was wollen Sie?«

»Uh, so viele Fragen auf einmal ... Fergus O'Leary, sehr zu Diensten, Sir, eh, Don Osvaldo?«

»Kapitän genügt.«

»Also Kapitän. Aus Skibbereen. Fischer, Seemann, ich kann alles, was man als Fischer und Seemann können muß. Und was ich will? Tja, in Südamerika einen Schatz finden und in ein Irland heimkehren, das nicht mehr von den Engländern geknechtet wird.«

Belmonte lachte. »Könnte schwierig werden. Der Schatz und Irland, meine ich. Und bis dahin?«

O'Leary blickte nach achtern, nach Westen. »In ein paar Minuten geht die Sonne unter. Vier Jahre als Sklave in Steinbrüchen und auf Schiffen, die erste Nacht als ... als was? Leibeigener?«

»Matrose, wenn Sie wollen.«

»Will ich. Und bei der Seele meiner Mutter schwöre ich, daß ich nicht abhauen werde, ehe wir geklärt haben, was ich Ihnen schulde.«

»Wenn hier alles andere sortiert ist, können Sie mir ja mehr über den Schatz und Irland erzählen; dann sehen wir weiter.«

Es gab dann doch keinen Sturm, blieb aber windig. In Valletta ließ sich Papadopoulos mit einem über die Wellen strauchelnden Beiboot an Land bringen. Belmonte legte keinen Wert auf langwierige Verhandlungen mit den Ordensrittern und ihrem Hafenmeister; als das Beiboot wieder festgemacht war, segelten sie in die Nacht hinein. Die Sterne waren gut zu sehen, der Westwind kräftig. Östlich von Malta gingen sie auf Nordkurs – sie würden kreuzen müssen, konnten aber hoffen, in nicht allzu ferner Zukunft die Straße von Messina zu erreichen. Unterwegs oder spätestens in Höhe von Neapel mußte sich jene englische Fregatte finden lassen, der man die drei freigekauften Briten – Offiziere der Handelsmarine – übergeben konnte. Die Spanier nach Messina, alle übrigen nach Livorno, und bis dahin wollte sich Belmonte möglichst wenig um die »Passagiere« kümmern.

Dafür gab es mehrere Gründe. Die Männer mußten sich an die Freiheit gewöhnen, atmen, an Deck herumlaufen, ohne dabei die Besatzung allzusehr zu stören. Sie mußten essen, um einigermaßen zu Kräften zu kommen, und danach würden sie beginnen, Forderungen zu stellen.

Wie er von den vier bisherigen Freikauf-Fahrten wußte, dauerte es nie lange, bis die ehemals Reichen und Mächtigen Freiheit, Freude, Erleichterung verarbeitet hatten und besseres Essen, feine Kleidung und behagliche Unterkunft verlangten. Gewöhnliche Menschen mit gewöhnlichen Ansprüchen gerieten zweifellos auch in Gefangenschaft, hatten aber selten Freunde oder Verwandte, die sie freikaufen konnten. Den Listen zufolge hatte er Offiziere und Kaufleute an Bord genommen. Vielleicht tat er dem einen oder anderen Unrecht; vielleicht waren bemerkenswerte Personen dabei, aber die Erfahrung sagte ihm, daß neben den üblichen Leidensgeschichten allerlei Anmaßung zu erwarten war: Der Kapitän und der Navigator Ortiz, die einzigen Offiziere, sollten gefälligst für die Dauer der Fahrt ihre Kajüten den edleren und reicheren Männern überlassen, im nächsten Hafen bessere Verpflegung beschaffen, die groben Planken mit Teppichen belegen, die groben Seeleute knebeln, den groben Seegang bügeln. Plantagenbesitzer, die den schwarzen Navigator beleidigten und aus den Monaten der Versklavung lediglich den Schluß zogen, daß sie die eigenen Sklaven bisher zu gut behandelt hätten; Christen, aus moslemischer Sklaverei freigekauft, die nichts mit den beiden Juden der Besatzung zu tun haben wollten ... »Schau nicht in den Abgrund; er könnte zurückschauen, und du willst ihn doch nicht erschrecken, oder?« hatte ihm vor Jahren ein alter Bettler gesagt.

Deshalb begrüßte er die Freigekauften, sicherte ihnen gewöhnliche Behandlung und Verpflegung zu, nannte ihnen die Häfen, in die man sie bringen würde, bat sie, die Mannschaft nicht zu behindern und während der Reise das Achterdeck nicht ohne vorherige Aufforderung zu betreten.

Trotz nicht besonders günstiger Winde erreichten sie am vierten Tag Messina. Dort übergab er die befreiten Spanier dem spanischen Festungskommandanten, der sich um alles weitere kümmern würde. Die Hoffnung, im Hafen vielleicht Fracht für Neapel oder Livorno zu finden, erfüllte sich nicht. Auf halber Strecke zwischen Messina und Neapel sichteten sie die britische Fregatte, der sie die Engländer anvertrauen konnten. Dann Neapel und schließlich, nach Tagen mit gutem Wind, Livorno.

Aber bis dahin hatte sich noch etwas ereignet. Als sie Malta verließen, wiederholte der Ire O'Leary, er wolle gern, falls man ihn brauchen könne, wenigstens bis Livorno an Bord bleiben und arbeiten, und was er denn dem Kapitän für den Freikauf schulde? Belmonte winkte ab, sagte, das werde man später erörtern, wenn die Fragen des Brauchens und des Könnens und der Nützlichkeit beantwortet seien, und bat Ortiz, den Mann einzusetzen und zu prüfen.

Am Abend des dritten Tages übergab Ortiz, zu Belmontes milder Verblüffung, dem Iren das Steuerruder und sagte: »Kapitän, haben Sie ein paar Augenblicke Zeit?«

»Kommen Sie, gehen wir in die Kajüte.«

Als sie die Tür hinter sich geschlossen hatten und außer Hörweite der Mannschaft waren, deutete Belmonte auf den Kartentisch. »Setz dich. Wein?«

Ortiz rollte die ausgebreiteten Seekarten zusammen, ließ sich nieder und sagte: »Gern. Hast du für morgen besondere Anweisungen? Wenn alles so weitergeht, müßten wir gegen Mittag Messina erreichen.«

»Nur das Übliche.« Belmonte goß zwei Blechbecher voll, setzte sich ebenfalls und schob Ortiz einen der Becher hin. »Bevor wir zu deinem Anliegen kommen – ich habe den Eindruck, daß es mit den Leuten und unseren Passagieren keine Probleme gibt, oder?«

»Den Wettergöttern sei Dank.« Ortiz gluckste. »Ist ein bißchen voll vor dem Mast, aber solange es warm und trokken bleibt, können die ja alle auf Deck schlafen und müssen nicht in den Pferch.«

»Gut. Also, was hast du auf dem Herzen?«

»Ich will nicht allzu optimistisch sein, aber vielleicht haben wir mit O'Leary einen ähnlich guten Fang gemacht wie ... wie damals mein erster Kapitän mit mir.«

Belmonte musterte das Gesicht des schwarzen Navigators. Nicht zum ersten Mal sagte er sich, daß Ortiz jünger aussah, als er selbst sich fühlte; dabei war der andere sechs oder sieben Jahre älter. Ob es am afrikanischen Blut lag?

»Was kann er? Wenn du ihm das Ruder anvertraust, muß er ja auf jeden Fall Erfahrung haben.«

Ortiz trank, setzte den Becher ab und rieb sich die Nase. »Er kann lesen, schreiben, rechnen, ein Besteck machen. Hatte ein eigenes Boot, als Fischer, bis die Berber ihn vor der irischen Südküste erwischt und mitgenommen haben.«

»Da ist aber offenbar noch etwas, oder? Ich höre es an deiner Stimme.«

»Was könnte ich vor Ihnen verbergen, Kapitän?«

»Alles, was du verbergen willst. Spuck's schon aus.«

»Mhm.« Ortiz schien zu zögern; halblaut sagte er: »Wir haben uns ein bißchen unterhalten, nachts, am Ruder. Als ich irgendwann erwähnt habe, daß ich anno vierzig am Krieg um Cartagena teilgenommen habe, kamen wir auf das Ohr von Kapitän Jenkins und allen möglichen anderen Unsinn. Dann hat er eine Weile geschwiegen und mir schließlich eine erstaunliche Geschichte erzählt. Die du dir von ihm erzählen lassen solltest.«

Belmonte runzelte die Stirn. »Gib mir eine Zusammenfassung. Ich kenne zu viele irische Geschichten; die meisten sind blutig und spannend, und wenn sie auch noch witzig sind, sind sie meistens vollkommen erlogen.«

Ortiz lachte. »Derlei kennen wir doch alle. Aber – hör zu. Er ist fünfunddreißig, also anno fünfunddreißig geboren.«

»Typisch«, sagte Belmonte. »Irische Geschichten beginnen fast immer mit irgendwelchen Dopplungen.«

»Kurz nach seiner Geburt, sagt er, ist sein Vater mit ein paar englischen und walisischen Schmugglern in die Karibik gefahren. Und nie zurückgekommen.«

»Klingt wie … na ja, weiter.«

»Alles, was jetzt kommt, kann er nur glaubhaft zusammenbasteln. Rekonstruieren. Oder nicht ganz basteln, weil es da noch eine greifbare Aussage gibt.«

Belmonte stöhnte.

»Und zwar so. Die sind, wie so viele – und wie wir verdammt gut wissen –, in irgendwelche kleinen Häfen gefahren, um ihre Waren zu verkaufen. Irgendwann hat ein Guardacostas sie fast erwischt.«

»Was heißt fast?«

»Sie konnten halbwegs entkommen, aber mit ein paar Kanonenkugeln im Rumpf. Leck, natürlich, also haben sie versucht, das Land zu erreichen. Ist ihnen auch gelungen. Irgendwo, wahrscheinlich ein bißchen nordöstlich von Cartagena. Die Überlebenden sind mit zwei Beibooten durch ein sumpfiges Delta und dann einen breiten Fluß hinaufgerudert; ich nehme an, das war der Rio Magdalena.«

Belmonte schüttelte den Kopf. »Für rekonstruiert ist das viel zu genau. Wie will einer so was in Irland rekonstruieren?«

Ortiz hob die Hand. »Warte, dazu kommen wir gleich. Sie fahren also flußaufwärts, weil sie hoffen, irgendwen zu finden, der ihnen sagen kann, wo genau sie sind und wie sie da wegkommen. Dann gibt es die üblichen wirren Geschichten – Fieber, Schlangenbisse, Hunger, fortschreitende Verminderung der Truppe, wie man das so kennt. Sie haben spanische Siedlungen nachts passiert, weil sie nicht festgesetzt werden wollten; dann haben sie sich wohl in einem Indiodorf aufgehalten, und zwar länger, und irgendwann haben sie etwas über Gold und grüne Steine gehört.«

Belmonte kicherte. »Die Jungs von der grünen Insel und grüne Steine! Iren und Smaragde? Zauberhaft. Nein, fabelhaft. Märchenhaft.«

»Hab ich auch gedacht. Aber der Rest der Geschichte …«

»Da bin ich aber gespannt.«

»Das Ganze zieht sich über ein paar Jahre hin, natürlich.«

»Natürlich. Irische Jahre oder richtige Menschenjahre?«

»Sowohl als auch.« Ortiz schnitt eine Grimasse. »Wie wär's, wenn du mich zu Ende erzählen ließest? Danach kannst du höhnen, bis die Sonne wieder aufgeht.«

Es war dunkel geworden. Belmonte stand auf, holte eine kleine Lampe, stellte sie auf den Tisch und zündete sie an. »So. Wenn ich schon die Geschichte nicht glaube, will ich dabei doch wenigstens dein Gesicht sehen. Um zu sehen, ob du es ernst meinst.«

»Jahre am Fluß und in den Bergen«, sagte Ortiz. »Sie haben Gold und Steine gefunden. Vielleicht erbeutet, wer weiß. Nein, sag nichts, hör einfach zu. Dann sind sie wieder nach Norden in Richtung Küste gezogen. Am Schluß waren sie nur noch zu dritt. Von Indios haben sie gehört, daß bei Cartagena viele englische Schiffe sein sollen und daß es Krieg gibt. Darauf beschließen sie, sich dorthin durchzuschlagen. Weil es in der Gegend aber von Spaniern wimmelt, haben sie ihre Beute irgendwo in den Bergen versteckt. Sie gehen davon aus, daß die Engländer Cartagena erobern – die Indios haben ihnen von weit über hundert Kriegsschiffen erzählt und daß die Spanier nur ein halbes Dutzend hätten.«

»Können wir ja bezeugen«, sagte Belmonte. »Immerhin – etwas scheint an dem Märchen zu stimmen. Aber das gehört sich so, hat mir mal ein erfolgloser Dichter gesagt. Wenn du eine Lügengeschichte verkaufen willst, mußt du die Lügen mit Wahrheit als Köder umwickeln, sonst schluckt niemand den Kram. Weiter.«

»Einer, und zwar der Vater unseres Iren, hat den Schatz versteckt. Sie wollen sich zu den siegreichen Engländern durchschlagen und, wenn alles gutgeht, hinterher die Beute abholen. Bißchen umständlich, aber nach Lage der Dinge nicht dumm. Wenn sie von Spaniern aufgegriffen werden, einfach so, sind sie Schiffbrüchige, die durchs Land irren. Vielleicht bringt man sie um, vielleicht läßt man sie laufen. Wenn sie aber Gold und Smaragde bei sich tragen, bringt man sie auf jeden Fall um.«

»Vermutlich. Und?«

»Sie sind bis kurz vor Bocachica gekommen. Und an einen Trupp Indios mit einem jungen spanischen Offizier geraten.«

Belmonte setzte sich auf. »Ha!«

Ortiz betrachtete ihn mit einem ironischen Lächeln. »Erinnerst du dich?«

»Dunkel, ja. Drei, sagst du? Einer ist uns entwischt, einer hat einen Pfeil abgekriegt und ist gestorben. Den dritten haben wir gefangen. Er hieß ... warte mal ...«

»Hieß er zum Beispiel Archie McBride?« Das Lächeln wurde nun spöttisch.

»Teufel auch, ja. Was ... Ach, red weiter.«

»Der eine, der entkommen ist, war O'Learys Vater. Der die Smaragde versteckt hatte. Er ist zu den Engländern gekommen, hatte aber auch eine Pfeilwunde. Dann sind die Briten, wie wir wissen, abgezogen. Sie haben viele Kranke und Verwundete in Jamaika ausgeschifft. McBride war bei uns in Gefangenschaft, ist irgendwann, Jahre später, freigelassen oder ausgetauscht worden, auf Umwegen nach Irland heimgekommen und hat sich, sagt O'Leary, totgesoffen und vorher immer wieder von dem verlorenen Schatz erzählt.«

Belmonte schüttelte langsam den Kopf, immer wieder. »Die Welt ist viel kleiner, als man meint«, sagte er. »Und wie geht es jetzt weiter? Wie ich dich kenne, kommt da doch noch was.«

»O'Leary sagt, daß er mit der Geschichte irgendwie aufgewachsen ist und zwischendurch immer mal wieder davon geträumt hat, in den Bergen am Rio Magdalena Smaragde zu finden, die sein Vater dort verbuddelt hat.«

»Hoffnungsloses Unterfangen, ohne genauere Einzelheiten.«

»Hat er sich auch gesagt. Deshalb ist er beim Fischen geblieben. Bis die Berberkorsaren ihn bei einem ihrer Raubzüge geschnappt haben. Und jetzt kommt der nächste Teil der Geschichte von der Winzigkeit der Welt.«

Belmonte verschränkte die Arme vor der Brust. »Ich beginne mich vor den Zufällen zu fürchten«, murmelte er.

»Daran tust du gut. O'Leary hat einige Zeit in einem Steinbruch geschuftet. Bis einer der Zuständigen auf den Gedanken kam, Leute mit besonderen Kenntnissen ihren Fähigkeiten entsprechend einzusetzen. Danach durfte O'Leary in einem Hafen Boote ausbessern und derlei. In Ketten, damit er nicht mit einem ausgebesserten Boot verschwindet. Da waren noch ein paar andere europäische Sklaven, unter anderem ein alter englischer Bootsmann. Der bei Vernons Flotte gewesen ist und zu den Kranken gehört hat, die sie auf Jamaika gelassen haben. Der hat ihm erzählt, er hätte da einen kranken Iren gesehen, O'Leary, und der wäre in einer Art Behelfslazarett irgendwo zwischen Kingston und Spanish Town gestorben. Hätte am Ende wirres Zeug geredet, was keiner verstanden hat, was ihm aber wohl wichtig war, weil er es ständig wiederholt hat. Was genau? Das wußte der Mann nicht mehr; er erinnerte sich aber noch an den Arzt, der sich um das Lazarett gekümmert hat.«

»Ah, und jetzt meinst du, oder O'Leary meint das, der Arzt wüßte vielleicht was, hätte das wirre Zeug von O'Learys Vater gehört und vielleicht verstanden? Lieber Himmel! Und O'Leary will jetzt, da er frei ist, in allen vier Weltgegenden nach diesem englischen Arzt suchen?«

Ortiz verzog keine Miene. Ohne jede Betonung, wie nebenher, sagte er: »Und du kannst ihm dabei helfen. Hab ich ihm aber noch nicht gesagt. Das sollst du selber tun.«

»Ich? Wie soll ich ihm helfen? Ich kenne nicht viele englische Ärzte. Vielleicht ist der ja inzwischen in, ach, was weiß ich denn, in Kalkutta.«

»Ist er nicht.« Ortiz stand auf und ging zu dem Bücherregal neben Belmontes Koje. Er öffnete das Gitter, das bei kräftigem Seegang die Bände am Desertieren hindern sollte, nahm ein Buch heraus, kam zum Tisch zurück und legte es vor Belmonte hin. »Da. Wie du mir neulich erzählt hast, lebt der berühmte Dichter heute nahe bei Livorno. Wo wir irgendwann in den nächsten beiden Wochen ankommen sollten.«

Belmonte starrte auf den Band. »Der? Ja. War Arzt. Hat über Cartagena geschrieben. Und der war danach in diesem Lazarett? Und das soll ich glauben?«

»Frag O'Leary.«

»Das … darüber muß ich erst nachdenken.« Er nahm das Buch in die Hand und blätterte darin, ohne viel zu sehen. Es war einer der größten Erfolge der vergangenen Jahrzehnte, in viele Sprachen übersetzt und beliebt in ganz Europa: *Roderick Random,* verfaßt von einem, der als Arzt den englischen Kriegszug gegen Cartagena mitgemacht hatte: Tobias Smollett.

»Ich glaub es nicht«, sagte er schwach.

Die Kunst des Erinnerns besteht vor allem aus der Fähigkeit, das einfallsreiche Gedächtnis nicht bei der Arbeit zu stören. So gelingt es mit der Zeit, Versagen zu Verzicht, eigene Niedertracht zu Schelmenstreichen und fremde Almosen zu Beleidigungen zu verwandeln. Historiker sind darin besonders gut und oft bemerkenswert selbstlos, indem sie nicht ihrer Person, sondern ihrem Patriotismus oder einem beliebigen anderen Unsinn huldigen. Durch gründliche Revision werden alle Schurken zu Helden und Heiligen. Nur Trottel bleiben Trottel; vielleicht macht sie das zu den eigentlichen Heroen.

Esmeralda Morpurgo

Irische Erinnerungen

Captain Osvaldo hat mir Papier und Tinte gegeben; und eine Feder, lausig wie die Splißhaare einer irischen Vettel. Ich dachte, es wäre gut, etwas aus den ersten Tagen nach der Wiedergeburt aufzuschreiben. Ehe wieder etwas passiert und mich alles vergessen läßt. Außer dem, was ich vergessen will, aber wie das auf der Welt so zugeht, werde ich wahrscheinlich die Steinbrüche und Bootsschuppen, die Peitschen und den Hunger nie vergessen. Komisch, mir fehlt was, an Bord. Luft, Essen, es gibt sogar Wein, leichte Arbeit, bis jetzt jedenfalls, aber es wird schon schweres Wetter kommen, irgendwann. Gerüche von Gewürzen aus Küchen … Das gute Essen war nie für uns bestimmt, aber es hat geduftet, bis der Magen lauter war als das Bohren und Hämmern. Und ich hätte nie gedacht, daß mir der weiche Blubbertenor des letzten Muezzins fehlen könnte. Fehlt mir aber. Wind und Wellen, hin und wieder das Klatschen eines Brechers, das Summen in der Takelage, alles ganz herrlich, aber der Muezzin – woran man sich nicht alles gewöhnt, wenn man muß.

Dabei hab ich im Hafen von Messina geweint, als ich zum ersten Mal seit Jahren Kirchenglocken hören konnte. Glocken und Muezzin, und das Summen des Winds im Tauwerk. Harfe. Wie hieß noch dieser Blinde? Ein blinder Ire mit Harfe? Ah, vergessen.

Blöde Feder. Kratzt, spritzt und spuckt. Jemand sollte einmal etwas erfinden, anstatt immer nur Gänse zu rupfen.

Gänse sind blöd, also auch ihre Federn. Was für einen Blödsinn schreibe ich hier? Dinge, an die ich mich erinnern will, wollte ich schreiben, und statt dessen …

Aber gut. Ich darf unter einem geblähten Segel sitzen und schreiben, da ist es dann gleich, was ich schreibe. Keiner stört mich, niemand schwingt die Peitsche. Ein paar von den edlen Freigekauften schauen manchmal zu mir herüber, als ob sie sagen wollten, was macht der da, den kennen wir doch anders, und wieso kann ein einfacher Matrose schreiben?

Einfache Matrosen … Scheint's hier nicht zu geben; aber wer ist schon einfach – oder edel –, wenn man genauer hinsieht? Komische Besatzung jedenfalls. Zwei Juden aus Saloniki, ein alter Indio, drei Mulatten, paar Italiener und Spanier. Und der Neger Ortiz. Guter Mann. Muß schon Mitte Fünfzig sein, hat noch fast alle Zähne, kein Fett, kaum Falten. Muskeln und Hirn reichlich. Und der Kapitän …

Scheint ein feiner Kerl zu sein. Höflich. Sind alle irgendwie höflich hier. Kann sein, daß das zur Stimmung beiträgt. Belmonte spricht Englisch, als wäre er in London aufgewachsen, bloß besser als die richtigen Cockneys. Ich glaube, Ortiz hat ihm schon was erzählt; keine Ahnung, ob die ganze Geschichte. Und keine Ahnung, ob er mir die Sache abkauft. Glaubt.

Ehrlich, O'Leary – wenn jemand im *Unklaren Anker* in Skibbereen zu dir käme und dir diese Geschichte andrehen wollte, von einem irischen Fischer und Schmuggler, der in Spanisch-Amerika Gold und Smaragde gefunden und wieder versteckt hat und dann in einem Spital auf Jamaika gestorben ist, würdest du das denn glauben? Und Smollett, ausgerechnet Tobias Smollett, der berühmte Dichter, als junger Wundarzt bei dieser englischen Katastrophenexpedition nach Cartagena. Ist doch wohl ein bißchen viel, oder? Zuviel von allem, und viel zuwenig Genaues.

Immerhin weiß ich, was ich wert bin. Zwanzig Pfund. Wer kann das schon von sich sagen, daß er weiß, wieviel er wert ist? Zwanzig Pfund hat er dem Griechen gezahlt, und der Ayub wahrscheinlich etwas weniger.

Ayub al Saif. Irgendwie kann ich es noch nicht glauben, daß ich nicht mehr ... Vielleicht ist das ein Traum, aus dem ich bitte nicht gleich erwachen mag. Ich liege auf einem Schiff und träume, und der richtige O'Leary rudert Ayubs Schebecke in den Hafen und wird gepeitscht, weil er einen frechen Blick riskiert hat. Oder er liegt an der Wand vom Bootsschuppen, halb auf, halb unter einem harten Sack, und träumt. Träumt, er wäre an Bord eines Schoners, hätte vom Kapitän Papier, Feder und Tinte bekommen und könnte schreiben und lachen und weinen und Seeluft atmen und an Irland und die Hafenkneipen von Skibbereen denken.

Wer von den beiden ist wirklich? Und wenn ich es bin, ich hier, auf dem Deck der *Santa Catalina* – wie kann ich mir, ihm, dem anderen sagen, daß wir beide frei sind und er aufhören darf, von Peitschen zu träumen und auf den Morgenruf des Muezzins zu warten?

Irland. Aber eigentlich ... Ich versuch's immer wieder. Die grünen Hügel, die rostige Heide, Gesichter und Klänge, Gerüche. Mutter kann ich immer noch sehen; dabei ist sie schon seit zehn Jahren tot. Komisch, daß ihr Gesicht so deutlich ist und die Gesichter der Geschwister verschwimmen. Was war mit den Gerüchen? Jemand hat mir einmal gesagt, daß man sich nicht unbedingt an Gerüche erinnert, daß aber Gerüche die Erinnerung an anderes aufschließen. Vielleicht riecht hier nichts nach Irland, deshalb ist alles so verschwommen.

Und ungenau. Fergus, Fergus – die Hafenkneipen von Skibbereen? Da gibt's gar keinen Hafen, Mann, paar Schuppen am Fluß, so was wie einen Kai, und bis zum Meer sind es dann noch acht Meilen oder so. Irgendwie fließt das alles ineinander: Skibbereen, der Fluß, die Schiffe – na ja, Boote –, Baltimore, vor hundertvierzig Jahren von Berberpiraten geplündert, Schull, die Bucht von Kenmare, weiter weg, klar, aber da gab's einen Onkel, und der Strand von Sneem, wo ich zum ersten Mal einen Franzosen gesehen hab. Hatte sein Land verlassen, Ärger mit dem König oder so was, hielt seine lange Nase in den Seewind und klagte über das Essen. Alles durcheinander, die ganze Südküste ein Erinnerungsbrei, und wahrscheinlich werf ich auch noch Cork mit hinein. Gerüche fehlen. Wenn ich jetzt den Fluß riechen könnte, den Bootsschuppen von Eddie O'Driscoll ... Komisch: Wenn ich in diesem scheußlichen tunesischen Hafen Pech gerochen habe, konnte ich Eddies Schuppen sehen. Jetzt, da ich an Eddies Schuppen denke, weiß ich nicht mal mehr, wie Pech riecht.

Ob's in Livorno Pech gibt? Bestimmt. Wo es Schiffe gibt, gibt es Werkstätten. Und Kneipen, Pech und Schlick und Brackwasser und tote Fische. Und lebendige Frauen. Ah. Frauen mit einem Gesicht, Frauen mit Gerüchen. Einige wie frisch gemähte Wiesen, andere wie alter Fisch. Vorn, hinten, oben, unten. Ich muß den Kapitän fragen ...

Aber zwanzig Pfund. Vierhundert Tage Arbeit. Wie soll ich das je zurückzahlen? Und dann um Geld bitten, damit ich zu den Huren gehen kann? Nach all den Jahren. Uhhh. Schlanke Frauen, dicke Frauen, Brüste wie Knospen oder wabblige Euter, Krampfadern und Lendendschungel. So lange her, mehr als vier Jahre Sklaverei, und vorher ...

Geld. Wie kann ich Geld verdienen, wenn ich Belmonte zwanzig Pfund schulde? Wie kann ich zwanzig Pfund verdienen? Wieviel braucht man, um zu den Smaragden zu fahren, die es vielleicht gar nicht gibt? Versteckt in irgendwelchen Bergritzen oder längst von anderen gefunden, der Weg verstellt von spanischen Patrouillen oder Indios, die Giftpfeile im Köcher haben.

Ortiz sagt, in Livorno könne man sich frei bewegen. Jedenfalls als Weißer. Irgendein Fürst oder Herzog oder König hat da vor Jahren oder Jahrhunderten die Inquisition abgeschafft, mehr oder weniger jedenfalls, und deshalb dürfen da nicht nur Juden und Mohammedaner leben und Handel treiben, sondern sogar Protestanten. Dürfen sogar sterben und sich beerdigen lassen. Was für ein Traum … Bloß, Protestanten, englische Protestanten, unterdrücken unser katholisches Irland, beuten es aus; wieso soll ich es da gut finden, daß sie sich in einem eigentlich katholischen Land wie Italien frei bewegen können? Beerdigen lassen dürfen sie sich von mir aus überall, am besten sofort oder noch eher.

Ob Smollett mit einem Iren reden würde? Der Mann ist ein berühmter Dichter, und er ist zwar kein Engländer, aber unkatholischer Schotte, fast noch schlimmer. Zuerst müßte man ihn finden, dann müßte man ihn dazu bringen, daß er zuhört und vielleicht etwas sagt. Und wenn er nach all den Jahren nichts mehr weiß, sich nicht erinnert? Oder sich zwar erinnert, aber mit einem blöden Iren nicht reden will?

Wenn ich wüßte, woran genau der Vater, den ich nie gesehen habe, gestorben ist – wie er am Ende gerochen hat … Wenn man den Geruch irgendwie herstellen könnte, ob Smollett sich dann erinnern würde? Falls er will, falls er zu finden ist, falls er noch lebt. Auch Engländer, ah, Schotten sterben, auch unsterbliche Dichter sind meistens tot. Viel länger tot als unsterblich, viel weniger unsterblich als gestorben.

O'Leary, du schreibst Blödsinn. Wunderbar, Blödsinn zu schreiben und nicht auf die Peitsche zu warten. Salziges Rind- oder Schweinefleisch zu essen statt Hirse und Hammel und Fisch. Nicht daß es oft Hammel oder Fisch gegeben hätte. Der Wind riecht nach Bier. Bier! Gebt mir Bier, dafür lasse ich alles Wasser und allen Wein fahren. Obwohl – nach all dem Wasser und hin und wieder Kaffee oder Tee hab ich beim ersten Schluck Wein geweint. Wein und Tränen; dabei wollte ich beides nicht.

Der Geschmack von Bier, der Geruch von Pech. Und von Frauen. Wonach mag Smollett riechen? Ungewaschener Schotte? Parfümierter Dichter? Ligurischer Beutehammel?

Mal sehen. Hören. Riechen. Vielleicht komme ich ja gar nicht an Land, in Livorno, muß an Bord bleiben. Vielleicht will Belmonte nichts von meiner Geschichte wissen. Vielleicht – ach, vielleicht.

Zwei Tage weiter weg von Ayub, zwei Tage näher an Livorno. Inzwischen ist nicht viel passiert, außer dem, was an Bord eben so passiert, und trotzdem so viel. Langes Gespräch mit dem Kapitän, der nicht weiß, ob er mir wirklich glauben soll, mir aber gesagt hat, ich solle zuerst mal nicht weiter darüber reden, er müsse ein bißchen grübeln.

Und viel allgemeines Geplauder mit den anderen. Nicht mit den anderen Sklaven, o nein; bis vor ein paar Tagen waren wir Leidensgenossen, jetzt sind sie wieder reiche und vornehme Herren und ich der niedrige irische Fischer. Vorher waren sie Sklaven von Ayub, jetzt sind sie wieder Sklaven ihres Standes und ihrer Dünkel.

Na ja, nicht alle; einer der Briten von der Handelsmarine, ein Spanier und ein Deutscher sind noch ganz umgänglich, aber ... distanzierter, sagen wir mal. Haben mich nur gebeten, keine Geschichten von Verzweiflung und Tränen zu erzählen, die auf sie zurückfallen könnten. Als ob sie je verzweifelt geweint hätten; nein, die doch nicht. Edle Männer überlassen die Verzweiflung gern anderen, die sowieso daran gewöhnt sind. Wie irische Fischer.

Der Spanier ist irgendwie ein Sonderfall. Hat mit mir im Bootsschuppen geschuftet und gleich zu Anfang ein besonders schön gemasertes Stück Holz gefunden. Mit gutem Willen kann man es als kleine Statue betrachten, sogar mit angedeuteten Gesichtszügen. Er hat gesagt, das wäre sein Heiliger und Schutzpatron, und der würde auf ihn aufpassen. Was man sich so alles in den Kopf setzt, wenn man außerhalb nichts hat. Das Ding hat er, obwohl Sklaven eigentlich nichts besitzen dürfen, in der Kleidung mit an Bord von Ayubs Schiff geschmuggelt. Und an Bord der *Santa Catalina.* Jetzt sitzt er meistens in der Ecke zwischen Vorschiff und Reling und redet mit seinem Patron.

Die vom Schiff sind in Ordnung, aber eine komische Mischung. Die beiden Juden zum Beispiel. Mit Juden hatte ich noch nie was zu tun, kenne nur die üblichen Geschichten, von wegen sie klauen Kinder und haben den Heiland ermordet. Die beiden hier, Abner und Salomon, haben mir zuerst mal ein neues Wort beigebracht – sie sind »Apostaten«. Das heißt, sagen sie, daß man sich einmal in einem Glauben verfangen hatte wie in einem großen Netz und sich daraus befreien konnte. Darf man auch anders ausdrücken.

Also, sie sind abgefallene Juden, die irgendwann beschlossen haben, wenn Gott die Welt so eingerichtet hat, wie sie ist, wollen sie lieber nichts mit ihm zu tun haben, und wenn er sie nicht so eingerichtet hat, warum sollen sie sich dann um ihn kümmern? So hab ich das noch nie gesehen; irgendwie befürchte ich, es könnte was dran sein. Außerdem sagen sie, den Heiland hätten die Römer umgebracht, und überhaupt hätte er doch umgebracht werden müssen, um wirklich Heiland zu sein; was denn so scheußlich daran wäre? Ich weiß nicht ... Ist Judas dann kein schäbiger Verräter, sondern Gottes Werkzeug und damit geheiligt? Der eigentliche Held der Geschichte? Ich weiß auch nicht, was Father O'Malley dazu sagen würde. Ob er sich das selbst schon mal überlegt hat? Wahrscheinlich; und wahrscheinlich hat er ein paar erstklassige Ausreden. Oder Gründe; ist ja oft dasselbe. Jedenfalls würde er mich von der Kanzel herab verdammen. Abkanzeln.

Beim Gedanken an Father O'Malley ist mir ganz anders geworden. Der ist so weit weg, wie alles in Skibbereen. Vor zwei Tagen dachte ich noch, ich müßte alles aufschreiben, was ich in den letzten vier oder fünf Jahren erlebt habe, ehe ich es vergesse. Jetzt stelle ich fest, daß ich schnell alles aufschreiben sollte, woran ich mich aus Skibbereen erinnere. Ehe ich es ganz vergesse. Mutter, das Haus, der Fluß, der Geruch von Erbsensuppe und frischem Brot und glimmenden Torfstücken im Kamin, das Geräusch, das nasser Farn und Hosenbeine machen, wenn man hindurchgeht, die Lippen von Siobhan, der Mund von Deirdre, die Zehen von ...

Hör auf. Wenn es etwas Gutes gibt, dann die Tatsache, daß ich nie geheiratet habe. Schöne Erinnerungen, an denen man sich als Sklave festhalten und aufrichten kann, und furchtbare Erwägungen, die einen niederschmettern. Wie oft habe ich im Steinbruch, später in den Bootsschuppen, zuletzt auch auf Ayubs komischer Segelgaleere von anderen gehört, daß es sie wahnsinnig macht, nicht zu wissen, wovon Frau und Kinder daheim leben sollen, falls sie überhaupt noch leben.

Gilt natürlich nur für uns gemeines Volk. Die Edlen, Reichen haben andere Probleme. Ob die Dame ihres Herzens und Mutter der Kinder das Vermögen anständig verwaltet? Ob der alte Diener immer noch so krummbeinig durch die Gänge des Herrenhauses schlurft? Ob finstere Rivalen inzwischen das Geschäft übernommen haben? Nicht auszuschließen, daß sie sich wirklich grämen, aber Sorgen über Hunger und Elend daheim machen sie sich in ihrem Hunger und Elend der Sklaverei wohl nicht.

Aber die arme Familie eines irischen Fischers, wenn ich denn eine hätte ... Die Vorstellung, zu etwas heimkehren zu können, was man erträumt und ersehnt und begehrt hat, und dann ist es nicht mehr da, ist verhungert, verdurstet, beim Betteln auf der Straße umgekommen, oder wenn es – sie – sie und die Kinder – also sagen wir: es; wenn es noch lebt, dann in erbärmlicher Abhängigkeit von anderen, von bösen Verwandten oder schleimigen Fremden.

Wie komme ich auf schleimig? Der Schleim des Erinnerns? Das hat Miguel gesagt, der Indio. Er weiß nicht, wie alt er ist, ungefähr fünfzig, sagt er, und seinen richtigen Namen kennt er auch nicht. Sie haben ihn, ganz klein, an einem 29. September getauft und deshalb so genannt. Sagt, der Schleim des Erinnerns, ausgedörrt von der Hitze der Erlebnisse, überkrustet schließlich die Erinnerungen, von denen nur die Kruste bleibt, die Kruste des leeren Gedenkens, bis man sich nur noch daran erinnert, daß man etwas vergessen hat.

»Woran erinnerst du dich denn?« hab ich ihn gefragt. Er sagt, er erinnert sich an Träume von den Göttern seiner unbekannten Vorfahren. Von den Göttern müssen ihm wohl die Franziskaner erzählt haben. Die haben ihn damals getauft, ein bißchen unterrichtet – er sagt, er kann Buchstaben krakeln und langsam entziffern, mehr nicht, und natürlich mußte er die halbe Bibel auswendig lernen –, und dann haben sie ihn in der Küche, im Garten, in ihren Werkstätten arbeiten lassen. Später, als er fünfzehn war, ist er aus dem Kloster abgehauen und hat sich in die große Stadt durchgeschlagen, nach Cartagena. Bis dahin, sagt er, hätte er nicht gewußt, daß die Welt nicht auf der anderen Seite des großen Flusses Magdalena endet und daß es auch arme Weiße gibt; mit denen zusammen hat er jahrelang von schäbigen Hilfsarbeiten gelebt, und irgendwann ist er auf das Schiff von Ortiz und Belmonte gelangt.

Immerhin, er erinnert sich nicht nur an die Kruste der Erinnerungen. Ich habe eben überlegt, wie das bei mir ist, und viele komische Krusten festgestellt. Ich bin mal mit einem Sean – wie hieß er weiter?; vergessen – auf dessen Schiff gefahren, größer als alles, was ich je hatte, bis rauf nach Neufundland, um Kabeljau zu fischen. Seans Nachname ist weg, das Schiff ist futsch bis auf die Umrisse, ich erinnere mich an schmerzende Hände und gebratene Kabeljaulebern und baskische Fischer und Eisschollen, aber an keinen einzigen Kabeljau.

Auch mit Ortiz habe ich über Erinnerungen geredet, nachts, am Ruder, wo er mich zunächst noch ein wenig beaufsichtigt hat. Er behauptet, sich an nichts erinnern zu können, außer an das, was er vergessen will; dann hat er gelacht. Ich glaube, er gehört einfach zu denen, die entweder von Natur aus zurückhaltend sind oder schlimme Dinge erlebt haben, und um die nicht zu erwähnen oder wachzurufen, bis sie lebendig werden, verschweigt er lieber alles. Es gab da eine Andeutung, daß er mal eine Frau und Kinder hatte; darüber, was mit denen geschehen ist, wollte er nicht sprechen.

Etwas redseliger war er, als ich ihn nach dem Schiff und nach seiner Haut gefragt habe. Das Schiff gehört ihm und Belmonte gemeinsam; er hält vierzig Prozent – dann hat er gefragt, ob ich weiß, was Prozent bedeutet. Als ich ihn gefragt habe, wieviel Prozent der Schwarzen in Amerika Sklaven sind, hat er gelacht.

Aber das wurde dann sehr spannend. Wir haben uns über Sklaverei hier, da und dort unterhalten. Ob zum Dienst gepreßte Seeleute in der Navy nicht auch Sklaven sind, was es mit all den Leibeigenen in vielen Ländern auf sich hat, ob ich lieber Sklave bei Ayub oder hungernder Pächter eines englischen Grundherrn in Irland wäre. In den spanischen Ländern, sagt er, können Sklaven sich freikaufen, aber kaum einer kriegt je das nötige Geld zusammen; sie können – wie er – adoptiert werden und sind dann frei, und es gibt wohl ein Gesetz, daß ein Sklave, der sich taufen läßt, dadurch zum freien Untertanen des katholischen Königs wird. Wieviel davon nur Papier ist und wieviel (Prozent) Wirklichkeit, sagt er, weiß keiner, und wenn ich mehr wissen wollte, etwa, wie das in Nordamerika bei den Engländern ist oder wie viele Negersklaven in den Bergwerken und auf den Pflanzungen von Spanisch-Amerika jeden Tag verrecken, sollte ich mir im nächsten Hafen Bücher beschaffen, in denen so was steht.

Ich glaube, ehe ich mir irgendwo Bücher kaufen kann, muß ich zuerst einmal meinen Kaufpreis abarbeiten ... Aber Kapitän Belmonte hat Bücher in seiner Kajüte, und als ich nach unserem langen Gespräch über meinen Vater und die Smaragde einen Moment vor seinem Regal stehengeblieben bin, hat er mich gefragt, ob er mir was zu lesen leihen soll. Und ob, hab ich gesagt, bloß was? Früher, in Skibbereen, habe ich, wenn ich Zeit hatte, alles gelesen, was ich in die Finger kriegen konnte. Natürlich die Bibel vorwärts, rückwärts und von der Seite, aber auch alles mögliche andere, nur gab's da nicht so viel, was ich nehmen und lesen durfte. Father O'Malley hatte Bücher auf Latein und Griechisch, und bei einigen anderen hat er immer gesagt, die wären nichts für mich. Die O'Driscolls, denen immer noch einiges in der Gegend gehört, und natürlich die Engländer haben eigene Bibliotheken, aber die sind nicht für Fischer mit schmierigen Händen.

Smollett wollte mir der Kapitän geben. Da traue ich mich nicht ran; es kommt mir so vor, als ob – ich weiß nicht, wie ich das ausdrücken kann. Also, da gibt es den Schatz (wenn's ihn denn gibt) und meinen toten Vater und die Geschichte vom Lazarett und dem Arzt, und irgendwie habe ich so ein komisches Gefühl: daß sich alles, wenn ich jetzt anfange, die Sachen von diesem Arzt und Dichter Smollett zu lesen, in nichts auflöst oder nur noch Dichtung ist.

Da hat er mir dann Shakespeare gegeben. Ich weiß noch, daß ich vor Jahren mal eine Aufführung einer Wanderbühne gesehen habe und hinterher tagelang mit Banquo und den Hexen und der Lady im Kopf rumgelaufen bin. Und geredet habe wie die, bis mir die Jungs im *Unklaren Anker* Prügel angedroht haben. Gleich leg ich die Spleißfeder weg und lese *Hamlet* weiter. Fängt gut an, mit einem Gespenst. Ich hoffe, wenn ich das nächste Mal nachts allein und bitter kalt und mit krankem Herzen am Ruder stehe, kommt keins.

Hafen – Ort, wo Schiffe, die Zuflucht vor Stürmen suchen, dem Wüten des Zolls ausgesetzt sind.

AMBROSE BIERCE, *Des Teufels Wörterbuch*

… nicht nur der größte, sondern eigentlich der einzige Hafen des Großherzogtums Toskana. Zu den Waren, die dort allezeit angeliefert werden, gehören auch die guten Weine aus Sardinien und dem Languedoc; allerdings wurde zeitweilig so viel Zoll erhoben, daß man es vorzog, den Wein im Hafen noch an Bord zu trinken, wodurch sich die Schiffe in schwimmende Tavernen verwandelten.

ENGL. REISENDER (18. JH.)

Livorno

Nach mehreren langen Gesprächen wußte Belmonte, daß O'Learys Heimatstadt Skibbereen sich eigentlich An Sciobairín schrieb; daß man dort keineswegs Englisch, sondern das reinste und melodischste Irisch spreche, und daß man erst dann behaupten könne, ein richtiger Mensch zu sein, wenn man die Feinheiten dieser Sprache gemeistert und die Schönheiten der Gegend genossen habe, welche mit ihrem sanften Klima, den grünen Hügeln, dem – allerdings erst ein paar Meilen unterhalb für größere Schiffe nutzbaren – ebenso bezaubernden wie fischreichen Ilen-Fluß und den ausnahmslos entzückenden Bewohnern zweifellos der lieblichste Platz auf Erden sei.

Es interessierte ihn nicht besonders, da er aus Erfahrung wußte, daß fast jeder die eigene Heimat für den schönsten Ort und den eigenen Nabel für den Mittelpunkt des Universums hielt. Was er spannender fand, waren O'Learys Geschichten über die Vergangenheit des ruhmreichen Orts, der zwar schon alt sei, aber irgendwie doch beinahe einigermaßen fast neu gegründet worden war von Überlebenden aus dem eigentlichen Hafen Baltimore, den vor nicht ganz anderthalb Jahrhunderten Berberpiraten geplündert und dessen Bewohner sie in die Sklaverei entführt hatten.

Und natürlich die Geschichte des Vaters. Belmonte stellte viele Fragen, auf die er kaum nutzbare Antworten erhielt; immerhin schienen die kargen zeitlichen und geographischen

Angaben zu stimmen, so daß er geneigt war, O'Leary zu glauben. Jedenfalls zu glauben, daß O'Leary die Geschichte, die ein Märchen sein mochte, selbst glaubte und nicht etwa erfunden hatte, um ihn und andere zu verblüffen.

Aber ... Er legte den Kopf in den Nacken, kniff die Augen zusammen und schaute hinauf in den Himmel über dem Mittelmeer. Blau, wie der über der Karibik. Was sollte ihn halten? Andererseits – war die Geschichte nicht doch zu phantastisch, als daß man dafür eine Fahrt über den Atlantik riskieren sollte? Die über Jahre aufgebauten Beziehungen, das Netz der Geschäfte im Mittelmeer aufgab?

Aussetzen wäre jedoch nicht gleich aufgeben, sagte er sich. Man könnte von Amerika wieder zurückkehren. Etwas zog ihn machtvoll an und stieß ihn ebenso kräftig ab. Amerika, irgendwie zweite Heimat, Cartagena, Havanna, La Florida, Jamaika, die Orte des größten aller Triumphe und der furchtbarsten aller Katastrophen. Der Triumph allgemein, die Katastrophe persönlich: der Brand, der Haus und Frau und Kinder gefressen und ihn aufs Meer getrieben hatte, vertrieben.

Noch einmal Rafael fragen, sagte er sich. Aber Ortiz hatte sich ja geäußert, und ob er in einem zweiten Gespräch seine Meinung ändern würde? Man müßte die anderen Männer fragen. Die aus Amerika würden vermutlich gern den Atlantik abermals überqueren, aber die Europäer? Schließlich gehörten sie ihm nicht – bis auf O'Leary.

Der Ire wollte natürlich möglichst bald wieder sein eigener Herr sein, die zwanzig Pfund zurückzahlen, sowohl Irland als auch Amerika aufsuchen, möglichst gleichzeitig oder jedenfalls eher voreinander als nacheinander. Und wie wahrscheinlich war es, daß sie Smollett irgendwo bei Livorno fanden? Würde er, der große Schriftsteller, überhaupt mit ihnen reden – und wenn, würde er sich nach drei Jahrzehnten an einen sterbenden Iren erinnern, an dessen letzte Worte, falls er überhaupt letzte Worte gesagt hatte? Wenn alles stimmte, war Smollett als junger Arzt zuerst auf dem Schiff, dann in dem Lazarett auf Jamaika für Hunderte zuständig gewesen. Verwundete, Kranke, Sterbende.

Immerhin, man konnte es versuchen. Belmonte wußte, wen er in Livorno fragen und um Rat bitten müßte. Aber zuerst waren die Freigekauften dort an Land zu bringen, war das Geschäft abzuschließen, Ausschau nach neuen Geschäften zu halten. Oder eben nicht, falls es doch Amerika werden sollte, das Hinterland von Cartagena, die mythischen Smaragde in einer mythischen Felsspalte oder wo auch immer.

Belmonte seufzte und nahm seine Wanderung auf dem Achterdeck wieder auf. Hin und her, hin und her, die Schritte wie die Gedanken und in beiden Fällen keinerlei Raumgewinn.

Zu Beginn hatte der Ire – »vorsichtshalber« – so getan, als verstünde er kein Spanisch. Tatsächlich hatte er in der Sklaverei ein wenig Arabisch und von anderen Gefangenen genug Spanisch aufgeschnappt, so daß sie die Unterredung nicht auf Englisch führen mußten, sehr zur Erleichterung von Rafael Ortiz, der es zwar gut, aber nicht besonders gern sprach. Das Achterdeck gehörte ganz ihnen, Mannschaft und Passagiere hielten sich weiter vorn auf. Ortiz stand am Ruder und schielte hin und wieder nach Steuerbord, wo die Küste Italiens im letzten Abendlicht eher drohend denn verlockend wirkte.

»Abstand«, sagte er. »Da gibt's einiges an Felsen, auf die ich nicht geraten möchte. Schon gar nicht nachts.«

»Bei Nacht sind alle Felsen Katzen«, sagte O'Leary. »Und alle Schiffe graue Mäuse. Oder so ähnlich. Haben Sie einen Entschluß gefaßt, Kapitän?«

»Unter uns und in Anbetracht dessen, was vor uns liegt, sollten wir auf die höfliche Anrede verzichten.«

»In Ordnung – Don Osvaldo.« O'Leary schnitt eine Grimasse. »Wir könnten natürlich armseliges Englisch reden, wo das keine Rolle spielt.«

»Ich will dich aber nicht immer mit Ihr anreden«, sagte Belmonte. »Und da das alte *thou* weggefallen ist, bliebe mir ja nichts anderes übrig als *you*. Zur Sache. Rafael ist einverstanden, die restliche Mannschaft müssen wir noch befragen, sobald die Passagiere nicht mehr dabei sind. Bis dahin bitte weiter Stillschweigen, ja? Wenn es dir recht ist, O'Leary, mache ich jetzt einen ziemlich allgemein gehaltenen Vorschlag; die Einzelheiten müssen wir noch ausarbeiten.«

»Klingt wie der Beginn einer Politikerrede.«

»Folgendes. Wenn wir in Livorno sind, morgen wahrscheinlich, und alles andere geregelt ist, werde ich versuchen, mit Hilfe alter Geschäftsfreunde mehr über Smollett zu erfahren. Kann sein, daß wir ihn finden und daß er mit uns redet. Kann sein, daß er sich an deinen Vater erinnert und hilfreiche Auskünfte geben kann.«

Ortiz knurrte. »Das wäre schön, aber damit sollten wir nicht rechnen.«

»So ist es.«

»Und wenn er nichts mehr weiß?« sagte O'Leary.

»Versuchen wir es trotzdem. Wir werden nach Cádiz fahren. Ich kenne da genug Leute, die für die Registrierung und die Erlaubnis zuständig sind. Und andere, die wahrscheinlich froh sein werden, wenn ein Schiff ihre Waren übers Meer bringt.«

»Ohne Erlaubnis geht das nicht?«

»Mit Erlaubnis geht es besser; wir wollen ja nicht von spanischen Guardacostas aufgegriffen werden, nicht wahr?«

»Ich kenne das von der anderen Seite«, sagte Ortiz. »Und ich muß es nicht als, na ja, Opfer erleben.«

»Was wir drüben machen, können wir jetzt noch nicht festlegen; das hängt von den Umständen ab. Und davon, wie es da gerade aussieht. Wir werden eine ... sagen wir Expeditionskasse anlegen. Rafael meint, daß er sich beteiligen will. Ich bin aber dagegen.«

Ortiz verzog das Gesicht, schwieg aber.

»Warum?« sagte O'Leary.

»Du schuldest mir zwanzig Pfund. Die steckst du in die Kasse. Ich auch. Rafael will auch so viel zuschießen, aber da du ihm nichts schuldest, wäre es ihm gegenüber ungerecht.«

»Schlechte Begründung«, sagte Ortiz.

»Wieso?«

»Nichtvorhandenes Geld kann keine vorhandene Ungerechtigkeit sein. Du bezahlst die Mannschaft. Wir gehören zur Mannschaft. Wir stecken alle drei je zwanzig Pfund in die Kasse, arbeiten weiter und werden von dir bezahlt. *Das,* mein Freund, ist ungerecht. Wenn wir die Reise mitfinanzieren, sollten wir alle gleichermaßen unbezahlte Veranstalter sein.«

O'Leary kratzte sich den Kopf. »Arg umständlich für einen irischen Sklaven.«

Belmonte nickte. »Und für mich auch. Verschieben wir die Frage der Gerechtigkeit auf später. Auf den Tag, an dem wir diesen unglaublichen Schatz finden und ungleich teilen, einverstanden?«

Ortiz blähte die Wangen. »Puh. Es ist dein Schiff, Osvaldo. Deine Entscheidung.«

»Eben. Deshalb machen wir das jetzt einfach so. Du bist also ein freier Mann und wieder dein eigener Herr, O'Leary. Die zwanzig Pfund wirst du abarbeiten; du kriegst einfach weniger Lohn, als dir zustünde.«

»Sehr großmütig, Kapitän. Wie sollte ich mich wehren? Aber ...«

»Ich weiß.« Belmonte grinste. »Jahrelange Sklaverei und keine Frau und kein Bier, ist es das? Du kriegst einen Vorschuß, wenn wir in Livorno sind.«

»Darf man seinem Kapitän die Hand küssen?«

»Darf man nicht. Ich arbeite das alles aus, wir machen einen richtigen Vertrag, den alle unterschreiben.«

»Von mir aus mit Blut.«

»Und wenn du einfach so von Bord gehst und nicht wiederkommst, finden wir dich auch in Skibbereen«, sagte Ortiz. Er schien einen Moment zu zögern. »Ich hätte da aber noch eine Frage, Osvaldo.«

»Und zwar?«

»Die zwanzig Pfund ... Kann man das nicht einfacher machen? Es geht mich nichts an, das ist eine Sache zwischen euch, aber sag mir, wieviel sind dein Leben und eine gute Geschichte wert?«

Belmonte stutzte, dann nickte er. »Natürlich, du hast recht. Wie kann man so verriegelt und verrammelt sein! Einverstanden, O'Leary?«

»Wovon redet ihr da bitte?«

»Du hast mir das Leben gerettet. Wenn du und dein Leben zwanzig Pfund wert sind, dann doch meines wohl auch. Und für die Geschichte schulde ich dir eigentlich sogar etwas.«

»Ich, uh, ah, kann ich das so annehmen?«

Ortiz klopfte ihm auf die Schulter. »Tu's einfach.«

»Wenn ihr meint ... Kapitän, ich weiß nicht, was ich sagen soll.« Er grinste. »Außer ja danke.«

»Was schulde ich dir für die Geschichte?«

»Geschenkt.«

Auf der Reede lagen vier britische Kriegsschiffe, und den Signalen des Hafenmeisters zufolge waren die Becken und Kais voll. Sie machten an einem der äußeren Wellenbrecher fest. Mit Flaggensignalen teilte die *Santa Catalina* dem Hafen und der Welt mit, daß man freigekaufte Sklaven an Bord habe und die zuständigen Konsuln bitte, alles für Abholung und Empfang ihrer Landsleute vorzubereiten.

Ortiz schmatzte leise und setzte das Fernrohr ab. »Gleich geht die wilde Jagd los. Mindestens drei Barkassen haben schon abgelegt.«

»Dann will ich unsere Gäste warnen. Und verabschieden.«

Belmonte stieg hinunter in das Gedränge um die beiden Masten, wo alles durcheinander lief, redete und gestikulierte.

O'Leary bemühte sich, Mannschaft und Passagiere zu trennen, damit alles einigermaßen übersichtlich blieb. Er klatschte mehrfach in die Hände. »Ruhe für den Kapitän!«

Da Belmonte nicht alle nötigen Sprachen beherrschte, bat er um die Hilfe einiger Passagiere; dann hielt er eine kurze Rede, in der er um Verständnis für den Mangel an Bequemlichkeit auf der Reise bat, alles erdenkliche Gute und schnelle Heimkehr wünschte und empfahl, nicht ins erste oder zweite Boot zu steigen, sondern auf Leute aus ihren jeweiligen Ländern zu warten. »Man wird sich um Sie kümmern, auch was Nahrung und Kleidung angeht«, sagte er.

»Und wenn uns niemand abholt?« Mehrere Freigekaufte stellten die Frage gleichzeitig.

»Dann bringen wir Sie in den Hafen und sehen zu, was sich machen läßt.«

Jemand schlug vor, Belmonte solle ihnen gegen auszustellende Schuldscheine Geld geben, damit sie die Sache selbst in die Hand nehmen könnten.

»Sie überschätzen meine Börse, werte Herren. Warten wir doch zunächst einmal ab, ehe wir solche oder andere Notmaßnahmen erwägen.«

Die ersten Boote näherten sich und gingen längsseits. Wie Belmonte erwartet hatte, waren darin Seeleute aus Livorno, die ihre Dienste anpriesen und sich offenbar längst auf die dafür zu fordernden Summen geeinigt hatten. Einige versuchten, an Bord zu klettern; O'Leary und andere von der Besatzung hatten Mühe, sie daran zu hindern.

Nach einiger Zeit kam eine große Barkasse, die von Uniformierten gerudert wurde. Ein Vertreter des Stadtkommandanten, der französische Konsul und der Beauftragte eines Lübecker Handelshauses übernahmen die Passagiere. Zur Abwicklung der restlichen Geschäfte und Ausfertigung von Papieren wurden Belmonte und Vertreter der einzelnen betroffenen Gruppen für den nächsten Vormittag zum Stadtkommandanten gebeten.

Plötzlich gab es Unruhe, Gedränge, jemand rief etwas, andere schauten sich um, als ob sie etwas vermißten.

Belmonte hatte sich gerade zurück aufs Achterdeck begeben und stand neben Ortiz. »Was ist da los?«

Ortiz hob die Schultern. »Keine Ahnung. O'Leary!«

Der Ire löste sich aus dem Getümmel und kam nach achtern.

»Worum geht es da?«

»Das ist einer von den Spaniern.« O'Leary wischte sich ein Grinsen aus dem Gesicht. »Er sucht seinen Heiligen.«

»Wen bitte?«

»Hat ein Stück Holz mit so was wie Gesichtszügen. Das ist sein Schutzpatron. Ohne den will er nicht gehen.«

Belmonte seufzte leise. »Was …«

»Moment.« Ortiz ging ein paar Schritte nach rechts, dann wieder nach links; mit zusammengekniffenen Augen blickte er auf dem Deck hin und her: die beiden festgezurrten Beiboote, Taurollen, Wasserfässer, auf den Planken festgenagelte Kisten, Werkzeug, herumlaufende Leute …

»Was macht er?« sagte O'Leary.

»Er hat komische Augen. Sieht das eine dreibeinige Schaf in der großen Herde oder das eine vierblättrige Kleeblatt auf einer Wiese. Unordnung, könnte man sagen.«

O'Leary kicherte. »Kleeblätter könnte er in Irland suchen.«

»Das zweite Beiboot«, sagte Ortiz. »O'Leary – in der hinteren Halterung ist ein Keil zuviel.«

»O all ihr Heiligen und besonders einer!« O'Leary verließ das Achterdeck, ging zum Boot, bückte sich und hob etwas auf. Er winkte den Spanier herbei und reichte ihm das Holzstück, das der Mann strahlend entgegennahm und an die Brust drückte.

Mitten im Wirrwarr des Ausschiffens der ehemaligen Sklaven legte ein Zollboot an. Der Vertreter des Stadtkommandanten half Belmonte, den Zöllnern klarzumachen, daß die *Santa Catalina* keine Fracht für Livorno an Bord habe und auch nicht in den Hafen einlaufen werde. Das alles nahm jedoch einige Zeit in Anspruch.

Als endlich alle von Bord waren, näherte sich die Sonne bereits dem Horizont. Belmonte nickte Ortiz zu und ging in die Kajüte, um die vorbereitete Mappe mit den Listen und anderen Dokumenten zu holen. Er hörte, wie Ortiz die ersten acht Leute aufrief – O'Leary war dabei –, die mit dem Beiboot in den Hafen fahren sollten.

»Hütet euch vor der Raffgier der Damen und den Reizen der Tavernen«, sagte Ortiz. »Und was die anderen angeht, die noch an Bord bleiben, damit ich nicht so allein bin – nicht weinen, meine Kleinen. Wir bleiben mindestens drei Nächte hier; morgen und übermorgen sind andere dran, dann könnt ihr euch austoben.«

Im Beiboot wurde auf dem Weg zum Kai vor allem von Geld geredet. Die Männer hatten unterschiedliche Wünsche geäußert, was ihren aufgelaufenen Lohn anging. Der eine wollte möglichst alles, was ihm zustand, um es zu einer Bank zu bringen und seinen Verwandten in einer Stadt im Binnenland anweisen zu lassen. Abner mit den feinen Fingern, der Schiffszimmermann, wollte versuchen, außerhalb einer Synagoge ein paar unfromme Juden zu finden und sich »außerdem ein wenig ergötzen, Kapitän«, hatte aber auch eine lange Liste von Gegenständen – Nägel aller Größen, Haken, bestimmte Hölzer und Eisen zur Ausbesserung von Werkzeugen –, die unbedingt zu beschaffen waren. Belmonte sagte, nach den letzten Schätzungen lebten etwa fünfzehntausend Juden in Livorno; es werde zweifellos möglich sein, darunter einige Abtrünnige zu finden. Dann ging er mit ihm die Liste durch und nannte ihm einen Ausrüster, der das meiste zu redlichen Preisen beschaffen könne und bei dem Ortiz oder Belmonte selbst vor der Abreise alles abholen und bezahlen würde. Einige waren zum ersten Mal in Livorno und baten um Hinweise, wohin sie sich wenden und wovor sie sich hüten und womit sie für dies oder das rechnen sollten.

Als O'Leary sagte, er sei überhaupt noch nie in einem italienischen Hafen gewesen, überschütteten ihn die anderen mit derben, tückischen oder hilfreichen Ratschlägen.

Belmonte lauschte, lachte schließlich und sagte, am besten solle O'Leary ihn zunächst begleiten; er wolle einen kundigen Mann aufsuchen, der sicherlich auch gute Hinweise für O'Leary haben würde.

»Kundig?« O'Leary rümpfte die Nase und musterte Belmonte von der Seite. »Was heißt das? Kennt er sich mit Pferden aus, die ich nicht brauche, oder mit Priestern, die mir auf Englisch die Beichte abnehmen können, die ich nicht ablegen mag? Beschafft er Reitkamele, wenn man das will?«

»Er kennt sich aus. Er wird Ihnen sagen, wo es guten Lammbraten, ein heißes Bad, eine üppige Rothaarige oder einen schweigsamen Barbier gibt.«

»Schweigsame Barbiere? Die gibt es nicht. Weiß der kundige Mann vielleicht auch, wo man russische Tänzerinnen, englische Dichter oder isländische Obstbauern findet?«

»Zweifellos.«

»Na gut, Kapitän; ich werde Ihnen wie ein Schatten folgen.«

»Das wird schwierig«, sagte Abner. »Die Sonne geht bald unter, danach sind Schatten rar.«

In einer fremden Stadt verlaufen kann sich jeder.
Um jedoch die Orientierung komplett zu verlieren,
bedarf es der guten Ratschläge von Einheimischen.

ANONYMER GLOBETROTTER (20. JH.)

Ein kundiger Mann

Am Kai machten sie neben einer eisernen Leiter fest. Belmonte wartete, bis die anderen hinaufgestiegen waren, verließ das Boot dann als vorletzter und klomm hinauf. Er fluchte leise.

»Rost und Vogeldreck.« Er wischte sich die Hand an der Hose ab, streckte den Arm aus und zog den Iren auf den Kai. »Und zuviel Volk.« Nur ein schneller Schritt zur Seite bewahrte ihn davor, von ein paar bis zur Blindheit beladenen Stauern ins stinkende Hafenwasser gerempelt zu werden. Die Möwe auf einem nahen Poller blickte ihn mit schrägem Kopf an; es wirkte spöttisch.

»Nett hier.« O'Leary betrachtete das Getümmel vor den Lagerhäusern; die sinkende Sonne maserte alles mit Blut und Schattenmasten. »Fast wie bei uns.« Er hüstelte. »Also, hierhin kommen die Engländer, wenn sie den Tod am Mittelmeer verbringen wollen? Warum nicht gleich alle?«

»Halt dich zurück. Wahrscheinlich sind die Hafenkneipen voll von denen. Wir brauchen ein paar Auskünfte, keine Messerstiche.«

»Wie langweilig.«

Belmonte versuchte, sich an den Weg zu erinnern. Lange her … Nach Süden, vorbei an Schuppen, Schenken und Läden, bis zu der Gasse, die vor einer englischen Wechselstube abzweigte, dann wieder die dritte Gasse rechts. Er hörte Fetzen von Gesprächen, Flüchen, Scherzen und

Rufen in Sprachen wie Toskanisch, Englisch, Französisch, die er verstand, aber auch im *vernacolo* von Livorno, bei dem er raten mußte, sowie Arabisch und Portugiesisch; er vermutete, daß die beiden älteren Männer mit dunklen Hinterkopfkappen, die sich in einem altertümlichen Spanisch unterhielten, Juden waren, Nachfahren von Vertriebenen.

Neben ihm sagte O'Leary etwas wie »sweet colleen«; eine junge Frau erwiderte sein Lächeln und versuchte, sich bei ihm einzuhaken. Der Ire grinste breit, packte mit der Linken ihr Handgelenk und nahm ihr mit der rechten Hand den Beutel ab, den sie von seinem Gürtel gelöst hatte. Sie riß sich los, murmelte etwas, vermutlich eine Verwünschung, und verschwand im Gedränge.

»Du hast Englisch gesprochen«, sagte Belmonte. »Deshalb hat sie dich wahrscheinlich für tot gehalten. Jedenfalls für ziemlich wehrlos.«

»Warum ist das eigentlich so? Mit den toten Engländern, meine ich? Gibt es eine weise Regierung, für die alle Religionen und Nationen gleich sind?«

»Man sollte nicht auf Weisheit oder Duldsamkeit wetten, wenn es handfestere Gründe gibt.«

»Jesus weinte! Was für Gründe, du Zyniker?«

»Vor Jahrhunderten hat hier mal ein kluger Fürst befunden, daß er mehr und bessere Geschäfte machen kann, wenn er alle Religionen zuläßt. Und bekanntlich sterben alle irgendwann mal, deshalb gibt es hier den einzigen Friedhof für Protestanten am katholischen Mittelmeer. Und für Juden, Moslems, Heiden … was du willst.«

»Was soll ich wollen? Nicht sterben. Weder hier noch sonstwo. Wohin gehen wir eigentlich?«

»Zu dem kundigen Mann.«

»Was treibt er, dieser alte kundige Freund? Wie schafft er es, von kundigen Ratschlägen zu leben?«

»Er macht Geschäfte. Wenn ich Livorno anlaufe, ist er derjenige, der mir guten Proviant zu vernünftigen Preisen liefert. Und vor allem Nachrichten, aus denen sich Geschäfte ergeben können. Wer gerade was sucht oder gefunden hat, wer bereit ist, für besondere Fracht mehr zu zahlen, wen man fragen muß, wenn man dies oder das wissen will.«

»Ah.« O'Leary nickte. »So einer.«

Die Sonne war bereits untergegangen, als sie das Haus erreichten. Mattes Licht fiel durch die Scheiben auf die Gasse. Im Laden sah es, fand Belmonte, genauso aus wie bei seinem letzten Besuch vor sechs Jahren: ein zeitloses Durcheinander von ragenden Fässern, baumelnden Schinken, geschichteten Würsten und anderen Nahrungsmitteln, umringt von allerlei Werkzeug und Seilen. Der Ladenbesitzer mochte ein wenig gealtert sein; vielleicht war der Eindruck aber lediglich eine Wirkung der kümmerlichen Beleuchtung.

»Alter Schurke«, sagte Belmonte, als er noch zwei Schritte vom Verkaufstisch entfernt war.

Ohne von dem Buch, in das er Zahlen eintrug, aufzublicken, sagte der Herr des Durcheinanders: »Alter Seeräuber.« Er legte die Feder beiseite, hob den Blick, grinste breit, stand auf und schrie: »An meine Brust, o schwarzes Schwein!« Mit ausgebreiteten Armen kam er um den Tisch zu Belmonte.

»Und was für einen neuen Teufel hast du da mitgebracht?« sagte er, als die ausgiebige Begrüßung beendet war.

»Einen irischen Teufel. Fergus O'Leary. Und um die Vorstellung zu vollenden: Marco Castiglione, Herr der Not und des Überflusses.«

»Kommt, kommt.« Castiglione schob die beiden vor sich her in einen hinteren Raum, in dem zwischen Gerümpel und Waren Stühle, ein Tisch und die lebensgroße Statue einer schönärschigen Venus standen. »Setzt euch, ich schließe eben ab.«

O'Leary sah sich um, nickte, als ob er eine verwegene Mutmaßung bestätigen wollte, lächelte der Venus zu und ließ sich auf einen der Stühle sinken. »Nett hier«, sagte er. »Fast so aufgeräumt wie in deiner Kajüte.«

Als Castiglione wieder erschien, brachte er eine Flasche und drei ineinandergestapelte Becher mit. »Was bringt dich her, alter Freund?« Er goß ein und verteilte die Becher. »Unheil oder Glück?«

»Wie üblich eine Mischung von allem«, sagte Belmonte. »Aber laß uns die wichtigen Dinge klären, ehe wir in Wein und Erinnerungen versinken.«

»Gibt es wichtige Dinge? Was wäre wichtiger als Wein und Erinnerungen?«

»Wir suchen einen Engländer.«

»Davon haben wir mehr als genug.«

»Smollett«, sagte O'Leary.

Castiglione kniff ein Auge zu. »Der Dichter?«

Belmonte nickte.

»Was ist mit ihm?«

»Wir suchen ihn, um ihm unsere Aufwartung zu machen und ihm ein paar Fragen zu stellen.«

»Fragen?« Castiglione musterte beide über den Rand seines Bechers. »Ich weiß nicht, ob er in seinem Zustand Fragen beantworten kann. Oder will.«

»Warum nicht?« sagte der Ire.

»Er ist krank. Krank und schwach.«

»Also arm?« Belmonte hob eine Braue.

»War der da immer schon so zynisch?« sagte O'Leary.

»Ein Freund der Wahrheit.« Castiglione gluckste. »Sieht die Dinge nicht, wie man sie gern hätte, sondern wie sie sind. Ja, Smollett ist arm. Und älter, als er sein müßte. Schwach.« Mit dem Daumen wies er hinter sich, über die Schulter. »Lebt in einem Haus außerhalb, das englischen Freunden gehört. In Antignano. Billig, für ihn. Angeblich erinnert er sich nur noch an dies und das. Nicht viel.« Castiglione beugte sich vor. »Und besonders umgänglich ist er auch nicht.«

»Man müßte ihn also bestechen? Um überhaupt etwas zu erfahren?«

»Sagen wir so: Wenn du ihm Schinken, Würste und Wein schickst, vielleicht auch einen guten Braten, wird er dich empfangen. Wahrscheinlich. Vielleicht.«

O'Leary rutschte auf seinem Stuhl hin und her. »Ah, hm.«

»Was ist mit dem Stuhl?«

»Nichts.« Belmonte schnaubte leise. »Er will nicht an langem Feilschen teilnehmen, glaube ich. Er hat wohl andere Wünsche. Von mächtiger Dringlichkeit.«

»Ah, hm«, sagte Castiglione. »Wo wollt ihr die Nacht verbringen?«

»Eben«, sagte O'Leary.

»Ich hier, wenn du mich wie früher in deiner Rumpelkammer unterbringen magst.«

»Natürlich. Wein und lange Reden und dann schlafen? Gut, *amigo*. Und was dich angeht ...« Er überlegte einen Moment. »Mädchen?«

O'Leary grinste und nickte.

»Komm.« Castiglione stand auf. »Ich bringe dich zur Tür. Dann geh nach links, noch einmal nach links. Ein Haus mit einer kleinen Terrasse und grünen Lampen vor der Tür. Frag nach Margherita und sag, daß Castiglione dich schickt.«

O'Leary nickte Belmonte zu, tätschelte im Vorübergehen das Gesäß der Venus und folgte dem Hausherrn zur Tür.

»Smollett«, sagte Belmonte, als Castiglione sich wieder gesetzt hatte. »Wieso weißt du so viel über ihn?«

»Man redet gelegentlich über ihn. Und andere ausländische Gäste. Ich habe seine Bücher gelesen. Nicht alle, aber er hat mich erheitert. Außerdem ... man sollte möglichst viel wissen, wenn man Geschäfte machen will. Für einen, der nicht mittellos verhungern will, gibt es kein nutzloses Wissen.«

»Vielleicht hat sich Smollett der Sammlung nutzloser Kenntnisse verschrieben. Arm, alt, krank ...« Belmonte überlegte einen Moment. »Du könntest etwas für ihn zusammenstellen. Wie du gesagt hast – Schinken, Wein, derlei. Es von einem deiner Burschen zu ihm bringen lassen, morgen früh, mit der Ankündigung, diejenigen, von denen es kommt, würden sich übermorgen bei ihm einfinden, um ein paar Worte mit dem ruhmreichen Dichter zu wechseln.«

»Wenn du bezahlst.«

»Ich bezahle.«

»Was ist mit dem Iren?«

»Das ist ein Teil von all dem, was in den letzten Jahren geschehen und vielleicht zu erwähnen ist.«

Castiglione goß die Becher wieder voll. »Dann erwähne, mein Freund.«

Belmonte schloß kurz die Augen, um sich zu besinnen, öffnete sie wieder und sagte: »Mein Magen knurrt, Marco. So laut, daß ich nicht dabei denken kann.«

Der Italiener brummte leise, stand auf und begann, mit einem scharfen Messer dünne Scheiben von einem baumelnden Schinken zu schneiden. Er holte von einer nahen Anrichte Brot und eine als Teller verwendbare Holzplatte und deutete stumm darauf. Dann setzte er sich wieder.

Belmonte langte zu. Mit vollem Mund berichtete er von den vergangenen Jahren, von Stürmen und gefährlichen Geschäften, die ihn durchs Mittelmeer und im Atlantik bis hinauf nach Island und hinunter zur Goldküste gebracht hatten. Und von der letzten, fünften Reise zum Freikauf europäischer Sklaven aus den Händen arabischer Fürsten. »Harmlos, diesmal«, sagte er zum Schluß. »Wir haben alles auf See abwickeln können; ich brauchte keine Häfen in Tunesien oder weiter westlich anzulaufen.«

»Ich erinnere mich an die früheren Geschichten«, sagte Castiglione versonnen. »Die von den Fahrten auf der Suche nach Dokumenten und Überlebenden, die etwas berichten konnten. Weiter weg, abenteuerlicher als das, was du zuletzt betrieben hast. Vermißt du es nicht?«

»Nein; das ist vorbei. Der gute Ruf des Helden ist endlich wiederhergestellt. Aber es war aufwendig. Und ... ja, spannend, kann man wohl sagen.«

»Und alles nur, um deinem Admiral, diesem Blas de Lezo, ein ruhmreiches Nachleben zu beschaffen?« sagte Castiglione.

»Nicht nur. Das war die Sorge seiner Nachkommen; meine war es, Dinge für sie zu erledigen und dafür Geld zu bekommen. Man muß ja von etwas leben.«

»Euer König sollte dich und andere für all eure Dienste eigentlich bezahlen.«

»Unser König hat kein Geld. Du weißt doch, was einer unserer größten Dichter geschrieben hat. Über Don Dinero, den Herrn Geld – wird in Amerika geboren, kommt zum Sterben nach Spanien und ist in Genua begraben.«

Castiglione kicherte. »Ja, ja, die italienischen Banken. Aber ich habe nie verstanden, warum das so ist. Weißt du es?«

»Unsere Vorfahren haben kühne Dinge getan. Sie waren aber auch sehr dumm. Kühnheit und Dummheit vertragen sich offenbar bestens, nicht wahr?«

»Allzu wahr. Hat nicht schon ein toter Römer so etwas gesagt? Nur wer dumm genug ist, die Gefahr nicht zu sehen, kann ihr trotzen? Oder so?«

»Mag sein. Jedenfalls wissen wir heute doch alle, daß ein Land nicht überleben kann, wenn es dort keine klugen Bürger gibt, die das hüten und mehren, was andere beschaffen. Und mein tapferes Spanien mag die halbe Welt erobert und beherrscht haben, aber als es darum ging, das Eroberte zu bewahren ... Sagen wir so: Es gab viele Bauern, einige große Krieger, große Mengen unnützer Politiker, zahlreiche müßige Adlige und zahllose müßige Priester.«

»Na ja. So müßig waren die nicht; wenn ich an die Inquisition denke ...«

»Die gab's auch woanders. Jedenfalls haben sie nichts dafür getan, das Land zu hegen. Soldaten, Eroberer, gute Seeleute, Schiffbauer, Fischer und Bauern. Was man sonst so fürs Leben braucht, Handwerker, Bankherren, Kaufleute, das waren vor allem die Juden und Mauren, die wir verjagt, wenn nicht gleich umgebracht haben. Deshalb all die italienischen Geldsäcke, in deren Kellern das amerikanische Gold begraben wurde. Mein Admiral war ein großer Krieger und guter Seemann, aber er kam aus einer keineswegs edlen und schon gar nicht reichen Familie. Der König hat ihn für seine Dienste kaum bezahlt, und der Vizekönig von Cartagena hat dafür gesorgt, daß er, Angehöriger des höheren Adels, allen Ruhm erhielt, der dem Admiral zugestanden hätte.«

Sie redeten noch eine Weile über dies und das, bis Castiglione schließlich gähnte und sagte: »Und du, Freund?

Wie steht es mit der Behaglichkeit des Leibes und den Bedürfnissen? Ich genieße unser Gespräch, aber du warst ja auch lange auf See und hattest dich mit den anmutigen Antlitzen deiner Matrosen zu begnügen. Wenn du also aufbrechen möchtest, um dich an den Schönen der Stadt zu laben, hätte ich jedes Verständnis.«

»Ich sehe, daß du dir nicht die Mühe machen magst, dein Gähnen zu unterdrücken.«

»Fürwahr; es war ein langer Tag. Aber …«

Belmonte hob die Hand. »Laß gut sein; ich werde gleich gehen. Sag mir nur noch zwei Dinge.«

»Die Duchessa wird zweifellos entzückt sein, dich zu sehen.« Castiglione lächelte und kniff ein Auge zu. »Du solltest ihr nur beizeiten Bescheid geben. Wie du weißt, bist du nicht der einzige, der ihr Haus zuweilen aufsucht.«

»Danke, teurer Ratgeber; magst du das übernehmen?«

»Wie hättest du es denn gern?«

Belmonte schaute an sich hinunter. »Die Dringlichkeit wird nicht nachlassen, wenn ich sie bis morgen hege und mich der edlen Dame erst nach einem gründlichen Bad und in neuen Kleidern nähere.«

»Ich werde ihr morgen früh Blumen schicken und dich für den frühen Nachmittag ankündigen. Recht so?«

»Bestens.«

»Und das zweite Ding, das ich dir sagen soll?«

»Ich brauche gewisse Auskünfte, die mit dem Krieg zwischen England und Spanien in der Karibik zusammenhängen. Du weißt schon, vor dreißig Jahren, die Katastrophe von Cartagena.«

»Das ist die englische Seite; für dich war es doch ein Sieg.«

»Ich nehme an, das, was ich wissen möchte, weiß nur ein Engländer.«

»Wollt ihr deshalb zu Mister Smollett? Der hat doch an dem Krieg teilgenommen.«

»Das auch, ja, aber vielleicht gibt es hier noch andere. Alte Soldaten oder Seeleute. Draußen liegen ja wie immer englische Schiffe.«

Castiglione schien zu überlegen; dann beschrieb er ihm den Weg zu mehreren Tavernen, die mit Vorliebe von Engländern besucht wurden. »Kann sein, daß da ... Moment. Ich glaube, jemand hat mir von einem alten Seemann erzählt, der bei Portobello eine Hand verloren hat und schreckliche Geschichten erzählt. So etwas?«

Belmonte stand auf. »Vielleicht. Vielleicht auch nicht. Man wird sehen. Danke für alles, Freund; übermorgen, nach dem Besuch bei Smollett, werden wir noch ein längeres Gespräch zu führen haben.«

»Es wird mir wie immer ein Vergnügen sein.«

»Ah, noch etwas. Kann ich die Mappe hier bis morgen vormittag bei dir lassen? Man sollte nicht alles durch Tavernen schleifen.«

Castiglione nahm die Mappe entgegen und schob sie hinter ein Gestell. »Da; trink nicht so viel, daß du morgen früh nicht mehr weißt, wo sie ist, hörst du? Ich habe morgen etwas zu erledigen und werde nicht so früh hier sein, daß ich dich erinnern könnte. Ah, der Schlüssel für die Hintertür.«

As near Porto-Bello lying
On the gently swelling flood,
At midnight with streamers flying
Our triumphant navy rode;
There while Vernon sate all-glorious
From the Spaniards' late defeat;
And his crews, with shouts victorious,
Drank success to England's fleet ...

[Als bei Portobello auf der sanften Dünung unsere siegreiche Flotte mit wehenden Fahnen lag, dort, wo Vernon ruhmreich ob der jüngsten spanischen Niederlage saß und seine Mannschaften mit Siegesgeschrei auf den Erfolg der englischen Flotte tranken ...]

RICHARD GLOVER, *Admiral Hosier's Ghost* (1740)

Das Lied von Portobello

In den beiden ersten Tavernen, die er aufsuchte, trank er jeweils ein paar Schluck Wein und lauschte den Gesprächen, hatte aber nicht das Gefühl, etwas über schottische Dichter oder lange zurückliegende ferne Kriege erfahren zu können. Vor der dritten Schenke streifte ihn etwas wie ein Hauch: windgewordene Töne. Drinnen grölten englische Matrosen ein Lied, das er kannte und verabscheute, die Ballade vom Geist des Admirals Hosier. Ein Kerl namens Glover, auf dessen Vornamen er sich nicht besinnen konnte (Richard? Robert? irgendwas mit einem R), hatte vor Jahren diesen patriotischen Text verfaßt, der sich nicht besonders gut singen ließ, weshalb man die Verse nach Gutdünken veränderte, was sie noch unerquicklicher machte.

Belmonte schnalzte leise und ging hinein. Durch einen Wall aus Gerüchen – Bier, Wein, Schweiß, billiger Tabak, morsche Füße – kämpfte er sich zum Schanktisch vor. Der von ein paar Kerzen erhellte Raum bot Platz für vielleicht dreißig Leute, es drängten sich aber mindestens fünfzig darin, und von ihnen versuchte etwa die Hälfte, mehr oder minder glückhaft die Töne zu treffen und den Text zu brüllen. Es ging um Britanniens glorreichen Sieg von Portobello; Admiral Vernon und seine Männer feierten den Triumph über die Spanier, als um Mitternacht die Gespenster erschienen und den Rausch in Entsetzen verwandelten: der

Geist von Admiral Hosier, gefolgt von Tausenden fahler Schatten. Er trug den Siegern auf, in England dafür zu sorgen, daß man ihn und seine sinnlos an Fieber und anderen Krankheiten gestorbenen Leute nicht vergesse und wenigstens nachträglich noch ein wenig ehre, denn wenn nicht eine schändliche Regierung ihn zum Nichtstun verurteilt hätte, wäre Portobello schon damals in seine Hand gefallen wie jetzt in die von Lord Vernon.

Im Getöse gelang es Belmonte, dem Wirt durch Gesten klarzumachen, daß er einen Becher Wein haben wolle. Der Mann, offenbar ebenfalls Engländer, musterte ihn mißtrauisch, während er den Becher aus einer Kanne füllte. Belmonte legte eine Münze auf den Schanktisch, hob den Becher, zwinkerte und trank. Als der Wirt etliche kleinere Münzen in eine Weinpfütze fallen ließ, nahm Belmonte nur etwa die Hälfte an sich, deutete auf den Rest, dann auf den Wirt. In diesem Moment endete das Grölen, die Ballade war erfolgreich niedergemetzelt, und als durch das Getrampel, mit dem die Männer sich selbst Beifall bekundeten, die Töne einer Geige zu hören waren, auf der ein Musiker einen schnellen Jig begann, beugte sich Belmonte vor und sagte mit einem nicht allzu aufdringlichen Cockney-Akzent:

»Bißchen laut hier, was? Danke für den Wein, Kumpel; mach mir gleich noch einen.«

Das Mißtrauen schwand aus den Augen, der Wirt zwinkerte ebenfalls und goß den Becher wieder voll. Das restliche Kleingeld in der Pfütze schien dafür zu genügen.

Weiter rechts sagte jemand mit knarrender, tiefer Stimme: »Ich war dabei, Jungs, und ich sag euch, es gab keinen Geist. Vernon, den der Satan geholt hat, hatte keinen, und Hosier hat sich nicht blicken lassen.«

Jemand rief: »Hör auf, Danny, wir kennen die Geschichte!« Ein paar andere, wahrscheinlich neu in der Runde, zischten ihn nieder, und zwei oder drei schrien: »Erzählen!«

Etwa ein Dutzend britische Seeleute verließ die Taverne. »Muß ich nicht schon wieder haben«, sagte einer. »Kommt, woanders gibt's auch was zu trinken.«

Der Raum wurde durch den Aufbruch der Leute zwar nicht wesentlich leerer, aber immerhin konnte Belmonte nun einen Blick auf den Mann werfen, der von Portobello erzählen sollte. Er mußte weit über Fünfzig sein; das Gesicht wirkte irgendwie vorläufig, als hätte er die Einzelteile zusammengeklaubt. Unter der gewaltigen Nase, die mindestens einmal gebrochen war und zwischen Stirn und Oberlippe zweimal die Richtung wechselte, saß ein winziger Mund, in dem nur noch vier sichtbare Zähne hausten. Die rechte Augenbraue war ein borstiges Gestrüpp, die linke fehlte, offenbar Folge einer üblen Verbrennung, die die linke Wange dauerhaft enthaart und rot gefärbt hatte, während rechts ein weißgrauer Backenbart wucherte. In der rechten Hand hielt er einen Becher, den er umdrehte, um zu zeigen, daß er leer war; der linke Arm endete in einem Haken.

»Mein Hals ist ganz trocken«, sagte er.

Belmonte nickte dem Wirt zu und schob ihm eine weitere kleine Münze hin.

Der Geiger, der neben dem Durstigen saß, hatte das Instrument beiseite gelegt. Bis der von Hand zu Hand gereichte Becher angekommen war, füllte ein breiiges Gemurmel den Raum. Der Musiker nahm die Geige wieder auf und produzierte einen dreistöckigen Mißklang; jemand schrie: »Ruhe für Danny!«

Danny hob den Becher. »Preis dem Spender«, sagte er.

Belmonte pfiff leise durch die Zähne; laut sagte er: »Und wenn deine Geschichte nicht gut ist, mußt du's wieder ausspucken.«

»Gut ist sie, aber nicht schön.«

»Mach schon«, sagte einer, der in der Nähe der Tür stand.

Danny räusperte sich. »Vernon«, sagte er. »Lord Vernon. Sechs Schiffe, hat er gesagt, würd er brauchen, um Portobello zu nehmen. Sechs hat er gekriegt, und damit sind wir dann an die Küste von Panama. Wißt ihr, warum Portobello so wichtig war?«

Einige nickten oder stöhnten, aber die meisten schienen es tatsächlich nicht zu wissen. »Nee, sag mal«, rief einer.

»Gold«, sagte Danny. Er leckte sich die Lippen. »Gold und Silber. Und Edelsteine, alles, was die Dagos in Südamerika zusammenklauen. Wird von Peru mit Schiffen nach Panama gebracht, dann über Land vom Pazifik nach Portobello, und da sammeln die großen Schatzflotten es ein und bringen's nach Spanien. Küstenschutzboote, klar, diese *guardacostas*, und ein enger Hafen mit Festungen rechts und links und paar Extrabatterien. Und da wollen wir mit sechs Schiffen ran.«

Ein junger Mann sagte: »Große? Kleine? Mit Mörsern? Bombarden? Oder was?«

»Nee, lauter Zwei- und Dreidecker. Linienschiffe. Wenn man wie du immer nur feiste Krämerkähne fährt, weiß man natürlich nicht, was das heißt.«

»Doch, wohl.« Der Jüngere gluckste. »Bei euch ist es immer schön eng, hab ich gehört, fünfzehn Zoll Raum pro Mann unter Deck, was? Und erstklassige Verpflegung. Wie schmekken eigentlich die Maden im Hartbrot?«

»Die werden rausgeklopft, du Trottel.« Danny mußte lauter sprechen, um das Stöhnen zu übertönen, das deutlich nicht den Maden, sondern dem ahnungslosen Handelsmatrosen galt. »Also, wir kommen abends an, 20. November, schwül wie nur was. Hat ziemlich gestunken unter Deck, noch mehr als sonst, hat aber irgendwie keinen gestört, weil wir nur an den nächsten Morgen gedacht haben. Denken, weißt du, verstopft die Nase; daran sieht man auch, daß die hochmögenden Herren nicht viel denken, sonst könnten sie nicht so durch die hohe Nase reden.«

»Willst du uns jetzt von Portobello erzählen oder von den Nasen der Admiralität?«

»Portobello. Morgens können wir richtig gut sehen, was da auf uns wartet – die ganzen Batterien rechts und links, über- und nebeneinander, aber ... Also, wenn alles mit rechten Dingen zugeht, kommt da kein Schiff rein. Alles zerschossen, zerfetzt und versenkt. Aber die Dagos haben das ziemlich schleifen lassen. Hatten wir schon auf Jamaika gehört – Überläufer und Spione, klar. Angeblich hat denen ihr Gouverneur, der von Panama, seit Jahren an den König in Madrid geschrieben – mehr Geld, mehr Männer, mehr Munition, bitte bitte, aber er hat nix gekriegt.«

»Gar nix?«

»Na ja, fast nix. Haben wir dann gesehen. Aber weiter. Wir sollen in den Hafen rein, das war der Befehl, und zwar nah an der Festung auf dem Südufer; das ist unsere Steuerbordseite.«

Einige der Seeleute knurrten und begannen zu tuscheln. Einer sagte: »Ich denk, das ist an der Nordküste von Panama.«

»Stimmt schon, aber die Bucht öffnet sich nach Westen. Wir segeln also rein, nach Osten, klar? Und ziemlich nah am Südufer. So sind wir weiter von den Batterien auf dem Nordufer entfernt; die Jungs in der Festung über uns können die Geschütze nicht einsetzen, weil wir für sie zu tief sind, und die untere Küstenbatterie kriegt von unseren Steuerbordgeschützen liebe Grüße. Die Stadt liegt auf dem Südufer der Bucht, wir sind also, wenn wir an den Festungen vorbei sind, schon fast da. Klar? Gut; weiter. Wir haben eben den Spaniern die erste Runde Freundlichkeiten geschickt und merken bei der Knallerei gar nicht, daß von denen kaum was zurückkommt. Da schläft plötzlich der Wind ein, und wir liegen genau vor den beiden übereinander gebauten Festungen am Südufer. Tja.«

Danny machte eine Pause, leerte seinen Becher und hob ihn dann, wobei er ihn schwenkte.

»Mach weiter, Mann!« rief einer.

»Erst was für die Kehle, sonst geht's nicht.«

Jemand am Ende des Schanktischs ächzte und knallte eine Münze auf das Holz. Der nächste volle Becher wanderte von Hand zu Hand.

»Ah, so ist das besser.« Danny setzte den Becher ab und wischte sich den Mund mit der heilen Hand. »Wir treiben also ohne Wind, mit ein bißchen Restschwung, vor mehreren Lagen Kanonen rum, und wenn die jetzt da drüben richtig hinlangen ... Wie immer ist irgendein Spaßvogel da, der bei so was dann aussingt: ›Und segne, was du uns bescheret hast‹, und das halbe Deck grölt: ›Amen!‹ Von den Dagos kommt aber nicht viel, nur ein bißchen Geknatter. Wir feuern weiter, und unsere Seesoldaten holen mit den Musketen ein paar Spanier von den Mauern.«

»Aber wieso schießen die denn nicht?« fragten mehrere Zuhörer durcheinander.

»Kommt gleich, Jungs. Weil wir da jetzt in der Flaute liegen, kriegen wir neue Befehle – Flaggensignale vom Admiral an alle: In die Boote, Angriff! Und das machen wir dann. Zwischendurch fallen ein paar Kanonenkugeln um uns rum ins Wasser, und ein paar Leute kriegen was aus den spanischen Musketen ab, aber viel ist das nicht. Ich weiß noch, wie ich unter der Batterie steh, den Kopf in den Nacken gelegt, und über mir die Mauer und ein Geschützrohr, und ganz oben der blaue Himmel, und ich denk mir grad, daß so 'n Pelikan, wenn er über einem rumsegelt, ganz komisch aussieht, und hoffentlich kackt er nicht grad jetzt, und dann schmeißen wir Leinen mit Haken dran über die Mauern und fangen an zu klettern, immer rauf, und der vor mir rutscht ab und keilt aus und bricht mir mit seiner schwieligen Sohle die Nase, aber das merk ich irgendwie erst später so richtig, und wir also rauf und oben rein durch die Schießscharten und andere Aussparungen ...«

»Zinnen«, rief jemand.

»Von mir aus. Die ersten, die oben sind, gehen mit Säbel und Entermesser auf die Dagos los, und die nächsten fangen an, die steifbeinigen Jungs von der Marineinfanterie hochzuziehen. Und dann ist eigentlich alles schon vorbei. Paar Dagos sind tot, die meisten abgehauen, der Rest ergibt sich.«

Schweigen. Schließlich sagte der junge Matrose von dem Handelsschiff: »Und das ist alles? Der große Sieg von Portobello?« Er klang eher empört als enttäuscht.

»Das war's schon, ja. Jedenfalls beinahe. Die Schiffe haben dann noch die anderen Batterien ein bißchen warmgeschossen, bis abends, und am nächsten Tag haben die anderen Festungen und die Stadt kapituliert.«

Nach kurzer Pause sagte ein älterer Seemann: »Kann doch nicht sein. Dafür der ganze Aufwand und der Trubel zu Haus?«

»Hab ich hinterher gehört.« Danny schnaubte. »Ganz London muß gefeiert haben, als wär sonst was gewesen. Und Feuerwerk und Gelage und Glocken und überhaupt. Und ich glaub, da haben die zum ersten Mal dieses Lied gehört und gesungen, oder?«

Der Geiger klemmte sich das Instrument unters Kinn und spielte die ersten Töne von *Rule, Britannia,* aber offenbar mochte niemand singen.

Danny hob die Hakenhand und fuchtelte damit herum. »Das hier ist mein Mitbringsel«, sagte er. »Sonst gab's nicht viel. Von wegen Gold und Silber, ha! War kaum was in der Stadt, und mehr als ein paar Münzen für jeden ist nicht dabei rausgekommen. Ich nehm an, die Offiziere und der Admiral hatten mehr davon.«

»Was ist mit der Hand?«

»Die hatten da 'ne ganze Reihe Kanonen aus Bronze; die haben wir eingepackt, mit Schleifchen, für die Herren in London. Und die Geschütze aus Eisen haben wir unbrauchbar gemacht. Einer von unsern Jungs hat aber unbedingt 'ne Zigarre rauchen müssen, wie wir grad Munition zusammentragen. Das war dann meine Hand und meine Schönheit.« Mit dem Haken berührte er die entstellte Wange. »Den Kumpel hat's aber ganz zerlegt, hat ihm die Prügel von uns und bestimmt auch die Katze erspart.«

»Und mehr war's nicht?« Wieder der junge Matrose. »Wegen so wenig gibt's jetzt 'ne Portobello Farm und *Rule, Britannia* und alles?«

Der Geiger fand offenbar, man habe nun lange genug geredet, und vielleicht hatte er Dannys Geschichte ja auch schon zigmal gehört; jedenfalls begann er zu spielen, etwas Langsames, was Belmonte nicht kannte. Einige summten mit, die meisten vertieften sich in ihre Becher.

Danny redete weiter, aber bis dort, wo Belmonte saß, verloren sich die Töne im Gerede und Gefiedel. Vielleicht konnte er später, wenn sich der Raum um den alten Seemann gelichtet hatte, Antworten von ihm bekommen. Antworten auf einige der zahlreichen Fragen, die er gern stellen würde. Er wußte, daß die in England begeistert gefeierte Portobello-Expedition militärisch sinnlos und wirtschaftlich ein Verlust für die Briten gewesen war. Die Spanier hatten gründlich geschlummert und es den Engländern leichtgemacht; bei Admiral Vernons Angriff waren fast zwei Drittel der etwa zweihundert Geschütze der Festungen nicht verwendbar, die meisten sogar ohne Lafetten – weil Holz im feuchten Tropenklima schnell verrottete –, es gab nicht genug Munition, und die Besatzung lag mit 35 Mann weit unter der für Friedenszeiten vorgesehenen Mindeststärke. Vernon hatte am 19. Juli 1739 die Anweisung bekommen, spanische Niederlassungen in Westindien anzugreifen und Spaniens Seeverbindungen mit allen Mitteln zu stören. Mit diesen Befehlen hatte er England verlassen; eine Kriegserklärung erfolgte jedoch erst am 19. Oktober, und wahrscheinlich hatte man in Portobello am Tag des Angriffs, dem 21. November, noch nichts davon gewußt. Ein langer Weg von Madrid zu einem der Atlantikhäfen, ein sehr langer Weg von dort nach Havanna oder Cartagena, und dann war Portobello immer noch weit entfernt und vermutlich zum Zeitpunkt des Angriffs ahnungslos.

Belmonte kratzte sich den nachwachsenden Bart. Ein paar Augenblicke schwankte er, ob er den Becher leeren und die Taverne verlassen oder auf einen ruhigen Moment warten sollte, um dem alten Matrosen noch ein paar Fragen zu stellen. Fragen, die nichts mit den kurz nach Vernons Überfall instand gesetzten und besser ausgerüsteten Festungen von Portobello zu tun hatten; Fragen, auf die Danny wahrscheinlich nichts antworten konnte. Trotzdem – wer nichts versucht, erfährt auch nichts, sagte er sich.

Also trank er langsam weiter, dachte an Kolumbus, der die Bucht Puerto Bello, »schöner Hafen«, genannt hatte, fragte sich, wieso man ihn heute Portobelo schrieb, grinste über verlorene Buchstaben, wechselte ein paar Worte mit dem Wirt und erfuhr, daß er seit einem Jahrzehnt die Kneipe in Livorno betrieb, nachdem er von einem Levantehändler abgemustert hatte.

»Trinken hier auch andere oder nur Engländer?«

Der Wirt zog den Inhalt seiner Nase hoch. »Iren, Schotten, Waliser«, sagte er.

»Italiener?«

»Nee. Die trinken woanders. Hier wird ja nur Englisch gesprochen.«

»Was, wenn, sagen wir, ein Spanier auftauchen würde?«

»Ich nehm an, den würden die« – mit dem Kopf deutete er auf seine Kundschaft – »zuerst zusammenschlagen und dann abfüllen. Wenn nicht grad wieder Krieg ist. Wo kommst du denn her? Klingst wie London, aber deine Haut ...«

»Ich war lange in Virginia und dann Jamaika. Da gibt's mehr Sonne.«

Bald darauf gingen etliche der Seeleute; einige schwankten allerdings erheblich und mußten gestützt werden. Neue Gäste kamen herein, und ehe sie sich verteilen konnten, ließ Belmonte noch einen Becher füllen und trug ihn hinüber zu der Ecke, wo Danny nicht weit vom Geiger saß und sich mit geschlossenen Augen zur Musik bewegte.

»Du hast bestimmt noch Durst«, sagte Belmonte. Er ließ sich auf dem Holzklotz neben Danny nieder.

Der Alte öffnete die Augen. »Durst? Immer. Danke, Kumpel.« Er wirkte beinahe nüchtern und hatte offenbar keine Schwierigkeiten damit, seine Zunge um Wörter zu wickeln.

»Wo haben sie dir denn den hübschen Haken verpaßt?«

Danny trank und rülpste. »In Port Royal«, sagte er. »Da gab's 'nen Arzt; der hat mir auch 'ne weiche Lederhand angeboten. Hätt aber extra gekostet.«

»Port Royal – das Lazarett? Bißchen außerhalb, Richtung Spanish Town?«

»Kennst dich aus, wie? Hast du da auch mal gelegen?«

»Nein, jemand besucht. Ah, da fällt mir ein, ein alter Freund hat mir was von einem verrückten Iren erzählt ...«

Danny grunzte. »Die sind doch alle verrückt.«

»Sagen die über uns auch.«

»Was ist mit deinem alten Freund?«

»Also, der Ire ... Sag mal, wann warst du da?«

»Nach Portobello. Und dann noch mal nach Cartagena.«

»Heißt, Frühsommer einundvierzig?«

Danny nickte.

»Da müßte auch der Ire da gewesen sein. Ist im Lazarett gestorben. Und soll irgendwelche wilden Geschichten erzählt haben.«

Danny zuckte mit den Schultern. »Tun die doch alle. Wilde Geschichten erzählen. Und sterben sowieso. Warum erzählst du mir das?«

»Nur so. Angeblich hat der am Ende noch was von einem Schatz gefaselt, den man irgendwo im Hinterland von Cartagena finden könnte. Weißt du davon was?«

»Nee. Und glaub mir, wenn, dann wüßt ich.«

»Zuständig war, glaub ich, ein Arzt namens Smollett.«

Danny hob den geleerten Becher. »Meiner, also der Arzt, hieß Lawrence. Von deinem weiß ich nichts. Noch einen?«

Ich wurde im nördlichen Teil dieses vereinigten Königreichs geboren, im Hause meines Großvaters, eines Gentleman mit beträchtlichem Vermögen und Einfluß, der sich bei vielen Gelegenheiten zugunsten seines Landes ausgezeichnet hatte und über bemerkenswerte Rechtskenntnisse verfügte, die er mit großem Erfolg in seiner Stellung als Richter anwandte, besonders gegen Bettler, für die er eine heftige Abneigung empfand.

Tobias Smollett, *Die Abenteuer des Roderick Random*

Ein liebenswürdiger Empfang

Mit dem Schlüssel, den Castiglione ihm gegeben hatte, öffnete er die kleine Hintertür. Er schloß von innen wieder ab und tastete sich im Dunkeln zu dem Gerät, das Marco Notbett nannte und wo er hin und wieder selbst die Nacht verbrachte, wenn er arg früh im Laden sein mußte oder zu Hause »der Drache erwacht ist und mich nicht schlafen lassen mag, sondern die Nacht durch Gezeter zersetzt«.

Auch ohne zeternde Drachen fand Belmonte kaum Schlaf. Das Unternehmen, an Bord mit leichter Hand skizziert, kam ihm immer sinnloser vor. Als wäre der schwankende Boden draußen, das Schiff auf den Wellen, geeignet für schwankende, tanzende Phantasien, die sich nun, auf dem festen Boden Livornos, als klumpfüßiges Gehampel erwiesen. Gold und Smaragde in einer Felsspalte. Ein Arzt, der sich vielleicht nach dreißig Jahren an etwas erinnerte, dessen Bedeutung er nicht kennen konnte. Ein Arzt, der längst keiner mehr war und seine Erinnerungen zu Romanen umgestaltet hatte. Und dafür nach Amerika fahren? Die Kosten der Reise, Lohn für die Matrosen, die nötigen Vorräte, ausgetüftelte Begründungen, mit denen in Cádiz Registrierung und Erlaubnis zu erhalten waren, Stürme und Wellen und Krankheiten, englische, französische oder holländische Piraten. Er ächzte ins Dunkel, drehte sich auf die andere Seite und versuchte, sich auf das Treffen mit dem

Kommandanten und den Händlern zu konzentrieren. Alles rein geschäftlich, Namenslisten, die Namen der beiden, die gestorben waren, ehe man sie hatte auslösen können, das restliche Geld. Vielleicht eine neue Geschäftsbeziehung oder aber Ärger.

Um sich abzulenken, dachte er an die Duchessa. Französin, Witwe eines in Livorno verstorbenen französischen Kaufmanns. Sie mochte nun Ende Dreißig sein, und beim Zählen der Jahre, die er sie schon kannte, entspannte er sich unmerklich. Sie hatte in Marseille ein kleines, feines Bordell betrieben, sich von dem Kaufmann heiraten lassen, war kinderlos geblieben und mit ihm nach Livorno gekommen, wo er ein schönes Haus am Stadtrand besaß, das einmal einer Herzogin gehört hatte … Nach seinem Tod hatte sie das eigentliche Geschäft verkauft und in dem schönen Haus ihr früheres Gewerbe wiederaufgenommen, und wegen des Hauses nannte man sie Duchessa, und eigentlich arbeitete sie längst nicht mehr selbst, außer ihr war danach zumute, und während er an ein heißes Bad und frische Kleider dachte, die er dort so schnell wie möglich wieder ausziehen würde, um sich in den köstlichen herzoglichen Gefilden zu verlieren, schlief er ein.

Castiglione hatte sich noch nicht blicken lassen, als Belmonte sein Notquartier verließ und mit der Mappe unter dem Arm eine Schenke aufsuchte, wo es gutes Gebäck und kräftigen Kaffee gab. Danach ließ er sich von einem Barbier herrichten.

Das Treffen mit den Kaufherren, Diplomaten und dem Stadtkommandanten verlief etwa so, wie er es sich vorgestellt hatte. Es gab keinen Ärger, man prüfte die Listen, nahm das übriggebliebene Geld in Empfang, quittierte, dankte ihm und wünschte alles Gute für die weiteren Geschäfte. Wohin die nächste Reise gehe? Als er Cádiz erwähnte, sagte einer der deutschen Kaufherren, er habe von einem Katalanen, dessen Schiff die Würmer zerfressen hätten, eine größere Menge feiner Gläser, Vasen und anderer Behältnisse übernommen, auf die ein Händler in Málaga warte, und ob man sich darüber vielleicht unterhalten könne. Belmonte verabredete sich mit ihm für den übernächsten Vormittag, wünschte den Herren Gedeihen und Zufriedenheit und begab sich zum Haus der Duchessa.

Wie vereinbart wartete O'Leary am Kai. Belmonte wechselte ein paar Worte mit dem Bootsmann Falconetti, der von Ortiz nur »an Bord ist alles wohl« auszurichten hatte.

Der Ire hockte sich auf einen Poller und starrte ins Brackwasser, bis Belmonte und Falconetti fertig waren. »Heiterkeit allenthalben«, sagte er, als er aufstand. »Man könnte meinen, du hättest ein paar angenehme Stunden hinter dir.«

»Hör auf zu schwatzen, und nimm das.« Belmonte reichte ihm eine Basttasche mit vier Weinflaschen und einem frischen Brot.

»Noch mehr Wein? Ich dachte, Castiglione hätte …«

»Hat er. Wein und Schinken und ein paar tote Hühner und mehr, aber Wein kann ja nie schaden.«

»Eh«, sagte O'Leary. »Wie weit ist das?«

»Anderthalb Meilen.«

»Soll ich das den ganzen Weg tragen?«

»Du bist jünger als ich, und ich bin der Kapitän.«

»Aye, aye, Sir.«

»Hast du sonst noch irgendwas gehört? In Erfahrung gebracht?«

O'Leary gluckste. »Nur daß Smollett angeblich zänkisch und mürrisch ist. Jemand sagt, er ist nicht fähig, einen Streit nicht zu beginnen. Und man fragt sich, wie seine Frau es mit ihm aushält.«

»Wahrscheinlich bleibt ihr nichts anderes übrig, hier in der Fremde.«

»Kann sein. Jedenfalls soll sie sehr freundlich sein. Umgänglich. Liebenswürdig. Und er soll schon mal gesagt haben, sie wäre dumm.«

Belmonte lachte. »Der bedeutende Dichter als Knurrhahn ... Aber wenn er so was wie ein Menschenfeind ist, hält er wahrscheinlich alle, die hin und wieder lächeln, statt die Zähne zu zeigen, für dumm.«

»Abgesehen von all dem Klatsch und ein paar Bemerkungen deinerseits, weiß ich nichts über den großen Mann, dem wir unsere Aufwartung machen wollen. Knurrhahn, arm, Dichter. Du könntest mir unterwegs etwas über ihn erzählen. Damit ich gleich nicht wie der letzte Trottel dastehe.«

»Was willst du wissen? Soll ich dir jetzt den Inhalt all seiner Romane wiedergeben? Die ich auch nicht alle gelesen habe.«

»Nee. Aber etwas über sein Leben vielleicht, in Umrissen.«

»Na ja, viel weiß ich nicht. Ist ja auch nicht wichtig. Das Leben von Dichtern, meine ich; was zählt, sind die Werke.«

»Kann sein; wir sind aber unterwegs zu einem Mann, nicht zu seinen Büchern.«

Die nächsten Schritte überlegte Belmonte. Der Weg stieg sanft an, führte durch Obstgärten und kleine Felder. Hier und da standen Hütten, für Landarbeiter oder Werkzeug. Es war windstill, heiß, aber nicht unangenehm. Über einem Feld weiter oben am Hang stand ein Sperber in der Luft.

»Also«, sagte Belmonte schließlich. »Er ist, wenn ich mich nicht irre, eines von mehreren Kindern eines Schotten, der nicht standesgemäß geheiratet hat und deshalb von seinem Vater, also dem Großvater des Dichters, mehr oder minder enterbt wurde. Vielleicht war es auch nur so, daß dem die Frau nicht gepaßt hat; ich weiß es nicht. Es gab jedenfalls nicht viel Geld. Tobias Smollett wollte schreiben, hat allerlei Kram studiert, bei mehreren Ärzten Medizin gelernt, ist dann von Schottland nach London gegangen, ich glaube, tatsächlich den größten Teil der Strecke zu Fuß. Dann hat er – man muß ja von irgendwas leben – eine Stelle als Hilfsarzt auf einem Schiff gekriegt, das zur Flotte in der Karibik gesegelt ist, war bei der Operation Cartagena dabei, hat auf Jamaika eine Frau kennengelernt, sie ein paar Jahre später nach London geholt, geheiratet, und dann hat er geschrieben. Reicht dir das?«

»Mal sehen. So als Überblick ... ist ein bißchen knapp, aber vielleicht hören wir ja von ihm mehr. Die Frau aus Jamaika, ist das die, die angeblich liebenswürdig und dumm ist?«

»Ich glaube schon; jedenfalls weiß ich nichts von Scheidung oder Tod oder so. Das heißt, doch, es gab einen Todesfall. Sie hatten eine Tochter, die jung gestorben ist. Und ich erinnere mich, irgendwo mal gehört oder gelesen zu haben, daß die Frau eigentlich eine große Mitgift haben sollte. Irgendwas um die dreitausend Pfund oder so.«

O'Leary pfiff durch die Zähne. »Viel Zeug. Aber eigentlich heißt wohl, daß sie nichts gekriegt hat, wie?«

»Ich glaube, es gab irgendwelche Streitereien vor Gericht, und am Ende ist nichts herausgekommen.«

Die kleine Villa lag weit außerhalb von Livorno an einem Hang. Eine alte Italienerin, vermutlich Dienerin, öffnete auf beharrliches Klopfen und nahm die Tasche mit Brot und Wein entgegen. Sie führte sie durch einen Flur aus unebenen Keramikplatten zu einer offenen Tür, hinter der ein üppig wuchernder Garten sich, wie O'Leary halblaut sagte, in der Sonne fläzte. Beim Verlassen des Hauses hatten sie einen prachtvollen Blick nach Westsüdwesten und auf verstreute Landhäuser und das Meer.

Tobias Smollett erhob sich aus einem Rohrsessel, der sich mit weiteren Sitzgelegenheiten und einem Holztisch unter Obstbäumen befand. Belmonte bemühte sich, sein Erschrekken nicht zu zeigen, mit dem er in das ausgezehrte Gesicht blickte. Er sagte sich, daß Smollett ein paar Monate jünger war als er selbst, und hoffte, wenn er einmal so alt wäre, wie Smollett nun aussah, werde er sich jedenfalls nicht so alt fühlen. Alt und krank.

Aber die Stimme war kräftig. »Die edlen Übermittler labender Speisen und Tränke, nehme ich an«, sagte Smollett. Als er mit einer Armbewegung auf die freien Sessel deutete, sah Belmonte den Flicken am Ärmel des zerschlissenen Rocks. »Was verschafft mir das Vergnügen – wenn es denn eines sein sollte? Und wer sind Sie?«

»Osvaldo Belmonte, Kapitän des Schoners *Santa Catalina,* und Fergus O'Leary, mein zweiter Offizier.«

»Ein Dago und eine irische Sumpfratte? Setzen Sie sich trotzdem.« Smollett ließ sich in den Sessel fallen. »Was wollen Sie mit Wein und Schinken kaufen? Ich nehme an, daß Sie nicht gekommen sind, um die Aussicht zu genießen oder mir zu sagen, daß Sie meine Bücher bewundern.« An die Dienerin gewandt, die ein paar Schritte entfernt stehengeblieben war, sonderte er in schauderhaftem Italienisch ein paar Brocken ab. Belmonte erriet mehr, als daß er verstand, sie solle Wein, Wasser, Brot und Obst bringen. Sie machte auf dem Absatz kehrt und ging zurück zum Haus.

»Die Frau ist nicht da«, sagte Smollett, als spräche er über ein Insekt. »Sie hat gestern und heute früh an Ihren milden Gaben genippt. Ich soll Ihnen sagen, daß es ihr gemundet hat und daß sie dankt.«

»Bedauerlich«, sagte Belmonte.

»Was? Daß es ihr gemundet hat?«

»Daß sie nicht da ist. Die Anwesenheit einer liebenswürdigen Dame würde zweifellos den Umgang mit ihrem rüpelhaften Gemahl weniger unangenehm machen.«

O'Leary schnitt eine Grimasse, sagte aber nichts.

Smollett bleckte die Zähne. Sie waren verfärbt, und zwischen ihnen klafften Lücken. »Freut mich, freut mich. Langweilige Höflichkeiten könnte ich mir vor dem Spiegel selbst sagen, wenn ich Wert darauf legte. Also – was wollen Sie von mir?«

»Ihren fransigen Strohhut bewundern«, sagte Belmonte. »Und feststellen, ob Ihr Gedächtnis besser ist als Ihre Manieren.«

»Das fängt aber nicht gut an.« O'Leary seufzte. »Können wir noch mal von vorn beginnen? Eine Freude, Sie zu sehen, edler Dichter? Oder so ähnlich?«

»Der Spanier macht das schon ganz gut«, sagte Smollett. »Wieso ist Ihr Englisch ohne Akzent? Das kenne ich von Ihren Landsleuten sonst nicht.«

»Ich weiß. Die meisten sprechen fast so schlecht Englisch wie Sie Italienisch; wenn überhaupt. Meine Mutter ist aus London.«

»Also sind Sie halb Spanier, halb Engländer? Tut mir leid für Sie; ist aber besser als ganz Ire.«

O'Leary lehnte sich in seinem Sessel zurück und verschränkte die Arme vor der Brust. Es wirkte wie eine Verschanzung, aus der heraus er Belmonte einen Blick zuwarf, der zu sagen schien: Mach du das; ich will nicht.

»Wir möchten Ihr Gedächtnis plündern, Mister«, sagte Belmonte. »Am Ende könnte für alle etwas dabei herauskommen.«

»Was denn?«

»Geld. Viel Geld.«

Es war eine jähe Eingebung und keineswegs abgesprochen. Belmonte sah O'Learys linke Braue zucken. Wenn hier überhaupt etwas zu holen ist, dachte er, dann vielleicht so.

»Erzählen Sie mir von viel Geld.«

Die Dienerin kam mit einem Tablett voller Krüge, Becher und Früchte, stellte es auf den Tisch und ging wieder. Belmonte war sich sicher, daß sie es auf den Tisch geknallt hätte, wenn das möglich gewesen wäre.

»Jemand könnte Ihnen etwas gesagt haben, was uns zu einem Schatz führen würde. Wenn wir den mit Hilfe Ihres Gedächtnisses finden sollten, würden wir Sie beteiligen.«

»Ah ah ah.« Smollett wackelte mit dem Kopf. »Sie sollten doch wissen, daß Schriftsteller ein einfallsreiches Gedächtnis haben und Fakten nur so weit achten, wie sie nicht die Geschichte stören.«

O'Leary lachte plötzlich, stand auf und streckte die Hände nach den Bechern und Krügen aus. »Ich glaube, Sie sind ein Monster«, sagte er. »Darf ich eingießen?«

»Nur zu. Als Schanksklaven mögen Iren angehen. Wo soll sich denn dieser Schatz befinden?«

»Jenseits von Cartagena«, sagte Belmonte.

Smollett beugte sich vor und öffnete die Augen weit. »Cartagena? O die entfleuchte Jugend ... Ich bin da aber nicht an Land gekommen. Was ...«

Belmonte winkte ab. »Lassen Sie mich ausreden, Mister. Ihr *Roderick Random* ist seit Jahren eines meiner liebsten Bücher. Deshalb weiß ich, daß Sie bei der Expedition von Vernon einiges gesehen haben. Und gehört. Es geht hier mehr ums Hören als ums Sehen, und das Land, das Sie dazu betreten haben müßten, wäre Jamaika.«

»Jamaika?« Smollett schloß die Augen; etwas wie ein verklärtes Lächeln huschte über die schroffen Züge. »Abermals o die entfleuchte Jugend. Die Frau ist von da – die Frau, die ich liebe, obwohl sie dumm ist. Oder vielleicht weil.«

O'Leary hatte Wein und jeweils ein wenig Wasser in die Becher gegossen, reichte einen davon dem Dichter und sagte: »Trinken Sie, Sie Unhold. Ob ich aber meine Smaragde mit Ihnen teile, weiß ich noch nicht.«

»Smaragde? Hm. Smaragde ... Und was soll ich bitte mit Ihren Smaragden zu tun haben?«

»Sie waren doch Arzt im Lazarett, außerhalb von Kingston, nicht wahr? Nach der Cartagena-Sache.«

Smollett nickte und musterte den Iren. »Und?«

»Mein Vater ist da gestorben.«

»Da sind viele gestorben; soll ich mich jetzt an jeden einzelnen irischen Sumpftrampel erinnern, dem ich den Weg ins Jenseits gebahnt habe? Falls Iren da überhaupt Einlaß finden.«

»Sie sind ein dummes Stück arroganter Dreck, wissen Sie das?«

Smollett kicherte. »Endlich sagt es mal einer! Was ist mit Ihrem Vater? Diesem toten Iren?«

»Er ist unter Ihren Händen gestorben und hat noch etwas gesagt, was helfen könnte, den Schatz zu finden.«

Smollett schwieg. O'Leary setzte sich wieder, schüttelte den Kopf und trank. Belmonte schloß die Augen und lauschte den Zikaden und dem Tuscheln des milden Winds in den Zweigen.

»Hm«, sagte Smollett nach einiger Zeit. »Tote Iren hatten wir reichlich. Aber ... ich kann mich da an nichts erinnern, was Ihnen helfen könnte.« Er hob die Hand, als O'Leary etwas sagen wollte. »Moment, Sie Raufbold. Das heißt noch nichts. Es könnte sein ...«

»Was denn?« sagte Belmonte; er langte nach seinem Becher.

»Wenn man viel gesehen hat, vergißt man viel; das ist einfach so. Manches, woran man sich erinnert, hat man gar nicht erlebt, sondern sich dazugedacht.«

»Hilft uns das irgendwie weiter?«

»Weiß ich noch nicht.« Smollett faltete die Hände vor dem Bauch. »Sie wissen ja, wenn Sie meinen *Roddy* gelesen haben, daß ich viel gesehen, viel geschrieben und viel erfunden habe. Lawinen, könnte man sagen, unter denen möglicherweise noch etwas verborgen ist. Verschüttet, überspült.«

»Ich habe in der Gefangenschaft oft an alte Dinge gedacht und sie Leidensgenossen erzählt«, sagte O'Leary. »Und beim Erzählen sind mir oft andere Dinge wieder eingefallen, die ich vergessen hatte. Vergessen zu haben glaubte.«

»Was ist das mit der Gefangenschaft? Wer fängt denn Iren?«

»England hat ganz Irland gefangen und hält es in Sklaverei. Ich war außerdem vier Jahre bei den Berberpiraten.«

»Uh«, machte Smollett. »Herb, wie? Aber Sie haben recht, Paddy. Vielleicht sollten wir einfach reden. Ich kann Ihnen nichts versprechen, aber man weiß ja nie.«

»Wieviel von Ihren wirklichen Erlebnissen steckt eigentlich im *Roderick Random?*« sagte Belmonte.

»Alles und nichts.« Smollett zwinkerte. »Sehen Sie, wenn Sie sich wirklich konzentrieren, versenken, also, das ist ein bißchen wie ein, tja, sagen wir ein kontrollierter Rausch. Das Hirn bringt Dinge hervor – bei einem Schreiber, meine ich –, die vorher nicht da gewesen sind. Dinge, die das, was er schreibt, gerade benötigt, um weiterzufließen. Und hinterher weiß er selbst nicht, was daran echt und was erfunden ist.«

»Wie steht es mit all dem Geld, das Sie, also, das Random bezahlen mußte, um überhaupt an Bord eines der Schiffe zu kommen?«

»Ah, das war wirklich so. Glaube ich jedenfalls. Aber irgendwie ...« Er kaute auf der Unterlippe. »Ich bin nicht recht in der Stimmung für ausladendes Erzählen. Zu früh am Tag, und die Frau ist nicht da, die mich ermuntern könnte.«

»Trinken Sie«, sagte O'Leary. »Das hilft, sagt man.«

»Sie können ja versuchen, mich in Stimmung zu bringen.«

»Wer? Ich?«

»Ja, Sie blöder Ire. Erzählen Sie mir was über Ihre Vorfahren. Sie können doch sicher bestens lügen. Ist ja eine irische Spezialität.«

»Also lügen, damit Sie sich an Wahres erinnern?«

»Das ist ganz einfach.« Smollett stand auf, ging einmal um den Tisch herum und setzte sich wieder. »Die alten Beine, wissen Sie. Aber es wird auf schwierige Weise einfach, das mit der Wahrheit. Sie lügen, damit ich mich an etwas Wahres erinnere, was einen sterbenden Iren betrifft, der im Delirium der letzten Agonie etwas gesagt haben soll, was vermutlich erfunden oder jedenfalls entstellt war, und Sie wollen das dann für wahr halten. Prachtvoll.«

»Klingt wie die Einleitung zu einem historischen Werk«, sagte Belmonte.

»Nein, nein; Historiker sind nicht so gewissenhaft. Die begnügen sich meistens mit der ersten Lüge. Ich finde, es klingt wie die Arbeitsweise der Kollegen Homer, Shakespeare und Cervantes. Mal sehen, was für mich dabei herauskommt.«

Viele andere haben [...] ihre angeblichen Reisen und zufälligen Verirrungen in unbekannte Länder geschrieben, worin sie von ungeheuer großen Tieren, wilden Menschen und seltsamen Sitten und Lebensweisen unglaubliche Dinge erzählen. Ihr Obermeister und Anführer in dieser kurzweiligen Art, die Leute zum besten zu haben, ist der berühmte homerische Odysseus, der dem Alkinoos und seinen einfältigen Phäaken eine lange Erzählung von [...] einäugigen Menschenfressern, [...] vielköpfigen Tieren, Verwandlung seiner Gefährten in Tiergestalten und eine Menge anderer Albernheiten dieser Art auftischt. Ich habe all diesen wackeren Leuten [...] das Lügen um so weniger übelgenommen, da ich sah, daß sogar Männer, welche bloß philosophieren zu wollen vorgeben, es keineswegs besser machen.

Lukian von Samosata

Irisches Intermezzo

O'Leary kratzte sich im Nacken und blickte Belmonte an. »Soll ich wirklich?« Er klang halb ratlos, halb empört.

»Nur zu.«

»Der will doch bloß einen blöden irischen Sumpftrampler vorführen und sich dabei ins Fäustchen lachen.«

»Wenn ihm das hilft, sich an das zu erinnern, was wir wissen wollen …«

O'Leary stöhnte. »Na gut. Und wo soll ich anfangen?«

»Irgendwo«, sagte Smollett; er schien ein Grinsen zu unterdrücken. »Hauptsache, es wird richtig irisch.«

»Vielleicht mit einem Ururahnen?« O'Leary runzelte die Stirn, als müßte er sich furchtbar konzentrieren. »Der arme Mann hatte drei Töchter. Zwei waren geschwätzig, dafür die dritte übermäßig schweigsam. Irgendwann hat er ihnen eine wichtige Frage gestellt – irgendwas über Liebschaften und Grundbesitz, glaub ich. Die zwei redseligen Töchter haben weitschweifig geantwortet, die schweigsame war wie üblich verschwiegen – ungewöhnlich für ein irisches Mädchen, aber manchmal gibt es so etwas. Etwas, was völlig aus der Art schlägt, wissen Sie; es soll ja sogar anständige Engländer geben. Solche, die armen Iren nicht alles wegnehmen. Klauen, wenn Sie verstehen, was ich meine. In diesem Fall war es so, daß der Ururahn die quasselnden Töchter enterbt hat, und die Schweigsame, die alles gekriegt hat, durfte sich später um den Vater kümmern. Die Geschichte ist nicht besonders originell, gebe ich zu, aber ein Engländer hat sie trotzdem geklaut, die Verteilung des Erbes umgedreht, Kunststück, Engländer halten ja nicht viel von schweigsamen Irinnen, und dann hat er auch noch das wesentliche O vom Namen des Ururahnen weggelassen.«

»Ha, ha, ha«, sagte Smollett. »Also, diesen Stein da irgendwo in Bla-bla-blarney haben Sie aber nicht geküßt, wie?«

»Ach, so was wollen Sie? Kann ich Ihnen auch liefern. Das ist jetzt der Enkel von diesem Ururahn, also, sagen wir, mein Ahnherr. Es ist ... wie viele Jahre her?

Ach, was soll ich sie zählen? Es gibt nur die Vergangenheit, die uns bedrängt, die Zukunft, die uns zermalmen wird, aber keine Gegenwart, nicht wahr? Die Gegenwart ist wie ein Leprechaun, den man aus den Augenwinkeln wahrnimmt, aber wenn man hinschaut, ist da keiner, weil es keinen gibt – sagen die einen. Die anderen sagen, es gibt durchaus Leprechauns, aber sie sind so schnell, daß sie immer weg sind, wenn man gerade gemeint hat, sie wären da. Egal – also, schweigen wir von der Gegenwart. Da wir sie sowieso teilen, gäbe es da nichts zu sagen, was ihr nicht schon wüßtet. Allenfalls Blickwinkel; aber mit denen ist es wie mit den Augenwinkeln und den Leprechauns.

Fangen wir also irgendwo in der Vergangenheit an. Einer meiner Ururgroßväter ist einmal dem wahnsinnigen Sweeny begegnet, der auf einem Baum saß und sich von Brunnenkresse ernährte. Sie haben lange, breite, hohe und tiefe Reden über die Helden der Vorzeit gewechselt und den Unsinn des Nichtseins. Irgendwann sagt mein Urururgroßvater:

›Sweeny, o flüchtiger Fürst, ich habe gehört, daß du auf deinen Flatterwegen eine bezaubernde Tochter hinterlassen hast. Stimmt das?‹

›Cuchullain hat sie belagert, und Finn hat sie begehrt‹, sagt Sweeny. ›Andere würden sie gern bedrängen oder bestaunen, wieder andere begrübeln sie. Ich beweine sie.‹

›Warum beweinst du sie?‹

›Weil es mir so gefällt‹, sagt Sweeny. ›Und weil sie bisher nie des Stabzaubers jenes Zauberstabs teilhaftig wurde, der Frauen, heißt es, gelegentlich verzückt und Männern fast immer den Verstand raubt.‹

›Ah‹, sagte mein Urahn, der übrigens auch aus Skibbereen stammte, wo, wie man weiß, der Schwindel und das Schwindeln epidemisch sind. ›Wie kommt es, daß deine elfengleiche Tochter sich in solch entbehrungsreichem Belagerungszustand befindet?‹

›Sie hat einmal einen Freier verspottet. Für die Anzahl seiner Schwänze.‹

›Oh‹, sagt mein Vorfahr. Übrigens hieß er Conor, aber das nur nebenbei. ›Es muß sich wohl um einen ungewöhnlichen Freier gehandelt haben. War er irgendwie vorzüglich entstellt?‹

›So kann man das nicht sagen.‹ An dieser Stelle hat Sweeny, wenn die Familienüberlieferung stimmt, ein wildes Geheul ausgestoßen.

›Wenn nicht so, wie dann?‹ sagt Conor, der aus Skibbereen.

›Es gibt da viele Flüche‹, sagt Sweeny. ›Deswegen heule ich immer wieder; mindestens einmal pro Baum.‹

›Ach‹, sagt mein Ahnherr. ›Was hat es denn mit diesen Flüchen auf sich? Wenn ich fragen darf.‹

›Du darfst fragen, aber erwarte keine hilfreiche Antwort.‹

›Wir aus Skibbereen sind daran gewöhnt, nie anständige Auskunft zu bekommen‹, sagt mein ferner Vorerzeuger. ›Also sprich dich ruhig über Flüche und Freier aus.‹

›Dann muß ich dich ebenfalls verfluchen‹, sagt Sweeny. Und nach kurzem Nachdenken setzt er hinzu: ›Ich kann den Fluch aber auch weit in die Zukunft verschieben, auf einen deiner Ururenkel.‹

›Tu das‹, sagt Conor. ›Was kümmern mich meine fernen Nachfahren? Außerdem kann es ja sein, daß der Fluch sich bis dahin abnutzt oder daß er verschallt. Dann wäre er verschollen, und ein verschollener Fluch macht Familien erst so richtig reizvoll.‹

›Wie du meinst‹, sagt Sweeny. ›Soll ich mit dem Fluch beginnen? Oder mit der Geschichte der anderen Flüche?‹

›Ach, fang mit dem Fluch an, dann haben wir es hinter uns‹, sagt mein Ahnmensch.

›Dann will ich diesen deinen Nachkommen verfluchen.‹

Da Sweeny nun schweigt, sagt Conor, der aus Skibbereen: ›War es das schon?‹

›Nein, nein; ich dachte eben an Brunnenkresse. Dein Nachkomme sei verflucht, fern von Skibbereen zu sterben.‹

›So schön ist Skibbereen wirklich nicht, daß man dort sterben müßte; ist das alles?‹

›Keineswegs und mitnichten‹, sagt Sweeny. ›Er wird auf dem Ozean umherirren und eines Tages in ein Land nordwestlich von Hy-Brasill kommen. Dort wird er etwas finden, etwas, was sehr kostbar ist, aber er wird als alter Mann sterben, ehe er es dir oder sonst einem aus eurer Sippe geben kann.‹

›Blöder Fluch‹, sagt mein Vorfahr. ›Nun zu den anderen Flüchen. Stimmt die Geschichte, die man sich über deinen erzählt?‹

›Ich weiß es nicht‹, sagt Sweeny. ›Ich fliege schon so lange durch Erin und bin schon so lange wahnsinnig; den Anfang habe ich vergessen.‹

›Da war etwas mit einem Priester und einem Psalter‹, sagt Conor. ›Hast du nicht den Psalter in einen See geworfen? Dafür hat dich der Priester verflucht.‹

›Hat er das? Ich hätte ihn auch in den See werfen sollen.‹

›Das wolltest du, aber dann hat man dich zu einer Schlacht gerufen.‹

›Siehst du. Das kommt davon‹, sagt Sweeny.

›Was war nun mit deiner Tochter?‹ sagt Conor. ›Sie soll anmutig sein wie Löwenzahnflaum, der in einer milden Brise schwebt, feingliedrig wie …‹

›Ja, ja, und sie hat Libellenfüße, Lippen wie vermählte Nacktschnecken, ihr Gesang ist gleich dem einer gemästeten Nachtigall und ihre Augen wie was auch immer‹, sagt Sweeny. ›Aber sie ist verflucht.‹

›Du hast von einem Freier gesprochen‹, sagt Conor. ›Und Spott für die Anzahl seiner Schwänze. Ich gestehe, daß ich nicht recht begreife, was und wie und warum, und vor allem, wer in solch einer Lage wirksame Flüche absondern kann.‹

›Es war ein besonderer Freier‹, sagt Sweeny.

›Wegen der Anzahl seiner Schwänze?‹

›Nicht nur. Der Freier gehörte einer Unterart der Teufel an.‹

›Ah‹, sagt Conor. ›Das erklärt die Wirksamkeit des Fluchs. Was für ein Teufel?‹

›Ein Pooka.‹

›Oh‹, sagt mein Vorfahr.

›Eben‹, sagt Sweeny.

›Ein Pooka‹, sagt Conor, ›kann gut oder böse sein.‹

›Warum oder?‹ sagt Sweeny. ›Er kann beides sein. Dieser war sehr beides.‹

›Aber was hat deine Tochter denn Arges gesagt? Über seine Schwänze?‹

›Bist du dir ganz sicher, daß du das wissen willst?‹ sagt Sweeny.

›Nicht ganz, aber ziemlich.‹

›Dann merke auf, lausche und vernimm. Der Pooka war ein Verehrer ungerader Zahlen.‹

›Aha‹, sagt Conor. ›Die Wahrheit ist eine ungerade Zahl, nicht wahr? Die Dreifaltigkeit, sieben Todsünden, elf Gebote, so was?‹

›Kleeblätter‹, sagt Sweeny. ›Nicht zu vergessen die Zahl der Blätter an einem Stengel Wasserkresse. Deshalb hatte der Pooka sich einen Frack angezogen, als er meine Tochter zu freien wünschte. Mit den beiden Zipfeln hatte er drei Schwänze, und das erschien ihm würdig und recht.‹

›Das verstehe ich‹, sagt mein Urahn. ›Aber was ist mit dem Spott?‹

›Meine Tochter hat gelacht und gesagt, mit dem Frack hätte er vier Schwänze, und sie würde sich nie mit einem Freier einlassen, der eine gerade Anzahl von Schwänzen hätte.‹

Da lacht mein Vorfahr ebenfalls und sagt: ›Munteres Kind, deine Tochter. Ist sie noch zu haben?‹

›Bist du denn auch wahnsinnig?‹ sagt Sweeny.

›Nordnordwestlich‹, sagt Conor. ›Der Rest meiner Windrose ist mehr oder weniger gesund.‹

›Tja‹, sagt Sweeny. ›Kommen wir zum Fluch. Der Pooka war natürlich erbost; deshalb hat er gesagt, sie müßte ab sofort unsichtbar hinter mir herfliegen, sich vom Schatten der Brunnenkresse nähren und ihren Durst am Rauschen von Wasser stillen.‹

›Oh oh oh‹, sagt Conor. ›Herbes Los. Ist sie jetzt da?‹

›Sie hungert, lechzt und zittert neben mir auf dem Ast.‹

›Gibt es nichts, was den Fluch aufheben kann?‹ sagt Conor.

›Doch‹, sagt Sweeny. ›Sie soll, ob sie will oder nicht, dem Mann gehören, der mir und ihr eine bestimmte Anzahl Lügen erzählen kann, und zwar ohne dabei mehr als siebenmal sieben Mal zu atmen.‹

›Ich nehme an, daß es eine ungerade Anzahl von Lügen sein muß‹, sagt Conor.

›Das stimmt.‹

›Hat er gesagt, wie viele genau?‹

›Hat er. Die Wahrheit ist eine ungerade Zahl, und weil die Wahrheit unteilbar sein sollte, außer durch eins und durch sich selbst, muß es eine Primzahl sein.‹

›Hu ha hmpf‹, sagt mein Ahnherr.

›Die von dir genannte Zahl ist mir unbekannt‹, sagt Sweeny.

›Es war keine Zahl, sondern eine Reihe von Geräuschen‹, sagt Conor. ›Welche Zahl ist es denn?‹

›Das werde ich dem sagen, der die nötige Menge von Lügen erzählt. Und zwar erst, wenn er sie erzählt hat. Warum willst du es denn wissen?‹

›Eine unsichtbare Frau, die sich von Brunnenkresse ernährt, hat gewisse Vorzüge‹, sagt mein Ururgroßvater. ›Ich bin gewissermaßen auf Brautsuche. Kann deine Tochter reden?‹

›Sie kann, aber du wirst sie erst hören, wenn der Fluch aufgehoben ist‹, sagt Sweeny.

›Und kann man sie fühlen?‹

›Man kann. Aber sag, warum suchst du dir nicht woanders eine Braut?‹

›In Skibbereen und Umgebung sind zur Zeit alle guten Frauen vergeben‹, sagt Conor. ›Oder sie sind nicht vergeben, wollen mich aber nicht. Oder ich will sie nicht.‹

›Warum wollen sie dich nicht, und warum du sie auch nicht?‹

›Das ist schwierig zu erklären‹, sagt Conor.

›Versuch es; wir haben Zeit.‹

›Dann will ich mich zu Füßen deines Baums niederlassen; im Stehen redet sich nicht gut.‹«

»Fürwahr.« Smollett ächzte tief. »Sie wollen uns jetzt aber nicht ernsthaft mit den Schwierigkeiten langweilen, die Ihr sogenannter Ahnherr und möglicherweise holde oder unholde Maiden aus Skibbereen zu genießen sich nicht enthalten mochten, oder? Können wir bitte einen großen Sprung machen?«

»Bis wohin ungefähr?«

»Bis zu den Lügen; lügen können Iren meistens gut.«

»Na schön«, sagte O'Leary. »Lassen wir die anderen Frauen beiseite und kommen zu dem Versuch, Sweenys Tochter zu erlösen und zu freien. Mein Ururahn holt also tief Luft und beginnt schnell zu sprechen.

›Ich bin der mittlere von vier Zwillingen, die alle noch leben, deshalb war ich nach dem Tod meines Vaters allein. Eines Morgens wollte ich einen reifen Traum schälen. In der Küche fand ich zwei Messer; eins war zerbrochen, und eins hatte keine Klinge. Damit gelang es mir, in den Traum einzudringen. Dort gab es eine blaßblaue Auenlandschaft mit zwei reißenden Bächen, von denen einer trocken war und der andere aus Sand. Als ich in den Sandbach blickte, sah ich zwei Wachteln mit Kiemen; eine war schon tot und die andere noch nicht lebendig. Ich nahm die tote Wachtel und brachte sie um, indem ich sie mit dem Messer ohne Klinge aufschlitzte. Auf einer schwebenden Insel im trokkenen Bach sah ich zwei Krüge stehen; einer war zerbrochen, der andere hatte keinen Boden. Ich nahm den ohne Boden und legte die Wachtel hinein. Ich ging ein wenig den Bach abwärts, bis ich zu einem Dorf kam. Dort gab es zwei

Brunnen; der eine war zugeschüttet, und der andere war versiegt. Aus dem versiegten Brunnen füllte ich den Krug ohne Boden. In dem Dorf gab es zwei Häuser; eines lag in Trümmern, und das andere hatte weder Dach noch Mauern. Dort ging ich hinein und kam zu einem Tisch ohne Beine, auf dem zwei Kessel standen. Einer war aus Tinte, der andere hatte keinen Henkel. An der fehlenden Rückwand gab es einen Kamin ohne Schlot. Ich hängte den Kessel ohne Henkel in den Kamin und goß aus dem Krug ohne Boden das Wasser und die zerschlitzte Kiemenwachtel hinein. Da es kein Feuer gab, kochte ich sie in dem kalten Wasser, bis die Knochen sich aufgelöst hatten, aber das Fleisch war noch roh. Ich nahm die Wachtel heraus und verzehrte sie. Danach war ich zwar nicht satt, aber so müde, daß ich ein paar Momente die Augen schließen mußte. Als ich erwachte, ging ich weiter und kam zu einem Wall aus undurchsichtigem Glas. In der Mitte fand ich eine Tür aus rotem Farn, die sich nicht öffnen ließ. Sie hatte ein Schloß aus rostigem Holz, und es gelang mir, mich durch das Schlüsselloch zu quetschen. Dahinter kam ich zu einem Sandhügel, auf dem ein totgeschossener Hase Schlittschuh lief. Es war aber eine Häsin, und beim Laufen gebar sie ein Luftkind. Ein blondgelockter Knabe mit kohlrabenschwarzem Haar, der am Fuß des Hügels auf einem fliegenden Teppich geruht hatte, sprang von diesem herab, nahm das Luftkind, gab es mir und sagte, ich solle es Sweeny als Brautgeld für seine Tochter überreichen. Dann hat er mich aus dem geschälten Traum gestoßen, und so bin ich hergekommen – hier ist meine Gabe.‹ Mein Ahnherr zeigt Sweeny die leere Fläche seiner rechten Hand.

›Ich habe mitgezählt‹, sagt Sweeny. ›Du hast weniger als siebenmal sieben Mal geatmet, und es waren neunundzwanzig Lügen, wenn man ein paar doppelte abzieht und bei einigen mißratenen großzügig sein will.‹

›Willst du großzügig sein, o Sweeny auf den Bäumen?‹

›Das will ich‹, sagte Sweeny. ›Ich glaube, damit ist der Fluch aufgehoben. Die Tochter müßte gleich sichtbar werden.‹«

»Um Himmels willen«, sagte Smollett. »Bitte jetzt keine Beschreibungen sichtbarer irischer Damen. Aber sagen Sie, diese Lügengeschichten haben doch eigentlich immer drei Elemente, nicht wahr? Man findet drei Messer, drei Boote und so weiter, nicht nur zwei.«

O'Leary grinste. »Sie haben doch gehört, daß die Wahrheit eine ungerade Zahl ist. Also sollten Lügengeschichten nur auf geraden Zahlen aufbauen.«

»Aha. Und Sweenys erfolgreich erlogene Tochter ist vermutlich Ihre Urururgroßmutter geworden.«

»Ein Ur mehr oder weniger, ja. Reicht Ihnen das jetzt?«

»Mehr als genug.«

Belmonte hatte geduldig gelauscht und fühlte sich ein wenig erschöpft. »Um es kurz zu machen: O'Leary, dieser hier, hat später Fische gehetzt, bis die Berberpiraten ihn bei einem ihrer Beutezüge erwischt haben«, sagte er. »Jetzt ist er bei mir, an Bord der *Santa Catalina,* und würde gern auf den Spuren seines Vaters und auf Schatzsuche nach Amerika segeln.«

Smollett erhob sich ächzend aus seinem Sessel, zog eine Uhr aus der Rocktasche und betrachtete das Zifferblatt. Fast schien es, als müßte er sich mühsam darauf besinnen, wie man die einzelnen Zeiger zu kombinieren und auszuwerten hatte.

»Ah, man könnte sagen, es sei nun die Zeit für einen gepflegten Hunger gekommen«, murmelte er. Dann, lauter: »Durch einen seltsamen Zufall bin ich in den Besitz von

Wein, Schinken und einem Rest gebratenen Geflügels gelangt. Mögen Sie mir das Vergnügen machen, mir bei der Vertilgung zu helfen? Dabei können Sie mir ja die zweifellos glaubwürdige Geschichte Ihres schatzsuchenden Vaters erzählen.«

Noch in der ersten Hälfte des 16ten Jahrhunderts wurden die Sandwich-Inseln, das Land der Papuas und einige Theile von Neu-Holland entdeckt. Diese Entdeckungen bereiteten vor zu denen von Cabrillo, Sebastian Vizcaino, Mendaña und Quiros, dessen Sagittaria Tahiti, dessen Archipelago del Espiritu Santo die Neuen Hebriden von Cook sind. Quiros war von dem kühnen Seefahrer begleitet, welcher später der Torres-Straße seinen Namen gab. [...] Die Südsee blieb auch lange der alleinige Schauplatz von den Unternehmungen der Spanier und Portugiesen.

Alexander von Humboldt, *Kosmos* II

Die Vorzüge der Propaganda

Beim Essen im Salon des Hauses lauschte Smollett schweigend und kauend den Ausführungen von O'Leary. Irgendwann verzog er das Gesicht, sagte leise: »Au!«, und schob den noch halb gefüllten Teller von sich.

Belmonte erkundigte sich nach dem Befinden des Autors. Den er inzwischen herzlich verabscheute. Trotzdem gelang es ihm, so etwas wie Mitgefühl in seine Stimme zu legen. Smollett zögerte kurz, dann sagte er, seine Gattin befinde sich bis zum Abend bei Bekannten, ein paar Meilen entfernt, um sich von ihm zu erholen; vielleicht auch umgekehrt. Der Herr des anderen Hauses, eben jener Bekannte, sei ein englischer Arzt und habe ihm gesagt, er werde wahrscheinlich im Verlauf der nächsten zwölf bis vierzehn Monate ins Reich der Schatten eintreten, und da er selbst ja auch ein wenig Arzt sei, könne er das nicht wirksam bezweifeln.

O'Leary machte höfliche Geräusche, die wohl ein nicht wirklich tief empfundenes Bedauern ausdrücken sollten, und Belmonte öffnete den Mund, um nachzufragen.

Smollett winkte ab. Er wolle jetzt nicht mit Worten in Gekrösen, Eingeweiden und anderen Innereien wühlen, schließlich sei er kein Haruspex, falls es je so etwas wie einen sich selbst zerwühlenden Leberdeuter gegeben habe, und ferner gehe er davon aus, daß – überflüssige Höflichkeit beiseite gelassen – zufällig anwesende Iren und Spanier sich nicht nachhaltig für seinen Leib zu begeistern vermöchten. Lieber wolle er nach einer kurzen Pause, die er der Erleichterung des nämlichen Leibes zu weihen gedenke, bei Obst und Wein im Garten mehr von lange zurückliegenden Dingen erfahren. Schließlich habe ja alles – der Krieg sei bekanntlich der Vater aller Undinge – mit der Expedition nach Cartagena zu tun, und vom Krieg habe man bisher noch gar nicht gesprochen. Die Gentlemen, sofern man Spanier und Iren als solche bezeichnen könne, seien hiermit aufgefordert, ihn binnen geringer Frist am Tisch unter den Obstbäumen zu erwarten.

Belmonte und O'Leary begaben sich dorthin. Beide schwiegen. Als sie sich setzten, stieß der Ire einen Seufzer aus, den Belmonte eher für Bekundung von Überdruß denn von innerer Bewegung oder übermäßiger Sättigung hielt.

Er selbst fühlte sich beobachtet. Die Dienerin hatte abermals Wasser, Brot und Obst gebracht und sich dann ins Haus zurückgezogen. Von dort war dieser Winkel des Gartens nicht einzusehen; die empfundene Beobachtung konnte also nicht von der Dienerin ausgehen. Smollett, zum Tisch zurückgekehrt, und der irische Fischer musterten einander, während sie über allerlei heiße Mischgetränke redeten, die kalte nördliche Winter erträglicher machen sollten.

Er spürte Blicke in seinem Rücken. Etwas, was ihn in so vielen Gefechten gewarnt hatte, warnte ihn auch diesmal. Ein Sinn, für den es keinen Namen gab. Belmonte wandte sich um. Dann lachte er leise.

An diesem hellen Juninachmittag hatte Smollett ihn und den Iren dorthin gebeten, wo es den meisten Schatten gab, nahe der hohen südwestlichen Mauer des Grundstücks, unter den Obstbäumen. Zufälle von Wind und Wuchs ... ein paar unreife Kirschen, die Blätter und Zweige: das Gesicht eines mürrischen Fauns, eines Gartendämons, dessen helle Kirschenaugen ein wenig schielten.

»Was amüsiert Sie, Señor Belmonte?« Smolletts Stimme war kräftig und dennoch brüchig. Nicht die Stimme, die bei *Roderick Random, Peregrine Pickle* oder *Launcelot Greaves* in den Köpfen so vieler Leser gescherzt, geflüstert und gespottet hatte. Siech, morsch, welk – Oktoberlaub, nicht das frische Grün des Kirschdämons. Falls man Stimmen mit Blättern vergleichen kann, dachte Belmonte. Und den ganzen Mann mit einem absterbenden Bäumchen: faltiger Stamm, der Hals ein dürrer Zweig, das Gesicht eine Schrumpelfrucht.

»Sehen Sie das Gesicht dort? Kirschaugen, Blätterkinn, Stirnzweige?«

Smollett und O'Leary folgten Belmontes Finger mit den Augen. Der Ire schnaubte.

»Ich sehe, was Sie meinen«, sagte Smollett. »Aber was ist daran so erheiternd?«

»Dem Faun oder Dämon fehlt das linke Ohr.«

»Leihen Sie mir Ihr Ohr, Kapitän«, murmelte O'Leary. Dann gluckste er.

»Haben Sie das berühmte Ohr eigentlich jemals gesehen?« sagte Belmonte.

»Einmal, bei einem Auflauf in London. Unerträglicher Kerl, dieser Jenkins.« Smollett verzog das Gesicht. »Aber warum soll ich mit Ihnen über englische Ohren reden? Ein irischer Sumpftrampel und ein blöder Dago …«

»Wie Belmonte sagte, haben Sie schottischer Grobian schon in London, als Sie noch jünger und gesund waren, als unhöflich und aufbrausend gegolten«, sagte O'Leary. »Scheint sich nicht geändert zu haben.«

Belmonte zupfte sich am rechten Ohrläppchen. »Warum hassen Sie uns eigentlich so?«

»Wer? Ich?«

»Nein. Ihre Leute, Ihr Land. Von wegen blöder Dago.«

»Hab ich mich auch schon gefragt«, sagte der Ire. »Ich meine, was uns angeht, die Iren. Na ja, wir sind eben die Nachbarn von der kleineren Insel. Wo bewaffnete Londoner ebenso wenig zu suchen haben wie bewaffnete Spanier in England, hä.«

Smollett rümpfte die Nase, sagte aber nichts.

»Ich nehme an, ihr mögt uns nicht, weil wir die englische Besatzung nie als Segen und Cromwells Massaker nicht als erhebende Opferung hinnehmen wollten. Aber was ist mit den Spaniern? Alles bloß wegen der Armada? Oder weil sie nicht applaudiert haben, als euer komischer König eine neue Religion erfunden hat, um Kirchen ausrauben und weitere Frauen heiraten zu können?«

Smollett hob die Schultern. *»Oderint dum metuant.«*

»Ich kann nur ein bißchen irisches Kirchenlatein ...«

»Das ist Caligula, nicht wahr?« sagte Belmonte. »Mögen sie hassen, solange sie fürchten.«

»Angeblich Caligulas Wahlspruch. Stammt aber wohl von einem gründlich vergessenen Dichterkollegen.« Smollett lächelte. »Lucius Accius. Cicero hat ihn noch gekannt.«

»Wie meinen Sie das mit dem Hassen und Fürchten? Wer wen warum wie?«

»Ich glaube, Ihre Regierung sieht das so. Oder hat es lange so gesehen. Nehmen Sie sich ein Beispiel daran.«

»Mich fürchtet keiner, fürchte ich.« Belmonte lachte. »Und was die Könige angeht ... Es kann schon sein, daß Sie recht haben, aber das ist Vergangenheit. Meinen Sie wirklich, daß es so gewesen ist?«

»Wovon redet ihr da?« O'Leary blickte zwischen ihnen hin und her.

»Spanien, Sie armer irischer Landlümmel, hat die halbe Welt beherrscht«, sagte Smollett. »Von Sizilien bis zu den Philippinen und von Peru bis zu den Niederlanden, als wir – ich meine die Engländer, nicht die Schotten – noch nicht einmal mit den Iren fertiggeworden waren. Wissen Sie, wie Propaganda funktioniert?«

»Hausieren«, sagte O'Leary.

»Agincourt«, sagte Belmonte.

»Moment.« Smollett kniff ein Auge zu. »Was meinen Sie mit Hausieren?«

»Der Bauchladenmann, der im Nonnenkloster Hosenträger losschlägt, ehe er es niederbrennt und die Nonnen schändet.« O'Leary breitete die Arme aus. »Ist er denn nicht wie ein Engländer, der unsere nette grüne Insel besetzt – die Insel, die der heilige Patrick von Schlangen befreit hat? Und nun kommt ein Engländer und sagt, wir werden diese Insel besetzen, um euch vor Schlangen zu schützen, und vorher bringen wir die Hälfte von euch um, damit wir nicht so viele gegen Schlangen zu schützen haben. Am Ende glaubt er es selbst. Das ist Propaganda. Und als guter Hausierer kriegt der Engländer es auch noch fertig, die Iren für all das, was sie eigentlich gar nicht haben wollen, ein paar Jahrhunderte lang bezahlen zu lassen.«

»Wenn Sie das so sehen ... Aber Sie, Belmonte, was meinen Sie mit Agincourt?«

»Ihr Kollege Shakespeare ist da nicht ganz unschuldig. Agincourt, dieser großartige Sieg der englischen Bogenschützen gegen die französischen Adelsreiter. Im Hundertjährigen Krieg, nicht wahr? Sagen wir, im ersten. Den zweiten Hundertjährigen Krieg haben England und Spanien ausgetragen. Bleiben wir beim ersten. Am Anfang gehörte Ihnen halb Frankreich. Am Schluß war Frankreich frei, bis auf ein Stückchen Land bei Calais. Sie haben den Krieg furchtbar verloren, aber Ihren guten Propagandisten ist es gelungen, den kleinen Sieg bei Agincourt so aufzublasen, daß dahinter der verlorene Krieg verschwindet.«

»Gute Propaganda, Sie haben recht.«

»Ich hab das mit dem Hassen und Fürchten aber immer noch nicht verstanden«, sagte O'Leary. »Klärt mich bitte jemand auf?«

»Wir haben uns vor den Spaniern gefürchtet«, sagte Smollett. »Sie hatten die halbe Welt, die größte Flotte, die härtesten Soldaten. Ehe wir es wagen konnten, uns mit ihnen zu messen, mußten wir sie kleinreden. Erst nachdem wir unseren Seeleuten und Soldaten lange genug erzählt hatten, daß sie mit den Spaniern mühelos fertig werden können, haben sie es sich zugetraut. Sonst wären sie gar nicht in den Kampf gegangen. Oder nur mit vollen Hosen; und in dem Zustand kämpft es sich bekanntlich nicht gut.«

»Womit wir – ich meine Kampf, nicht volle Hosen – endlich wieder beim Stichwort angelangt wären«, sagte Belmonte. »Ich glaube, Sie sind jetzt dran, Mister.«

»Nun denn.« Smollett verschränkte die Hände im Nakken und schloß die Augen halb. »Wo soll ich anfangen?«

»Ich bin bloß ein armer verlogener Ire«, sagte O'Leary. »Der Märchenerzähler sind Sie, Sir Toby. Da sollten Sie doch selber wissen, wo Sie am besten anfangen.«

Smollett schloß ein Auge ganz; mit dem anderen blickte er seine Gäste abwechselnd an. »Sie wollen doch jetzt bestimmt nicht meine Erinnerungen an Windeln und Spielzeug und einen bösen Großvater hören, oder?«

»Würden Sie denn damit beginnen?« sagte Belmonte. »Können Sie sich so weit zurückerinnern?«

»Nein, aber erfinden. Und auch das nur, wenn ich es nicht vermeiden kann. Außerdem sollte man Spaniern und Iren nichts über englische Kinder erzählen; sie könnten daraus die falschen Schlüsse ziehen.«

»Gilt das auch für schottische Gören?« Der Ire schnaubte.

»Sowieso.«

Belmonte verzog das Gesicht. »Wollen wir noch lange bereden, was wir vielleicht bereden wollen? Am Ende gar ein Buch über das Schreiben von Büchern schreiben? Oder über das Nicht-Schreiben?«

»Borstige Vorstellung.« Smollett schloß nun beide Augen ganz. »*Medias in res?* Wohlan. Also, ich war jung, wollte Dichter sein und mein Brot als Arzt verdienen. So?«

»Besser. Fast wie eine irische Lügengeschichte.«

»Ich habe bei einigen Ärzten mitgemacht und zugeschaut. Studiert, könnte man sagen. Schlechte Ärzte natürlich; die guten verlangen mehr Lehrgeld, als ich bezahlen konnte. Um richtig zu lernen und dann selbständig zu arbeiten, braucht man Geld, das ich nicht hatte, oder Gönner, die mir fehlten.«

»Sie klingen ein wenig bitter«, sagte der Spanier.

»Eher süßsauer«, murmelte O'Leary.

»Blöder Ire. Süßsauer, bah ... Wie auch immer.«

»Zügeln Sie die Pferde«, sagte Belmonte. »War da nicht was mit der Universität von Glasgow?«

»Jetzt wollen Sie es aber ganz genau wissen, *caballero*. Ja, Glasgow; da habe ich ein bißchen studiert. Anatomie, Medizin, Philosophie, Logik, lauter nutzloses Zeug. Nutzlos, aber sinnvoll, könnte man sagen. Und ich habe bei zwei Ärzten gelernt. Läßlich, aber gründlich. Dann bin ich ohne Abschluß nach London gegangen. Immerhin hatte ich ein Theaterstück fertig, *Der Königsmord,* aber die Könige des Theaters wollten nicht mit mir morden.«

»War es denn ein gutes Stück?«

»Es war lausig – sage ich heute. Wie sich gezeigt hat, als ich es dann doch aufführen konnte. Damals habe ich es natürlich für den Höhepunkt allen dramatischen Schaffens gehalten.«

»Wie sind Sie denn, statt aufs Theater, an Bord eines englischen Kriegsschiffs geraten?« sagte O'Leary.

»Das war mühsam, teuer und doch lohnend. Wenn ich etwas dramatischer veranlagt … Sagen wir, wenn meine Muse eine andere wäre, hätte ich nach alledem Waffen und Männer besingen können. Aber sie ist eher leichtsinnig als blutig, diese meine Muse. Was ein paar herbe Wahrheiten im Zusammenhang mit dem Krieg natürlich nicht ausschließt. Wahrheiten vor allem über den viehischen Umgang mit einfachen Matrosen und Soldaten, die sinnlose Opferung tapferer Männer. Wahrheiten über das Versagen von Lord Vernon und von diesem Idioten Wentworth, und natürlich über die strategische und taktische Genialität des spanischen Admirals, Blas de Lezo.«

O'Leary hob die flehentlich gefalteten Hände. »Ein Brite, der einem spanischen Admiral Genialität zuspricht? Darüber wüßte ich aber gern mehr. Um Vergebung, Osvaldo, aber ich kenne den Kerl nicht. Was ist mit ihm?«

Belmonte zögerte. Er blickte Smollett an. »Eigentlich waren Sie ja dran. Wenn ich jetzt über Don Blas reden soll, wird das aber länger.«

»Schießen Sie los. Ich weiß auch nicht allzuviel über ihn; mehr kann sicher nicht schaden. Und ich habe, ehrlich gesagt, wenig Lust, jetzt über meine nicht besonders ruhmvolle Teilnahme an der keineswegs ruhmreichen Expedition zu sprechen. Vielleicht später – vielleicht bringen Sie mich ja in Stimmung.«

Jeder gute spanische Soldat oder Seemann sollte sich zum Pissen in Richtung England wenden.

Blas de Lezo zugeschrieben

Der Admiral

»Also, Blas de Lezo«, sagte Belmonte. »Vollständig Blas de Lezo y Olavarrieta, geboren anno sechzehn-neunundachtzig in Pasajes.«

»Moment.« Smollett ließ die Mundwinkel sacken. »Ein paar Dago-Käffer wie Madrid und gewisse keinesfalls erinnernswerte Orte in der Mancha kenne ich ja, aber wo ist das?«

»Im Norden, Baskenland, zwischen San Sebastián und der französischen Grenze.«

»Ah, er ist also gar kein Spanier, sondern Baske?«

»Wie Sie kein Engländer sind, sondern Schotte. Der Ort liegt an einer Gezeitenmündung – so ein langer Schlauch, der einen guten Hafen abgibt. War lange Zeit der wichtigste Hafen da oben. Und wie in kleinen Häfen üblich, dreht sich alles ums Meer – Segel, Taue, Fischfang, Schiffbau, Seefahrt.«

»Ist bei uns auch so«, warf O'Leary ein. »In Skibbereen, meine ich. Hast du nicht mal was von Basken und Neufundland erzählt?«

»Angeblich sind die von Pasajes aus schon lange vor Kolumbus in Amerika gewesen. Kabeljau vor Neufundland fischen und dann wieder zurück.«

Smollett blies die Wangen auf. »Bah. Das heißt nichts. Kann jeder behaupten. Euer komischer Heiliger, uh, Brendan, war doch angeblich auch drüben.«

»Was heißt hier komisch?« O'Leary kniff ein Auge zu. »Sind nicht alle irischen Heiligen komisch? Oder überhaupt alle Heiligen, egal ob irisch oder sonst was?«

»Blas de Lezo«, sagte Belmonte. »Der Vater war, glaube ich, Schiffbauer, und der junge Blas wollte unbedingt zur Marine. War aber eine ganz schlechte Zeit; als er alt genug war, zwölf, ging in Spanien die Herrschaft der Habsburger zu Ende. Der große Niedergang unter Karl II. Eine spanische Flotte gab's damals so gut wie gar nicht. Deshalb ist er mit zwölf Jahren zu den Franzosen gegangen.«

»Wer war bei denen für die Flotte zuständig?« sagte Smollett. »War das schon der Montespan-Bastard?«

Belmonte schnalzte leise. »Unfreundlich gesagt, Sir. Ja. Louis-Alexandre de Bourbon, Graf von Toulouse, Admiral von Frankreich, Sohn von Ludwig XIV. und Marquise de Montespan. Die Briten haben ihn ja dann gründlich kennengelernt. Ich glaube, Admiral Rooke hat ihn besonders geschätzt.«

O'Leary murmelte etwas über die zweifelhafte Wertschätzung feindlicher Seeoffiziere.

Smollett stützte die Ellbogen auf den Tisch, legte das Kinn auf die verschränkten Hände und sagte: »Jetzt müßte bald der Krieg um die Erbfolge in Spanien kommen, wie? Natürlich, hätte ich mir denken können, daß Blas de Lezo da mitgemacht hat. Wann beginnt er denn mit dem Absondern seiner Gliedmaßen?«

»Geht gleich los. Bei Beginn des Kriegs ...«

O'Leary räusperte sich. »Um Vergebung, die Herren; das geht mir zu schnell. Ich bin ja nur ein blöder irischer Fischer aus Skibbereen.« Er grinste. »Worum ging's da eigentlich?«

Belmonte blickte Smollett an, der aber schwieg. »Na gut, dann ich«, sagte der Spanier. »Es ging, worum es immer geht,

Geld und Macht. Papisten gegen Protestanten, Frankreich und England und Spanien und der Kaiser in Wien, dazu auf beiden Seiten wechselnde Verbündete – Savoyen und Bayern und die Niederlande. Der letzte spanische Habsburger, Karl II., hatte keinen Thronerben; die österreichischen Habsburger wollten ihren Thronfolger, Erzherzog Karl, zum spanischen König machen. Der wäre dann nach dem absehbaren Tod seines Vaters Kaiser in Wien und König in Madrid, viel zu mächtig für den Geschmack der Franzosen. Der alte Ludwig, Nummer vierzehn immer noch, schickt seinen Enkel Philipp nach Madrid, als König; das ist jetzt aber weder dem Kaiser noch den Engländern recht: Frankreich und Spanien zusammen, auch viel zu mächtig. Also sollen die Waffen entscheiden.«

»Hätte man denn nicht die Spanier selber wählen lassen können?« sagte O'Leary.

Smollett kicherte. »Blöder Einfall; seit wann hat denn das Volk etwas zu sagen? Typisch irische Spinnerei.«

»Tja.« O'Leary schob die Unterlippe vor; einen Moment schien er weinen zu wollen. »Wir hatten häufiger so blöde Einfälle, stimmt schon, aber zum Glück für die europäischen Fürsten haben uns ja die Engländer davon abgebracht.«

»Uns auch – eh, ich meine die Schotten«, sagte Smollett. »Lauter Massaker; aber wollen wir jetzt alle Kriege der letzten paar Jahrzehnte durchspielen, Boyne und Culloden und alles? Machen Sie weiter, Belmonte; anno siebzehnhundertvier, ja?«

Belmonte nickte. »Ich lasse jetzt mal die ganzen Auseinandersetzungen zu Land beiseite, einverstanden? Bleiben wir bei Blas de Lezo. Der war, als der Krieg losging, an Bord des französischen Linienschiffs *Foudroyant* – größeres Gerät, Fergus, hundertvier Kanonen. Die französische Flotte und das, was von der spanischen noch übrig war, wurde vor Velez-Málaga von den vereinigten englischen und holländischen Flotten angegriffen. Admiral Rooke sollte eigentlich da schon den Krieg zu Wasser entscheiden, deshalb das riesige Aufgebot: auf beiden Seiten je um die fünfzig Linienschiffe und ein paar Fregatten. Am Ende haben die Engländer und Holländer um die dreitausend Tote und Verwundete, die Spanier und Franzosen ungefähr halb so viele, gewonnen hat keiner, verloren auch nicht. Die Engländer sagen, es wäre ein strategischer Sieg für sie, weil die französische Flotte danach keine große Seeschlacht mehr riskiert hat; die Franzosen und Spanier sagen, es wäre ein strategischer Sieg für sie, weil sie sich nicht haben versenken lassen und der Krieg weiterging. Blas de Lezo muß damals Kadett oder so was gewesen sein. Beim Gefecht hat ihm eine Kanonenkugel das linke Bein zertrümmert, das unterhalb des Knies amputiert werden mußte.«

O'Leary schnitt eine Grimasse. »War er bei Bewußtsein?«

»Angeblich hat er sogar selbst gesägt, weil die Ärzte zuviel zu tun hatten.« Belmonte hob die Schultern. »Ich wollte ihn immer danach fragen, aber irgendwie hat es sich nie ergeben. So was kann man seinen Kommandeur ja nicht einfach so fragen.«

»Weiter, bitte«, sagte Smollett. »Was hat er danach gemacht?«

»Er wurde wegen Tapferkeit befördert, natürlich. Man hat ihm, glaube ich, angeboten, sobald die Wunde verheilt ist und er sich an sein Holzbein gewöhnt hat, könnte er an den Hof gehen, als dritter stellvertretender Unterschreiber oder so etwas. Das hat er aber abgelehnt. Im nächsten Jahr, anno fünf, war er dann wieder auf einem Schiff und hat das belagerte Peñiscola mit Nachschub versorgt. Danach hat er, wenn ich mich nicht irre, sein erstes kleines Schiff gekriegt und mit ein paar anderen vor Genua, eh, marodiert. Viele Kleine können ja auch einen Großen ärgern, wenn bei den Kleinen einer gerissen genug ist. Der Große war ein englisches Linienschiff, die *Resolution,* die sie so gehetzt haben, daß die Briten sie irgendwo in die Felsen steuern, damit sie nicht den Feinden in die Hände fällt.«

Smollett schüttelte den Kopf. »Ich erinnere mich, daß ich darüber mal etwas gelesen habe, aber war das nicht später?«

»Kann sein; jedenfalls lange vor meiner Geburt. Ich glaube, danach war er in der Biskaya und hat englische Handelsschiffe aufgebracht, bis man ihn wieder ins Mittelmeer geschickt hat – bei der Belagerung von Barcelona hat er gegen überlegene englische Schiffe seine Kanonen dünnwandige Hohlkugeln mit Brennmaterial abfeuern lassen, und als sie ihn irgendwann gestellt hatten, hat er Beiboote und behelfsmäßig zusammengebastelte Flöße mit feuchtem Stroh gefüllt und in Brand gesteckt. Es gab genug fetten Rauch, in dem er dann verschwinden konnte.«

O'Leary pfiff leise. »Guter Mann. Wann hat er denn das Auge und den Arm verloren?«

»Siebzehn-sechs das Auge. Das war in oder bei Toulon. Die Engländer haben den Hafen blockiert, und die Savoyarden haben die Stadt belagert. Er hat irgendwo in der Nähe Nachschub an Land gebracht und von da in die Festung, und die wurde ja dauernd beschossen. Dabei hat er einen indirekten Treffer abgekriegt: Eine Kanonenkugel hat neben ihm etwas zertrümmert, und davon ist ihm ein Trümmerstück oder ein langer Splitter ins linke Auge geraten.«

»Links blind, links ein Holzbein. Reicht das nicht aus, daß man als Versehrter mit Halbsold oder so ausscheiden kann?« sagte Smollett.

»Das hätte er längst haben können.« Belmonte lächelte knapp. »Von etlichen Nahkampfeinsätzen beim Entern von Schiffen hatte er ein gutes Dutzend Narben, überall verteilt. Er wollte aber nicht. Kurze Erholung, danach Einsätze mit verschiedenen Schiffen als Leutnant, dann Fregattenkapitän; dabei hat er wieder ein weit überlegenes englisches Linienschiff, die *Stanhope,* ausmanövriert und geentert.«

»Wenn er Engländer oder Franzose gewesen wäre, hätte man ihm wahrscheinlich ein Denkmal errichtet. Und wir Iren hätten ihm, wenn er einer von uns wäre, ein Dutzend blutrünstige Balladen gewidmet.« O'Leary rümpfte die Nase. »Wieso haben die Spanier ...«

Belmonte unterbrach ihn. »Er war auf dem Meer, von dem die, auf die es ankommt, keine Ahnung haben, die in Madrid nämlich. Und wenn ich jetzt ein bißchen ausreden darf, ohne dauernd Fragen und Nebenbemerkungen ausweichen zu müssen, kommen wir heute noch ein Stück weiter.«

Der Ire nickte. Smollett machte eine beinahe huldvolle Handbewegung. »Fahren Sie fort, *caballero.*«

Ohne weitere Unterbrechungen faßte Belmonte die Laufbahn des späteren Admirals zusammen. Als gegen Ende des Spanischen Erbfolgekriegs neue Männer in Madrid dafür sorgten, daß Spanien wieder eine Flotte bekam, übernahm Blas de Lezo eine der modernen Fregatten und wurde ein Jahr darauf – 1713 – zum Kapitän eines Linienschiffs befördert. Bei der Belagerung von Barcelona traf ihn 1714 eine Musketenkugel in den rechten Arm, den er danach kaum noch verwenden konnte.

Einige Jahre danach, in denen er lediglich kleinere Operationen durchführte und längere Zeit in Cádiz Bau und Ausrüstung neuer Schiffe beaufsichtigte, nahm er als Kapitän eines Linienschiffs an einer Flottenexpedition in den Pazifik teil. Korsaren, aber auch reguläre Kriegsschiffe – Briten und Holländer – überfielen dort immer wieder die spanischen Niederlassungen an den Küsten zwischen Panama und Chile und kaperten spanische Handelsschiffe. Als der Admiral mit einem Teil der Flotte nach Spanien zurückkehrte, erhielt Blas de Lezo 1723 das Kommando über die restlichen Schiffe; innerhalb weniger Jahre gelang es ihm, die Küsten zu sichern und seine kleine Armada – anfangs drei Schiffe – zu vergrößern, indem er aufgebrachte holländische und englische Schiffe umrüstete und eingliederte.

Der neue Vizekönig von Peru, der natürlich dem hohen Adel angehörte, sah in Blas de Lezos Flotte vor allem eine Möglichkeit, Freunde und Verwandte mit Kommandoposten zu versehen. Lezo weigerte sich, seine Schiffe adligen Schnöseln ohne jede seemännische Erfahrung auszuhändigen. Darauf verweigerte ihm der Vizekönig die nötigen Geldmittel einschließlich des Solds. Einige Zeit finanzierten Händler, deren Schiffe von Korsaren immer wieder heimgesucht worden waren, die nötigsten Dinge, aber 1729 war die Situation so unhaltbar geworden, daß Blas de Lezo das Kommando niederlegte und in der Absicht nach Spanien heimkehrte, dort um seine Entlassung zu ersuchen. Auf der Reise begleiteten ihn seine Frau, die er 1725 in Lima geheiratet hatte, und …

»Ein Bein, ein Arm, ein Auge – und dann auch noch heiraten?«

»Doña Josefa Pacheco de Bustos«, sagte Belmonte; er lächelte, und als er fortfuhr, klang seine Stimme sanft. »Eine wunderbare Frau, schön, großherzig und tapfer. Und ein halbes Dutzend Kinder – der älteste Sohn hat jahrelang die Rehabilitierung des Vaters betrieben und ist jetzt Marquis.

Und die jüngste Tochter hat Don Blas gar nicht mehr kennengelernt. Aber ich greife vor. Wo war ich?«

»Ärger mit dem Vizekönig und Heimkehr nach Spanien«, sagte Smollett. »Wollte er wirklich seinen Abschied nehmen?«

»Er hatte es wohl ernsthaft vor. Aber neben vielen dummen Politikern hat jedes Land hin und wieder Anspruch auf einen klugen Mann an wichtiger Stelle. In diesem Fall war das der Marineminister Patiño, der genau wußte, was er an Don Blas hatte, und er hat sich beim König für ihn verwendet. Kein Abschied, sondern Beförderung zum Kommodore; aber wir müssen ja nicht jeden einzelnen Schritt nachvollziehen, oder?«

»Wenn das einer meiner Romane wäre ...«, murmelte Smollett.

»Ist es nicht; auch keine irische Ballade. Mach ein paar Sprünge«, sagte O'Leary.

»Na schön. Die Familie bleibt in Cádiz. Don Blas bekommt ein Geschwader, mit dem er den Thronfolger nach Italien bringt. Danach soll er in Genua Geld eintreiben; das Bankhaus San Giorgio schuldete der spanischen Krone zwei Millionen Pesos. Er ist mit sechs Schiffen in den Hafen gefahren und richtet sie so aus, daß die ausgefahrenen Geschütze den Palast der Dorias und die Hafenfestungen bestreichen können. Dann läßt er mitteilen, sie hätten vierundzwanzig Stunden Zeit, die zwei Millionen in Gold bereitzustellen, andernfalls würde er mit dem Beschuß beginnen. Vielleicht ...« Belmonte wackelte mit dem Kopf. »Vielleicht hätten sie bei einem anderen Kommandanten abgewartet, aber Don Blas war bekannt. Also hat er das Geld bekommen, und bei der Abfahrt mußten die Genueser auch noch Salut schießen und die spanische Flagge grüßen.«

»Ein guter Ruf ist besser als Geld, haben die Römer gesagt.« Smollett rieb sich die Wange, um nicht allzu breit zu lächeln. »Und wie man sieht, hatten sie auch hierin recht.«

»Zwei Millionen«, sagte O'Leary andächtig. »Das mit dem guten Ruf ... Also, ja, besser als Geld; er bringt nämlich Kredit.«

»Danach hat Don Blas zwei Jahre lang Krieg gegen die Piratenfürsten von Oran und Algier geführt. Es war ein größeres Unternehmen, mit vielen Schiffen und Kanonen und dreißigtausend Mann Landungstruppen. Der Erfolg brachte ihm noch mehr Ruhm und die Beförderung zum Generalleutnant der Armada. Er ist zurückgekommen nach Cádiz, um die nächste Unternehmung vorzubereiten. Und da habe ich ihn kennengelernt.«

»Ehe wir zu Ihnen kommen – was war das nächste Unterfangen?« sagte Smollett.

»Die letzte Carrera de Indias – fast zweihundert Jahre lang haben wir jedes Jahr, oder jedes zweite, eine Flotte mit Waren und Männern nach Amerika geschickt und auf der Rückreise die Gold- und Silbertransporte begleitet. Damals hat man, vielleicht schon in Erwartung eines englischen Angriffs, beschlossen, in Zukunft nicht mehr eine große, sondern mehrere kleine Transporte zu machen. Don Blas sollte die letzte große Reise vorbereiten und danach, bis zum Ende der bedrohlichen Lage, die Verteidigung von Cartagena befehligen.«

»Moment mal.« O'Leary hob eine Hand. »Wir sind jetzt wann? Anno siebenunddreißig?«

Belmonte nickte. »Im Februar siebenunddreißig haben wir Cádiz verlassen. Warum?«

»Der Krieg ist doch erst Ende neununddreißig losgegangen. War denn da die Lage schon bedrohlich?«

»Bei dem Gezeter in London war klar, daß es früher oder später zum nächsten Krieg kommen würde. Die Herren Kaufleute, die so viel Geld mit ihrer Südsee-Kompanie verloren hatten; der unsägliche Jenkins mit seinem eingelegten Ohr, das ging ja alles schon länger, und irgendwann würde Walpole das Unterhaus nicht mehr zurückhalten können. Natürlich wußte niemand, wann es losgehen würde, nehme ich an, aber man hat damit gerechnet. Deshalb.«

»Und da hast du ihn kennengelernt?«

»Ein bißchen vorher; nicht erst am Tag der Ausfahrt.«

Smollett langte nach der Karaffe und füllte die Weinbecher auf; er zögerte kurz, ehe er auch den eigenen nur mit Wein statt wie zuvor mit neun Zehnteln Wasser versah. »Lassen Sie hören«, sagte er.

So vereinigte sich vieles in dieser wunderbaren Zeit der *Conquista* (Zeit der Anstrengung, der Gewaltthätigkeit und des Entdeckungsschwindels auf Meer und Land), das, trotz des gänzlichen Mangels politischer Freiheit, die individuelle Ausbildung der Charaktere begünstigte und Einzelnen höherbegabten manches Edle erringen half, was nur den Tiefen des Gemüthes entquillt. Man irrt, wenn man die *Conquistadores* allein von Goldgeiz oder gar von religiösem Fanatismus geleitet glaubt. Gefahren erhöhen immer die Poesie des Lebens; dazu gab das mächtige Zeitalter, das wir hier in seinem Einflusse auf die Entwickelung kosmischer Ideen schildern, allen Unternehmungen, wie den Natureindrücken, welche ferne Reisen darbieten, einen Reiz, der unserem gelehrten Zeitalter in den jetzt so vielfach aufgeschlossenen Erdräumen zu mangeln beginnt: den Reiz der Neuheit und staunenerregender Ueberraschung.

Alexander von Humboldt, *Kosmos* II

Belmontes Abschweifungen

Da man irgendwo beginnen mußte, sprach Belmonte zunächst vom Vater. Seine Frau nannte ihn Roddy. Als Spanien und Frankreich gegen den Rest der Welt um die Besetzung des spanischen Throns kämpften, hatte Rodrigo Belmonte als Schiffszimmermann in Cádiz, dann an Bord einer Fregatte gearbeitet, die von den Briten aufgebracht wurde. Einfache Seeleute wurden zum Dienst auf englischen Schiffen gepreßt oder auf Gefangenenschiffen zusammengepfercht, Offiziere – meist adlig – bald ausgetauscht, und Handwerker durften den Briten beim Kampf gegen deren Feinde helfen. Belmonte tat das zunächst in einer Werft in Portsmouth, natürlich unter scharfer Bewachung; später wurde er mit anderen zu einem großen Reparaturdock im Osten Londons gebracht. Er freundete sich mit einem der englischen Arbeitskameraden an, einem Schiffbauer namens John McLeod. Einer der Söhne von McLeod arbeitete ebenfalls im Dock und hatte sich um die Mutter zu kümmern, als Vater John von einem fallenden Block erschlagen worden war. Bei aller Vorsicht Fremden gegenüber, dazu auch noch einem Spanier, war niemand ernstlich verstimmt, als die Tochter, Amelia, eines Tages verkündete, sie wolle »Roddy Belmont« heiraten: Man kannte ihn, er arbeitete gut, und er entlastete den Rest der Familie. Daß er katholisch war, störte keinen; die McLeods waren das auch.

Bald nach der Hochzeit wurde zwischen Großbritannien und Frankreich der Friede von Utrecht geschlossen, mit dem auch der Kriegszustand zwischen Spanien und England endete. Am 13. Juli 1713 wurde in der Kathedrale von St. Paul das Utrechter Tedeum von Händel aufgeführt; Amelia war schwanger und gebar im Januar des folgenden Jahres eine Tochter, die kurz nach der Geburt starb. Rodrigo Belmonte schwor, in einer wärmeren Gegend hätte das Kind überlebt.

Im Frühjahr 1715 starb auch das zweite Kind. Belmonte hatte inzwischen Briefe und Botschaften mit Angehörigen, Freunden und alten Arbeitskameraden ausgetauscht und erfahren, daß König Felipe de Borbón – Philipp V., Enkel des Sonnenkönigs Ludwig von Frankreich – Fachleute sammelte, die Spaniens verlorene Seemacht wiederherstellen sollten. Gegen den Willen der anderen McLeods war Amelia bereit, Rodrigo nach Spanien zu folgen. Im Herbst des Jahres erreichten sie Cádiz, wo im Februar 1716 die Tochter Antonia geboren wurde, die überlebte. Im Lauf der Jahre kamen drei Söhne und weitere zwei Töchter dazu; 1722 als zweiter Sohn Osvaldo.

Im Januar 1717 ernannte der König José Patiño y Rosales zum »Marineminister«: Generalintendant der Flotte; Patiño erhielt außerdem den Auftrag, die für den Handel mit den Kolonien in Amerika zuständigen Einrichtungen und Organisationen zu reformieren und zusammenzufassen. Der Neubau von Kriegsschiffen war eine der vordringlichen Aufgaben; hierzu brauchte man viele gute Leute und neue beziehungsweise modernisierte Werften. El Real Carenero, der alte Werftkomplex von Puerto Real im Osten der Bucht von Cádiz, war inzwischen weitgehend verlandet. Nicht weit entfernt, im Südosten der Bucht, entstanden bei San Fernando die neuen Anlagen von La Carraca, und die Werften von Cádiz wurden erneuert und ausgebaut.

Für Rodrigo Belmonte gab es gute Arbeit und gutes Geld. Die wachsende Familie mußte mehrmals umziehen, von Cádiz nach Trocadero, von dort nach San Fernando, wieder nach Cádiz und schließlich nach Puerto de Santa María im Nordosten der großen Bucht. Dort befand sich das Oberkommando der Atlantikflotte – die Capitanía General de la Mar Océana –, und dort saßen die großen Reeder wie auch die für den Amerikahandel zuständigen Kaufherren in ihren kargen Hütten. Natürlich konnten sich die Belmontes keinen derartigen Palast leisten, aber das Haus in Nähe der Kaianlagen am Guadalete-Ufer war geräumig, mit einem kleinen Garten und ausreichend Platz auch für ein paar Diener.

Früh zeigte sich, daß der ältere Sohn, Jacinto, die geschickten Hände des Vaters geerbt hatte. Osvaldo war nicht unbedingt nutzlos, kam aber besser mit Wörtern und Zahlen zurecht als mit Holz und Eisen. »Jeder trage bei, wie er vermag« war einer der Wahlsprüche Rodrigos, und: »Vögel haben nun einmal keine Kiemen.« Was nichts daran änderte, daß jeder ein wenig von allem zu tun und zu lernen hatte. Also mußte Jacinto sich mit Zahlen und Wörtern balgen, während Osvaldo Umgang mit unwirschen Hölzern, Tauen und Eisenteilen pflegte.

Dank des Hafens und der Lage war El Puerto de Santa María immer voll von fremden Händlern und Seeleuten, von denen die Jungen wilde Geschichten und nicht weniger wilde Sprachfetzen aufschnappten. Irgendwann, als Osvaldo fünf Jahre alt war und sich beim Abendessen mit Jacinto in einem Gemisch aus Spanisch, Arabisch, Portugiesisch und Englisch herumzankte, sagte die Mutter: »Das geht so nicht, Mann. Du in England, ich hier – wir wären verloren gewesen, wenn wir nicht besser gesprochen hätten als die Bengel.«

»Was willst du ändern?«

»Ab sofort rede ich mit den Kindern nur noch Englisch. Spanisch hören sie von dir und sowieso überall, das Arabische picken sie rechts und links auf, und du wirst zusehen, daß wir eine französische Dienerin finden.«

»Das kannst du sicher besser.« Rodrigo Belmonte zwinkerte. »Ich würde vielleicht auf Eigenschaften achten, die du verschmähst, nicht wahr? Und was soll diese Dienerin tun?«

»Sich um das Haus und die Kinder kümmern. Mit ihnen sprechen. Ich werde dafür sorgen, daß alles seine Ordnung hat.« Sie beugte sich vor und klopfte auf den Tisch. »Und die Kinder müssen endlich anständig lesen und schreiben lernen. Alle.«

»Auch die Töchter?«

»Willst du, daß sie dumm bleiben wie die Töchter der Reichen? Daß sie außer nähen und sticken nichts können? Hier sitzen und darauf warten müssen, daß einmal jemand vorbeikommt und sie heiratet? Und wenn nicht – daß sie dann nur als Dienerinnen oder du weißt schon überleben?«

»Was ist du weißt schon?« sagte die dreijährige Josefa.

»Das erkläre ich dir später, Pepita. Also?«

»Was meint ihr?« Rodrigo blickte die Kinder an.

»Och«, sagte Antonia. Josefa und Ana schwiegen. Osvaldo maulte leise: »Dann haben wir ja gar keine Zeit mehr für … für alles andere.« Jacinto nickte. »Lesen und schreiben lernen ist blöd«, murrte er.

»Da hörst du's«, sagte die Mutter.

Rodrigo lächelte. »Überzeugend. Blöd, wie? Tu, was du für richtig hältst, Herrin des Hauses.«

Also lernten sie Sprachen, lesen und schreiben und rechnen. Es blieb genug Zeit, durch die Stadt zu streifen, und natürlich mußten die beiden älteren Jungen jeden Tag dem Vater mehrere Stunden bei der Arbeit in der Werft zur Hand gehen. Der jüngste, Carmelo, war dagegen kränklich und verträumt …

Belmonte unterbrach sich. O'Leary rieb sich die Augen, und Smollett gähnte.

»Um Vergebung, Gentlemen. Ich glaube, das gehört hier nicht hin. Die Beschaffenheit meiner Geschwister …«

O'Leary nickte, stand auf, ging einmal um die Tischgruppe herum und setzte sich wieder. »Was mich interessieren würde, bevor wir mit deiner Reise nach Amerika weitermachen, Osvaldo, ist ein bißchen Smollett«, sagte er. »Wir sind ja von Ihnen abgekommen, Mister. Ihr redet immer über diesen Roman, den ich nicht kenne, und die Übereinstimmungen zwischen dem Helden und dem Autor beziehungsweise den Erlebnissen. Mögen Sie mir etwas mehr erzählen, so zwischen einem blöden Schotten und einem blöden Iren?«

Smollett legte die zu einer Art Kirchturm gefalteten Hände an die Nase und hüstelte. »Wenn Sie unbedingt wollen … Ich weiß zwar nicht, wie uns das helfen könnte, aber vielleicht fällt mir ja dabei noch dies und das ein.«

Er begann, von einem jungen Mann zu erzählen, der ihm inzwischen herzlich fremd geworden sei, von einer Familie in Schottland, von Ämtern und Grundbesitz, die dem jungen Mann nichts nützten, weil Vater und Großvater sich entzweit hatten …

Belmonte versuchte zu lauschen, aber seine Gedanken schweiften ab. Smolletts Jugend und die Jugend seines Romanhelden brachten ihn zurück zu seiner eigenen Geschichte, der Familie, den Hafenanlagen und Werften und Werkstätten rings um die Bucht von Cádiz; und zu dem Tag, wo Blas de Lezo unangemeldet im Haus der Familie erschien. Er begrüßte die Mutter, wechselte mit dem Vater lediglich einen Blick, den Rodrigo mit einem Nicken und einem Seufzer beantwortete.

»Setzen Sie sich, Exzellenz«, sagte die Mutter. »Können wir Ihnen etwas anbieten? Kaffee, Tee, Wein?«

»Leihen Sie mir Ihr Ohr, Señora.« Lezo lehnte sich gegen die Tischkante.

»Mein Ohr?« Die Mutter streifte ihren Mann mit einem fragenden Blick.

»Ich, eh«, sagte der Vater. »Du solltest es von ihm hören. Also, ich meine …« Er verstummte.

Lezo fuhr sich mit der Hand über die Augenhöhle. »Der König hat mir ein neues Kommando übertragen«, sagte er halblaut. »Ein sehr ehrenvolles, das mich weit weg von Cádiz führen wird.«

»Darf man mehr erfahren?«

»Die Flotte«, sagte Lezo. »Die Carrera de Indias. Frachter, ein paar Geleitschiffe, Auswanderer, Soldaten. Ein Teil geht, wie immer, nach Veracruz; ich werde, wenn sich die Flotte teilt, allerdings nach Cartagena fahren. Und dort bleiben.«

»Eine große und ehrenvolle Aufgabe«, sagte Vater Belmonte heiser. »Es gibt dort viel zu tun, um die Stadt und die Gegend sicher zu machen. Für die Zukunft.«

»Meine alten Landsleute …« Die Mutter rieb die Hände an der Schürze. »Ist es das?«

Lezo schob mit dem Holzbein einen Stuhl zurecht und setzte sich. »Noch nicht, Señora«, sagte er. »Aber man weiß nie.«

»Und …« Sie zögerte einen Moment. »Wen wollen Sie mir nehmen?«

Er schloß die Augen. Das Gespräch, die Stimmen und O'Leary und Smollett, der Garten, alles wich, wurde zu einem unbedeutenden Hintergrund aus bedeutungslosen Geräuschen. Immer noch, nach all den Jahren, sah er das bleiche, gefaßte Gesicht der Mutter, den matten feuchten Schimmer der Augen, die Finger, die sich in die Schürze krallten. Das entstellte Gesicht des Admirals, der den fast vollständig gelähmten rechten Arm mit Hilfe der linken Hand auf den Tisch legte. Die Gesichter der Geschwister, den Rücken der Mutter, die sich abwandte und zum Herd ging, wo die Fischsuppe überzukochen drohte. Er roch Fisch und Wein, die Farbe an den eigenen Kleidern – er hatte bis vor wenigen Augenblicken, bis Lezo kam, den größeren der beiden Schuppen hinter dem Haus neu gestrichen.

Blas de Lezo wollte ihn. Einen geschickten Jungen, der ihm zur Hand gehen konnte, mehr als Bursche, weniger als Sekretär. Oder, nein, nicht weniger, sondern etwas anderes. Er wollte einen Sekretär, der auch etwas von Schiffen verstand, der sich mit Tauen und Holz und Segeln auskannte, der mit den einfachen Seeleuten ebenso umgehen konnte wie mit den Offizieren. Jung, geschickt, beflissen, lerneifrig. Für Osvaldo ein Traum, für die Mutter ein Entsetzen, aber das hatte er damals nicht verstanden. Nicht verstehen können. Er wußte natürlich nicht – wie hätte er auch wissen können –, daß man in Madrid mit einem neuen Krieg gegen England rechnete. Und daß Jahre vergehen würden, ehe er die Eltern, die Geschwister, das Haus wiedersah.

Der große Aufbruch hatte natürlich mit großem Warten begonnen. Immer fehlte etwas – ein Dokument, eine angekündigte Fracht, die irgendwo im Hinterland steckengeblieben war, oder bei einem der Schiffe war die Besatzung noch nicht vollständig, oder der Stab des Admirals mußte noch eine Anfrage aus Madrid bearbeiten, oder oder oder …

Er war vorher schon auf See gewesen, kurze Strecken mit kleinen Schiffen. Daher wußte er, daß er seefest war, anders als viele, die ihm den Aufenthalt unter Deck in den engen Quartieren durch ihre Absonderungen versüßten. Er war zwar so etwas wie Bursche und Sekretär des Admirals, hatte aber nichts als eine Hängematte in der gewöhnlichen Mannschaftsunterkunft; alle anderen, besseren Möglichkeiten waren von Reisenden belegt, denn auch das Linienschiff des Admirals beförderte Passagiere, und zahlende Passagiere, zumal solche von einem gewissen Rang, erhielten natürlich den Vorzug. Die Fahrt über den Ozean war weitgehend ereignislos, wenn man von einigen Stürmen absah, die er beängstigend fand, wenn auch erfahrene Seeleute sie als mild bezeichneten. Und natürlich hatten die geleitenden Kriegsschiffe das Rudel streunender Frachter immer wieder zusammenzutreiben.

Als sie Cartagena erreichten, war er wie viele andere zunächst lange krank. Von den spanischen Soldaten, die die Festung und die Außenforts bemannen sollten, blieb nach drei Monaten nur wenig mehr als die Hälfte übrig. Moskitos, Gelbfieber, die schwüle Hitze, allerlei Krankheiten ließen die Truppe schrumpfen; hinzu kam der übliche Schwund durch Unfälle und Desertionen.

Blas de Lezo war entsetzt über den Zustand der Wälle, Befestigungen und Forts. Und über den Mangel an Vorräten. Nahrungsmittel waren ein kleines Problem; hier ließ sich auch für die gewachsene Garnison fast alles Nötige aus dem Hinterland beschaffen. Schwieriger war es mit militärischem Bedarf. Es gab Kanonen, die beim ersten Schuß geborsten wären, wenn nicht die morschen Lafetten schon vorher unter den Rohren zusammengebrochen wären. Kugeln waren seltsamerweise reichlich vorhanden, aber die etwa 3000 Pfund Pulver würden keinesfalls für eine längere Verteidigung gegen gut ausgerüstete Belagerer reichen. Lezo diktierte Briefe nach Madrid und an alle möglichen Stellen zwischen Lima, Mexiko und Havanna, um Nachschub zu bekommen; und da Osvaldo Belmonte einen Teil der Briefe zu schreiben hatte, bekam er bald einen guten Überblick über die schlechte Lage.

Aber es waren harte Lehrjahre. Blas de Lezo machte es keinem leicht, vor allem nicht sich selbst, und wer mithalten wollte, mußte sich Mühe geben. Wer nicht mithalten wollte oder konnte, fand in Cartagena andere Möglichkeiten, zu arbeiten und es zu etwas zu bringen. Osvaldo wollte keine andere Stelle; es wäre unmöglich gewesen, den Eltern zu schreiben, daß er den Dienst des Admirals verlassen habe. Lezo war streng, strikt, korrekt, verlangte von keinem mehr als von sich selbst, aber eben auch nicht weniger. Geduld gehörte nicht zu seinen Tugenden, und da er bedarfsweise fromm war – alles für Gott und den König –, zog er sich nach Zornesausbrüchen zu reumütiger Einkehr in die Kapelle des nahen Klosters zurück. Meistens betrat er sie mit sichtbar pochenden, geschwollenen Adern und rot angelaufenem Gesicht, betete im Sitzen einen Rosenkranz – denn mit dem Holzbein knien war nicht einfach –, und wenn er die Kapelle verließ, hatte sein Gesicht wieder die gewöhnliche dunkelbraune Farbe, gegerbt von Sonne, Wind und Salzwasser.

Anlaß für Rötungen war oft der Gouverneur der Stadt und Provinz, Pedro José Hidalgo; die Anzahl der »Antlitzrubine« nahm ab, nachdem 1740 Melchor de Navarrete Gouverneur wurde. Inzwischen herrschte Krieg, so daß viele Dinge offensichtlich nötig waren, von denen sich Hidalgo nicht hatte überzeugen lassen wollen. Zum Teil mochten die Reibereien auch daran gelegen haben, daß Lezo zwar ein großartiger Seemann und Soldat war, auf dem Gebiet der Diplomatie, vor allem im Umgang mit Beamten, jedoch keine bedeutenden Gaben einsetzen konnte.

Vielleicht wollte er das auch nicht. Schließlich hatte der König ihn damit beauftragt, Cartagena gegen einen möglichen englischen Angriff zu verteidigen und alles dazu Notwendige vorzubereiten. Beamte, die nicht an den Krieg glaubten und nichts bewilligen mochten, ohne sich zehnfach schriftlich zu versichern ... solche Leute durch sanftes Lächeln und milde Worte zu bewegen, erschien Lezo entweder als überflüssig, oder es war ihm einfach lästig.

Also wurde viel Zeit damit vertan, Briefe auf den langen Weg zum Vizekönig nach Lima zu schicken, wo ähnlich veranlagte Beamte sie zunächst liegen ließen. Wenn aus Lima Antwort kam, selten genug, und falls Gouverneur Hidalgo geruhte, die Antwort zu lesen, verging wiederum Zeit, bis er Anweisungen an den für Beschaffung von Material und Bereitstellung von Arbeitskräften zuständigen Bürgermeister gab, und vielleicht hatte dieser Corregidor schlecht geschlafen oder beim letzten Empfang ein Glas Wein weniger bekommen als Lezo.

1739 wurde das 1719 suspendierte Vizekönigreich Neugranada wieder eingerichtet, und 1740 kam der Vizekönig Eslava nach Cartagena, obwohl die Engländer alles versucht hatten, seine Schiffe abzufangen. Nun endlich wurden die Wege für Beschlüsse und Beschaffungen kürzer, aber bei Eslavas Ankunft war Belmonte nicht in Cartagena; Lezo hatte einen besonderen Auftrag für ihn gefunden.

Ende 1739 kamen kurz nacheinander verschiedene Meldungen an. Die Engländer hatten im Sommer eine große Flotte losgeschickt, hielten es aber erst im Oktober für nötig, Spanien den Krieg zu erklären. Admiral Lord Vernon griff mit dem Hauptteil der Flotte Portobello an; ein kleinerer Verband sollte zudem La Guaira an der Küste der Provinz Caracas einnehmen. Der Kommandant dieses Unternehmens ließ spanische Flaggen aufziehen und segelte ruhig in den Hafen von La Guaira; der Hafenkommandant sah ruhig zu, bis die Schiffe in bester Reichweite waren. Dann, so berichtete er an Lezo, habe er gesagt: »Merkwürdig, nicht wahr, daß Linienschiffe, deren Namen ich mit dem Fernglas lesen kann, als Teile der britischen Westindienflotte verzeichnet sind, aber die spanische Flagge zeigen. Feuer!«

Trotz schwerer Beschädigungen gelang es den Engländern, den Hafen von La Guaira wieder zu verlassen. In Portobello ging der Angriff anders aus, und nach der Einnahme von Stadt und Festung schickte Lord Vernon einen Brief an Blas de Lezo, in dem er ihm diesen britischen Sieg beschrieb und ankündigte, mit Cartagena werde er ebenso verfahren; Lezo antwortete höflich, daß den Verteidigern offenbar der nötige Kampfeswille gefehlt habe, und Lord Vernon möge versichert sein, daß er eine Festung unter dem Kommando von Blas de Lezo nicht hätte einnehmen können.

Belmonte lauschte, während Lezo einem der anderen Sekretäre den Brief diktierte. Als das Schreiben fertig und unterschrieben war und der Versiegelung harrte, wandte sich der Admiral an Osvaldo und sagte:

»Sohn, komm mit; ich habe dir etwas zu sagen.«

Belmonte folgte ihm in ein Nebenzimmer, in dem Lezo gelegentlich schlief, wenn die Arbeit den Gang in sein eigentliches Quartier allzu aufwendig erscheinen ließ. Dort lehnte Lezo sich an den kleinen, übervollen Schreibtisch und musterte den jungen Mann eindringlich.

»Hör gut zu«, sagte er. »Das ist eine gefährliche Sache. Dein Vater ist beinahe ein guter alter Freund, deshalb will ich dir jetzt keinen Befehl erteilen. Wenn du es freiwillig übernimmst, gut; ich glaube, niemand wäre besser geeignet als du. Unter anderem deshalb, weil du von deiner Mutter gelernt hast, das Englische wie ein Engländer zu sprechen.«

»Worum geht es, Exzellenz?«

Lezo rieb sich die Nase. »Du kannst annehmen oder ablehnen, aber du darfst nicht darüber reden; verstehst du?«

»Natürlich.«

»Jemand muß den Brief überbringen. Und sich ein wenig umschauen.«

»Wissen wir denn, wo Vernon im Augenblick ist?«

»Ungefähr. Es werden drei Abschriften angefertigt, die ich auch unterfertigen und siegeln werde. Ein Dokument für unsere Unterlagen, die beiden anderen werden mit Parlamentärsbooten geschickt. An Orte, wo Vernon sein könnte. Du, wenn du willst, wirst mit einem Boot unter weißer Flagge nach Jamaika fahren.«

Belmonte zögerte kaum länger als einen Lidschlag. »Jamaika, Brief abgeben, umschauen, zurückkommen?« sagte er.

»Mit einem kleinen Umweg. Und wenn dir etwas dringend erscheint, kannst du einen weiteren Umweg machen. Oder mehrere. Das überlasse ich dir.«

»Wann soll ich aufbrechen, Exzellenz? Bald?«

Lezo nickte. Die Grimasse, die sich auf dem entstellten Gesicht ausbreitete, konnte nur einer, der ihn gut kannte, für ein beinahe liebevolles Lächeln halten. »Morgen früh. Und wenn du wieder hier bist, mein Söhnchen, werde ich dich nicht mehr mit du anreden, sondern mit Leutnant.«

Wenn du dich durch jeden Hund aufhalten läßt, der dich unterwegs anbellt, kommst du nie ans Ziel. Wenn allerdings die Hunde dein Ziel sind, bist du auf dem besten Weg, Duftmarke zu werden.

Pseudo-Konfuzius

Ein paar kleine Umwege

Es gab noch einige Sonderaufträge, allesamt nur mündlich. Einer betraf das erste Reiseziel, den »kleinen Umweg«, der ein großer Umweg war. Rund tausend Meilen gen Osten, von Cartagena nach Port Louis auf Guadeloupe, von dort weit nach Nordwesten, nach Haiti; beides französische Besitzungen und mögliche Anlaufhäfen einer französischen Flotte. In beiden Fällen hatte Osvaldo Belmonte sich als Emissär des spanischen Admirals Blas de Lezo auszuweisen und dem jeweiligen Kommandanten eine mündliche Botschaft zu überbringen. Dann von Haiti nach Jamaika, wo sich möglicherweise Lord Vernon aufhielt.

Aber Vernon und der Hauptteil der Flotte waren nicht da. Im Hafen von Port Royal, als Hauptstadt vor Jahrzehnten von einem Erdbeben zerstört und nun nichts als der neuen Hauptstadt Kingston vorgelagerte Festung, konnte Belmonte nach längerem Hin und Her an Bord eines englischen Linienschiffs gehen und dem dienstältesten Kapitän den Brief von Lezo an Vernon übergeben. Es hieß, man erwarte Vernon innerhalb der nächsten Tage. Belmonte bat darum, drei Tage warten und in dieser Zeit im Hafen Wasser und frische Vorräte aufnehmen zu dürfen. Er hatte den Eindruck, daß die Engländer ihn trotz der Parlamentärsflagge lieber versenkt hätten, aber nach weiteren Beratungen mit anderen Kapitänen und dem Gouverneur wurde es ihm gestattet.

In der Kleidung eines gewöhnlichen Matrosen ruderte Belmonte mit einem der Boote, die Wasser und Vorräte holen sollten, abends zum Kai. Und versickerte in der Menge. Er trieb sich eine Weile in den Hafenschenken herum, als Cockney, mit einem Versorgungsschiff eben erst aus London angekommen, hörte zu, wenn jemand etwas zu erzählen hatte, schlief ein paar Stunden hinter einem Schuppen und mietete sich morgens ein Pferd, um einen alten Freund im Lazarett zu besuchen, das außerhalb der Stadt auf dem Weg nach Spanish Town lag. Er ritt schnell, in weitem Bogen an der Siedlung vorüber, die sich um das Spital gebildet hatte, und erreichte gegen zehn Uhr vormittags das, was von der alten spanischen Hauptstadt der Insel übrig war: Santiago de la Vega, wie die restliche Insel von den Briten erobert, dabei größtenteils zerstört und als Spanish Town wieder aufgebaut. Hier lebten immer noch viele Nachfahren spanischer Siedler; mit einem von ihnen unterhielt sich Belmonte leise, schnell und gründlich.

Auf dem Rückweg erwog er die vielen Neuigkeiten, die er erfahren hatte. Gegen Mittag machte er in der Nähe des Lazaretts Rast, unter einem Baum, dessen breite Krone Schatten spendete. Die Kante des Schattenkreises berührte einen gemauerten Brunnen, aus dem er mit dem dort angebrachten Schöpfeimer Wasser für sich und sein Pferd holte. Ein Mädchen – eine junge Frau – mit einem Esel, der zwei Wasserschläuche trug, kam zum Brunnen, als er eben den Eimer wieder hinabließ.

»Darf ich dir helfen?« sagte er, und ohne eine Antwort abzuwarten, zog er den vollen Eimer hoch und begann, den ersten Schlauch zu füllen.

»Wie könnte ich dich daran hindern, und vor allem, warum?« Sie lächelte ihn an, beinahe strahlend. Im Braun ihrer Augen glitzerten helle Punkte, wie eingefaßte Goldsplitter. Die Spitze der zierlichen Nase zeigte ein bißchen nach links, und da er noch nie wirklich verliebt gewesen war, jedenfalls nicht erfolgreich, verliebte er sich auf der Stelle.

»Wo bist du mein ganzes Leben lang gewesen?« sagte er, als er den Eimer zum dritten Mal hochzog.

»Woanders.« Wieder lächelte sie und schob eine braune Strähne unter den Strohhut.

»Ein Jammer. Und wenn ich gehe, woanders hin, wirst du hier bleiben, fürchte ich.«

Im Schatten des Baums unterhielten sie sich noch ein wenig, teilten einen Apfel und ein halbes Brot miteinander. Als sie aufstand, nahm er ihre Hand und hauchte einen Kuß darauf. Sie lachte, faßte ihn an beiden Ohren, drückte ihm einen Kuß auf den Mund und sagte: »Bis irgendwann.«

Er sah ihr nach, ihr und dem Esel, mit dem er sich verwandt fühlte. Auf dem Ritt zurück nach Kingston träumte er eine Weile vor sich hin – oder hinter ihr her –, bis er sich dazu zwang, wieder an die Nachrichten zu denken.

Nachdem er das Pferd zum Mietstall zurückgebracht hatte, lungerte er im Hafen herum, bis ihn in der Abenddämmerung das Beiboot an der vereinbarten Stelle abholte. Ihn und ein weiteres Wasserfaß.

Vernon war auch am folgenden Tag noch nicht in Sicht. Belmonte und der Kapitän, älter, aber für die Fahrt Lezos Adjutanten unterstellt, berieten sich. Am Nachmittag teilten sie den Engländern mit Flaggensignalen mit, daß sie nicht länger warten könnten und hofften, Lord Vernons Antwort werde auf andere Weise nach Cartagena übermittelt. Mit dem Abendwind liefen sie aus. Als es dunkel war, änderten sie den Kurs von Süd auf West, später auf Nordwest und Nord. Sie mußten kreuzen, bis im Morgengrauen der Wind umsprang. Er hielt tagelang an.

Der Kommandant des Arsenals von Havanna stellte nicht viele Fragen. »Wir brauchen im Moment jedes Schiff, das wir kriegen können«, sagte er. »Sie sind ein bißchen jung, wie? Aber wenn Sie sagen, daß Don Blas de Lezo Ihnen freie Hand gibt ... Wie viele Leute und Material können Sie übernehmen?«

Die kleine Schebecke war eigentlich schon von starkem Wind und Schiffszwieback überfüllt, aber sie luden Pulver und Kanonenkugeln und außerdem zwanzig Freiwillige, kubanische Miliz. Gouverneur Juan Francisco de Güemes y Horcasitas, hieß es, habe alles zusammengekratzt, was er entbehren konnte, ohne Kubas Häfen völlig zu entblößen. Viel war es nicht, aber auch die Gegenseite, die zahlenmäßig weit überlegene Royal Navy, geriet an ihre Grenzen: Vernons Flotte versorgen und verstärken, die Verbindung nach England sichern, die französische Flotte in Brest bewachen, spanischen Nachschub über den Atlantik unterbinden, spanische Häfen in Amerika blockieren ... und nun die Landoperationen vor den Küsten von Virginia, Georgia und Florida begleiten. Die kleine Nachschubflotte, zu der Belmontes Schiff gehörte, erreichte unbehelligt San Agustín in Florida. Britische Schiffe, die genau das verhindern sollten, trafen erst später ein; zu diesem Zeitpunkt waren sie damit beschäftigt, weiter nördlich die Wege für die Truppen von Virginias Gouverneur Oglethorpe zu sichern und Vorräte sowie Truppen zu transportieren.

Am 23. Februar 1740 hatte Floridas Gouverneur Montiano in einem Brief nach Havanna dringend darum gebeten, daß man ihm einige armierte Schiffe schicke, ohne die er San Agustín nicht würde verteidigen können. Willkommen seien außerdem ein paar Soldaten oder Freiwillige sowie Waffen und Munition. Ende April erreichten die Einheiten San Agustín; es handelte sich um sechs Schebecken mit zwanzig Rudern, Drehbassen und im Bug je einem Neunpfünder. Drei standen unter dem Befehl von Francisco de Castillo, die übrigen drei unter Juan de León Fandiño. Sie landeten Truppen und Munition und ankerten im Schutz der Kanonen des Forts.

Einige Tage darauf näherten sich englische Truppen mit Tragtieren und Transportwagen. Wie man später von Gefangenen und Überläufern erfuhr, standen sie unter dem Kommando eines Obersten Van der Dussen; es handelte sich um reguläre Einheiten und Freiwillige aus Virginia, zu denen später noch Indianer stießen.

Nördlich der vom Meer und dem Río Matanzas gebildeten Bucht von San Agustín gab es einen schmalen, sumpfigen Landstreifen vor der Küste, dahinter eine Art seichte Lagune; südlich erstreckte sich die Insel Santa Anastasia, und dort wollten sich Van der Dussens Truppen festsetzen, gegenüber der Festung Castillo de San Marcos.

Van der Dussen hatte den Auftrag, ein befestigtes Lager und eine Batterie einzurichten. Fandiño und Castillo berieten sich mit Montiano; noch am gleichen Nachmittag lichteten sie die Anker, näherten sich der unfertigen englischen Stellung und eröffneten das Feuer aus Bordgeschützen und Musketen. Van der Dussen ordnete einen schnellen Rückzug an; die Neunpfünder der spanischen Schebecken trugen weiter als die Sechspfünder, die Gouverneur Oglethorpe dem Obersten mitgegeben hatte. Er und seine Leute blieben jedoch auf der Insel und verschanzten sich; in den folgenden

Wochen gab es immer wieder Schußwechsel, die nichts an der Lage änderten.

Oglethorpe hatte inzwischen eine größere Menge Truppen und Material beisammen. Er griff zunächst spanische Außenposten an: die Forts Picolotta, San Diego und – dies vordringlich und mit höchstem Aufwand – Fort Moses, das von aus dem Norden geflohenen Negersklaven und Indianern bewohnt war. Nach heftigem Beschuß mußten sie das Fort räumen; es gelang ihnen jedoch, nach San Agustín zu fliehen und die spanischen Stellungen zu verstärken.

Ein sieben Schiffe umfassendes britisches Geschwader erschien vor der Bucht und blockierte San Agustín. Oglethorpe ließ seine Einheiten auf die Insel Santa Anastasia übersetzen, baute die Batterien aus und begann, die Festung San Marcos und die Stadt San Agustín zu beschießen. Die Bombardierung dauerte fast einen Monat.

Fandiño und Belmonte unternahmen mit ihren Booten mehrere nächtliche Vorstöße gegen die britischen Schiffe; sie richteten natürlich nicht viel Schaden an, lenkten aber immerhin die Aufmerksamkeit der Engländer ab, so daß einige kleine Schiffe mit Nachschub aus Havanna durch die Blockade sickern konnten.

Am frühen Morgen des 26. Junis verließen dreihundert Mann, Spanier und Schwarze, San Agustín. Noch vor Sonnenaufgang erreichten sie Fort Moses, das von hundertzwanzig Highlandern und dreißig Indianern besetzt war. Der Überraschungsangriff gelang. Die Spanier verloren zehn Mann, Highlander und Indianer achtundsechzig, weitere vierunddreißig kamen in Gefangenschaft. Die übrigen flohen, um sich den Truppen von Oglethorpe und Van der Dussen anzuschließen, wobei sie unter Beschuß der spanischen Schiffe in der Bucht gerieten.

Mit Überfällen und – meist nächtlich ausgeschickten – Kommandotrupps gelang es den Verteidigern, Oglethorpes Stellungen auf der Insel Santa Anastasia immer wieder zu beunruhigen. Von Gefangenen erfuhren sie, daß Oglethorpes Leute auf Versorgung von den britischen Schiffen angewiesen waren, seit die Spanier Fort Moses wieder eingenommen und die Landverbindungen der Belagerer gekappt hatten. Die Briten, sagten die Gefangenen, seien aber geizig mit Vorräten und außerdem offenbar nicht bereit, sich jetzt, zu Beginn der Hurrikansaison, auf ein Landungsunternehmen einzulassen. Da jederzeit ein Unwetter aufziehen könne, halte der englische Kommodore Pearce auch nichts davon, seine Schiffe in der engen Bucht gegen die spanischen Boote einzusetzen und bei jähem Sturm nicht wieder auslaufen zu können.

Am 20. Juli gab Oglethorpe den Versuch, San Agustín einzunehmen, schließlich auf; unter heftigem Beschuß durch die Schebecken wurde das Lager abgebrochen. Die Geschütze blieben zurück.

Ein Teil von Belmontes Leuten hatte am Sturm auf Fort Moses teilgenommen und war dann dort geblieben, um die erneut von Oglethorpes Leuten Belagerten zu unterstützen und die Verbindungen offenzuhalten. Nicht alle kamen zurück; zu den Gefallenen gehörte Kapitän González. Ein herber Verlust, nicht nur weil er ein guter Mann und beinahe ein Freund gewesen war.

»Ich habe keinen Navigator mehr«, sagte Belmonte, als nach dem Ende der Kämpfe die Hauptleute und Kapitäne berieten. »Kann einer der Caballeros einen guten Mann entbehren, der uns zurück nach Cartagena bringt? Ich habe González über die Schulter geschaut, um etwas von ihm zu lernen, aber noch traue ich es mir nicht allein zu.«

Fandiño war der einzige, der nach langem Zögern widerstrebend zugab, sein Schiff auch ohne den Navigator zurück nach Havanna bringen zu können. »Drei sind besser als zwei«, knurrte er. Dann zwirbelte er seinen Schnurrbart, lachte und sagte: »Ich kann, na ja, mag aber keinen zwingen. Kommen Sie morgen früh zu mir an Bord, Belmonte; vielleicht gelingt es Ihnen, jemand zu überzeugen.«

Aber als er morgens das andere Schiff aufsuchte, brauchte er niemand zu überreden. Fandiños Leutnant Dorce begrüßte ihn mit einem breiten Grinsen.

»Der junge Caballero, der sich so wacker geschlagen hat. Und jetzt wollen Sie unseren Navigator klauen?« Er wies auf einen großen Schwarzen, der zu Belmonte kam und ihm die Hand reichte.

»Sie wollen freiwillig mitkommen?«

»Ja, gern. Rafael Ortiz, zu Diensten, eh – haben Sie einen Rang? Wie soll ich Sie anreden?«

Smollett und O'Leary redeten etwas lauter und rissen ihn aus den Erinnerungen. Allerdings waren sie gerade beim gleichen Namen; der Ire erzählte von Belmontes Schoner und dem schwarzen Navigator oder Steuermann oder Leutnant des Kapitäns. Dreißig Jahre, dachte Belmonte. Mit Unterbrechungen …

Ortiz brachte sie heil zurück nach Cartagena. Eigentlich war abgesprochen, daß er später, wenn die Seewege wieder sicher waren und der regelmäßige, nicht von Briten behinderte Verkehr zwischen den großen Häfen wieder floß, mit irgendeinem Schiff nach Havanna zurückkehren und wieder bei Fandiño an Bord gehen sollte. Aber der Konflikt dauerte an, und Blas de Lezo hatte andere Verwendungen für Schiff, Mannschaft und Ortiz.

Nach der Rückkehr begab sich Belmonte sofort zum Admiral. Er rechnete mit Ärger; immerhin hatte er die Anweisungen sehr frei ausgelegt, und statt von Jamaika nach Cartagena zurückzufahren, hatte er sich monatelang weiter im Norden herumgetrieben.

Lezo saß hinter dem wie immer übervollen Schreibtisch und hob kaum den Blick, als Belmonte eintrat, salutierte und auf den Befehl zur Berichterstattung wartete. Lezo ließ ihn eine Weile stehen, dann sagte er, immer noch ohne aufzublicken:

»Stehen Sie bequem, Leutnant Belmonte.« Nach einer weiteren kurzen Pause setzte er hinzu: »Jetzt schnappen Sie sich endlich den Stuhl da, und setzen Sie sich. Ich hatte Sie längst versenkt oder in Gefangenschaft gesehen. Später brauche ich natürlich den langen Bericht; jetzt zuerst einmal die Kurzfassung.« Er lehnte sich zurück und verzog ein wenig das Gesicht. Es war ein Lächeln, sofern die leere Augenhöhle, die Narben und Runzeln derlei hergaben.

»Alle Aufträge ausgeführt, Exzellenz«, sagte Belmonte. »Den Kommandeuren auf Guadeloupe und Haiti habe ich Ihre Mitteilungen überbracht; den Brief an Lord Vernon …«

»Ich weiß.« Lezo nickte. »Inzwischen hat er mir wieder ein paar Unverschämtheiten geschrieben. Und unsere Leute in Kingston und, eh, Santiago de la Vega haben mich dies und das wissen lassen. Die englischen Angriffspläne, zum Beispiel. Und daß Sie nach La Florida wollten. Wie sind Sie darauf gekommen?«

Belmonte räusperte sich. »Um Vergebung für die Eigenmächtigkeit, Herr, aber ich dachte, da Vernons Angriff auf Cartagena nicht unmittelbar bevorstand, wäre Ihnen vielleicht daran gelegen, die spanische Flagge weiter über San Agustín und La Florida wehen zu sehen.«

Lezo lehnte sich zurück, gähnte und kratzte sich mit den Nägeln der linken Hand die Stoppeln, die seit der letzten Rasur gesprossen waren. »Vernon hat inzwischen Cartagena zweimal von See aus beschossen und außerdem versucht, La Guaira zu nehmen. Vergebens, natürlich; wie wir aus Madrid und Paris hören, haben die Engländer weitere Schiffe gebaut und ältere wieder in Dienst gestellt. Die werden wohl um die Jahreswende die Flotte in Jamaika erreichen und verstärken, so daß wir im Januar oder Februar mit dem richtigen Angriff rechnen müssen.«

»Gibt es Nachrichten über die französische Flotte?«

»Die Atlantikflotte dürfte ungefähr jetzt Brest verlassen; der Marquis d'Antin hat den Oberbefehl erhalten. Aber lassen wir das beiseite. Was ist mit Ihrem Schiff?«

»Liegt im Hafen. Es gab ein paar Verluste bei den Kämpfen um San Agustín. Leider ist Kapitän González gefallen. Ein anderer Kapitän hat mir einen Navigator geliehen, damit wir den Heimweg finden.«

»Wer war das?«

»Fandiño.«

Lezo gluckste. »Ah, der Ohrenschlitzer. Guter Seemann, nebenbei. Und der Navigator?«

»Ein Schwarzer, Rafael Ortiz. Erstklassiger Mann.«

»Gut, gut. Brauchen wir dringend. Schwarzer Kapitän – geht in der königlichen Flotte nicht. Aber als privates Kurierboot … Nur, was mache ich mit Ihnen – Söhnchen?«

»Was immer Sie wollen, Admiral.«

Lezo schien kurz zu grübeln. »Hm«, sagte er dann. »Seezigeuner? Hören Sie auf zu grinsen; das könnte Ihnen so passen. Nein, Osvaldo. Ich brauche Sie hier. Für besondere Aufgaben. Den Leutnant kriegen Sie schriftlich, aber Sie sind mein Adjutant.«

Abends gab es einen kleinen Umtrunk; am nächsten Morgen war Ortiz verschwunden, und es verging einige Zeit, bis Belmonte ihn wiedersah. Sonderaufträge, Kurierfahrten, Aufklärungsmissionen ... Später lernte er noch einiges von ihm, zum Beispiel das, was er zunächst als »überbordende Höflichkeit« ansah. Ortiz erzählte ihm vom Umgangston und seinen Folgen an Bord von Fandiños Schiff, und Belmonte übernahm dies, wie er auch Ortiz' seemännische Kenntnisse übernahm. Später, viel später. Er erinnerte sich an andere Dinge, fast zwangsläufig, wenn er sie auch gern vergessen oder verdrängt hätte. Die Doppelhochzeit in Havanna, als der Krieg zwar noch nicht vorüber war, aber nicht mehr intensiv ausgetragen wurde: Er war Teil des europäischen Kriegs um die österreichische Thronfolge geworden, und die Seegefechte in der Karibik hatten nur noch eine untergeordnete Bedeutung. Engländer, Franzosen und Spanier brauchten ihre Schiffe vor allem im Mittelmeer.

Die Hochzeit in Havanna. Belmonte schloß die Augen, das Gespräch zwischen Smollett und O'Leary wurde zum bloßen Hintergrundgeräusch. Jemand von der Hochzeitsgesellschaft, ein Offizier, schien die halbe Nacht in einem heißen Knoblauchbad verbracht zu haben und stank entsetzlich. Pilar, ab sofort Señora Belmonte, hielt sich den Strauß vor die Nase, und Linda Ortiz rümpfte die Nase. Verdrängen. Oder – nein, nicht ganz. Er hatte Pilar geliebt, sie ihn auch, sie waren glücklich gewesen, miteinander und mit den beiden Kindern. Ortiz und Linda ebenfalls, wiewohl durch die Ungnade des Geschicks kinderlos. Glücklich bis zu dem Tag anno 1755, wo im Viertel das große Feuer ausbrach. Rafael und er waren auf See und kamen als Witwer zurück. Und er kinderlos.

Wie konnte er diese Zeit verdrängen und die davor bewahren? Wie an Pilars kühle, graubraune Augen denken, die so warm waren, und das Grab. Vergessen? Buchstaben und Zahlen auf hellem Stein drängten sich zwischen ihn und ihren Mund, ihren Körper, ihre Art, ihn und die Kinder mit Wörtern zu umarmen, fiebriges Schweigen, die Zöpfe der kleinen Margarita, der ewig zerrissene Kittel des ganz kleinen Francisco, nur Buchstaben und Zahlen, Stein und Kies. Als sie das letzte Mal Havanna aufgesucht hatten, im Herbst 1763 nach dem Ende der elfmonatigen englischen Besetzung, waren die Gräber noch unversehrt gewesen, ebenso die Erinnerungen. Inzwischen mochten die Steine brüchig geworden sein und von Unkraut befallen. Ebenso die Erinnerungen.

»Und wie sind Sie zu dem Schiff gekommen?« sagte Smollett eben. »Nicht ganz billig, so etwas, oder?«

O'Leary blickte Belmonte an. »Hab ich mich auch schon gefragt.«

»Das war eine Prise«, sagte Belmonte. »Ein ziemlich neuer Gaffelschoner aus dem Norden, irgendwo bei Boston gebaut, auf Schmuggelfahrt, bei der Rückkehr aus Honduras abgefangen und in Havanna versteigert. Aber niemand wollte ihn haben.« Er lachte. »Seeleute sind nicht besonders fortschrittlich, Señor Smollett, und ich glaube, die Jungs in Havanna haben die Gaffeltakelung und überhaupt diese Sorte Schiff für unzuverlässiges Teufelszeug gehalten. Deshalb konnten wir das Boot relativ billig kriegen.«

»Relativ billig heißt aber immer noch: für Geld«, sagte der alte Schotte.

»Na ja, ein bißchen Geld hatten wir, und natürlich mußten wir Schulden machen. Geld von Freunden leihen, von Händlern, von Bankherren. Haben wir aber alles zurückgezahlt.«

Smollett kniff ein Auge zu. »Wenn Sie wirklich irgendwas von mir gelesen haben, Dago, dann wissen Sie doch, daß Geld bei mir immer eine große Rolle gespielt hat. Geld, und der Mangel an Geld. Der Unterschied zwischen leben und überleben. Also, woher hatten Sie Ihr Geld?«

»Wie oft hat man Ihnen schon gesagt, daß Sie unmöglich sind? Unhöflich und …«

»So oft, daß ich es auswendig kann. Also?«

»Von unseren Beteiligungen an Prisen. Und Ortiz und ich konnten zu diesem Zeitpunkt gerade Grundstücke verkaufen.«

»Grundstücke verkaufen? Sie Glücklicher. Was für Grundstücke? Wo?«

»In Havanna. Grundstücke mit den Resten niedergebrannter Häuser. In einer Straße, in der jemand unbedingt neue, gute Steinhäuser bauen wollte.«

Smollett murmelte etwas von Brand und Häusern, schüttelte den Kopf und sagte: »Na gut, ich frage nicht weiter. Was haben Sie dann gemacht, mit dem Schiff?«

»Wir waren ja beide keine regulären Soldaten, also konnten wir einfach so ausscheiden, ohne große Umstände. Wir haben einige Zeit Fracht befördert. Für Händler, für Makler, hin und wieder sogar für die Flotte und die Gouverneure. Es gab ja nie genug Schiffe für all das, was zu tun war.«

»Und seitdem machen Sie das? Abgesehen von kleinen Reisen, um Sklaven freizukaufen?«

O'Leary verdrehte die Augen und warf Belmonte einen Blick zu, der vorwurfsvoll sein mochte. Oder ein Flehen enthielt; Belmonte wußte es nicht. Allerdings hatte sich auch bei ihm längst ein erheblicher Überdruß eingestellt. Überdruß, das Gespräch und die Erinnerungen betreffend – vor allem aber Überdruß und immer weiter zunehmende Abneigung gegen den berühmten Dichter. Er fragte sich, ob Tobias Smollett immer schon so gewesen war oder was ihn zu diesem unerfreulichen Mann gemacht haben konnte.

Mit einem unterdrückten Stöhnen sagte er: »Zwischendurch haben wir einige Zeit im Auftrag der Familie von Blas de Lezo Möglichkeiten gesucht, den Admiral zu rehabilitieren.«

»Ah.« Smollett nickte heftig, dann schüttelte er ebenso heftig den Kopf. »Der Halbmann, Admiral Einbein – typisch für euch Dagos, könnte man sagen.«

»Was bitte?«

»Wenn das ein Engländer gewesen wäre, hätte man ihm in London und anderswo Denkmale errichtet. Großer Seeheld, großer Landheld, der gegen unmögliche Übermacht das Vaterland verteidigt hat, so etwa. Aber der König von Spanien hat ihm alle Ehren und Titel genommen. Damals jedenfalls. Inzwischen ist er ja rehabilitiert, wie ich gelesen habe. Und das haben Sie bewirkt?«

»Nicht allein, aber wir haben für die Familie Leute aufgesucht, an die sie sonst nicht hätten kommen können.«

»Zum Beispiel?«

»Ah, Melchor de Navarrete, um nur einen zu nennen.«

Smollett kratzte sich das Kinn. »Helfen Sie mir – der war was noch mal? Sie können ja nicht erwarten, daß ich jeden hergelaufenen Dago kenne.«

»Navarrete war Gouverneur von Cartagena, danach von Florida und schließlich von Yucatán. Das ist, damit Sie nicht lang überlegen müssen, um welches spanische Kaff es sich handelt ...«

»... eine Halbinsel von Mexiko, ich weiß.« Smollett grinste. »Immerhin sind wir jetzt wieder beim eigentlichen Thema.

Aber sosehr mich auch die Aussicht auf Teilhabe an mythischen Smaragden reizt – mir ist nichts zu Ihrem Vater eingefallen, Mister.«

O'Leary beugte sich vor. »Geruch«, sagte er eindringlich.

»Sie stinken mir, das stimmt. Aber was meinen Sie?«

»Geruch kann Erinnerungen aufschließen. Denken Sie doch mal an den Gestank im Lazarett. Wundbrand, Nachttöpfe, verdreckte Tücher, Betten …«

Smollett winkte ab. »Sie haben ja recht, aber wenn ich an all den Gestank damals denke, bin ich nicht im Lazarett, sondern im Schiff. Was immer im Lazarett zu riechen war, ist bestes Parfüm verglichen mit den Entsetzlichkeiten im Zwischendeck der *Chichester.* Ich sehe die Schwären, den Eiter, das Erbrochene, ich erinnere mich an die schmerzverzerrten Gesichter der Männer, die furchtbare Enge – wissen Sie, daß es selbst bei Seegang kaum schaukelnde Hängematten gab, weil alle so dicht nebeneinander gepackt waren? Nein, tut mir leid, auch wenn Sie von Wundbrand sprechen, sehe ich das Lazarett nicht, und erst recht nicht Ihren Vater.«

»Könnten wir …«, sagte Belmonte.

Smollet unterbrach ihn. »Der Nachmittag wird allmählich zum Abend.« Er verdrehte den Kopf, um zu sehen, wo die Sonne stand. »Heute abend, wenn die Frau zurückkommt, werfe ich Sie raus, klar? Wenn wir also noch etwas erreichen wollen, sollten wir uns ein bißchen konzentrieren. Blas de Lezo, bei dem waren wir eben.«

O'Leary sagte mit zusammengebissenen Zähnen: »Wie wär's denn, wenn Sie beide sich über die Belagerung austauschten? Sie von der englischen, Belmonte von der spanischen Seite?«

Smollett blickte Belmonte an. »Von mir aus. Ich verspreche mir zwar nicht viel davon, aber wir können es ja versuchen. Soll ich anfangen?«

»Schießen Sie los. Wenn mir etwas einfällt oder ich anderer Meinung bin, kann ich Sie ja unterbrechen. Unhöflich sein, wie Sie.«

Smollett kicherte. »Bestens. Nur zu.« Dann schien er zu stutzen. Er faßte sich an den Kopf, stand plötzlich auf, knurrte etwas, was Belmonte bei Gegenwind und sehr gutem Willen als Entschuldigung hätte durchgehen lassen, und ging zum Haus.

Wir fuhren von Jamaika ab und segelten in zehn, höchstens vierzehn Tagen gegen den Wind bis zur Insel Vache, um die französische Flotte anzugreifen, die, wie es hieß, dort vor Anker lag. Als wir aber ankamen, war sie bereits auf dem Weg nach Europa, nachdem sie zuvor ein Boot nach Cartagena geschickt und dort unseren Aufenthalt samt unsrer Stärke und Bestimmung gemeldet hatte.

Wir verweilten einige Tage lang, nahmen Holz und Wasser auf; doch schien unser Admiral bei dessen Gebrauch auf die Gesundheit seiner Leute Rücksicht zu nehmen, indem er niemandem mehr als ein Quart täglich zukommen ließ.

Tobias Smollett, *Die Abenteuer des Roderick Random*

Die Prüfungen des Arztes

Sie schauten hinter ihm her und wechselten Blicke; Belmonte schüttelte den Kopf und stand auf.

»Was wird das, wenn es fertig ist?« sagte O'Leary.

»Abwarten; keine Ahnung.«

»Also, deinen großen Schriftsteller hatte ich mir wirklich anders vorgestellt.«

»Wie denn etwa?«

»Na, zum Beispiel halbwegs manierlich. Vielleicht nicht gerade höflich zu Leuten, die er nicht kennt, aber doch etwas umgänglicher.«

»Meinst du, dafür, daß wir ihn mit Leckereien versorgt haben, müßte er uns nicht Paddy und Dago nennen?«

»Wenigstens nicht blöder Ire oder so.«

»Mich plagt die Blase, blöder Ire.« Belmonte ging auf die andere Seite des Gesträuchs und erleichterte sich. Dabei betrachtete er den Himmel über dem Meer, zählte Segel und Möwen und rang mit der Überlegung, das Unternehmen, das ihm immer sinnloser erschien, abzubrechen und zum Hafen zurückzukehren. Noch der schlechteste Wein in einer Taverne, dachte er, wäre vermutlich ergiebiger als dieses Gespräch. Dann sagte er sich, daß vielleicht noch ein Wunder geschehen und Smollett etwas Hilfreiches einfallen könnte. Vorläufig durchhalten, dachte er. Hat nicht jemand gesagt, daß man nur die Prüfungen überleben kann, denen man sich stellt?

Er ging wieder zum Tisch; kurz darauf kam auch Smollett zurück. Unter einen Arm hatte er einen Packen Papier geklemmt, den er auf die Tischplatte rutschen ließ. Die Blätter spielten Lawine, bis er sie bremste und schichtete.

»Fiel mir eben ein«, sagte er. »Das schleppe ich seit Jahren sinnlos von einer Behausung zur anderen.«

»Was ist es?« sagte Belmonte.

»Überreste.« Smollett schnaufte, als er sich setzte.

»Können Sie das erläutern?«

»Als ich meinen *Roderick Random* in Angriff genommen habe, hatte ich einiges an Vorstudien betrieben. Anfangs war mir nicht klar, wie weit, eh, wie genau ich in die Kriegsgeschichten einsteigen könnte, sollte, müßte. Ist hinterher alles müßig gewesen, aber ich habe es nie weggeworfen. Man weiß ja nie, ob man nicht noch einmal etwas damit anfangen kann. Oder will.«

»Also Aufzeichnungen zum Verlauf der Cartagena-Operation?« sagte O'Leary.

»Auf die ich mich nachher stützen kann. Das Gedächtnis ist so eine Sache; man weiß nie, ob man weiß, was man weiß.«

»Aha. Sehr aufschlußreich. Aber darf ich was anderes wissen? Falls Sie es wissen?«

»Fragen Sie, Paddy. Man soll Iren ja immer die Möglichkeit geben, sich zu bessern, wie?«

»Sie beide ...« O'Leary blickte zuerst Belmonte an, dann Smollett. »Sie reden immer wieder von diesem Zufalls-Roddy. Den ich nicht kenne. Hat der etwas mit Ihrer Geschichte zu tun? Oder Ihrer Vorgeschichte?«

»Graue Vorzeit.«

Belmonte wackelte mit dem Kopf. »Ich hatte immer das Gefühl, daß da doch viel halbwegs autobiographisches Zeug eingeflossen ist.«

»Entstellt, verzerrt, verdreht, aufgeblasen. Aber – ja.«

»Aufgeblasen, wie verblüffend«, sagte O'Leary mit einer Grimasse. »Sollte man nicht, oder jedenfalls Sie ...« Er brach ab.

»Was denn, Sie Ire, Sie?«

»Erzählen Sie doch ein bißchen; vielleicht fällt Ihnen am Ende ja noch was Nützliches ein.«

»Ja, bitte, gute Idee«, sagte Belmonte. »Und für einen, der das Buch liebt, wäre es ein Geschenk.«

»Ich will Ihnen nichts schenken«, murrte Smollett. »Andererseits schulde ich Ihnen ja beinahe was, für das Essen und den Wein. Nun gut, na schön, wie Sie meinen. Aber nicht ganz von vorn; des Knaben Kindheit und Jugend behalte ich für mich. Sagen wir, als ich die Studien beendet oder, eher, abgebrochen hatte und nach London gegangen bin.«

»Wo immer Sie wollen, Mister.«

»Hat nichts mit wollen zu tun, aber versuchen wir's.«

Smollett lehnte sich zurück, legte eine Hand auf den Pakken Papier und begann zu erzählen, wie ihm ein Wirt in London zwei oder drei wesentliche Dinge über den Umgang mit wesentlichen Leuten klarmachte.

»›Ganz falsch angefangen‹, hat er gesagt. ›Bei großen Männern wie Kommissionsangehörigen oder gar Parlamentsmitgliedern erreicht man nichts, wenn man ihnen nicht die Pfoten schmiert. Ebenso bei ihren Dienern. Geben Sie dem Türhüter, dem Diener, einen Shilling, mein Lieber, sonst kommen Sie nie zum Herrn.‹«

»Ah, die benehmen sich zu Hause also genauso wie uns gegenüber in Irland«, sagte O'Leary.

»Ruhe da. Ich habe also am nächsten Tag dem Diener, diesem Zerberus, eine meiner letzten Münzen gegeben und wurde vorgelassen. Der edle Mann hat sich angehört, was ich zu sagen hatte, und dann gesagt: ›Also, Unterarzt auf einem Kriegsschiff wollen Sie werden? So einfach wird das nicht gehen. Bei der Admiralität und in allen zugehörigen Ämtern sind jetzt solche Mengen von schottischen Wundärzten, die auf eine Anstellung lauern, daß die Kommissare Angst haben, von ihnen in Stücke gerissen oder zertrampelt zu werden. Es gehen aber bald wieder neue Schiffe in Dienst; vielleicht läßt sich dann etwas machen.‹

Ich habe vierzehn Tage lang jeden Morgen regelmäßig antichambriert, wie die Franzmänner sagen. Da gab es zwei Vorzimmer – eins für die besseren Bewerber, also die, die zwei Shilling gezahlt hatten, und eins für den groben Rest, Leute wie mich. Im besseren Vorzimmer gab es einen Kamin und Sitze; ich durfte in einem kalten Gemach stehen, mir die Finger warm blasen und auf die Gelegenheit warten, mit dem hohen Herrn zu sprechen, falls er sich an der Tür sehen ließ.

Schließlich hat mich jemand, der sich ein wenig auskannte, gefragt, ob ich mich beim Collegium chirurgicum gemeldet hätte. Ich sagte ihm, ich hätte nicht gewußt, daß das notwendig sei. Er sagte mir, ich müsse erst in das Schiffsamt gehen, mich da eintragen lassen und ein Schreiben an das Collegium chirurgicum erbitten, um examiniert zu werden. Wenn dies geschehen wäre, erhielte ich da ein versiegeltes Zeugnis; das müßte ich dem Schiffsamtssekretär vorlegen. Danach hätte ich alle verfügbaren Gönner und Bekannten in Bewegung zu setzen, um so bald wie möglich angestellt zu werden. Er hat dann noch gesagt, die, eh, nennen wir es Gebühren für seinen Befähigungsnachweis als zweiter Unterarzt auf einem Linienschiff dritter Klasse hätten ihn dreizehn Shilling gekostet, die Bestallung eine halbe Guinee und eine halbe Krone und das Präsent an den Sekretär drei Pfund.«

O'Leary seufzte tief. »Ich sehe schon«, sagte er, »wie es kommt, daß die britische Flotte so gefürchtet ist.«

»Erhellen Sie uns – sofern es nicht vermessen ist, von einem blöden Iren etwas Lichtvolles zu erwarten.«

»Offiziere kaufen ihr Patent«, sagte O'Leary. »Ärzte kaufen ihre Bestallung, die Mannschaften werden zwangsweise gepreßt, die Werften, nehme ich an, müssen ihre Boote der Admiralität schenken, und der Sold, den es vielleicht gibt, kommt aus dem Staatsschatz, der gefüllt wird, indem man Bauern und Handwerker und Iren ausquetscht. Um zu überleben und Britannien groß zu machen, müssen also die Leute der Flotte die ganze restliche Welt plündern. Wäre es nicht einfacher und sinnvoller, alle Adligen und Beamten aufzuhängen?«

»Das gilt wohl für alle Weltgegenden«, sagte Belmonte. »Weiter, Mister. Ich nehme an, Sie haben nicht gerade alles mitmachen müssen, was Sie Ihrem Roderick zuschreiben, oder doch?«

»Fast. Anträge, Bittschriften, Gebühren, und irgendwann hat man mich dann tatsächlich geprüft. Ärzte, natürlich. Es war nicht ganz so wahnsinnig, wie ich das im Buch beschrieben habe, aber viel hat nicht gefehlt. Also, die haben mich ein paar sinnvolle Dinge gefragt, wie man Blut stillt und gebrochene Knochen schient oder derlei, aber es gab auch ein paar Scherzfragen, auf die nur ein vollkommen Blödsinniger hereingefallen wäre.«

»Was denn, zum Beispiel?« O'Leary hob die Brauen. »Wie man einen Baum zur Ader läßt oder einen Frosch aufbläst oder so?«

»Nicht ganz so platt, aber ... Eine Frage, die mein Roderick beantworten mußte, hat man mir tatsächlich gestellt – was ich machen würde, wenn man mir in einem Seegefecht einen Mann brächte, dem eine Kanonenkugel den Kopf weggenommen hat.«

Der Ire lachte. »Soll ja bei Briten öfter vorkommen. Und? Was haben Sie geantwortet?«

»Daß mir so ein Fall noch nicht vorgekommen sei und ich mich nicht erinnern könne, eine Heilung für so etwas in irgendeinem Lehrbuch gefunden zu haben. Ich nähme aber gern Ratschläge an und verspräche, sie für den Fall einer unabwendbaren Wiederbelebung, nein, ich glaube, ich habe assistierte Auferstehung gesagt, also, in so einem Fall anzuwenden und das Ergebnis dem Prüfer zu melden.«

»Jemand hat mir mal geraten, ich sollte, wenn ich gesund bleiben will, auf keinen Fall zum Arzt gehen«, sagte Belmonte. »Und bei all der ärztlichen Metzelei, die ich im Krieg gesehen habe, an Land und auf See ...«

»Gab es noch mehr solche Scherzfragen?«

Smollett zog den Inhalt seiner Nase hoch und schien das Ergebnis einen Moment im Mund zu wägen, ehe er es schluckte. »Bah«, sagte er. »Natürlich. Dinge wie ›Gesetzt, man riefe Sie zu einem Patienten von vollblütiger Konstitution, der durch einen Fall viele Quetschungen bekommen hat, was würden Sie dann tun?‹ Als ich sagte, ich würde ihn auf der Stelle zur Ader lassen, kam die Folgefrage: ›Auf der Stelle? Ohne ihm den Ärmel aufzukrempeln?‹«

»Nett, für einen Briten«, sagte O'Leary. »Haben Sie noch mehr so schöne Geschichten?«

»Zu schade für Paddys und Dagos.«

»Ah ja.«

»Irgendwann habe ich dann meine Zulassung bekommen. Zweiter Unterarzt auf einem Linienschiff. Ich kam dann auf die *Chichester*, achtzig Geschütze, Kapitän Trevor.«

»Luxuriös, nehme ich an«, sagte Belmonte.

»Ja, natürlich; auch die Unterkunft der Hilfsärzte. Ein Matrose hat mich zu meinem Quartier gebracht. Wir mußten mehrere Leitern, uh, Niedergänge, heißt das wohl, zu einem Ort hinuntersteigen, dunkel wie ein Gefängnis und einige Fuß unter der Wasserlinie, knapp über dem Kielraum. Und alles hat gestunken, mich begrüßt ein unerträglicher Geruch von verfaultem Käse und ranziger Butter. Der kam am Fuß der Leiter aus einer Bucht, die einem scheußlichen Krämerladen glich. Dort saß hinter einer Art Pult ein magerer, blasser Mann, auf der Nase eine Brille und in der Hand eine Feder. Das war der Proviantmeister des Schiffs, der hier saß, um den Mundvorrat aufzuzeichnen, den jeder bekommen sollte. Ich habe ihm meinen Namen genannt, und er hat mich in sein Buch eingetragen. Die Unterkunft der Hilfsärzte war ungefähr sechs Fuß zum Quadrat, mit Hängematten und dem Arzneikasten und den Kisten der Unterärzte, und an der hinteren Pulverkammer befestigt ein Brett als Tisch. Sackleinene Tücher, an den Schiffsbalken festgenagelt, dienen als Wände und sollen uns außerdem vor Kälte und den Blicken der Kadetten und Bootsmänner schützen, die auf beiden Seiten neben uns logieren.«

O'Leary schüttelte den Kopf; mit einem Unterton des Staunens sagte er: »Und ich hab mir immer eingebildet, auf einem irischen Fischkutter wär's unter Deck besonders ungemütlich.«

»Was gab's denn bei Ihnen zu essen, Paddy?«

»Och, Fisch, Kartoffeln, Möhren, hartes Brot, was man so kriegen konnte. Wieso?«

Smollett schmatzte genießerisch. »Hartes Brot, ja-ha. Schiffszwieback, voll von Maden, die man beim Essen herausklopft, was den Tisch besonders charmant aussehen läßt. Ich erinnere mich noch an meine erste Mahlzeit an Bord. Ein Junge, der uns, also die Unterärzte, zu bedienen hat, so gut es eben geht, schleppt eine große Holzschüssel voller Erbsen an. Den Tisch, dieses Brett, habe ich ja schon erwähnt. Das Tischtuch ist ein Stück altes Segel, es gibt ein paar verbogene, zerkratzte Messingscheiben als Teller, Blechlöffel, bei denen entweder der Stiel oder das Mundstück zerbrochen ist. Einer der Kollegen wirft ein Stück ranzige Butter in die Erbsenschüssel und streut Pfeffer darüber. Aber das war ja noch im Hafen, die Butter war noch, sagen wir, frisch ranzig, und das Hartbrot enthielt noch keine wibbelnde Fleischfüllung.«

»Und dann gibt es da ja noch Ihre Pflichten als Arzt, nicht wahr?« sagte Belmonte. »Ich erinnere mich an einen Absatz aus Ihrem Buch, der so hübsch ist, daß ich ihn auswendig gelernt habe. Ungefähr jedenfalls.«

»Sie entehren mich, Sie Dago. Welcher Absatz ist das?«

»Wo der Erzähler zum ersten Mal in die Krankenabteilung geht – das Bordlazarett, ›wo die Kranken lagen, und ich wunderte mich weit weniger darüber, daß Leute auf dem Schiff starben, als vielmehr darüber, daß überhaupt einer von den Patienten davonkam. Ich erblickte hier an die fünfzig elende Geschöpfe, die reihenweise in ihren Matten schwebten, so dicht aneinandergeschichtet, daß jeder mit Bett und Bettzeug nicht mehr als vierzehn Zoll Raum hatte. Sie waren ohne Tageslicht und ohne frische Luft, atmeten nichts weiter als die übelriechenden Dünste, die aus ihren Exkrementen und siechen Körpern aufstiegen. Die Würmer, die sich in der Unsauberkeit erzeugt hatten, die sie umgab, zehrten sie auf, und es fehlte ihnen an jeder Bequemlichkeit, die Leuten in so hilflosem Zustande nötig war.‹«

Smollett rümpfte die Nase. »Kommt ungefähr hin, ja. Und das war am Anfang der Reise, nur gewöhnliche Krankheiten oder Verletzungen von einem Sturz oder so. Nett, dabei mit einem Klistier zu hantieren. Aber können Sie sich vorstellen, wie zauberhaft es im Bordlazarett zuging, als Seegang und Seekrankheit dazukamen? Und auch das war noch paradiesisch, verglichen mit den Zuständen vor Cartagena, mit Hitze und grünem Wasser und all den Verwundeten.«

»Kann es sein, daß das alles Teil eines größeren Plans ist?« sagte O'Leary.

»Was für ein Plan soll das sein?«

»Die Abrichtung zum Tier, das stumpf gehorcht und jederzeit bedenkenlos geopfert werden kann.«

Smollett machte eine wischende Handbewegung. »Das ist doch in allen Flotten so. Und nicht nur in Flotten. Aber wir waren bei Cartagena.«

»Womit wir endlich wieder am Schauplatz wären.« O'Leary blickte Belmonte auffordernd an. »Machst du weiter?«

Belmonte trank einen Schluck Wasser, füllte den Becher mit Wein auf, trank noch einmal. Der scheußliche Geschmack, den Smolletts Schilderung – und die eigene Erinnerung – in seinem Mund erzeugt hatte, wollte nicht weichen.

Die Expedition des Alvaro de Saavedra wird aus einem Hafen der Provinz Zacatula an der Westküste von Mexico nach den Molukken geschickt. Hernan Cortez correspondiert (1527) von der neu eroberten mexikanischen Hauptstadt Tenochtitlan aus »mit den Königen von Zebu und Tidor in der asiatischen Inselwelt«. [...] Später ging der Eroberer von Neu-Spanien selbst auf Entdeckungen in der Südsee und durch die Südsee auf die einer nordöstlichen Durchfahrt aus.

Alexander von Humboldt, *Kosmos* II

Behelligung und Verfinsterung

Smollett beugte sich vor, klopfte auf den Stapel, nahm das erste Blatt auf und räusperte sich.

»Wohlan denn. Beginnen wir mit dem Beginn. Als England im Jahre 1739 Spanien den Krieg erklärt hatte, beschloß die Regierung, den Feind zu behelligen, indem man dessen Besitzungen in Westindien angriff; und zu diesem Zweck ...«

»Moment bitte«, sagte O'Leary. »Sind Sie sich da sicher?«

»Was meinen Sie? Sie Ire?«

»Im Sommer wird die Flotte nach Westindien geschickt, der Krieg wird aber erst erklärt, als sie längst da angekommen ist. Die Regierung beschließt, den Feind zu behelligen, wie Sie so nett sagen, nachdem sie ihn längst behelligt? Und Truppen werden erst aufgestellt, als die Flotte längst abgefahren ist?«

»Sie irischer Sumpftrottel, Sie. Das hier betrifft die zweite Rüstungsrunde.«

»Ah. Wir sind also schon anno vierzig, ja?«

»So ist es.«

»Hätten Sie vielleicht sagen sollen, oder?«

»Wieso? Sie könnten ja mitdenken.«

Belmonte stöhnte. »Muß das jetzt sein? Weiter bitte, sonst kommen wir nie in die Karibik.«

»Hmpf. Also, es wurde ein Plan von Oberst Spotswood, dem Gouverneur von Virginia, vorgelegt, aufgrund dessen er bevollmächtigt wurde, ein Regiment aus Amerikanern aufzustellen, das aus vier Bataillonen bestehen und unter seinem Kommando Dienst gegen die Spanier tun sollte; da er jedoch starb, bevor der Plan ausgeführt werden konnte, wurde dieses Regiment Oberst Gooch übergeben, seinem Nachfolger als Gouverneur dieser Kolonie.

Die Leutnants wurden in England bestimmt, auf Empfehlung von Lord Cathcart, dem Befehlshaber aller Landstreitkräfte bei der geplanten Expedition; und er wählte zu diesem Behuf junge Gentlemen aus guten Familien aus, in der Mehrzahl Briten aus dem Norden, die in Holland und auf anderen auswärtigen Schauplätzen die Rudimente der Kriegskunst erlernt hatten und folglich qualifiziert waren, das neu aufgestellte Regiment zu disziplinieren.«

O'Leary schnaubte. »Rudimente? Qualifiziert? Na denn.«

»Sie erhielten von seiner Majestät eigenhändig unterfertigte Patente; die Hauptleute und Fähnriche jedoch wurden von den Gouverneuren der verschiedenen Provinzen bestimmt, in denen die Kompanien ausgehoben wurden, gemäß der ihnen zu diesem Zweck vom König verliehenen Vollmacht.

Während diese Offiziere damit beschäftigt waren, die Kompanien in Nordamerika auszuheben und zu disziplinieren, wurden in England sechs Regimenter Marinesoldaten aufgestellt, indem man Männer der Gardeinfanterie detachierte; zu Kommandeuren wurden Gentlemen von Adel und Befähigung zu militärischen Operationen bestimmt und alle nötigen Anstrengungen unternommen, die Einheiten sofort bereit zum Einsatz in Westindien zu machen, wohin die Kriegsleitung verlegt werden sollte.

Eine Flotte wurde ausgerüstet und segelte unter Kommodore Anson in die Südsee, um dort die Spanier an der Küste von Chile und Peru zu behelligen …«

»Wie ich das liebe, behelligen!« sagte O'Leary. »So was wie kitzeln oder die Zunge rausstrecken, ja?«

»... und, wenn möglich, über den Isthmus von Darien Verbindung herzustellen zu einer Flotte und einem Heer, die für Cartagena bestimmt waren, und mit diesen zum Vorteil der Nation zu kooperieren.«

O'Leary schüttelte den Kopf. »Bitte um Vergebung für erneute Unterbrechung, aber ... Also, euch beiden mag das klar sein, mir nicht. Wie viele Flotten gibt es denn jetzt? Was ist mit Lord Vernon?«

»Der ist schon seit neununddreißig in Westindien und hat inzwischen bekanntlich Portobello eingenommen«, sagte Smollett.

»Vielleicht sollten wir bei der Chronologie bleiben«, sagte Belmonte. »Sonst wird das arg undurchsichtig. Nicht daß es nicht sowieso undurchsichtig wäre.«

»Wie Sie meinen; aber kurz, wenn's beliebt. Also, im Juli neununddreißig bricht Lord Vernon mit einer Flotte auf, um spanische Schiffe und Besitzungen in Westindien anzugreifen. Die Kriegserklärung erfolgt allerdings erst im Oktober, als die Flotte bereits eingetroffen ist. Und zwar erfolgt sie genau einen Tag *nach* dem ersten Angriff auf La Guaira.«

»Britische Fairness, nicht wahr?«

»Ach, halten Sie doch den Mund! Zuständig war ein Kapitän Waterhouse, aber der Angriff scheitert. Schon im Oktober schickt Vernon einen Offizier nach Cartagena, der angeblich nur einen Brief überbringen soll, an Admiral Blas de Lezo und den Gouverneur, aber eigentlich sollte er sich die Befestigungen ansehen. Die Spanier haben ihn aber nicht in die Stadt gelassen.«

»Ein Jammer, wie? Sollte man in Irland ...«

»Ruhe, Sie Barbar! Ende November geht es dann gegen Portobello, mit dem bekannten Ergebnis. Im März vierzig fährt Vernon mit einer mittelstarken Flotte selbst nach Cartagena, setzt mehrere Leute ab, die die Umgebung erkunden und die spanischen Schiffe, Kanonen und so weiter zählen sollen. Die Spanier tun nichts dagegen. Dann läßt Vernon seine Schiffe die Stadt beschießen. Er will wissen, wie stark die spanischen Geschütze sind, aber Lezo tut ihm den Gefallen nicht, läßt nur hier und da ein paar Kanonen feuern.«

»Kluges Kerlchen, dein Admiral«, sagte O'Leary.

Belmonte hob die Schultern. »Ich war zu dem Zeitpunkt nicht da, kann also nichts beitragen.«

Smollett fuhr fort. »Vernon hat Landungstruppen abgesetzt; die sollten an Land eine Geschützstellung aufbauen. Davon hielten die Spanier aber nicht viel und haben sie zurück auf die Schiffe gejagt.«

»Unverschämtheit, wie?« Der Ire kicherte.

»Dann haben die Briten die Stadt ein paar Tage lang beschossen und sind wieder abgereist. Und zwar Richtung Panama. Man muß ja irgendeinen Erfolg nach London melden können. Da gab es, nachdem Portobello gefallen war, noch eine Festung an der karibischen Küste, Chagres ...«

»San Lorenzo el Real Chagres«, sagte Belmonte. »Vier Kanonen und dreißig Mann Infanterie unter einem Hauptmann, ah, wie hieß er noch? Cevallos, genau; Juan Carlos Gutiérrez Cevallos.«

»Riesige Festung, starke Besatzung«, sagte O'Leary mit einem schrägen Lächeln. »Du liebe Güte! Dreißig spanische Infanteristen und vier Geschütze. Furchtbare Bedrohung für die armen verirrten Engländer, was? Und die haben doch bestimmt ein Dutzend Kriegsschiffe gegen diese gewaltige Festung eingesetzt, oder?«

»Vier Linienschiffe«, sagte Smollett. »Dazu eine Fregatte, ein paar Bombarden, ein paar Brander; und Versorgungsschiffe natürlich.«

»Natürlich. Was, bitte, sind Bombarden?«

»Schiffe mit schweren Mörsern«, sagte Belmonte. »Eigentlich nur für Belagerungen und so was; zum Segeln sind die nicht so gut geeignet und ziemlich unhandlich.«

»Vernon hat dann den Beschuß angeordnet, und die kleine spanische Garnison hat tatsächlich zwei Tage durchgehalten, bis zur Kapitulation. Das war, glaube ich, am 24. März vierzig.«

»War es nicht«, sagte Belmonte. »Aber zu Ihren Daten müssen wir später noch was erörtern.«

»Von mir aus. Jedenfalls wurde Chagres, wie vorher Portobello, weitestgehend zerstört. Vernon ist dann wieder zurückgesegelt nach Cartagena, Anfang Mai, und wollte wohl die Stadt noch ein wenig beschießen. Blas de Lezo hat seine Schiffe aber so positioniert, daß Vernon nicht nahe genug herankommen konnte; Vernon hat dann gesagt, das wäre nur ein Manöver gewesen, und ist zurück nach Jamaika gesegelt.«

»Das habe ich jetzt verstanden«, sagte O'Leary. »Bloß eines nicht – was ist an Cartagena so wichtig, daß Vernon diese Stadt unbedingt einnehmen will?«

»Es ist die stärkste spanische Festung in Westindien«, sagte Belmonte. »Außerdem wichtigster Hafen für den Handel mit Europa, Drehscheibe, Depot, wie man will. Und das eigentliche Kriegsziel der Engländer war ja ein ganz anderes; darüber haben wir bisher diskret geschwiegen.«

»Was denn?«

»Es ging gar nicht um ein bißchen Gold und eine allgemeine Verbesserung der englischen Position in Westindien. Nein; sie wollten Spanien ganz Amerika abnehmen.«

»Wie ganz Irland und demnächst ganz Indien?« O'Leary schnalzte. »Warum bescheiden, wenn's großspurig geht, wie? Nicht daß sie da was verloren hätten. Die Spanier übrigens genauso wenig.«

Smollett blähte die Wangen auf. »Bah. Wollen wir jetzt allen Ernstes diskutieren, wer wo was zu suchen hat? Die Perser nicht in Griechenland, Alexander nicht in Persien, die Römer nicht in England, Frankreich, Deutschland, Spanien, die Araber nicht in Europa, die Normannen und Angelsachsen auch nicht in England, die Mongolen ...«

»Ja, und Paulus hätte nicht nach Rom gehen und Odysseus zu Hause bleiben sollen, wie Kolumbus und die Pilgerväter«, sagte Belmonte. »Überall war immer schon vorher jemand. Und was bringt uns das jetzt hier? Wir können nicht sämtliche Wanderungen und Eroberungszüge der Geschichte rückgängig machen, nur damit keine Spanier in Cartagena sind und die Briten keinen Angriff starten.«

»Schon recht, *hombre*. Trotzdem – als Ire muß ich die Massaker, die Cromwell und andere Engländer bei uns angerichtet haben, doch nicht billigen, oder?«

»Auch nicht die Millionen toten Indios in Spanisch-Amerika«, sagte Smollett.

»Natürlich nicht; wer redet von billigen? Das ist unsere ewige Schande.« Belmonte winkelte die Unterarme ab und drehte die Handflächen nach oben. »Daran ändern auch ein paar, tja, mildernde, nein, das ist das falsche Wort ...«

»Worauf wollen Sie hinaus? Mildernde Umstände bei Massenmord?«

Belmonte lachte gepreßt. »Nein, natürlich nicht. Aber es ist ja nicht so, daß wir bösen Spanier ein Paradies überfallen hätten. Fragen Sie mal die anderen Bergvölker in Peru, ob sie sich gern von den Inkas haben unterjochen lassen. Und die grausamen Azteken? Warum sind denn alle anderen, wie die Tlaxcalteken, so gern mit Cortés gegen die Azteken gezogen?«

»Damit wir jetzt wieder über tote Iren und verbuddelte Smaragde im Hinterland von Cartagena reden«, sagte O'Leary. »Wo waren wir?«

»Moment«, sagte Belmonte. »Wenn wir schon beim Aufrechnen sind ... Bestimmt kommen Sie mir gleich noch mit den Opfern der Inquisition, und ich werde Sie fragen, wie viele angebliche Hexen in den protestantischen Ländern verbrannt worden sind oder wie viele Katholiken in England sterben mußten. Und O'Leary könnte eben zum Hafen gehen und unseren schwarzen Navigator Ortiz bitten, herzukommen und uns etwas über Sklaverei zu erzählen. Und, eh, sagen Sie, was tote Indios angeht – kann es sein, daß die Anzahl der Mohikaner, Pequot, Mohawks und Delawaren in Ihren amerikanischen Kolonien sich in letzter Zeit auch ein bißchen vermindert hat?«

»Stimmt schon.« O'Leary wischte sich ein Grinsen aus dem Gesicht. »Nach Meinung der Engländer sind die Spanier für alle Übel der Welt verantwortlich. Deshalb wollen sie Cartagena beschießen. Machen Sie weiter, Mister.«

Smollett nahm das im Eifer des Gesprächs weggelegte Blatt wieder auf. »Vernon fährt nach Jamaika zurück«, murmelte er. »Und jetzt können wir endlich da weitermachen, wo der blöde Ire mich unterbrochen hat. Anno vierzig. Die erste Flotte unter Vernon in Westindien, eine zweite wird unter Anson in den Pazifik geschickt, die dritte soll Englands Interessen in Europa bewachen und den Kanal schützen, also jetzt zur vierten.« Er hob das Blatt und las näselnd weiter vor.

»Die Marineregimenter hatten einige Zeit auf der Insel Wight gelagert und waren gut ausgebildet; sie wurden auf achtzig Transportern eingeschifft, zusammen mit dem Kriegsgerät, das bei der Expedition nötig war; und Abteilungen von drei alten Regimentern gingen an Bord der Kriegsschiffe, die später ebenfalls Admiral Vernon unterstellt werden sollten. Diese waren die *Russell,* achtzig Geschütze, Flaggschiff von Konteradmiral Sir Chaloner Ogle, mit Kapitän Norris; die *Torbay,* achtzig Geschütze, Kapitän Gascoyne, an Bord ferner Lord Cathcart, General der Landstreitkräfte; die *Cumberland,* achtzig Geschütze, Kapitän Stuart; die *Boyne,* achtzig ...«

»Hilfe!« O'Leary stöhnte laut. »Wollen Sie uns jetzt die ganze Flottenliste vorlesen?«

»Ordnung muß sein.« Smollett hielt das Blatt vor den Mund, aber trotzdem war zu sehen, daß er lächelte.

»Wie groß insgesamt?«

»Fünfundzwanzig Linienschiffe mit je sechzig bis achtzig Kanonen, darunter die *Chichester* unter Kapitän Robert Trevor.« Smollett verzog das Gesicht. »Außerdem ein paar Fregatten, Brander, Bombarden, Lazarettschiffe, Vorratsschiffe und so weiter.«

»Darf man wissen, worauf sich die Grimasse bezog?« sagte Belmonte.

»An Bord der *Chichester* befand sich ja auch ein gewisser Tobias Smollett, Hilfsarzt. Der Ihnen sagen kann, daß Kapitän Trevor alles verkörperte, was an Offizieren der Royal Navy abscheulich ist.«

Belmonte nickte. »Feine Menschenführung, Sorge für beste Verpflegung, Verzicht auf die neunschwänzige Katze, überhaupt allgemeine Nettigkeit?«

»Sie sagen es. Aber das ist wahrscheinlich bei anderen Flotten nicht viel besser. Wie auch immer. Weiter im Text. Diese edle Flotte segelte am Sonntag, dem 26. Oktober 1740, von St. Helens mit einer guten Ostnordost-Brise, die bis Freitag, den 31. anhielt, wo achterliche Böen aufkamen; in der Nacht wurden sie zu einem strammen Wind, und am Morgen des 1. Novembers steigerten sie sich zu einem heftigen Sturm, der auf mehreren Schiffen großen Schaden anrichtete, Segel zerfetzte, Masten knickte und allgemein für große Verwirrung sorgte.«

Smollett legte das Blatt weg und griff zum nächsten.

»Ich weiß noch, wie ich früh am Morgen von einem furchtbaren Konzert geweckt wurde, bestehend aus dem Scheppern von Pumpen, knirschenden Geschützlafetten, unter der heftigen Bewegung knackenden Hölzern, hohen Brechern, dem Heulen des Windes, dem Knattern der Takelage und dem Gebrüll und Geschrei von sechshundert Männern, die auf dem Deck durcheinanderrannten. Auch für das Auge war es nicht angenehmer als für das Ohr; als ich mich erhob und die Leiter hinaufstieg, fand ich den Anblick durchaus betrüblich. Von der ganzen Flotte waren nur sieben Schiffe zu sehen, und von denen hatten zwei ihre Masten verloren, während die anderen unter gerefften Großsegeln trieben; die Wogen waren unglaublich groß und furchterregend; an Bord war nichts zu sehen als Tumult, Aufruhr und Schrekken; das Schiff hob und senkte sich derart heftig, daß die Masten wie dünne Zweige zitterten; ein Wasserfaß wurde auf Deck aus seiner Vertäuung gerissen und zerquetschte sechzehn Männer, bevor es wieder befestigt werden konnte;

das Großsegel war in tausend Fetzen zerrissen, und als die Rah bemannt wurde, um ein neues Segel anzubringen, gab eine der Brassen mit solcher Wucht nach, daß vier Männer über Bord geschleudert wurden; zwei von ihnen ertranken, und das Knie eines fünften wurde furchtbar zerquetscht.

Danach gab es gutes Wetter. Am Montag tauchten weitere vierzig Schiffe wieder auf; am 25. sprang ein Matrose der *Chichester* über Bord und ertrank, nachdem er wegen Ungeziefers einer schmählichen Bestrafung unterzogen worden war. Nun wurde es schwül, zahlreiche Fälle von Fieber traten auf, und nach wenigen Tagen war die Flotte insgesamt recht krank. Am 19. Dezember passierte man die Küsten von Martinique und Guadeloupe. Später ankerte man in einer Bucht der Insel Dominika. Am folgenden Tag erlitt die Expedition einen großen Verlust durch den Tod von Charles Lord Cathcart, einem Edelmann, der sich durch Tapferkeit, Fähigkeit und Erfahrung in der Kriegskunst ausgezeichnet hatte; sein Wesen war in jeder Beziehung liebenswürdig, und sein Schicksal wurde allgemein bedauert, um so mehr, als sein Nachfolger im Oberbefehl Brigadegeneral Wentworth war, ein Offizier, der für die Leitung eines solch wichtigen Unternehmens weder genügend Kenntnisse noch Ansehen noch Selbstvertrauen besaß.«

O'Leary pfiff leise. »Stramme Rede, Mister«, sagte er. »Wie wird man Brigadegeneral, wenn man nicht dazu taugt?«

»Familie und Beziehungen.« Smollett zuckte mit den Schultern. »Er war Sohn eines Baronets, und vielleicht war er ja als Hauptmann oder Major gar nicht schlecht, aber im Oberbefehl …«

»Ich nehme an, von den Streitereien zwischen ihm und Vernon hören wir noch mehr, ja?« Belmonte zwinkerte. »Gefangene haben darüber einiges erzählt, damals.«

»Ich fürchte, das werden wir erwähnen müssen. Könnte sein, daß ein besserer Admiral und ein besserer General die Expedition zu einem besseren ... Aber lassen wir das jetzt; weiter im Text. Die Flotte blieb sieben Tage in der Bucht, um Holz und Wasser aufzunehmen; in dieser Zeit wurden am Strand Zelte zur Unterbringung der Kranken aufgeschlagen, und die von Skorbut Befallenen erholten sich überraschend schnell allein dadurch, daß sie Landluft und reichlich frisches Wasser erhielten. In den nächsten Tagen fanden sich weitere versprengte Schiffe ein, so daß die Flotte wieder aus hundertachtzehn Schiffen bestand. Am 7. Januar kam es zu einem Gefecht zwischen fünf englischen und fünf französischen Kriegsschiffen, bei dem beide Seiten je etwa hundert Mann verloren. Morgens behauptete der englische Kommandeur Lord Augustus Fitzroy, er habe die Franzosen für Spanier gehalten; man trennte sich mit Höflichkeitsbekundungen und gegenseitigem Respekt.«

O'Leary klatschte langsam. »Höflichkeitsbekundungen, Respekt und zweihundert Leichen! Könnte man vielleicht vorher ...«

»Ruhe da! Weiter. Die restliche Flotte unter Sir Chaloner war inzwischen nach Jamaika gesegelt und lief am 9. Januar in den Hafen von Kingston ein, also Port Royal, wo man Admiral Vernon mit seiner Flotte vorfand; auch das Regiment der Nordamerikaner war inzwischen eingetroffen und an Land untergebracht.

Jetzt übergehe ich einiges; hier sind ausgiebig beschrieben die Vorbereitungen, diese Truppen einzuschiffen und die Flotte mit Wasser, Vorräten und allem anderen Nötigen zu versorgen; der Kriegsrat im Haus von Gouverneur Trelawney in Spanish Town; der Beschluß, die Bewegungen der französischen Flotte zu beobachten, die unter dem Kommando des Marquis d'Antin vor der Küste von Haiti lag. Eine vom Gouverneur aufgestellte Gruppe von Negern wurde an Bord gebracht; dann segelte die Flotte in drei Abteilungen, die erste am 22. Januar unter Sir Chaloner Ogle, die zweite unter Kommodore Lestock am 25., und am 31. Admiral Vernon. Der Kapitän eines Aufklärers, einer Schaluppe, meldete, er habe im Hafen von Port Louis neunzehn Kriegsschiffe gesehen. Am 12. Februar wurde dies vom Kapitän einer weiteren Schaluppe bestätigt. Am 14. Februar stellte man fest, daß es sich um Handelsschiffe handelte; die Flotte des Marquis war bereits am 26. Januar nach Europa gesegelt. Am 16. Februar beschloß ein Kriegsrat, die Flotte solle abermals Holz und Wasser aufnehmen und dann nach Cartagena weitersegeln.

Für die mit dem Beschaffen von Holz und Wasser nötigen Arbeiten wurden vor allem die in Jamaika übernommenen Schwarzen eingesetzt, deren liebste Waffe die Machete war. Außer den Negern kamen hierbei aber auch Abteilungen des amerikanischen Regiments zum Einsatz, die Faschinen und Pfosten banden beziehungsweise schlugen.

Drei Schiffe – die *Weymouth,* die *Exeter* und eine Schaluppe, die *Spence* – wurden vorab detachiert, um die Küstengewässer in der Nähe von Cartagena zu prüfen und auszuloten, etwa die wenige Meilen von Cartagena entfernte Bucht von Punta Canoas.

Am 26. Februar war die ganze Flotte unter Segeln und ankerte am Abend des 4. März vor Playa Grande, zwischen Cartagena und Punta Canoas. Die kleinen Fregatten und Brander wurden angewiesen, eine Linie parallel zur Küste zu bilden, als ob man an der Luvseite der Stadt mit den Operationen beginnen wollte.«

»Zügeln Sie die Pferde Ihrer Schriften«, sagte Belmonte; er beugte sich vor. »An dieser Stelle gibt es einiges zu klären.«

Smollett legte das zuletzt verlesene Blatt auf den linken, kleineren Stapel. »Was denn zum Beispiel?«

»Erstens Ihre Zeitangaben.«

»Ah.«

»Eben, ah. Ihr Königreich hat ja erst vor zwanzig Jahren beschlossen, hinfort wenigstens kalendarisch ein Teil Europas zu sein.«

Smollett lächelte. »Wie ich meine Landsleute kenne, werden sie das irgendwann widerrufen. Aber Sie haben recht, *caballero*. Der gregorianische Kalender ...«

»1582 eingeführt, von England gnädig akzeptiert 1750. Ihr vierter März von damals ist unser vierzehnter März.«

»Um Verwirrung zu vermeiden, sollte man das vielleicht beim Lesen korrigieren, oder?« sagte O'Leary.

Smollett schnaubte. »Bloß, damit ein blöder Ire sich nicht im Kalender verirrt? Ich weiß nicht, ob ich das machen muß. Rechnen Sie doch einfach immer zehn Tage dazu, wenn Ihnen mein Vortrag mißfällt.«

»Etwas anderes«, sagte Belmonte. »Ich habe Ihnen ja von meiner Fahrt nach Florida und zurück erzählt. An diesem Punkt will ich Ihnen sagen, was Blas de Lezo mir aufgetragen hatte. Was ich den verschiedenen französischen Kommandanten sagen sollte.«

»Und zwar?«

Belmonte lächelte beinahe versonnen. »Der Admiral Holzbein ... Er hat vorhergesehen, daß die Franzosen nicht im Traum daran denken würden, uns gegen die Briten zu helfen. Wäre auch, was die Zahlenverhältnisse angeht, ziemlich sinnlos gewesen. Nein, ich sollte den Kommandeuren sagen, sie möchten den Admiral, vermutlich Marquis d'Antin, aber das wußten wir nicht genau. Das heißt, ich wußte es nicht; Lezo hat es behauptet.«

»Gleichviel; was sollten Sie ausrichten?«

»Im Interesse der Weltlage, der alten Bündnisse, der Verwandtschaft der Könige und so weiter bitte der Admiral, der ja auch Leutnant der französischen Marine gewesen sei, daß man kein kostbares französisches Blut vergießen, aber möglichst spät die Positionen räumen möge.«

»Ah«, sagte Smollett. »Schwarzes Schwein! Kluger Mann.«

»Wieso denn das jetzt wieder, bitte?« O'Leary schaute beide abwechselnd an; sein Blick schien um Erleuchtung zu flehen.

»Wenn Vernon im Januar gleich nach Cartagena gesegelt wäre«, sagte Belmonte, »hätte er vor Beginn des heißen und regnerischen Frühjahrs mehrere Wochen Zeit gehabt.«

»Steht hier«, sagte Smollett; er nahm das nächste Blatt vom größeren Stapel. »Man mag nun lange darüber streiten, ob die Suche nach den französischen Schiffen und der damit verbundene Aufenthalt in diesen Gewässern nötig waren. Einerseits wäre es natürlich mehr denn leichtfertig gewesen, eine schlagkräftige französische Flotte, die jederzeit hätte angreifen können, hinter sich zu lassen. Andererseits stellte sich bald heraus, daß es an der Küste schnell heiß wurde und zehn Tage kühleren Wetters hilfreich gewesen wären.«

»Tja, ich weiß nicht.« O'Leary hob abwechselnd beide Hände, die Handflächen nach oben; sie sollten wohl eine Waage darstellen. »Mit diesem einerseits und andererseits kann man klug reden, aber wenig handeln. Muß man natürlich alles bedenken, klar, und ich würde mich nicht darum reißen, solche Entscheidungen zu treffen. Aber – was hätte dein Don Blas in dieser Lage gemacht?«

»Da kann ich nur raten«, sagte Belmonte. Er zögerte; dann zuckte er mit den Schultern. »Ich nehme an, er hätte ein paar Schiffe zur Beobachtung der Franzosen detachiert und wäre mit der Hauptmacht so schnell wie möglich nach Cartagena gesegelt. Aber weiß man's? Machen Sie weiter, Mister.«

Das angriffsweise Vorgehen elektrisiert die Gemüter,
aber die Erfahrung hat gezeigt, daß diese gehobene Stimmung
bei großen Verlusten in das volle Gegenteil umschlagen kann.

Helmuth Graf von Moltke

Der Angriff beginnt

Smollett stand auf. »Meine schlummernden Knochen«, sagte er. Während er weiterlas, ging er langsam auf und ab. »Am 4. März, also am 14., haben wir abends vor Playa Grande geankert, zwischen Cartagena und Punta Canoas. Hundertvierundzwanzig Schiffe insgesamt.«

»Ungefähr das, was eure große Armada anno fünfzehnachtundachtzig war, oder?« sagte O'Leary.

»Die Engländer hatten in der Karibik aber besseres Wetter als wir damals im Kanal.«

O'Leary gluckste. »Und einen ähnlich unfähigen Admiral.«

»Unter uns – eurer war schlechter«, knurrte Smollett. Er war am Tisch stehengeblieben. »Vernon hatte wenigstens einiges an Erfahrung mit Schiffen und Krieg. Damals, der Herzog von Medina Sidonia, war, glaube ich, eine ahnungslose Landratte und nur aufgrund seines Adels auf den Posten gelangt.«

»Nachdem der vorgesehene Admiral gestorben war.« Belmonte nahm einen Apfel und biß hinein. »Das Obst hier ist nicht so grün wie der Herzog, aber sicher viel saftiger.«

Smollett schnaubte. Als er weiterredete, nahm er seine Wanderung zehn Schritte hin, zehn Schritte her wieder auf.

»Die Flotte war aber noch nicht vollzählig; hinterher waren es ja über hundertneunzig Schiffe – hundertdreiundneunzig? Ich bin mir nicht mehr ganz sicher. Unwichtig. Also, Playa Grande. Kann sein, daß die hohen Herren sich überlegt hatten, dort den Angriff anzusetzen, aber das haben sie sich dann schnell aus dem Kopf geschlagen. Das Wasser ist seicht, das Ufergelände flach, bis zur Stadt keine Dekkung, eine schmale Landzunge, dahinter eine Lagune – also, Männer und Geschütze mit Booten an Land bringen, alles in Schußweite der Batterien? Vernon hat, wenn ich mich recht entsinne, nördlich von Cartagena ein paar Ablenkungsmanöver gestartet, aber eigentlich war von vornherein klar, daß der Angriff sinnvoll nur von Süden, durch die Bucht erfolgen kann. Haben Sie – ja, Belmonte, Sie natürlich, aber Sie, Mister O'Leary, eine Vorstellung von der Lage?«

Der Ire schüttelte den Kopf. »Nur ungefähr.«

»Hm. Also, eigentlich gibt es zwei Zufahrten zur Bucht. Der ›Große Mund‹, Bocagrande, und weiter südlich der ›Kleine Mund‹, Bocachica, dazwischen eine Insel mit dem schönen Namen ›Wölbland‹, Tierra Bomba. Aber die große nördliche Zufahrt schied aus. Gilt wohl bis heute; ich glaube nicht, daß die Spanier da viel verändert haben – im eigenen Interesse. Bocagrande ist breit, das stimmt, aber sehr seicht, nur ein paar Fuß Wassertiefe. Sandbänke, wie man sie sich als Verteidiger nur wünschen kann; außerdem haben die da wohl im Lauf der Jahre den einen oder anderen unwillkommenen Besucher versenkt. Ich bilde mir ein, etwas über portugiesische Wracks gehört zu haben. Und Lezo hat wohl noch ein paar alte Kähne da versenkt, ehe wir angekommen sind. Wie auch immer – der Angriff muß durch den südlichen, kleinen Mund, Bocachica, geführt werden.«

O'Leary stand nun ebenfalls auf. »Beine vertreten«, sagte er. »Und eine Bitte. Anders als Sie beide habe ich ja keinerlei Kriegserfahrung und kann mir das alles nicht so einfach vorstellen. Können Sie die Anlage da noch ein bißchen genauer beschreiben? Oder du, Osvaldo?«

»Ich bin noch nicht dran«, sagte Belmonte.

Smollett wedelte mit dem Blatt. »Wenn's sein muß ... Also. Der ›Kleine Mund‹, Bocachica, öffnet sich nach Westen; wegen des vorherrschenden Ostwinds müßten Schiffe hier kreuzen, um in die Bucht zu gelangen, aber zum Kreuzen ist die Fahrrinne zu schmal. Auf der einen Seite des engen Kanals hatten die Spanier das Fort Bocachica angelegt, eine viereckige Festung mit vier Bastionen und vierundachtzig schweren Geschützen; ferner gab es dort einen schweren und mehrere leichte Mörser. Auf der anderen Seite stand das Fort San José auf einer kleinen, nur durch einen schmalen Wasserarm vom Baradera-Festland getrennten Insel; dort gab es sechsunddreißig Kanonen, und zwischen den beiden Forts zog sich die Sperre aus Kabeln, Ketten und Baumstämmen über die Einfahrt. Dahinter lagen vier Linienschiffe mit je vierundsechzig Geschützen sowie, an Land, die Faschinenbatterie von Baradera und die kleineren Forts San Felipe und Santiago. Reicht das?«

»Ich bin begeistert.«

»Huh. Ein begeisterter Ire ... Na gut, weiter. Vernon hat ein paar Schiffe zum Loten geschickt. Dabei wurde festgestellt, daß auch Bocachica ziemlich seicht ist, bis auf die Fahrrinne. Am 5., also 15. März gab's eine Art Kriegsrat. Und was, glauben Sie, wurde dabei besprochen?«

»Die Einzelheiten des Angriffs?« Belmonte blickte fragend, als ob er verwundert wäre, daß Smollett überhaupt diese Frage stellte.

O'Leary lachte plötzlich. »Wenn Sie so anfangen, Smollett, und wenn ich die blöden Engländer richtig einschätze, haben die wohl zuerst mal festgelegt, wie unter den einzelnen Schiffen und Truppenteilen die erhoffte Beute aufgeteilt wird, ja?«

»Ehe man dem Bären zu Leibe rückt, muß man doch klären, wer welches Stück vom Braten bekommen soll. Dann wurde noch ein bißchen gelotet und erkundet, dabei ist bei starker Dünung ein Schiff beinahe untergegangen. Es hat bis zum 9. März gedauert, bis die ersten Aktionen durchgeführt wurden. Gegen die Festungen Santiago und San Felipe, die sonst nicht nur die Truppen bei der Landung, sondern auch die ankernden Schiffe hätten beschießen können.

Drei Schiffe – *Norfolk, Russell* und *Shrewsbury* – mußten näher heran, um die spanischen Batterien sturmreif zu schießen. Die *Shrewsbury* hatte die größten Verluste, sechzig Tote und Verwundete, die beiden anderen zusammen um die zehn, glaube ich. Noch am gleichen Abend ist dann Oberstleutnant Cochrane mit den Grenadieren an Land gegangen, alles immer noch unter feindlichem Beschuß; die haben dann die beiden kleinen Festungen eingenommen. Am nächsten Tag wurde der Rest der Truppen angelandet, aber erst am 11. März konnten die Leute, vor allem die Neger mit Hacken und Macheten, den Boden so weit säubern, daß man Zelte aufbauen und die Soldaten anständig unterbringen konnte. Sie sind dann auf dieser Insel, Tierra Bomba, bis zur Bucht vorgestoßen, um die Landverbindung zwischen der Stadt und den übrigen Festungen abzuschneiden. Der zuständige Offizier, ah, Ingenieur, ein Mister Moor, hat Gräben und Faschinen anlegen lassen, um die spanischen Batterien anzugreifen. Sandsäcke und Fässer voll Sand wurden als Deckung immer weiter vorgeschoben, dahinter haben sie Mörser in Stellung gebracht, und am 13. März haben sie angefangen, die eigentliche Festung von Bocachica zu beschießen, unterstützt von Schiffsartillerie.

Allerdings ist die größte spanische Batterie nicht so schnell zum Schweigen zu bringen. Und bei unseren Leuten gibt's jetzt noch eine neue Schwierigkeit. Ganz abgesehen davon, daß die Spanier ziemlich gründlich schießen – Musketen und Kanonen, und ein paar von den leichteren Geschützen haben sie hinten angehoben, so daß die Läufe das Gelände vor der Festung bestreichen können, und dazu nehmen sie Kartätschen. Aber das ist, wie gesagt, nur eins von zwei Problemen. Das andere ist die Witterung.«

Belmonte nickte langsam. »Ich weiß noch, wie lange ich gebraucht habe, um mich daran zu gewöhnen. Und ich bin damals aus dem warmen Andalusien gekommen.«

»Heiß, wie?« sagte O'Leary.

»Sehr heiß. Der Sommer hier bei Livorno ist dagegen frisch. Und vor allem ist es da schwül. Feuchte Luft; wahrscheinlich müßte man Kiemenatmer sein, um sich heimisch zu fühlen. Hitze und Feuchtigkeit haben unseren Leuten furchtbar zugesetzt. Dann kommt noch dazu, daß wir für Laufgräben und Faschinen und vorgeschobene Wälle unbedingt die Schwarzen mit ihren Hacken und Macheten brauchen, und die haben alles fallen lassen und sind zurück an den Strand gelaufen, um dem Beschuß von Bocachica zu entgehen.«

»Manche sind eben klüger als andere.« Der Ire grinste.

»Wie Sie meinen. Jedenfalls gab es dann den nächsten Kriegsrat, und Mr Moor, der Offizier der Pioniere, hat dort wohl gesagt, daß man die Arbeiten ohne Verstärkungen nicht anständig durchziehen könnte. Ich glaube, er wollte an die sechzehnhundert Mann zusätzlich haben. An Bord der Schiffe waren ja noch genug Leute; also hat der General diese Verstärkung verlangt, und der Admiral hat sie abgelehnt – es wäre nicht nötig. Deshalb ...«

»Moment, wenn ich darf ...«, sagte Belmonte. »War das die erste Meinungsverschiedenheit zwischen General Wentworth und Admiral Vernon?«

Smollett stützte sich auf die Lehne seines Stuhls. Als er weitersprach, schaute er keinen seiner Gäste an, sondern die Tischplatte, als gäbe es dort Auskünfte oder Inspiration zu finden. »Weiß ich nicht«, knurrte er nach kurzer Pause. »Cathcart – der anfangs vorgesehene General – war ein guter und erfahrener Mann, aber der war ja gestorben. Über Wentworth weiß ich nicht mehr als das, was ich Ihnen vorhin schon gesagt habe. Da müßten Sie einen der höheren Offiziere fragen, falls von denen noch einer lebt. Wir, also die einfachen Matrosen und Soldaten, und dazu zähle ich jetzt mich und andere Hilfskräfte, wir haben meistens nur Gerüchte gehört. Später war das Zerwürfnis zwischen Vernon und Wentworth ja offenkundig, aber wann es angefangen hat, weiß ich wirklich nicht. Jedenfalls hat Wentworth hier Verstärkung verlangt, Vernon hat sie abgelehnt; später hat Vernon Anweisungen erteilt, die Wentworth nicht ausführen mochte. Aber weiter.

Bald darauf, ich glaube am 17. März, gab es das nächste größere Gefecht. Auch ohne Verstärkung hatten Moor und seine Leute unser Schanzwerk erhöht und weiter vorgeschoben, aber alles mit Verlusten durch den gegnerischen Beschuß. Vor allem eine spanische Batterie, genannt La Baradera, richtete bei uns immer wieder argen Schaden an. Deshalb gab es eine nächtliche Landeoperation mit Booten. Wieder erhebliche Verluste, aber es ist den Leuten gelungen, die Spanier aus der Stellung zu vertreiben und die Kanonen unbrauchbar zu machen.

19. März: Links von unserer großen Batterie wurde ein höherer Wall aufgeworfen, gegen den Beschuß durch die spanischen Schiffe, die hinter der Bocachica-Durchfahrt eine Linie bildeten. Und es wurde gemeldet, die Spanier seien dabei, die Baradera-Batterie wieder instand zu setzen –

offenbar war sie doch nicht gründlich genug zerstört worden. Der Admiral ließ sie von einem unserer Linienschiffe beschießen, aber die Wirkung war gering.

Am 22. war unsere Batterie endlich fertig und konnte eingesetzt werden, um das Fort von Bocachica zu beschießen. Vierundzwanzig schwere Geschütze und vierzig kleinere Mörser. Aber das Fort, die Linienschiffe und die wiederhergestellte Batterie von La Baradera erwiderten das Feuer mindestens ebenso gründlich. Am nächsten Tag segelte das Geschwader von Kommodore Lestock mit fünf weiteren Linienschiffen näher ans Land und beschoß die spanischen Stellungen und Schiffe – insgesamt an die fünfhundert Geschütze feuerten fast den ganzen Tag. Sie konnten aber nicht viel ausrichten; die eigenen Verluste durch den spanischen Beschuß waren wahrscheinlich höher als die des Gegners.

Am folgenden Tag wurde der Beschuß fortgesetzt. Die einzige feststellbare Wirkung ging jedoch von der an Land eingerichteten Batterie aus, die allmählich eine Bresche in die Mauern der Festung legte. Aber die Spanier schienen vollkommen unbeeindruckt zu sein und erwiderten das Feuer.«

»Klingt, als ob Sie das für eine Unverschämtheit hielten«, sagte Belmonte.

»Ich persönlich? Nein; ich glaube aber, daß Vernon und Wentworth es irgendwie ungebührlich fanden. Noch ungebührlicher war allerdings, daß bei dem gegenseitigen Beschuß Lord Beauclerk an Bord der *Prince Frederick* umgekommen ist, ebenso wie der Pionier Moor.«

»Tja, Schwund gibt es immer, nicht nur bei uns kleinen Leuten, auf die man nicht viel Wert legt.« O'Leary nickte, als hätte er etwas ungeheuer Kluges gesagt. »Tröstlich, daß es auch die Oberen mal erwischt, finde ich.«

Smollett grunzte, hob das Blatt vors Gesicht und las laut weiter. »Vor allem der Tod des Ingenieurs wurde als großer Verlust bedauert. Abends begab sich ein neues Détachement von Matrosen und Soldaten in Booten in die Bucht, griff im Schutz der Dunkelheit die Baradera-Batterie an und brannte dort alles nieder.

Bis zum 25. März feuerten die Schiffsgeschütze und die Landbatterie weiter; ein Ingenieur, zu diesem Zweck ausgesandt, kam vom Rekognoszieren zurück und berichtete, die Bresche sei nun groß genug. Man beschloß, noch am gleichen Abend den Angriff zu beginnen. Der Admiral wurde von den Vorbereitungen in Kenntnis gesetzt und entsandte seinerseits zur Ablenkung Boote mit Bewaffneten, die das Fort San José und die spanischen Schiffe attackieren sollten, während die an Land befindlichen Truppen Bocachica angriffen. Es wurde die übliche *forlorn hope* zusammengestellt; sie bestand aus einem Sergeanten und zwölf Grenadieren sowie dreißig Freiwilligen.«

»Um Vergebung«, sagte O'Leary. »Was ist das, verlorene Hoffnung? Eine besondere Truppe oder was?«

»Kommt aus dem Holländischen«, sagte Smollett. »Eigentlich *verloren hoop,* ein verlorener Haufe, aussichtsloses Todeskommando, wenn Sie so wollen. Freiwillige, meistens jedenfalls, die als erste in die Bresche oder auf die Festungsmauer gehen, ohne große Aussichten aufs Überleben zu haben. Weiter. Zweihundertsechzig Grenadiere bildeten die zweite Welle unter Oberstleutnant Macleod; danach kamen Oberst Daniel und fünfhundert Mann sowie kleinere Trupps mit Sturmleitern, Spitzhacken und weiterem Gerät. Weitere fünfhundert Mann unter Oberstleutnant Cochrane hielten sich zur Unterstützung bereit, und die Leitung des Angriffs lag bei Brigadier Blackeney.

Drei von der Batterie abgefeuerte Bomben waren das Angriffssignal, gefolgt von einer Salve mit Kugeln und einer mit Kartätschen, was die spanischen Posten auf den Wällen zwang, sich in Deckung zu begeben, so daß sie den Beginn des Angriffs der Fußtruppen zunächst nicht bemerkten. Bevor diese jedoch die Wälle erreichten, hörten sie, wie die spanischen Trommeln Alarm gaben. Die Schiffe und das Fort San José beschossen nun ihrerseits die Angreifer mit Kartätschen. Da der Kommandeur, Don Blas de Lezo, jedoch nicht in der Festung, sondern an Bord seines Flaggschiffs war, geriet die Garnison in Panik und floh, sobald die englischen Grenadiere die Bresche stürmten.«

Belmonte hüstelte. »Also, welche Rolle Panik und Lezo und der unsägliche Vizekönig dabei gespielt haben, dazu sage ich später noch einiges. Machen Sie erst mal weiter.«

»Unmittelbar nach der Einnahme der Festung durch die britischen Truppen wurden zwei spanische Schiffe, die *África* und die *San Carlos,* von den eigenen Leuten versenkt; die *San Felipe* wurde in Brand gesteckt – sei es von den erhitzten Kugeln der Landbatterie oder den Spaniern selbst –, und das Feuer brannte weiter, bis es das Magazin erreichte, worauf eine gewaltige Explosion das Schiff zerriß.

Inzwischen erreichten die Boote ihr Ziel, und die Matrosen und Soldaten versuchten, Fort San José einzunehmen, wurden von dessen Geschützen jedoch so stark beschossen, daß sie vorläufig Deckung zwischen Büschen und Bäumen suchen mußten, bis bald darauf die Spanier die Festung aufgaben, weil sie nach dem Fall von Bocachica nicht mehr zu halten war. Nachdem das Fort eingenommen war, griffen die Boote das Flaggschiff von Don Blas an, die *Galicia,* wo sie zwei Offiziere und sechzig Mann vorfanden, die noch nicht hatten fliehen können. Es gelang den Angreifern, die von den Spaniern gelegten Brände an Bord der *Galicia* zu löschen und danach die Sperrkette zu beseitigen, die die Einfahrt in die Bucht verhindern sollte.

Nach der Einnahme von Bocachica wurden Truppen, Artillerie und Vorräte wieder an Bord der Schiffe gebracht. Kommodore Lestocks Geschwader bewachte die Zufahrt zum Hafen; die meisten anderen Schiffe sollten in die Bucht verlegt werden, sobald die Wracks in der Fahrrinne geräumt werden konnten.

Am 27. März wurden die ersten Schiffe in die Bucht verlegt. Ein Linienschiff und eine Schaluppe drangen weiter vor, um zwei kleine Batterien rechts und links des Pasacaballos zu vernichten, eines kleinen Wasserlaufs, über den Nachschub in die Lagune und von dort in die Stadt gelangte. Bei der Zerstörung der Geschützstellungen gab es kaum Gegenwehr; man fand dort auch einen kleinen Kai und ganz in der Nähe eine vorzügliche Quelle.

Das war eine höchst willkommene Entdeckung für die Männer an Bord der Schiffe, die bisher nur eine karge Wasserration erhalten hatten, nämlich eine *purser's quart* pro Tag pro Mann in einem Klima, in dem das Sechsfache vielleicht genügt hätte, das auszugleichen, was Männer bei harter Arbeit unter senkrecht über ihnen glühender Sonne in vierundzwanzig Stunden ausschwitzten – Männer, deren Nahrung aus fauligem Rind- und Schweinefleisch sowie Hartbrot bestand, das von Maden wimmelte. Tatsächlich war Wasser in der Flotte nicht so knapp, daß die Rationen nötig gewesen wären; auf Hispaniola hatte man alle verfügbaren Gefäße gefüllt. Allerdings hatten auf vielen Schiffen die Zuständigen davon abgesehen, die vorher für andere Inhalte, etwa Pökelfleisch, verwendeten Fässer gründlich zu reinigen; daher war ein großer Teil des verfügbaren Wassers verdorben und stank so sehr, daß die Matrosen sich mit einer Hand die Nase zuhielten, während sie mit der anderen das Trinkgefäß zum Mund führten.«

O'Leary machte Würgegeräusche. »Wie unvergleichlich ist doch das Behagen eines Sklaven in Tunis«, sagte er. »Nicht zu reden von den zauberhaften Zuständen auf irischen Fischerbooten.«

»Ein Jahr zuvor hatte Admiral Vernon eine Neuerung eingeführt. Bis dahin stand den Seeleuten täglich eine Gallone Bier oder, falls das nicht aufzutreiben oder falls es verdorben war, ein Pint Wein zu. In der Karibik gab es weder Bier noch Wein in ausreichender Menge, wohl aber Rum; die Tagesration von einem achtel Pint wurde zunächst wie Bier oder Wein am späten Vormittag ausgeteilt. Vernon stellte schnell fest, daß nach der Schnapsausgabe die gewöhnlichen Arbeiten an Bord nicht mehr wie vorgesehen auszuführen waren; er ordnete daher an, daß der Rum im Verhältnis eins zu vier mit Wasser zu verdünnen und außerdem in zwei Rationen – später Vormittag, später Nachmittag – auszugeben sei. Die Männer seiner Flotte benannten das Getränk nach dessen Erfinder: Vernon trug häufig einen Rock aus Grogram, einer Mischung aus Seide und Wolle oder Baumwolle, weshalb man ihn *Old Grog* und den verdünnten Rum *Grog* nannte.

Wasser an Bord der Schiffe ist gewöhnlich nicht gut oder gar schmackhaft und kann durch Beigabe von Schnaps erträglicher gemacht werden. Vor Cartagena sorgten nachlässiger Umgang mit der Sauberkeit der Fässer und Vernons erhabene Weisheit und Weitsicht jedoch dafür, daß durch die Vermengung des Rums mit fauligem Wasser beides ungenießbar wurde.«

Im Krieg gegen Spanien anno 1739 eroberte er die Festung Porto Bello mit sechs Schiffen, einer Streitmacht, die man hierzu für allzu klein gehalten hatte. Dafür erhielt er den Dank beider Häuser des Parlaments. Er nahm Chagres ein, und in Cartagena siegte er, soweit dies den Seestreitkräften möglich war.

Admiral Vernons Denkmal, Westminster Abbey

ABSCHIEDSGRÜSSE

Am 30. März fand an Bord des Admiralsschiffs ein weiterer Kriegsrat statt. Es wurde beschlossen, sämtliche Truppen, Geschütze und Vorräte an Land zu schaffen, und zwar an einer Stelle namens La Quinta innerhalb der Bucht. Hier gab es eine starke Festung, Castillo Grande, und auf der anderen Seite ein kleineres Fort mit Namen Manzanillo. Zwischen ihnen hatten die Spanier sieben Galeonen und zwei Linienschiffe versenkt, um die Fahrrinne unpassierbar zu machen.

Ziel dieser Unternehmung war es, alle Verbindungen zwischen Cartagena und dem Hinterland zu unterbrechen und die Belagerung von Fort Lázaro auf einem Hügel oberhalb der Stadt vorzubereiten. Es gab auch keinen Zweifel daran, daß der Admiral die Landetruppen unterstützen würde, indem er einige seiner größten Schiffe dorthin verlegte, wo sie die Stadt unmittelbar beschießen konnten.

Bei Beginn des Angriffs stellte man schnell fest, daß beide Festungen – Castillo Grande und Manzanillo – von den Spaniern bereits geräumt waren; Hauptmann Knowles, der den Angriff befehligte, wurde zum Kommandeur der größeren Festung mit ihren vierundsechzig Kanonen ernannt. Etwa zur gleichen Zeit untersuchte Kapitän Renton von der *Experiment* die Fahrrinne; da eines der spanischen Schiffe, die *Conquistador*, nicht völlig versenkt worden war – das Heck samt einem Teil des übrigen Rumpfs befand sich noch über Wasser –, gelang es ihm und seinen Männern, das Wrack aus der Fahrrinne zu schleppen und den Weg für zwei Bombenschiffe freizumachen, die von zwei weiteren Schiffen gedeckt wurden und sogleich mit dem Beschuß der Stadt begannen. Sie waren jedoch zu weit entfernt, als daß sie viel Schaden anrichteten.

Die Spanier setzten nun ein französisches Handelsschiff in Brand, das unmittelbar vor den Mauern der Stadt ankerte. Da es nur in die Hände der Engländer hätte fallen können, wenn die Stadt kapitulierte, nahmen die Belagerungstruppen es als Zeichen der zunehmenden Verzweiflung der Verteidiger.

Der Admiral und sein Geschwader ankerten inzwischen nahe vor Castillo Grande und betrieben das Anlanden der Truppen, Geschütze, Munition und Vorräte. In den folgenden Tagen wurden weitere Schiffe in die Bucht verlegt, und in der Nacht zum 5. April beschossen sie die Umgebung des Landeplatzes mit Kartätschen, um sicherzustellen, daß sich dort morgens keine Feinde verbargen.

Am Morgen des 5. Aprils marschierten Grenadiere, zweihundert Amerikaner, die Neger und eintausendvierhundert Mann anderer Truppen nach Norden. Die Straße zur Stadt wurde von etwa siebenhundert Spaniern geschützt. Nach längerem Schußwechsel mit geringen Verlusten auf beiden Seiten zogen sie sich zur Stadt zurück. Man war davon überzeugt, daß sie die englischen Soldaten in einen Hinterhalt oder jedenfalls in Schußweite der Kanonen von Cartagena und Fort Lázaro ziehen sollten; daher wurde von einer Verfolgung abgesehen.

Nachdem die englischen Stellungen durch Posten und Geschütze gesichert waren, wurden Teile der Truppen in Häusern und Schuppen nahe La Quinta untergebracht. Eine Abteilung wurde ausgeschickt, um das Kloster einzunehmen, das auf dem Hügel namens La Popa lag. Dort machten sie einige Gefangene und ließen eine Offizierswache zurück.

Am nächsten Morgen begaben sich General Wentworth und Brigadier Guise zu diesem Hügel, um von dort aus die Stadt und ihre Umgebung zu erkunden. Man sah, daß die Spanier bei Fort Lázaro Schanz- und andere Arbeiten verrichteten; in einem weiteren Kriegsrat wurde erwogen, in der folgenden Nacht das Fort anzugreifen, ehe die Arbeiten dort vollendet waren. Dies wurde jedoch aufgeschoben, da von den Transportschiffen noch nicht genügend Geschütze und Munition an Land verschafft worden waren. Immerhin wurden noch am gleichen Abend fünf Kanonen, Pulver und Kugeln in Stellung gebracht, und eine größere Anzahl Amerikaner und Neger mit entsprechenden Werkzeugen begannen, den Boden für ein Lager zu räumen. Die Europäer litten sehr unter der ungeheuren Hitze, so daß die Arbeiten nur langsam gediehen.

Am 7. April trat der Kriegsrat wieder zusammen. Man erwog die Aussagen des Leiters der Pioniere und die Kenntnisse, die man aus dem Verhör von Deserteuren und Gefangenen gewonnen hatte. Die Mitglieder des Rats gelangten einstimmig zu der Ansicht, daß man das Fort erst angreifen solle, wenn man eine ausreichend starke Batterie eingerichtet und befestigt habe, die der Ingenieur möglichst schnell entwerfen solle. Der Beschluß wurde dem Admiral mitgeteilt; desgleichen die Meinung des Rats, daß es das Unternehmen sehr befördert würde, wenn der Admiral die Anweisung erteilen wolle, das Fort San Lázaro von den verfügbaren Kriegsschiffen beschießen zu lassen.

Der Admiral teilte mit, er halte die Errichtung einer Batterie für überflüssig, da ein solch minderwertiges Fort ohne

Kanonen einzunehmen sei; überdies würden die Spanier es zweifellos räumen, sobald die Engländer ernsthaft angriffen. Was den Beschuß des Forts mit Bordgeschützen anging, äußerte er sich nicht.

Es mag einen melancholisch stimmen, doch sollte die Wahrheit unbedingt gesagt werden: Zwischen den Land- und den Seeoffizieren herrschte während der gesamten Expedition eine niedrige, lächerliche und unheilvolle Eifersucht, und die jeweiligen Leiter waren so schwach oder niederträchtig, daß sie jede Gelegenheit wahrnahmen, ihre gegenseitige Verachtung zu bekunden – zu einer Zeit, wo das Leben so vieler braver Männer auf dem Spiel stand und Ziele und Ehre ihres Landes höchsten Eifer und Einmütigkeit verlangten. Statt sich miteinander zu beraten und kraftvoll und herzlich zu kooperieren, hielten sie getrennte Beratungen ab, äußerten scharfe Vorwürfe und schickten einander irritierende Botschaften; und während jeder sich bemühte, gerade genug zu tun, daß man einem Kriegsgericht entging, schienen beide mit der Nachlässigkeit des anderen zufrieden zu sein; offenbar waren beide froh über das Scheitern der Expedition und hofften, dem anderen werde Schimpf und Schande zuteil werden. Mit einem Wort: Der Admiral war ein Mann mit geringer Einsicht, starken Vorurteilen, grenzenloser Arroganz und hitzigem Temperament, und der General hatte zwar einige gute Eigenschaften, doch fehlten ihm völlig Erfahrung, Selbstvertrauen und Entschlußkraft.«

»Wann haben Sie das geschrieben?« sagte Belmonte.

»Ziemlich bald danach. Warum? Spielt der Zeitpunkt eine Rolle?«

Belmonte lächelte. »Wie irgendwer mal gesagt hat, ist der Unterschied zwischen Hochverrat und Verdienst am Vaterland manchmal nur eine Frage des Zeitpunkts. Ist aber hier nicht so wichtig; es war reine Neugier von mir.«

»Na denn, seien Sie weiter neugierig. Also: Die Spanier versuchten derweil, San Lázaro mit allen Mitteln zu verstärken, brachten dort eine außerordentlich hohe Anzahl von Geschützen in Stellung und legten Gräben und Schanzen am Hügel an, um die Belagerung zu behindern. Zugleich beschossen sie die englische Vorhut und das Quartier des Generals mit Artillerie, ohne jedoch großen Schaden anzurichten.

Inzwischen hatte die Regenzeit mit solcher Heftigkeit eingesetzt, daß man sich kaum im Feld aufhalten konnte, denn von Sonnenaufgang bis Sonnenuntergang gingen unaufhörlich Sintfluten nieder, und nachts hätte man dank der unausgesetzten Blitze ein enggedrucktes Buch lesen können. Solch ein Wetterumschwung führt immer zu epidemischen Krankheiten; die Männer brachen so schnell zusammen, daß man kaum auch nur die Posten im Lager ersetzen konnte, geschweige denn Bäume fällen und eine Batterie für den Angriff auf San Lázaro errichten.« Smollett ließ das Blatt sinken. »Und wie das an Bord der Schiffe war, habe ich Ihnen ja schon gesagt. Haben Sie unter dem Wetter auch so gelitten, Belmonte?«

»Nicht ganz. Wir waren ja daran gewöhnt. Die Leute in der Stadt hatten natürlich ein Dach über dem Kopf, die Soldaten und Matrosen wenigstens Unterstände. Und ich – ich bin gründlich naß geworden, stimmt schon; ich war zu dem Zeitpunkt noch nicht wieder in der Stadt. Aber das kommt später.«

»Angesichts dessen wurde in einem Kriegsrat beschlossen, einen Überraschungsangriff auf das Fort zu unternehmen; hierfür wurden Sturmleitern und anderes Gerät bereitgestellt. Dieser befremdliche Beschluß beruhte wahrscheinlich auf den Berichten von Pionieren, die nach flüchtigem Rekognoszieren behaupteten, die Wälle seien nicht sehr hoch und nicht durch Gräben verstärkt; es gebe sogar eine breite Straße, über die man leicht den Hügel hinaufgelangen könne, und auf der linken Seite ein hölzernes Tor, das ohne große Schwierigkeiten aufzubrechen sei. Diese Darstellung wurde von einem Überläufer bekräftigt, der sich als Führer anbot, und mag den General zu seinem Entschluß bewogen haben, das Leben so vieler braver Briten derart leichtfertig aufs Spiel zu setzen; der Hauptgrund hierfür dürfte jedoch das Drängen des Admirals gewesen sein, der ihn wiederholt in Briefen und herausfordernden Botschaften zum Angriff anstachelte und sagte, dieser könne kaum mißlingen. Wahrscheinlich fürchtete Mr Wentworth, man werde behaupten – und der Behauptung in der Heimat glauben –, daß die Stadt zweifellos eingenommen worden wäre, wenn man diesen Versuch unternommen hätte.

Statt die eigene Einsicht und seine tapferen Soldaten solch müßigem Ehrgefühl oder Argwohn zu opfern, hätte er gemäß dem Diktat des eigenen Urteilsvermögens handeln und seinerseits vorschlagen sollen, da die Landtruppen ihre Operationen nicht mit Aussicht auf Erfolg fortsetzen könnten, solle der Admiral die Stadt mit seinen großen Schiffen angreifen, die untätig vor Anker lagen, wiewohl die Männer sich nach einer solchen Gelegenheit sehnten, ihren Mut zu beweisen. Tatsächlich wurde beflissen ein Bericht herumgereicht, in dem zu lesen stand, es gebe in Ufernähe keine ausreichende Wassertiefe, die Schiffe nah genug für Wirkungsfeuer heranzubringen, und der Admiral sei zu loben, daß er die Schiffe Seiner Majestät keiner solchen Ungewißheit aussetzen mochte. Nach den Aussagen der besten Lotsen und den Ergebnissen des Lotens im Hafen scheint nun jedoch offenkundig, daß es möglich gewesen wäre, vier oder fünf der Linienschiffe mit achtzig Kanonen nahe an die Mauern von Cartagena zu bringen, und wenn man dies versucht hätte, würde sich die Stadt wahrscheinlich sofort ergeben haben, denn es ist bekannt, daß sie kein anderes Schicksal erwarteten und zu diesem Zeitpunkt ihre Frauen und Kinder bereits ins Hinterland gebracht hatten. Die Schiffe Seiner Majestät sind jedoch für den Dienst gemacht, und wenn sie sich nie derlei Ungewißheiten aussetzen, können sie kaum je etwas tun.«

O'Leary gluckste und sagte halblaut: »Bla, und außerdem auch noch bla-bla. Jesus weinte! Mann, also ... Na gut, ich bin ja schon still. Sag du was dazu, Osvaldo!«

Belmonte zögerte. Dann sagte er: »Ich weiß nicht ... Wie gesagt, ich war da noch unterwegs oder bin gerade an dem Tag zurückgekommen, weiß also nicht, wie die Lage und die Stimmung genau waren.«

»Stimmen Sie meiner Darlegung denn so weit zu?«

»Nein. Über Ihre hehren Worte hinsichtlich der Schiffe Seiner Majestät mag ich nicht viel sagen – kann sein, kann nicht sein, wie auch immer. Nach meiner Erfahrung ist das, was Sie da geschrieben haben, entschuldigen Sie, Zivilistengeschwätz.«

»Inwiefern?«

»Wenn Soldaten sich langweilen, wollen sie etwas tun, das ist schon richtig. Gilt auch für Matrosen, Marineinfanterie, Kanoniere, klar. Aber wer schon mal im Gefecht gewesen ist, Kameraden neben sich hat sterben sehen, brennt nicht gerade darauf, als nächster dran zu sein. Und was die Wassertiefe und all das angeht – Lezo hatte da einiges versenken lassen. Ich glaube nicht, daß es möglich gewesen wäre, mit großen Linienschiffen wirklich nah genug an die Stadt zu kommen. Und der Verfasser dieser klugen Worte, ahem, übersieht, daß auf den Mauern von Cartagena schwere Geschütze stehen. Die weiter tragen als die Kanonen der Linienschiffe. Um nah genug an die Mauern zu kommen, nah genug für Wirkungsfeuer, müssen die Schiffe ihrerseits in den Schußbereich der schweren Festungsartillerie kommen. Ich glaube, was immer man sonst gegen Vernon sagen kann, daß er hier …«

O'Leary unterbrach ihn. »Schon gut, hab ich verstanden. Aber was ist mit diesem ›würde sich die Stadt ergeben haben‹ und den Frauen und Kindern?«

»Die hatten Lezo und der Vizekönig – da waren sie ausnahmsweise mal einig – längst ins Hinterland bringen lassen. Jedenfalls fast alle. Und nein, Lezo hätte nicht kapituliert. Wir wußten doch, wie es bei den Engländern aussah, was Verluste, Krankheiten und die Stimmung angeht.«

»Darf ich weitermachen?« sagte Smollett. Er nahm das nächste Blatt in die Hand.

»Ja, bitte.«

»So wurden die Vorbereitungen für den Angriff auf San Lázaro getroffen und die nötigen Gerätschaften bereitgestellt. Die für den Angriff vorgesehenen Truppen wurden am 8. April angewiesen, um zwei Uhr morgens am Strand anzutreten, wo sie formiert wurden und zum Fort abmarschierten. Kurz vor Morgengrauen begannen sie mit dem Ersteigen des Hügels. Die Grenadiere wurden von Oberst Grant befehligt; der Oberbefehl für die Operation insgesamt lag bei Brigadier Guise. Die ersten Einheiten gelangten auf den Hügel und griffen die Verschanzungen des Feindes an; wegen des schwierigen Geländes und des gegnerischen Feuers kamen die übrigen Kompanien jedoch nur langsam voran und konnten die zuerst Angekommenen nicht unterstützen, von denen die meisten niedergemetzelt wurden. Oberst Grant führte einen kühnen Angriff auf der linken Seite, aber er wurde tödlich verwundet, ehe die erzielten Fortschritte genutzt werden konnten. Immer mehr Männer fielen; weiteres Vordringen war nicht möglich. Der Offizier, der nach Grants Tod das Kommando übernahm, versuchte den Hügelhang zu halten, der jedoch heftigem Geschützfeuer aus der Festung und der Stadt ausgesetzt war.

Sturmleitern, Brandsätze und Handgranaten konnten in dieser Lage nicht eingesetzt werden; die Amerikaner, die sie von rückwärts heranbringen sollten, sahen Truppen reihenweise fallen und weigerten sich, mit ihren Lasten vorzurücken. Viele von ihnen ließen jedoch die Lasten zurück, sammelten herumliegende Gewehre auf, mischten sich unter die anderen Truppen und verhielten sich sehr tapfer.

Sobald das Tageslicht es dem General gestattete, die Lage zu überblicken, ließ er Brigadier Guise ausrichten, wenn er weiter vorrücken könne, werde der General den Angriff durch weitere fünfhundert Mann unterstützen, die zum Eingreifen bereitgemacht wurden. Inzwischen waren die Soldaten jedoch mutlos geworden, und die Menge der Feinde wuchs durch Verstärkungen aus der Stadt, so daß ihre Anzahl die der Angreifer übertraf.

Daher hielt man es für nötig, einen Rückzug durchzuführen, den die erwähnten fünfhundert Mann sicherten. Zu diesem Zeitpunkt beliefen sich die Verluste der Engländer bereits auf zweihundert Gefallene und mehr als vierhundert Verwundete, von welchen die meisten ihren Verletzungen erlagen. Sechzehn von ihnen gerieten in Gefangenschaft der Spanier, die sie sehr human behandelten und die Tapferkeit der Angreifer laut priesen. Es wurde sogleich eine mehrstündige Feuerpause vereinbart; in dieser Zeit wurden die Toten begraben. Dabei warf die Vorhut eine Brustwehr auf, um den Männern Deckung zu verschaffen, und die Gräben wurden erweitert, um zwei Mörser aufzunehmen, die zwei Tage darauf San Lázaro zu beschießen begannen.

Was nun die Kranken und Verwundeten angeht, so wurden diese am nächsten Tag an Bord der Lazarettschiffe gebracht, wo sie ohne jede Pflege und Sorge blieben. Es gab nicht genug Ärzte, Pfleger, Köche, Vorräte und ganz allgemein Versorgung; sie wurden zwischen den Decks in kleinen Verschlägen zusammengepfercht, wo sie nicht einmal genug Raum hatten, sich aufrecht hinzusetzen.

Sie waren umgeben von Schmutz; Myriaden Maden entwickelten sich in ihren faulenden Wunden, für die es keine andere Behandlung gab, als daß die Männer sie mit der eigenen Schnapsration wuschen; und nichts war zu hören als Ächzen, Klagen und Bekundungen von Verzweiflung, mit denen sie den Tod herbeiwünschten, der sie von ihrem Elend erlöse. Was dieses Ungemach noch vertiefte, war der Anblick, der sich jenen armen Teufeln bot, die Kraft und Gelegenheit hatten, sich umzuschauen; denn so sahen sie die nackten Leiber ihrer gefallenen Kriegs- und Schiffskameraden, die in der Bucht trieben als Beute der Aasvögel und Haie, die sie in Stücke rissen; und durch ihren Gestank trugen sie zu Krankheit und Tod weiter bei.

Während diese Elenden vergeblich Beistand erflehten und aus Mangel an gebührlicher Pflege zugrunde gingen, hätte jedes Schiff der Flotte ein paar Ärzte zu ihrer Versorgung entbehren können, und viele junge Gentlemen dieser Profession erbaten von ihren Kapitänen vergeblich die Erlaubnis, sich um die Kranken und Verwundeten zu kümmern.

Die Bedürfnisse dieser armen Menschen waren bekannt; aber die Zwietracht zwischen den Kommandeuren hatte einen solchen Grad diabolischen Grolls erreicht, daß der eine lieber die eigenen Leute verrecken lassen wollte, als Hilfe vom anderen zu erbitten, der es wiederum verschmähte, unaufgefordert seine Hilfe anzubieten, wiewohl das seinen Mit-Untertanen das Leben hätte retten können.

Da die Krankheiten unter den Truppen immer weiter um sich griffen und der Admiral nicht geneigt schien, Verstärkungen an Land zu bringen und die Verluste auszugleichen, unter denen die Armee litt, wurde in einem Kriegsrat beschlossen, den Admiral aufzufordern, er möge Anweisungen erteilen, die Geschütze wieder einzuschiffen, da sein Schweigen zu den erbetenen Verstärkungen eine Weigerung impliziere.

Weil zu dieser Frage einige scharfe Botschaften zwischen den Kommandeuren gewechselt worden waren, verlangten die Landoffiziere einen allgemeinen Kriegsrat, der dann am 14. April an Bord des Flaggschiffs stattfand.

Die allgemeine Lage und der Zustand der Armee wurden erwogen; und da die Truppen vermindert, geschwächt und erschöpft sowie die Wasservorräte fast zur Neige gegangen waren, wurde beschlossen, die Belagerung einer so stark befestigten Stadt wie Cartagena biete keine Aussicht auf Erfolg; daher sollten Artillerie und Truppen mit aller gebotenen Sorgfalt und Eile wieder eingeschifft werden.

Die Vorkehrungen für den Rückzug wurden sofort getroffen, und am nächsten Tag begann man, die Kanonen, Vorräte und schwere Bagage an Bord zu bringen. Inzwischen begann Kapitän Knowles damit, aus zwei kleinen Mörsern, die er unter Deckung seines Schiffs am Strand in einer Behelfsbatterie untergebracht hatte, San Lázaro zu beschießen, aus einer Entfernung von zweitausendsechshundert Yards, trotz der Einwände von Oberst Lewis vom Geschütztrain, daß dies die äußerste Distanz sei, die ein Mörser mit voller Pulverladung überwinden könne, was aber nie versucht worden sei. Der Kapitän schmeichelte sich jedoch, ein fähiger Ingenieur zu sein, und im Vertrauen auf seine Gaben verbrauchte er eine große Menge Geschosse, zur Erheiterung des Feindes.

Eines der bei Bocachica eroberten spanischen Kriegsschiffe, die *Galicia,* war auf Anweisung des Admirals zur schwimmenden Batterie umgerüstet worden mit lediglich sechzehn Kanonen und von der Flotte abgestellten Bedienungsmannschaften. Am 16. April vor Tagesanbruch wurde das Schiff in den Hafen geschleppt, nicht weit von der Stadt festgemacht, und man begann, Cartagena zu beschießen. Nach fünf Stunden, in denen die *Galicia* selbst dem Feuer von der Stadt und dem Fort San Lázaro ausgesetzt war, erhielt der Kapitän die Anweisung, die Taue zu kappen und das Schiff in Richtung Meer treiben zu lassen. Sie lief jedoch bald auf eine Sandbank; Männer und Munition wurden von Ruderbooten abgeholt, und auf Befehl des Admirals wurde das Schiff in Brand gesetzt.

Um sieben Uhr abends am gleichen Tag wurden die Zelte abgebrochen, um acht begaben sich die Truppen in drei Abteilungen in die dafür vorbereiteten Boote. Der General persönlich leitete die Nachhut, und als er sah, daß fünf den Amerikanern gehörende Zelte samt einigem Werkzeug sich noch an Land befanden, ließ er alles bergen, damit nichts übrigblieb, was dem Feind, der den Abzug nicht behinderte, als Trophäe hätte dienen können.

Bei den Truppen breiteten sich weiter Krankheiten aus und griffen auch auf die Matrosen über, so daß viele starben und allgemeine Niedergeschlagenheit herrschte. Gegen die Fieberkrankheiten hätte man mit reichlich Süßwasser, frischer Nahrung und Früchten wie den in der Karibik verfügbaren Limonen, Zitronen, Orangen, Ananas und anderen einiges ausrichten können. An alldem fehlte es den Männern; dabei wäre es durchaus möglich gewesen, Armee und Flotte ausreichend zu versorgen, indem man die nicht eingesetzten Transportschiffe nutzte, um von nahen Inseln Schildkröten, Schlachttiere und Obst zu beschaffen.

Um den vollkommenen Untergang von Truppen und Flotte zu vermeiden, wurde die Expedition gegen Cartagena abgebrochen. Die eingenommenen spanischen Festungen wurden gesprengt, und die Flotte brach von Bocachica auf und segelte nach Jamaika.«

Smollett legte das letzte Blatt auf den Stapel und stützte sich auf die Lehne seines Stuhls. »Da haben Sie das Bild der Katastrophe, wie es sich mir – uns – den Engländern dargeboten hat.«

»Falls ich es nicht schon gesagt habe, Smollett – unter solchen Katastrophen leiden immer die am meisten, die nichts dafür können. Lauter tapfere Männer.«

»Es fehlt aber noch etwas.«

»Und zwar was?« sagte O'Leary.

»Um Vergebung, es fehlt einiges«, sagte Belmonte. »Aber das können wir gleich noch erörtern. Was fehlt denn Ihrer Meinung nach, Smollett?«

»Vernons letzte Worte vor dem Aufbruch.«

»Haben Sie die denn an Bord Ihres Schiffes hören können? Hat er so laut gebrüllt?«

»Nein, aber sie haben sich sehr schnell von Schiff zu Schiff herumgesprochen.«

»Was hat er denn gesagt?«

»Er wußte genau, wem er das alles zu verdanken hatte, deshalb ...«

»Moment. Zu verdanken hatte er es sich selbst, und dem Unterhaus, das den Krieg wollte, und den feisten Handelsherren der Südsee-Kompanie. Aber das meinen Sie vermutlich nicht.«

»Sie werden staunen«, sagte Smollett. »Ich meine das durchaus auch. Aber Vernon natürlich nicht. Angeblich hat er, als die Segel gesetzt waren, noch einmal nach Cartagena zurückgeblickt, die Arme gehoben und laut gebrüllt: *God damn you, Lezo!*«

Ein schöner Rückzug ist ebenso viel wert wie ein kühner Angriff.

Baltasar Gracián

Wer nicht tapfer eine Gefahr abwehren kann,
ist der Sklave des Angreifers.

Aristoteles

Die Verteidiger

Smollett goß sich Wasser nach, deutete auf den Weinkrug und sagte: »Bedienen Sie sich, Gentlemen.« Dann sah er Belmonte an. »Sie sind dran, Sie armer Halbspanier.«

Es klang eher wie ein Befehl als wie eine Aufforderung. Belmonte würgte seinen Widerwillen herunter. Wer hat gesagt, man soll nie seinen Helden begegnen? dachte er. Dieser Mann, dessen Bücher er so bewundert hatte ...

Er raffte sich zusammen. Vielleicht hatte ja doch alles einen Sinn, und wenn nicht, gab es schlimmere Arten, sich und anderen die Zeit zu stehlen.

»13. März einundvierzig«, sagte er. »Im Haus des Admirals. Er, ein Sekretär und ich waren dabei, die Listen der Vorräte und vor allem der Mängel abzugleichen. Pulver, Kugeln, Mehl, Eisen, Holz und Kohlen für die Waffenschmiede ... Ein Adjutant kommt von der Festung und meldet, man habe weiter nördlich, am Vorgebirge Punta Canoas, eine englische Brigg und zwei Linienschiffe gesichtet. ›Engländer?‹ sagt Don Blas. ›Danke, halten Sie mich auf dem laufenden.‹ Als der Adjutant gegangen ist, starrt Lezo einen Moment auf die übervolle Platte des Schreibtischs. Ich betrachte ihn und frage mich, welche Sorte Fluch der Admiral nun ausstoßen wird. Aber er überrascht mich. Leise, fast heiter sagt er: ›Endlich!‹ Und diktiert dem Sekretär einen Brief an den Vizekönig.«

»Warum endlich?« sagte O'Leary. »Eigentlich sollte man doch meinen ...«

Smollett unterbrach ihn. »Das ist doch klar! Er weiß, daß es früher oder später losgeht, bereitet sich seit Jahren darauf vor, und selbst wenn man mit einer Katastrophe rechnet, ist man doch irgendwie erleichtert, wenn das Warten vorüber ist.«

»Was schreibt er denn an den Vizekönig? Der kriegt die Meldung doch bestimmt auch.«

»Er hat sich sofort um ein paar Dinge gekümmert – Dinge, von denen er annimmt, daß sonst keiner daran denkt. In der Lagune nördlich der Stadt gibt's eine enge Fahrrinne für flachbödige Schiffe, und da lagen ein paar Versorgungsboote, die Nachschub zu einer kleinen spanischen Flotte bringen sollten. Blas hat den Vizekönig gebeten, den Hafenkommandanten anzuweisen, er solle niemand nach Norden auslaufen lassen.«

Belmonte versuchte, sich auf weitere Einzelheiten zu besinnen, das Arbeitszimmer des Admirals mit Möbeln und Papierbergen und dem Geruch des Leders, in das die Dokumente eingeschlagen waren, im Geiste zu rekonstruieren, gab es aber auf und beschloß, sich auf Tatsachen zu beschränken und Eindrücke wegzulassen.

Nachmittags kam der Kapitän einer französischen Schaluppe zum Admiral und teilte ihm mit, daß die englische Flotte sich weiter nördlich an der Küste versammle, und er habe an die hundertdreißig Schiffe gezählt, darunter über dreißig Linienschiffe. Soweit er wisse, sei ihr Ziel Cartagena; aus Frankreich habe er erfahren, es sei die Aufgabe der Flotte, Cartagena zu erobern und die Befestigungen zu zerstören und sich danach der Stadt Veracruz an der mexikanischen Küste zu bemächtigen.

Darauf begab sich Blas de Lezo zum Vizekönig; Eslava sagte, er habe die gleichen Mitteilungen erhalten. Nach der Rückkehr von diesem Besuch begann Blas de Lezo, stichwortartig Aufzeichnungen zu diktieren oder selbst niederzuschreiben, so daß Belmonte und der jeweilige Sekretär ebenfalls informiert waren.

Es gab mehrere Gründe für diese Notizen: Bericht an die (und notfalls Rechtfertigung gegenüber der) Krone, Unterlagen für spätere Chroniken oder Memoiren ... und Beginn eines Konflikts zwischen den beiden Männern. Sebastián de Eslava y Lazaga, der einer alten Adelsfamilie aus Navarra entstammte, war im April 1740 als Vizekönig von Neugranada nach Cartagena gekommen. Vorher hatte Cartagena einen Gouverneur gehabt, und »Gouverneur« blieb im allgemeinen Sprachgebrauch zunächst auch der Vizekönig. Natürlich war er die höchste Autorität, und als Teilnehmer an mehreren Kriegen, zuletzt im Rang eines Hauptmanns, verfügte er über militärische Kenntnisse. Das militärische Kommando lag jedoch bei Blas de Lezo, und der Admiral hatte mehr zu betrachten und zu berücksichtigen als ein Hauptmann. Belmonte sagte sich, daß die Probleme zwischen Blas de Lezo und Eslava wahrscheinlich nicht erst am 13. März 1741 begonnen hatten, aber an diesem Tag wurden sie ihm zum ersten Mal deutlich.

Zu seiner Überraschung stellte er fest, daß er nach fast drei Jahrzehnten nun, da er darüber nachdachte und davon erzählte, plötzlich zahllose Einzelheiten verfügbar hatte, sogar die Daten der Tage. Und er sah Blas de Lezo vor sich, einbeinig, einäugig, mit einem gelähmten Arm, wie er von dem Treffen mit Eslava zurückkehrte, mit dem Holzbein aufstampfte, lautlose Flüche kaute und dann, nach einem kurzen Schnaufen, Anweisungen erteilte.

Offenbar hatte er Eslava gefragt, ob er Boten zur Boquilla geschickt habe, der schmalen Landzunge, die nördlich der Stadt die sumpfige Lagune vom Meer trennte. Man müsse dort alles zur Verteidigung vorbereiten und dafür sorgen, daß angesichts der nahenden britischen Flotte dort niemand mehr in See gehe. Eslava sagte, er habe noch nicht daran gedacht, werde dies aber am nächsten Tag erledigen. Seinerseits verlangte der Vizekönig, Blas solle Mannschaften für die Festungen im Süden der Bucht von den Schiffen abstellen, die aber selbst kaum ausreichend bemannt waren. Eslava hatte bisher die Zuständigkeit für die Landfestungen beansprucht, war aber nicht auf den nun offenbar bevorstehenden englischen Angriff vorbereitet. Hätte er sich früher an den Admiral gewandt, wären die Festungen längst verstärkt worden; er hatte jedoch alle Fragen und Vorschläge von Blas zu den Forts und überhaupt der Verteidigung der Stadt unbeantwortet gelassen.

Nun bat er um vierzig Mann, um die Geschütze, die Blas von einem der Schiffe, der *San Felipe,* ins Fort Castillo Grande hatte bringen lassen, zu bemannen und zu bedienen. Der Admiral wies Kapitän Manuel Briceño an, fünfzig Leute samt Offizieren und Unteroffizieren sowie Munition ins Fort zu schicken und in äußerster Eile alles für den Einsatz vorzubereiten.

Am 15. März leitete der Admiral eine Bitte der Leute von der Marine an Eslava weiter: Zur Bemannung des Forts San Luis und der Batterien von Bocachica seien weitere zweihundert Mann nötig; ferner fehlten die zur Versorgung vorgesehenen fünfzehntausend Rationen. Die entsprechenden Anweisungen – Lebensmittel für vierzig Tage bei doppelter Besatzung – hatte Blas de Lezo vor Monaten vorbereitet und den Leuten des Vizekönigs ausgehändigt. Die Entfernung zwischen der Stadt und den Forts betrug drei *leguas;* es wäre daher kaum möglich, sie nach Beginn der Angriffe zu versorgen.

Nachmittags tauchten im Nordosten Teile der englischen Flotte auf. Bis zum Abend zählte man 36 Linienschiffe, dazu Fregatten, Transportboote und kleinere Einheiten, insgesamt 135 Schiffe. Die Engländer schienen an der Boquilla landen zu wollen. Der Admiral begab sich zum Vizekönig; der sagte, man müsse den Gegner unbedingt an der Landung hindern, und schickte zwei Kompanien von je fünfzig Grenadieren los. Ferner wies er Blas an, sich nicht sofort nach Bocachica zu begeben, sondern bis zum Morgen abzuwarten, um zu sehen, wo die Engländer tatsächlich landen würden. Der Admiral kehrte niedergeschlagen und grimmig in sein Quartier zurück, weil abgesehen von lächerlichen hundert Grenadieren gegen hundertdreißig Schiffe nichts unternommen wurde.

An dieser Stelle unterbrach Smollett den Spanier. »*Caballero,* wenn wir in dieser Art weitermachen, sind wir zu Beginn des nächsten Jahres noch nicht fertig. Ich nehme an, es gab jeden Tag ein kleineres oder größeres Duell zwischen Ihrem Admiral und dem Vizekönig, nicht wahr?«

»Mindestens eines, manchmal ein halbes Dutzend.«

»Dann setze ich das jetzt voraus. Erzählen Sie uns doch einfach, was geschehen ist – nicht, warum etwas anderes besser gewesen wäre.«

»Wie Sie meinen. Eigentlich, ah, stimme ich Ihnen zu, Mister Smollett. Erstens zählt hinterher doch nur das Ergebnis, nicht jedes Schrittchen, das zum Ziel geführt hat. Und zweitens war ich nur noch ein paar Tage beim Admiral; danach hat er mir einen Sonderauftrag gegeben, und von den weiteren Kampfhandlungen bei Bocachica und der eigentlichen Stadt habe ich erst später Einzelheiten erfahren.«

Smollett machte eine Handbewegung, eine Mischung aus milder Ohrfeige und lässigem Durchwinken. »Weiter!«

»Am 16. hat er sich noch einmal versichert, daß Bocagrande nicht passierbar war. Es blieb ihnen also nur, entweder im Norden an der Playa Grande zu landen, zwischen der sumpfigen Lagune und dem Meer, oder im Süden durch Bocachica in die Bucht einzudringen. Wir hatten den Eindruck, daß sie es im Norden versuchen wollten; aber dann haben sie wohl festgestellt, daß das keine gute Idee war.«

Smollett nickte. »Hat sich bei uns damals ziemlich schnell herumgesprochen.«

»Zwei Veteranen unter sich«, murrte O'Leary. »Darf man fragen, warum das nicht ging?«

»Schmale Landzunge neben einer Sumpflagune«, sagte Belmonte. »Nicht viel Platz für Männer und Material. Es ist heiß, um die hundert Grad Fahrenheit oder drüber, da will man nicht neben einem Sumpf arbeiten. Das Küstenwasser ist seicht, große Schiffe kommen nicht bis zum Strand, man muß also alles mit Beibooten an Land bringen. Und dann in einem dichten Haufen vor die schweren Geschütze der Festung marschieren.«

»Danke, abgelehnt.« O'Leary schüttelte sich.

»Also bleibt im Prinzip nur Bocachica, und da gibt es mehrere Forts und einzelne Batterien. Blas de Lezo schaut sich da um und stellt zu seinem Entsetzen fest, daß weder genug Männer noch genug Pulver, Kugeln und Vorräte da sind.«

»Noch eine blöde Frage eines blöden Iren«, sagte O'Leary. »Wie sind die Zahlen? Ich meine, was hattet ihr an Leuten und Schiffen, was die Briten?«

Belmonte bleckte die Zähne. »Keine blöde Frage, Fergus. Die große Armada, mit der Philipp England angreifen wollte, bestand aus ungefähr hundertzwanzig Schiffen. Die Armada von Lord Vernon vor Cartagena? Das waren an die hundertneunzig oder knapp drüber, davon allein sechsunddreißig Linienschiffe und noch einiges an Fregatten, also Kampfschiffe. Dazu an die zweieinhalbtausend Geschütze zum Einsatz an Land, zehntausend Mann Infanterie, über zwölftausend Matrosen, tausend Negersklaven aus Jamaika und viertausend Freiwillige aus Virginia unter einem Kerl namens Lawrence Washington. Der war übrigens von Lord Vernon so begeistert, daß er später sein Haus in Virginia Mount Vernon genannt hat. Ist tot, glaube ich, hat aber einen jüngeren Bruder oder Halbbruder, George, der im Krieg gegen die Franzosen in Amerika als britischer Oberst gedient hat.«

»Du weißt zuviel.« O'Leary grinste. »Und ihr? Ich meine, die Spanier?«

»Sechs Linienschiffe, ein paar Schaluppen, dazu Kähne und ähnliches Kleinzeug, dreitausend Soldaten, sechshundert bewaffnete Bürger, nennen wir sie Miliz, und fünfhundert Bogenschützen – Indios aus dem Hinterland.«

»Du hast keine Chance, also nutze sie?«

»Kann man so sagen.«

Smollett räusperte sich. »Können wir wieder zur Sache kommen?«

Belmonte berichtete von den Bemühungen des Admirals, die Forts am »Kleinen Mund« mit dem Nötigsten zu versorgen, während die englischen Schiffe vor Bocachica ihre Positionen einnahmen und mit der Beschießung begannen, um die Landung ihrer Truppen vorzubereiten. Hier kam es zum nächsten Konflikt zwischen Eslava und Blas de Lezo. Der Admiral wollte die leichteren Geschütze aus den Forts zwischen die Bäume und Sträucher oberhalb des Strands verlegen, um mit ihnen und den verfügbaren Truppen die Landung der Briten zu verhindern oder zumindest zu erschweren.

Der Vizekönig verweigerte die Zustimmung und befahl, sich in den Festungen zu verschanzen.

»Wir haben uns auch gewundert«, sagte Smollett. Dann stieß er einen Grunzlaut aus. »Sofern wir überhaupt etwas davon erfahren haben. Ich war ja auf der *Chichester,* weiter draußen. Da gab's die üblichen Besprechungen, an denen ich als Hilfsarzt natürlich nicht teilnehmen durfte. Oder mußte, wie man's nimmt. Und Flaggensignale und hin und wieder Ordonnanzen in Beibooten, die Anweisungen überbringen und Nachschub anfordern sollten.«

»Haben Sie sich denn alles irgendwie zusammenreimen können?« sagte Belmonte. »Sie haben doch später darüber geschrieben. Nicht nur im Roman, sondern auch ein paar Pamphlete.«

»Ja, natürlich. Hinterher, beim Abzug und auf Jamaika, gab's ja genug Zeit, mit ein paar von den armen Schweinen zu sprechen, die alles überlebt hatten. Und in England habe ich natürlich versucht, an Abschriften der amtlichen Berichte zu kommen. Was nicht ganz einfach war, aber immerhin …«

»Dann machen Sie doch weiter. Von unserer Seite kann ich nicht viel erzählen. Außer Blut und Grauen. Wie war es denn auf den Schiffen?«

»Furchtbar.« Smollett verzog das Gesicht. »Meistens kein Wind, die wahnwitzige Hitze, bei der das Pech zwischen den Planken hochkocht, schwül, alles klebt, unter Deck entsetzlicher Gestank, und zwischendurch diese Sturzbäche. Na ja, Bäche? Kaskaden! Wie fast undurchsichtige Mauern aus Wasser, die senkrecht auf dem Schiff stehen. Warmes, beinahe heißes Wasser dazu, körperwarm, wenn ich's bedenke, und dann wieder die brennende Sonne. Wissen Sie, einer von den armen Teufeln im Lazarett hat mir erzählt, an Land wäre es genauso gewesen, nur schlimmer. Sagt, die Hitze hat bei den Männern alle Kraft verdunsten lassen, und Wolken von Moskitos, und morgens wachen sie, wenn sie überhaupt schlafen können wegen der Hitze und der Geschütze, also, morgens wachen sie manchmal in tiefen Pfützen auf, unter einer Decke aus Blutegeln, oder sehen den Kameraden ein paar Schritte entfernt in einer Girlande aus Schlangen zucken, und dann sengt die Sonne wieder senkrecht herunter, alles klebt und juckt und reißt, unterm Stoff ist die Haut blutig und vereitert, und wenn man die schwüle Luft sowieso nicht atmen kann, legt sich noch eine dicke Schicht Pulverdampf aus den Geschützen drüber, kein Wind, der das verteilt oder verdünnt, und dann saust ein Schwarm Papageien kreischend über sie weg, klingt wie schrilles Hohngelächter, und oft, sagt er, haben sie sich nur noch gewünscht, daß die Dagos endlich wieder schießen, damit man an was anderes zu denken hat.«

O'Leary machte Würgegeräusche. »Dann will ich lieber gar nicht wissen, wie das an Bord mit den Verletzten ausgesehen hat.«

»Nicht? Soll ich Ihnen nicht sagen, wie die armen Kerls bei brütender Hitze unter Deck im Fieber stöhnen oder vor Schmerzen schreien? Wie sie …« Er deutete mit dem linken Zeigefinger auf seinen rechten Unterarm. »Wie sie mit weniger als einer Elle Raum in den Hängematten krepieren, im Eiter ihrer Wunden und in den eigenen Ausscheidungen liegen, bei lebendigem Leib gefressen von Maden, im Stich gelassen von denen, die sie in dieses wahnsinnige Unternehmen geschickt haben, den edlen Kommodores und Admirälen, die sich lieber zanken, als sich um ihre Leute zu kümmern? Soll ich Ihnen verschweigen, daß auf einigen Schiffen, die keine Kranken und Verwundeten zu transportieren hatten, die Ärzte, die sich an Bord anderer Schiffe bringen lassen wollten, um zu helfen, von den eigenen Kapitänen daran gehindert wurden?«

Die letzten Halbsätze hatte Smollett beinahe gebrüllt. Belmonte staunte, bemühte sich um ein ausdrucksloses Gesicht und fragte sich, ob er den Schotten vielleicht falsch eingeschätzt hatte. Dann sagte er sich, daß schlechte Manieren nicht unbedingt einen Mangel an Menschlichkeit bedeuteten. Ob Mitleid allerdings schlechte Manieren aufwog?

Ein paar Momente schwiegen alle. Man hörte den milden Wind in den Zweigen; es klang fast wie ferne Brandung. Zikaden und ein paar im Laub verborgene Vögel bestritten die Unterhaltung, bis Smollett sich räusperte und wie verlegen die Arme ausbreitete.

»Aber das wollten Sie ja nicht hören, O'Leary, nicht wahr?« sagte er. »Also sage ich es nicht. Kommen wir zurück zu den kahlen, gefühllosen Tatsachen. Sie wollten wissen, wie das alles für uns aussah. Nun denn. Ich will versuchen, mich zu erinnern.«

»Einen Moment bitte; vom Zuhören kriege ich einen trokkenen Hals.« O'Leary füllte seinen und Belmontes Becher mit wenig Wein und viel Wasser auf. Smollett wehrte ab, als er ihm ebenfalls nachschenken wollte.

»Nicht mehr, sonst muß ich dauernd laufen«, sagte er.

»Gutes Stichwort«, sagte der Ire. »Wohin läuft man denn hier?«

»Kommen Sie; ich zeige es Ihnen.«

Die Kunst, Pläne zu machen, besteht darin, den Schwierigkeiten ihrer Ausführung zuvorzukommen.

Vauvenargues

Willst du die Götter zum Lachen bringen?
Mach einen Plan.
Willst du die Menschen zum Leiden bringen?
Mach einen Gott.

unbekannter Kreter

Der Plan des Admirals

Belmonte stand auf, um sich ein wenig die Beine zu vertreten. Zu seinem milden Erstaunen sah er, daß die Sonne schon weit im Westen stand und zu sinken begonnen hatte.

So viel geredet, dachte er, und so wenig gesagt. Oder?

Er ging zu den Gewächsen, wo er vor Stunden das Gesicht des ohrlosen Kapitäns im Laub geahnt hatte, berührte ein paar Äste, wandte sich weiter entfernten Stauden zu, roch an Blüten und Früchten. Im sanften Abendwind war ein Hauch von Meer, von Salz und Weite. Ein Hauch von Aufbruch, sagte er sich. Dann seufzte er leise, als er an die nächsten Stunden dachte. Aufbruch, zum Hafen, aufs Schiff, hinaus aufs Meer, wohin auch immer, aber nicht elend lange die Verteidigung von Cartagena schildern, nicht noch einmal Stunden mit Reden, Gegenreden und Einwürfen verbringen. Die Hoffnung, von Smollett etwas über den Vater von O'Leary zu erfahren, hatte er längst aufgegeben, und er nahm an, daß auch der Ire nicht mehr damit rechnete.

Smollett ... ein Bündel von Widersprüchen. Großer Dichter mit unsäglichen Manieren, grob; aber ein wirklicher Grobian hätte sie gar nicht empfangen, trotz der am Vortag überbrachten Geschenke. Oder er hätte ihnen flüchtig gedankt und sie dann weggeschickt. Gentleman und Rüpel, Abwehr und Mitwirkung, Schmähungen und Bewirtung, es paßte alles nicht zusammen. Schotte, der Engländer spielte;

Engländer, der Iren und Spanier verachtete, aber den *Don Quijote* übersetzt hatte; der Admiral Lord Vernon und General Wentworth für Trottel hielt und Respekt für Blas de Lezo zumindest andeutete.

Don Blas. Die langen Reden und das Salz in der Brise, die Sonne im Westen ... und ein später Nachmittag am Strand nördlich von Bocagrande, vergessen und plötzlich gegenwärtig. Blas de Lezo hatte mehrere mit Sand und Steinen beladene Kähne in die ohnehin kaum noch nutzbare Fahrrinne schleppen und versenken lassen. Und weil er sicher sein wollte, daß alles wirklich wie vorgesehen ausgeführt wurde, hatte er sich mit seinem Sekretär und Belmonte dorthin rudern lassen. Dann, wieder an Land, wurde der Sekretär entlassen.

»Sie bleiben, Belmonte; wir haben noch dies und das zu bereden.«

Mühsam, mit dem Holzbein durch Sand zu stapfen, aber Lezo nahm es hin wie alle anderen Mühen und Plagen, Wunden und Hindernisse. Als sie den befestigten Weg oberhalb des Strandes erreicht hatten, ließ der Admiral ein leises Grunzen der Erleichterung hören.

»Bald wird es losgehen, Söhnchen«, sagte er. »Vorher wollte ich mit Ihnen noch ein paar Kleinigkeiten bereden.«

»Ich lausche mit Vergnügen, Exzellenz.«

»Lassen Sie die Exzellenz beiseite; wir sind unter uns.«

»Ja, Señor.«

»Ehe wir zur Sache kommen: Haben Sie für alle Fälle Vorkehrungen getroffen? Was Ihre Eltern angeht, zum Beispiel?«

»Sie meinen so etwas wie einen Letzten Willen?«

Lezo kniff sein verbliebenes Auge zusammen und schaute aufs Meer hinaus. »Ich nehme an, nach Ihrem Einsatz in

Florida halten Sie sich nicht mehr für unsterblich. Wie ich, lange ist's her. Die meisten jungen Leute meinen ja, sie wären kugelfest und wasserdicht.«

»Ich habe mehrere Briefe geschrieben, die noch nicht befördert werden konnten. Und was ich zu hinterlassen habe, ist nicht viel.«

»Gut.«

Lezo schwieg eine Weile. Belmonte nahm an, daß er an die eigene Familie dachte, vielleicht besonders an das jüngste Kind, das erst nach der Abreise aus Cádiz geboren worden war, das der Admiral nie gesehen hatte – und von dem Belmonte nicht wußte, ob es ein Junge oder ein Mädchen war. Aber natürlich stand es ihm nicht zu, davon zu reden oder gar zu fragen. Wahrscheinlich, sagte er sich, hatte Lezo es ihm irgendwann mitgeteilt, als der entsprechende Brief aus der Heimat gekommen war, und er hatte es vergessen.

Plötzlich zog Lezo den Degen und begann, Linien in den Lehm des Wegs zu ritzen. »Paß auf«, sagte er. »Die Engländer werden kommen; sie müßten eigentlich längst hier sein. Wenn sie da sind, werde ich viele Befehle erteilen, die du zu überbringen hast.« Er räusperte sich. »Sie, Herr Adjutant. Und dann muß ich sicher sein, daß Sie alles richtig verstehen, auch wenn es absurd wirken mag. Deshalb.« Er deutete mit der Degenspitze auf den obersten senkrechten Strich. »La Boquilla. Vielleicht versuchen sie, dort zu landen. Es wäre dumm, aber man weiß ja nie. Das Wasser ist ziemlich seicht, sie müßten weit vom Strand ankern, dann die schmale Landzunge, auf der sie nicht viel Männer und Material unterbringen können. Und?« Er blickte Belmonte von der Seite an.

»Und neben der Landzunge der Sumpf«, sagte Belmonte. »Ungesund, kein frisches Wasser aufzutreiben. Außerdem sind sie da sehr bald in Reichweite der schweren Geschütze auf den Wällen.«

Lezo nickte. Der Degen berührte nacheinander die unterbrochene Linie, die Bocagrande sein sollte, und die große Insel, Tierra Bomba. Südlich davon war Bocachica mit den Festungen und Batterien.

»Hier, etwas anderes bleibt ihnen nicht übrig. Die Durchfahrt ist gesperrt, die schwere Kette mit Balken und Ankern. Sie werden sie irgendwann überwinden, aber dahinter werden wir drei oder vier unserer Schiffe aufreihen, die Insel und Durchfahrt mit Breitseiten bestreichen können. In den nächsten Tagen müssen wir die Festungen um Bocachica bemannen und ausrüsten – Vorräte, Pulver, Kugeln, Sie wissen schon. Tierra Bomba, hm.«

»Hügel«, sagte Belmonte. »Und Bäume und Sträucher, gleich oberhalb des Strands.«

»Eben. Geschütze ins Gehölz bringen, mit Zweigen maskiert? Oder alles fällen, damit die Forts freies Schußfeld haben? Ich werde noch ein wenig darüber nachdenken. Der Vizekönig auch. Jedenfalls müssen wir verhindern, daß sie dort landen. Und wenn es nicht zu verhindern ist, muß es für sie möglichst schwierig sein. Hohe Verluste. Auch schlecht für die Moral.«

»Also der Strand als erste Verteidigungslinie – und dann?«

»Wenn sie durchkommen, sind sie im Schußbereich der Festungen und der Schiffe. Wir werden da noch ein paar bewegliche Batterien einrichten, Feldgeschütze hinter Faschinen.«

Belmonte nickte.

»Ausreichend Vorräte und Kriegsmaterial für die Festungen«, murmelte Lezo. »Und wenn sie das alles überwinden sollten, brauchen wir Boote, um die Leute zu evakuieren.

Wir ziehen die Schiffe zurück, hierhin.« Er berührte Punkte am inneren Ost- und Westrand der Bucht. »Castillo Grande und Manzanilla. Die dritte Linie. Die vierte, wenn es ganz hart wird, wäre die Stadt selbst mit ihren Wällen. Aber so weit sollte es nicht kommen.«

»Und wenn doch?«

Lezo steckte den Degen in die Scheide. »Zeit, möglichst viel Zeit. Die Frühjahrshitze hat schon begonnen; bald wird der große Regen einsetzen. Wir müssen sie zermürben, Leutnant. Sie werden an Schiffen, Männern und Waffen ungeheuer überlegen sein. Zermürben – haben Sie das verstanden? So gut, daß Sie meine absurden Befehle einordnen können?«

»Ich glaube schon, Señor.«

Lezo wandte sich zum Gehen; über die Schulter sagte er: »Dann können wir nur hoffen, daß Seine Exzellenz der Vizekönig es auch versteht.«

»Don Sebastián hat ja selbst gekämpft, in Italien und anderswo. Zuletzt, glaube ich, als Hauptmann der Infanterie, nicht wahr? Er müßte ...«

»Hätte, könnte, sollte, müßte. Ja. Es gibt Hauptleute und Hauptleute. Manche werden General, andere ... Politiker. Und Eslava ist ein eitler Affe. Das haben Sie aber nicht gehört.«

»Haben Sie etwas gesagt, Exzellenz?«

Am 13. März erschienen vor Playa Grande zwei englische Schiffe, am 15. März erreichte die eigentliche Flotte Playa Grande; zu diesem Zeitpunkt bestand sie aus 137 Schiffen (später 192), und zwar waren es zehn Dreidecker, zweiunddreißig Linienschiffe mit 60 oder 70 Kanonen, sechs Fregatten mit 40 oder 50, sechs kleinere Fregatten, drei Brander, zwei Bombenschiffe und 133 Transport- und Versorgungsschiffe. Sie teilte sich in drei Geschwader; das erste unter dem Befehl von Vizeadmiral Edward Vernon, das zweite unter Konteradmiral Sir Chaloner Ogle und das dritte unter Kommodore Lestock.

Am Abend des 17. März schickte der Vizekönig 155 Mann zu Lezo, der sich auf seinem Flaggschiff bei Bocachica befand; der Admiral wies sie an, sich der Marineinfanterie anzuschließen, die an der Küste stationiert war. Da der Sekretär mit anderen Dingen beschäftigt war, diktierte Lezo Belmonte einen Brief an den Vizekönig, in dem er ihn bat, möglichst schnell weitere Vorräte in die Forts bei Bocachica bringen zu lassen. Lezo unterschrieb und schickte den Brief mit einem Kurierboot zur Stadt.

Am 18. schrieb Eslava, ihm fehlten Lebensmittel und Leute. Lezo schickte ihm die 155 vom Vortag zurück und verstärkte die Forts weiter mit Leuten von den Schiffen. Der Tobsuchtsanfall, mit dem Belmonte gerechnet hatte, blieb aus; der Admiral knirschte lediglich mit den Zähnen. Abends kam ein weiteres Schreiben des Vizekönigs: Eslava untersagte dem Admiral die für den nächsten Morgen vorgesehene Rodung oberhalb des Strands als zu gefährlich für die Leute, die es durchzuführen hätten. Lezo sagte: »Da geht meine erste Linie dahin«, und verschwand in seiner Kajüte; Belmonte hörte Gepolter und schloß daraus, daß der Admiral mit Gegenständen um sich warf.

Er selbst konnte nachts nicht schlafen, woran nicht nur der andauernde Beschuß und der damit verbundene Lärm schuld waren. Er hatte das undeutliche Gefühl, etwas versäumt zu haben; dann ging ihm auf, daß er Teil eines historischen Vorgangs war und daß er später – falls er überlebte – vieles von dem, was ihm nun gewissermaßen vor den Augen lag, nicht mehr ausreichend genau wissen würde. Deshalb setzte er sich an den kleinen Klapptisch, mit einer matten Kerze, Papier und Tinte, und verfertigte eine Beschreibung der Anlagen.

Und nun, fast drei Jahrzehnte später, am Hang über dem Mittelmeer, staunte er darüber, daß er die damaligen Aufzeichnungen immer noch mehr oder minder wörtlich abrufen konnte. Das Gedächtnis ist ein wunderliches Ding, sagte er sich. So viel vergessen, aber *das* behalten!

»Um sich eine Vorstellung von den Kämpfen an diesem Tag und den folgenden machen zu können, sei hier eine kurze Beschreibung der Verteidigungsstellungen gegeben, die sich damals an der Einfahrt zur Bucht befanden«, hatte er geschrieben. »Die erste Verteidigungslinie am Meer waren die bereits aufgeführten Batterien von Santiago und San Felipe auf der Insel Tierra Bomba. Dort befand sich auch das viereckige Fort San Luis de Bocachica mit acht Kurtinengeschützen, zweien an der Flanke und sechs zum Meer.

Zur Landseite hin hatte es nur die Hälfte der Artillerie, weil es dort kaum offenes Gelände gab; ferner waren dort ein Bomben- und zwei Granatenmörser stationiert. An der Hafenseite gab es eine Contrescarpe, bei Baubeginn des Forts angefangen und nie vollendet. Alles andere war ungeschützt bis zu den Schießscharten, ohne Esplanade oder überdachten Eingang, lediglich Palisaden in der gleichen Höhe wie die Festung. Hier kommandierte Oberst Carlos Hernán.

Auf der anderen Seite des Kanals, San Luis gegenüber, lag zwischen zwei Buchten die Insel Baru mit Mangroven, genannt Punta de Abanicos; dort hatte man eine mangelhafte Faschinenbatterie mit 14 Achtzehnpfündern eingerichtet, die Leutnant José Campuzano kommandierte. Weiter nach innen im Kanal, zwischen Abanicos und San Luis, lag isoliert und auf den Fundamenten eines alten Forts errichtet, die flache, unregelmäßig geformte Batterie von San José, nah an der Einfahrt zum Hafen, auf den sie zehn Achtzehn- und Vierundzwanzigpfünder richtete und weitere zehn auf das Innere der Lagune; sie stand unter dem Befehl des Hauptmanns der Marineinfanterie Francisco Garay. In einer engen Bucht hinter San José, die Baru vom Land trennt, gab es eine Faschinenbatterie mit vier Zwölfpfündern.

Gleich daneben lag als Schutz und Rückendeckung für den Hafen ein Kutter unter dem Befehl von Fregattenleutnant Gerónimo Luisaga. Zwischen San Luis und San José war eine Kette gespannt; sie bestand aus einer Winde, zwei doppelt verankerten Kabeln und einigen Holzblöcken, die durch kleinere Ketten verbunden waren. Die Sperre war zu schwach gegen Linienschiffe, aber ausreichend für kleine Einheiten wie Brander.

Eine Pistolenschußweite hinter der Sperre bildeten vier unserer Linienschiffe eine Reihe, zunächst die *Galicia* bei San Luis, auf der sich der Admiral befand, Don Blas de Lezo; er befehligte die gesamte Verteidigung der Bucht unter dem Wappen des Vizekönigs Don Sebastián de Eslava, und er verbrachte dort die meisten Tage und Nächte. Kapitän der *Galicia* war Juan Hordan.

Nächste in der Reihe war die *San Carlos* unter Kapitän Félix Celoran. Danach kam die *África* mit Fregattenkapitän José Camaño. Näher bei San José beschloß die Reihe die *San Felipe* unter Kapitän Daniel Huoni.«

Bis zum 19. März unternahm der Gegner nicht viel; man lotete, erkundete die Küste, und am 19. morgens versuchten die Engländer, mit einigen Booten Truppen an Land zu bringen, wurden jedoch durch Geschützfeuer vertrieben. Lezo wies die vier Schiffe an, je 25 Mann Infanterie bereitzuhalten, um sie nach Chamba an der Küste von Tierra Bomba in Marsch zu setzen, falls der Feind dort eine Landung versuchen sollte; ferner schickte er einen Offizier mit vier Mann los, um die gegnerischen Bewegungen zu beobachten. Sie blieben die ganze Nacht auf Posten.

Am 20. setzte die Flotte Segel und fuhr nach Süden, wo der größte Teil vor Bocachica ankerte. Mittags erschien ein Dreidecker, um die Batterie von Santiago zu beschießen, dann ein weiteres Linienschiff, das die Batterie San Felipe bestrich. Bald darauf gingen drei weitere Dreidecker dort vor Anker und beschossen das Fort von San Luis de Bocachica. Die Kugeln des Gegners erreichten nun auch die Schiffe, auf denen es die ersten Toten und Verwundeten gab.

Bei Anbruch der Dunkelheit setzte der Feind Bombarden gegen die Schiffe und das Fort ein. Lezo versorgte das Fort abermals mit Lafetten, Rädern, Achsen und Pulver und ließ die Toten und Verwundeten fortbringen; um 8 Uhr abends blieben 511 Mann und die nötigen Zimmerleute zur Verfertigung der Lafetten im Fort zurück.

Der Beschuß dauerte die ganze Nacht an. Erst kurz vor Sonnenaufgang zog Lezo die Boote ab, die die Kette bewachten.

In der Nacht vom 20. zum 21. begann der Feind uns mit zwei Bombengeschützen von der Batterie Santiago aus zu beschießen, und abends um 7 Uhr landeten dort 500 Mann.

Am 21. beschoß ein Bombenwerfer die Artillerie von San Luis. Ein Dreidecker, der den Bombenwerfer schützte, geriet seinerseits unter so starkes Feuer des Forts, daß er nur mit Mühe und einigem Schaden die Bucht wieder verlassen konnte; den Engländern war es jedoch gelungen, den Bombenwerfer und die Bedienung abzuziehen und durch eine Fregatte zu ersetzen, die San Luis mit Mörsern beschoß. An diesem Tag landete der Rest des feindlichen Heers auf Stränden zwischen Santiago und Chamba, dazu die Artillerie.

Am 22. kam einiges an Nachschub an, den der Kommandant des Forts aus der Stadt erbeten hatte. Um halb fünf nachmittags setzte ein schwer getroffener Dreidecker ein paar Segel – die ganze Steuerbordseite zertrümmert – und entfernte sich; nun waren fünf englische Linienschiffe außer Gefecht.

Um halb sechs kam Eslava zu Lezo an Bord und blieb; abends sagte ihm der Admiral, daß man einen Ausfall machen solle, um die Feinde anzugreifen, stieß aber auf einigen Widerstand. Es wurde auch darüber gesprochen, daß Hauptmann Pedral erkunden solle, was die Engländer an Land unternahmen, wozu er sofort bereit war, aber Eslava sagte weder ja noch nein. Die Zähne des Admirals mußten vom Knirschen inzwischen ziemlich abgenutzt sein.

Um 7 Uhr am Abend des 22. sah man in der Nähe von Santiago ein Feuer wie von tausend Gewehren. Von Überläufern erfuhren wir später, es sei ein defektes Geschütz detoniert und habe viele Opfer gefordert. In dieser Nacht begannen sie dort ihre Batterien einzurichten, unter dem Feuer unserer Geschütze von Abanicos.

Am 23. begab sich Eslava vor Morgengrauen zum Fort und kam um 6 Uhr früh zurück. Lezo verlangte wieder einen Ausfall und Angriff; Eslava sagte, die Offiziere an Land hätten gesagt, es sei im Moment nicht günstig, deshalb sei er dagegen. Lezo erwiderte, wenn der Vizekönig warten wolle, bis ihm alle Umstände gefielen, werde nie etwas unternommen.

Um 7 Uhr fuhr Eslava zurück nach Cartagena ohne weitere Anweisungen außer der, daß man abends ein paar Kommandotrupps vom Fort zu den Unterkünften am Strand schicken solle. Der Beschuß dauerte an; eine Mörsergranate landete in der Vorratskammer des Forts – die Lebensmittel lagerten dort ungeschützt – und zerstörte alles, deshalb ließ Lezo wieder Vorräte für zwölf Tage dorthin bringen und ersetzte wie jeden Abend die Toten und Verwundeten.

Am 24. Fortdauer des Mörserbeschusses. Aus Cartagena traf Agustín de Yraola ein, Hauptmann der Artillerie, den Lezo zum Fort schickte, wo er sich alles anschauen und berichten sollte, was fehle.

Um halb acht kamen zwei Spanier von den Kanarischen Inseln, die an Bord eines Linienschiffs gewesen waren und berichteten, Ziel der Feinde sei es, das Fort zu nehmen und in den Hafen einzudringen, und allgemein werde erzählt, man habe zwischen zwölf- und vierzehntausend Mann Landungstruppen an Bord der Schiffe. Seit dem 22. bis heute hätten sie Truppen ausgeschifft und hinter Santiago gelagert. Es gebe drei entmastete und zwei schwer beschädigte Schiffe, und sie hätten viele Männer verloren, so gestern einen Kapitän und fünf Matrosen. Nach der Einnahme von Cartagena sei Veracruz das nächste Ziel. Sie seien an Bord eines Frachters gewesen, der Wein nach Curaçao bringen wollte. An Bord der englischen Schiffe gebe es etliche spanische und französische Gefangene, und vor kurzem hätte man ein französisches Handelsschiff genommen, das mit 80 000 Pesos aus Portobello gekommen sei;

das Geld sei in Händen des englischen Kommandanten, das Schiff unterwegs nach Jamaika, die Mannschaft habe man auf die Schiffe der Flotte verteilt.

Um 2 Uhr nachmittags erhielt der Admiral einen Brief von Eslava, in dem er mitteilte, man habe auf See weitere dreißig Feindschiffe gesichtet – was zu den Aussagen der Deserteure paßte, daß man stündlich einen Konvoi erwarte –, und er mache sich Sorgen um die Nahrungsvorräte, worauf Lezo ihm antwortete, wenn man beizeiten Vorkehrungen getroffen hätte, befände man sich nun nicht in dieser mißlichen Lage. Ferner bat er ihn mitzuteilen, wieviel Zeit und welche Mittel er für den Fall veranschlage, daß man die Stellungen räumen müsse, um dann ohne Durcheinander die Soldaten und Matrosen des Forts und der Batterien zur weiteren Verteidigung der Stadt abzuziehen, da er befürchte, daß alles nicht länger zu halten sein werde, falls die Feinde Geschütze an Land brächten; ein erzwungener Abzug unter Beschuß wäre sehr schwierig, und der Kommandant des Forts habe schriftlich mitgeteilt, die Festung könne weiteren Angriffen durch vier Linienschiffe wie bisher nicht standhalten.

25. März: Die Feinde setzen den Beschuß durch zwölf Mörser an Land fort. Heute früh Brief von Eslava als Antwort auf Lezos Schreiben: Um mehr Zeit zu gewinnen, sei die Stellung wie bisher zu verteidigen, da davon die Sicherheit der Stadt abhänge. Lezo antwortete, dazu sei es nötig, das Fort in einen besseren Zustand zu versetzen, das Glacis und die Palisaden auszubessern, die Zinnen nach außen zu stürzen, da sie aus Ziegeln und losen Steinen bestehen und die Leute drinnen nicht schützen, sondern beschädigen, wie geschehen, was nicht der Fall wäre, wenn man sie aus Faschinen und gestampfter Erde gemacht hätte, aber das

habe vor langer Zeit, ehe die Feinde hier eintrafen, bereits der Ingenieur Carlos Desnaux gesagt. Der habe auch Bäume und Sträucher im Schußfeld des Forts fällen lassen wollen, worauf man ihm sagte, es gebe dafür weder genug Leute noch Geld, so daß nun im genannten Gehölz die Feinde ihre für uns nicht einzusehenden Batterien einrichten könnten, und sobald das geschehen sei, seien das Fort und die dort liegenden Schiffe nicht mehr zu halten. Die ganze Nacht über dauerte der Beschuß an.

Am 26. Dauerbeschuß; Lezo läßt die Leute im Fort austauschen, damit sie sich ausruhen können. Zwei der drei englischen Schiffe vor dem Fort San Luis geben Breitseiten ab, können aber nicht nah genug ankern, ohne in die Reichweite unserer Geschütze zu gelangen, und fahren daher zur Flotte zurück. Der dritte Dreidecker gerät in die Fahrrinne von Bocachica, wo er von den Schiffen *San Felipe* und *África* und den Batterien von San José und Punta de Abanicos beschossen wird und sich erst nach Einbruch der Nacht absetzen kann. Aufzeichnungen eines englischen Gefangenen zufolge werden die englischen Schiffe durch unser Feuer schwer beschädigt; an Bord der *Amalia* gibt es 60 Tote und 20 Verwundete.

Am 27. um 11 Uhr kommt Eslava aus der Stadt zum Fort und von dort an Bord; in der Beratung mit Lezo und Offizieren sagt er, wegen der Bedeutung des Platzes müsse der bis zum letzten verteidigt werden. Lezo versichert ihm, es stehe dem nichts im Wege, dafür habe uns der König, dessen Untertanen wir sind; und wenn alles geopfert werden müßte, würden wir das gern tun; er möge jedoch Vorkehrungen treffen, daß die Ehre des Königs und unsere nicht litten, und wenn es auch spät sei, könne doch noch einiges getan werden. Der Vizekönig ißt hier und kehrt gegen 16 Uhr heim, ohne mehr zu sagen oder weitere Anweisungen zu geben. Sein vorsichtiges Schweigen, für das man keinen Grund weiß, hat allen immer zu größter Verblüffung gereicht.

28. März: Die Engländer haben die Bombarden und einen Teil der anderen Schiffe in die Bucht von Chamba verlegt. Bis heute mittag haben sie zu Land und von See 2100 Geschosse abgefeuert. Um 12 Uhr befragen Lezo und Belmonte einen irischen Soldaten nach dem Zustand der Feinde, und er sagt, sie seien dabei, im Gehölz vor dem Fort eine Batterie von zwanzig 24-Pfündern und mehrere Mörser einzurichten; sie hätten die nötigen Flächen gerodet und bereiteten einen Angriff auf den Hafen vor; ein großer Teil der Truppen sei schon ausgeschifft, und bei den Batterien arbeiteten 600 Mann; weitere Artillerie werde an Land gebracht, und auch der General sei schon dort; unser Beschuß habe bei den Schiffen arge Schäden verursacht; man erwarte weitere Truppen und Proviant; beim Großangriff würden sie die Verbindungen zwischen dem Hinterland und Tierra Bomba abschneiden, damit niemand entkomme. Lezo schickt den Deserteur zum Vizekönig, um ihn zu informieren und zu sehen, ob er nun andere Vorkehrungen träfe.

29. Es verbleiben nur noch 17 Fässer mit Fleisch und Speck für die vier Schiffe, das Fort und die Batterien, nachdem Lezo dem Fort Vorräte für acht Tage geschickt hat; mit dem, was er am 23. geschickt hatte, müßten sie zwanzig Tage auskommen. Schreiben hierüber an Eslava, der heute ein paar Kugeln ins Fort bringen ließ.

Der Admiral hat dem Fort etliche kleine Fässer geschickt, die mit Erde gefüllt als Schanze und Schutz dienen sollen. Der Kommandant des Forts meldet, eine Bombe habe

12 Rohrstopfer für 24-Pfünder und 13 für 18-Pfünder zerstört, die Lezo ihm sofort ersetzt. Ankunft von Miguel Pedral, gesandt von Eslava, mit 60 Mann, die zusammen mit 150 von San Luis die Arbeiten der Feinde erkunden; falls sie Kanonen finden, sollen sie diese vernageln, wozu Lezo ihnen Nägel gibt, was Eslava versäumt hat. Das Mörserfeuer dauert an.

Um halb 12 nachts Geschütz- und Gewehrfeuer nahe der Baradera-Batterie. Lezo schickt sofort zwei Boote mit Infanterie und Matrosen, um die Leute dort zu verstärken; die Feinde haben sich aber bereits festgesetzt, wie den unseren von Fähnrich Loyzaga mitgeteilt wird, den sie auf dem Weg treffen und der sich auf dem Rückzug befand, und um ein Uhr geschieht das gleiche in der neuen Abanicos-Batterie, die ebenfalls aufgegeben werden muß, was Lezo auf dem Weg dorthin von José Campuzano und Loyzaga erfährt; um halb zwei stehen beide Batterien in Brand; von den Männern dort fehlen ein Leutnant der Artillerie und dreizehn Mann; Campuzano kommt mit den letzten, die Gegenwehr geleistet hatten.

In der Nacht vom 29. auf den 30. englischer Angriff mit Landungsbooten gegen die Batterie von Baradera; nachdem Gerónimo Luisaga dort seine Kanonen vernagelt und sich auf den Kutter zurückgezogen hat, leistet er mit dessen Bordgeschützen noch einige Zeit Widerstand, bis er bemerkt, daß die Engländer ihn über die Landenge angreifen wollen; darauf zieht er sich in einem Kanu mit vierzehn Mann, der gesamten restlichen Besatzung von Batterie und Kutter, zur *África* zurück. Nachdem der Gegner die Batterie eingenommen hat, greift er unsere Stellung an der Punta de Abanicos an. Campuzano erwidert das englische Gewehrfeuer mit seinen Geschützen; als er aber seinerseits Gewehre einsetzen will, stellt er fest, daß ihm nur ein Sergeant, elf Männer des Regiments Aragón und zwei Kanoniere geblieben sind. Die anderen sind gefallen oder geflohen, was ihn dazu zwingt, sich zunächst nach San José und dann auf die *Galicia* zurückzuziehen. Der Gegner steckt die Batterie in Brand; da sie nun vom Fort San Luis beschossen wird, ziehen die Engländer sich unter Mitnahme zahlreicher Waffen und anderen Beuteguts zurück.

Im Dunkel der Nacht läßt sich die Anzahl der Landungsboote nicht ausmachen. Ein Gefangener namens Forbes erklärt später: »Es waren Beiboote von allen Schiffen, mit je zehn Soldaten und dreißig Matrosen, alles geleitet von vier oder fünf Kapitänen und niedrigeren Offizieren. Sie brachten aber nicht alles zuwege, was vorgesehen war, sei es durch Fehler der Kapitäne, durch mangelnden Willen der vermischten Matrosen und Soldaten oder wegen des heftigen spanischen Feuers.«

Am 30. März bei Tagesanbruch schickt Lezo Leute zur Erkundung der genannten Batterien, sie finden 30 tote Feinde und einen Offizier. Um 8 Uhr hören wir Gewehrfeuer von Norden, und bald darauf sehen wir Feinde zu San Felipe und Santiago rennen. Um halb neun zieht sich unser Trupp nach heftigem Schußwechsel zurück. Lezo befiehlt, die verlorenen Batterien wieder einzunehmen und die vernagelten Geschütze wieder einsatzfähig zu machen, und schickt Belmonte mit Matrosen und Marineinfanterie zur Verstärkung. Um 15 Uhr kommt Eslava von der Stadt zum Fort und dann um 6 an Bord, wo er die Nacht verbringt. Lezo bittet dringend, einen Ausfall befehlen zu dürfen, um die Arbeiten der Feinde zu zerstören, erhält aber weder Zustimmung noch Gründe für das Gegenteil; dabei gibt es keinen Zweifel, daß die Feinde dort ihre Batterie ausbauen, um das Fort und die Schiffe zu beschießen, wie der Deserteur es gesagt hatte; keiner weiß, wie wir uns verteidigen sollen, wenn wir nichts dagegen unternehmen.

Abends nimmt der Stoßtrupp unter Campuzano und Belmonte die Batterie von Abanicos wieder ein; befehlsgemäß kehrt Belmonte nachts zurück zur *Galicia.*

31. März: Bei Tagesanbruch kehrt Eslava nach Cartagena zurück. Von 6 bis 8 lotet englisches Boot vor der Hafeneinfahrt; der beschädigte Dreidecker, der seit dem 20. dort gelegen hat, wird zu den anderen vor Chamba gebracht. Von halb sieben morgens bis halb elf abends heftiger Beschuß durch die neuen Batterien gegen Fort und Schiffe.

1. April: Lezo schickt weitere Leute, um Abanicos-Batterie fertigzustellen. Liefert ferner 24 Rohrstopfer ins Fort San Luis; an Bord der Schiffe sind nur noch die unbedingt nötigen vorhanden, und wenn man aus der Stadt keine schickt, bleiben uns keine mehr. Um 12 ein Schreiben des Offiziers, der sich in Pasacaballos befindet und mitteilt, der Gegner treffe Anstalten, diese Stelle anzugreifen, die den Weg schützt, auf dem Lebensmittel von Sinú kommen; Lezo schickt vier bewaffnete Boote mit 12 Mann unter Fregattenkapitän Elizagarate; um 2 Uhr neues Schreiben, daß der Gegner nur noch eineinhalb *leguas* von Pasacaballos entfernt sei.

2. April (Ostersonntag): Um 7 Uhr früh Beschuß aus 20 Kanonen auf San Luis, um Bresche zu legen. *Galicia* und *San Felipe* feuern, ebenso San José. Es fallen bei den Engländern u.a. ein Oberst, ein Oberstleutnant und mehrere Hauptleute.

Zwei Linienschiffe nähern sich San Felipe. Um viertel nach 7 beginnen Engländer das Fort mit 16 Kanonen und 12 Mörsern zu beschießen. Lezo sagt: »Wenn es so weitergeht, wird es nicht mehr lange dauern bis zu dem, wovor ich Eslava so oft gewarnt habe.« *Galicia* wird näher an das Gehölz verlegt und beschießt die feindliche Stellung bis 6 Uhr abends; zahlreiche Lafetten sind durch den heftigen Gegenbeschuß zerbrochen, sie müssen ausgebessert sowie neue Kartuschen angefertigt werden, da wir an diesem Tag 660 Schüsse abgefeuert haben. *Galicia* belegt englische Batterie mit Feuer und zwingt sie, zweieinhalb Stunden lang den Beschuß einzustellen; um halb vier feuern sie wieder weiter. Den Rest des Abends verbringen wir mit Anfertigung und Auffüllung von Kartuschen. Bei Sonnenuntergang nähert sich ein weiteres Linienschiff, beschießt die neue Batterie und setzt zahlreiche Boote aus. Lezo schickt 300 Mann unter Belmonte mit Material und Anweisungen zur Verstärkung.

3. April: Englischer Beschuß des Forts. Ankunft von Eslavas Adjutant Hauptmann Carrillo, der den Stand erkundigen will. Lezo sagt, es sei höchst irregulär, den Feind Batterien errichten zu lassen ohne die geringste Gegenwehr, trotz mehrfacher Bitte an Eslava. Antwort: Eslava sehe Probleme wegen Unterholz und Engpässen; Lezo: Die Engländer hätten dieses Problem offenbar nicht, und wenn man schon alles verloren gebe, dann lieber mit den Waffen in der Hand, um zu sehen, ob nicht doch noch etwas zu gewinnen sei. Kommandant des Forts kommt, sagt, alles sei in schlechtem Zustand, Meerseite werde heute oder morgen fallen, man müsse unbedingt einen Ausfall unternehmen, um die Kanonen des Feindes zu vernageln. Lezo sagt, er habe das mehrmals festgestellt, dürfe aber nichts unternehmen. Kommandant: So seien Fort und Schiffe nicht zu halten, bittet, das an Vizekönig zu melden. Lezo fordert ihn auf, diese Meldung vorzunehmen; wenn sie nicht vom

Admiral komme, werde Eslava vielleicht bereit sein, etwas anzuordnen.

Weiter Beschuß, auch der spanischen Linienschiffe; *San Felipe* schert aus der Reihe aus, um englische Stellungen an Land zu beschießen, bis gegen Mittag 13 englische Linienschiffe Kurs auf den Kanal nehmen; darauf kehrt *San Felipe* in die Viererkette zurück. Englische Schiffe in der Fahrrinne beschießen Abanicos und nehmen es endgültig ein.

Kommodore Lestock muß sich vor Sonnenuntergang aus Gefecht zurückziehen, da sein Schiff große Schäden erlitten hat. In der Nacht zum 4. steckt der Gegner zum zweiten Mal die Batterie von Abanicos in Brand, desgleichen den bisher nahezu unversehrten Kutter. Am 4. setzen beide Seiten Beschuß fort. Feuer der spanischen Linienschiffe richtet nach Aussagen von Gefangenen große Verwüstungen im englischen Lager an, wo viele Männer sterben, so daß man das Lager verlegen muß. Lestock dringt mit kleinem Geschwader wieder in den Kanal von Bocachica ein; spanische Schiffe beschießen ihn und seine Einheiten. Die meisten Geschütze des Forts durch englischen Beschuß zerstört, bis auf zwei, die zusammen mit denen von San José und von den Schiffen weiter feuern.

An diesem Tag fällt Lord Beauclerk, Kapitän der *Prince Frederick*. Manuel Huoni, Kapitän der *San Felipe,* leicht verletzt, schwer dagegen Francisco Garay (Batterie von San José).

Im Laufe des Tages ziehen die Engländer beschädigte Schiffe ab und ersetzen sie durch andere, die weiter entfernt ankern; die verbliebenen werden verlegt, so daß sie mit den neuen eine Linie bilden. Diese Schiffe einerseits, die Forts San Luis und San José sowie die *San Felipe* und die *África* andererseits beschießen einander den ganzen Tag. Die *San Carlos,* deren Geschütze die englischen Schiffe nach deren Verlegung nicht mehr erreichen können, beschießt die englischen Stellungen an Land. Gegen Abend ziehen die englischen Schiffe sich wieder zurück.

20 Uhr: Eslava kommt an Bord, verbringt dort die Nacht, fällt keine Entscheidung. Nachts Beschuß, auch Brandbomben.

4. April: 6 Uhr weitere vier Schiffe, beschießen Fort und Schiffe, das tun auch die landgestützten Kanonen und Mörser. 9 Uhr: Blas de Lezo verwundet, Oberschenkel und Hand, viele Tote und Verwundete, Lezo läßt sie per Schiff in die Stadt bringen, ebenso restliche Pulvervorräte. Vier englische Schiffe bei Sonnenuntergang beschädigt abgezogen. Um 2 Uhr nachts fährt Eslava zur Stadt, um endlich Boote zur Evakuierung von Fort und Schiffen zu organisieren, alles in schlechtem Zustand, weiterer Widerstand nicht möglich; ganze Nacht Beschuß.

5. April: Halb 6 morgens wieder schwerer Beschuß, Fort kann kaum noch antworten, deshalb feuern Engländer auf Schiffe, setzen erhitzte Kugeln ein; Treffer unter der Wasserlinie. 11 Uhr: Kommandant des Forts meldet, Wälle seien fast zerstört, große Bresche, so daß Engländer angreifen können, nicht mehr genug Leute für sinnvolle Gegenwehr; dies geht schriftlich von beiden unterfertigt an Eslava. Besorgnis im Fort, da keine Boote zur Evakuierung bereitliegen; Lezo: Hoffen, daß Feind mit Angriff bis morgen wartet, abends werde er Boote schicken, um die Leute vom Fort zu den Schiffen zu bringen, vielleicht unternehme Eslava ja endlich etwas. Lezo und Belmonte mit Kanu voller Kartuschen zu den Schiffen, Kartuschen werden um 16 Uhr verteilt, Kapitäne wissen, was sie tun sollen.

17 Uhr: Englische Infanterie marschiert in mehreren Kolonnen über Strand zum Fort. Kommandant Carlos de Hernán signalisiert Bereitschaft zur Kapitulation, was die Engländer mißachten. Als Garnison sieht, daß sie weiter vorrücken, öffnen die Leute das Tor und fliehen ohne Ordnung. Kommandant und übrige Offiziere versuchen, die Fliehenden mit blanker Waffe aufzuhalten, müssen sich aber der Flucht anschließen, da der Feind bereits eingedrungen ist und bald darauf seine Flagge auf dem Fort hißt.

Die Fliehenden müssen schwimmen, Lezo schickt Boote, um sie aufzunehmen, alles unter dauerndem schweren Beschuß. Die Besatzung der *San Carlos* ergreift ebenfalls die Flucht mit Booten; ein Versuch, sie aufzuhalten, scheitert; sie fliehen nach Cartagena.

Endlich trifft Eslava mit Booten ein. *San Carlos* und *África* werden versenkt, *San Felipe* in Brand gesteckt. Über 50 englische Boote und 2000 Mann an Land rücken vor. Lezo und Eslava fahren nach Bocagrande, dort 21 Uhr Ankunft; Anweisung an Kapitäne der dortigen Schiffe, sofort Anker auf und zum Kanal zwischen Manzanillo und Castillo Grande, wird ausgeführt. Geflohene Truppen zum Strand von Castillo Grande, um dieses zu verstärken.

Galicia ist noch nicht versenkt; es wird gemeldet, es gebe zuwenig Boote, Kapitän, mehrere Offiziere und an die 50 Mann Besatzung noch an Bord. Lezo schickt zwei Boote; sie kommen 4 Uhr früh zurück und melden: Feind hat Schiff besetzt, fehlende Leute gefangen.

Halb 5 früh fährt Lezo nach Cartagena. In der Nacht zum 6. April werden *Dragón, Conquistador* und *Trechuelo* in die Fahrrinnen zwischen Castillo Grande und Manzanillo geschleppt; dort befinden sich bereits die verfügbaren Handelsschiffe; sie sollen versenkt werden, um den Gegner auf Distanz zu halten und zu verhindern, daß er Schiffe auf Schußweite an die Stadt bringt.

Am 6. und 7. fährt ein Teil der englischen Flotte in die Lagune. Lezo teilt die sieben Kompanien Marine unter Félix Celdrán in Gruppen zu je 50 Mann auf, die bei Artillerie und Schanzarbeiten helfen sollen. Alle sind erschöpft und …«

Aber das Leben ist im Grunde so fatal ernsthaft,
daß es nicht zu ertragen wäre ohne solche Verbindung
des Pathetischen mit dem Komischen.

Heinrich Heine

Wunder in Cartagena

He, Mann, schläfst du im Stehen?«

Belmonte fuhr zusammen. »Ich war in Gedanken«, sagte er. »In Cartagena, wo sonst.«

O'Leary und Smollett setzten sich wieder. Belmonte blieb noch einen Moment stehen und staunte. Die beiden anderen konnten nicht lange im Haus gewesen sein, nur die Zeit für zwei Bedürfnisse; die Sonne war nicht weiter gesunken, seit er zuletzt bewußt aufs Meer hinausgeschaut hatte, und war es denn möglich, daß er in diesen kurzen Momenten des Denkens – oder Dösens – all das abermals durchlebt hatte? Er fühlte sich ausgelaugt wie an jenem Tag, wo er den verwundeten Blas de Lezo zurück nach Cartagena begleitet hatte. Er ging zum Tisch und langte nach seinem Becher; die Hand zitterte ein wenig.

»Sie sind dran, *caballero*«, sagte Smollett. Er zog die Uhr aus der Westentasche, warf einen Blick darauf, schaute nach der Sonne und schüttelte ganz leicht den Kopf. »Aber nicht mehr lange; bald will ich Sie beide nicht mehr hier sehen.« Er zog zusammengerollte Blätter aus der Innentasche seiner Jacke und legte sie auf den Tisch.

»Was für Papiere haben Sie da wieder angeschleppt?«

»Eine – sagen wir Kuriosität. Könnte Ihnen die Erzählerei erleichtern. Und uns das Zuhören.«

»Was soll ich groß erzählen?« Belmonte setzte sich. »Die ganze Geschichte der heldenhaften Verteidigung? So ausführlich wie Sie den Angriff? Dann sitzen wir hier noch um Mitternacht.«

»Warst du denn bis zum Schluß dabei? Durchgehend?«

»Nein. Einen Tag, nachdem wir wieder in der Stadt waren ...«

»Wer wir?« sagte Smollett. »Wann war das?«

»Am 6. April. An dem Tag haben die Briten das Flaggschiff des Admirals genommen, am 7. dann ...«

Smollett lachte plötzlich. »Ah, die *Galicia*. Vernons nächste große Tölpelei.«

»Könnten Sie das einem armen Iren erklären? Es gab ja schon genug Unsinn, was Vernon angeht.«

»Er hat die Flagge des spanischen Admirals nach London geschickt, mit dem Bericht über die bisherigen Kampfhandlungen und der Versicherung, innerhalb der nächsten paar Tage werde Cartagena fallen.«

»Ah«, sagte O'Leary. »Und da ist dann groß gefeiert worden, wie?«

»Nicht nur das. Alle Glocken haben geläutet, und es sind Münzen geprägt worden – Siegesmedaillen, auf denen ein kniender spanischer Admiral dem siegreichen Lord Vernon seinen Degen reicht. Die mußten hinterher alle schnell eingeschmolzen werden: Offiziell hat es sie nie gegeben.«

»Peinlich, denk ich mir. Für alle.«

Belmonte grinste. »Von den Medaillen, die offiziell nie existiert haben, gibt es in Madrid mehrere komplette Sätze. Ich habe einmal eins dieser Protzdinger in der Hand gehabt und kann versichern, der Spanier, der da kniet, hat keine Ähnlichkeit mit Don Blas. Ein kräftiger Mann mit zwei Augen, zwei Beinen und zwei Armen, soweit man das sehen kann.«

»Sie wollten eben sagen, daß Sie einen Tag nach der Rückkehr in die Stadt – was? Haben Sie da etwas angestellt?«

»Kann man so sagen. Aber wollen Sie das wirklich hören? Es bringt uns nicht näher an den verblichenen Iren und seine Schätze.«

»Erzählen Sie; eine kleine Weile ertrage ich Sie beide noch. Und wer weiß, vielleicht fällt mir ja doch noch etwas zu Ihrem Vater ein, O'Leary.«

»Das hat jetzt aber zunächst mal nichts mit der eigentlichen Auseinandersetzung zu tun.«

Smollett verzog das Gesicht. »Lassen Sie uns doch die andere Sache erst einmal beenden, ja?«

»Muß das sein? Ich war ja gar nicht dabei, bis kurz vor Schluß, könnte also sowieso alles nur aus zweiter Hand berichten, sozusagen.«

»Hier, nehmen Sie das.« Smollett hielt ihm die Papiere hin, die er mitgebracht hatte; sie hatten sich noch nicht völlig entrollt. »Eine Kuriosität, wie gesagt; könnte aber helfen.«

Belmonte glättete die Blätter und warf einen Blick auf das oberste. Die Handschrift war sauber und gut zu lesen. »Wenn Sie das geschrieben haben, sieht man, daß Sie eine elegante Feder schwingen können, Mister.«

»Danke. Ich hab's übersetzt; für mehr als meine Handschrift kann ich mich da nicht verbürgen.«

»Wie ich sehe, sind dazwischen immer wieder Zeilen in einer schrägeren Schrift. Hat das was zu bedeuten?«

Smollett lächelte. »Das sind die kuriosen Teile, deren ... Wirklichkeitsgehalt ich anzweifeln möchte. Sie werden schon sehen, weshalb.«

»Woher hatten Sie es denn?«

»Müssen Sie das wirklich wissen?« Smollett knurrte und rutschte auf seinem Stuhl herum. »Zwischendurch hatten wir ja in dem hundertjährigen Krieg mal ein paar Jahre Frieden. Da hat mir ein Spanier das geschickt, auf Spanisch, mit dem Versuch einer gräßlichen Übersetzung. Hat mir geschrieben, er sei ein Verehrer meines Roderick, und falls ich noch etwas in der Richtung plante, könnte mir das irgendwann vielleicht nützen. Die … ergänzten Aufzeichnungen seines gefallenen Bruders aus den letzten Tagen der Belagerung. Kurios, wie gesagt.«

»Mach schon, Osvaldo«, sagte O'Leary. »Ehe der Unhold uns rausschmeißt, will ich doch wissen, wie alles ausgeht.«

Belmonte räusperte sich, nahm die Blätter auf und begann zu lesen.

»›Am 8. werden in den Kanälen die Handelsschiffe versenkt, nicht jedoch die Linienschiffe *Dragón* und *Conquistador,* die der feindlichen Flotte zusammen mit dem Castillo Grande so lange wie möglich Widerstand leisten sollen. *Für das Versenken sollte man, falls Bohren und Sprengen nicht ausreichen, große Eidechsen nehmen, die Sägeschnauzen haben und Feuer spucken können.*‹ Bitte, was?«

»Lesen Sie einfach weiter. Und stellen Sie sich dabei einen rauschkrautkauenden Lazarillo vor.«

Belmonte blickte auf das Blatt, auf Smollett, wieder auf das Blatt, hob die Schultern und las. »›Lezo begibt sich an Bord der Schiffe, um die Besatzungen zu ermuntern. Das ironisch Castillo Grande genannte Fort ist klein und verfügt nur über vier Geschütze. *Wenn die Kanoniere auch amputiert wären, könnten sie ihre Holzbeine als Ladestöcke nutzen.*‹ Ah! *Auch* amputiert?«

Smollett schnalzte. »Sehen Sie? Weiter, bitte.«

»›Die Wassergräben sind seicht; es gibt weder Palisaden noch freies Schußfeld, sondern einen Mangrovenwald, *in dessen Ästen ich gern bunte geflügelte Fische zwitschern hörte.* Zum Hafen hin gibt es noch einen Wall mit zehn Kanonen. Ferner haben sie fünfzehn Vierundzwanzigpfünder und fünfzehn Achtzehnpfünder, die man von der *San Felipe* hergeschafft hat, samt den vom langen Einsatz erschöpften Bedienungsmannschaften. *Vielleicht sollte man sie mit von Elfen dargereichten Ambrosiaknollen stärken; die würden zweifellos besser schmecken als dieser Pilz- und Blättersud, den mir der Indio zu schlürfen gibt.* Auf der anderen Seite des Hafens liegt ein befestigter Platz ohne Artillerie, Manzanillo. *Dort äsen in den hellen Nächten meines Fiebers Mondkälber und singen dabei gefällige Weisen.*

Durch die Handelsschiffe ist ein Teil der Fahrrinne blokkiert; den restlichen Freiraum sollen die beiden Kriegsschiffe sperren, *eingekeilt zwischen frisch gepflügten Wasserfurchen.* Da ihnen jedoch Gefahr von Linienschiffen oder Brandern droht und da ferner verhindert werden muß, daß feindliche Schiffe nah genug an die Stadt kommen, diese zu beschießen, wird beschlossen, *Dragón* und *Conquistador* zu versenken. *Durch mein Zimmer huschen Gazellen; haben die etwas mit der Versenkung zu tun?* Das geschieht in der Nacht zwischen elf und zwölf Uhr; gleichzeitig wird das Fort aufgegeben. Die darin befindliche Artillerie der *San Felipe* wird vernagelt, Munition und sonstiges Gerät mitgenommen, bis auf achtzig Fässer Pulver, die man in die Zisterne schüttet. *Die alte Frau, die meine Verbände wechselt, will mit Engeln gesprochen haben, die ihr vergeblich ein neues Würfelspiel beizubringen versuchten.*

Am 11. bemächtigen sich die Feinde des Forts und des Reduits von Manzanillo; zuerst hissen sie ihre Flagge, dann feuern sie einige Kanonen auf die Mauern von Cartagena ab, und die englische Flotte ankert vor Castillo Grande. *Die*

Kanonen haben Fransen; rotmützige Zwerge kitzeln meine Zehen …‹ Sagen Sie, das ist ja unerträglich. Der Mann tut mir leid, aber geht das noch lange so weiter?«

Smollett antwortete nicht; er bewegte lediglich eine Hand, als wollte er sagen: Weiterlesen!

Belmonte trank einen Schluck und wappnete sich; dann las er. »›Am 12. geht ein Linienschiff bei der *Conquistador* längsseits, und da sie wegen zu geringen Ballasts nicht völlig gesunken ist, schiebt es sie weit genug beiseite, die Fahrrinne für zwei Bombenschiffe zu öffnen, die sich der Stadt nähern. *Die großen Eidechsen haben wohl zuwenig gesägt, oder das gespuckte Feuer ist im Wasser naß geworden.*‹«

»Hilfe!« O'Leary hob die Hände über den Kopf.

»Meine leichtfertige Muse hätte damit nichts anfangen können«, sagte Smollett. »Wie Sie wissen, gelingen mir pikareske Farcen ganz gut. Das hier, diese Visionen eines beinamputierten Soldaten, der irgendeinen wahrscheinlich betäubenden Indiosud zu sich nimmt … das verlangt nach einem Tragödiendichter.«

»›Am 13. beginnt der Feind mit den beiden Bombenschiffen die Stadt zu beschießen, und nachdem sie die *Conquistador* noch weiter beiseite geschleppt haben, fahren ein Linienschiff mit sechzig Kanonen und mehrere Fregatten ein und ankern vor Jefar del Gracia und Manzanillo. *Luftgeister tanzen an Bord der Fregatten und fordern die Engländer zur Sarabande, die sie aber nicht beherrschen. O wenn ich Beine hätte.*‹«

O'Leary stöhnte. »Kannst du das nicht einfach überspringen? Weglassen? Oder wären Sie dann beleidigt, Mister?«

»Das könnte Ihnen doch vollkommen gleich sein.«

Belmonte atmete tief durch. »Mir auch; deshalb lasse ich das jetzt weg. Danke, Fergus.«

O'Leary deutete das huldvolle Winken des Fürsten in der Kalesche an. Smollett reagierte nicht, und Belmonte las ohne die teils bizarren, teils albernen Einsprengsel weiter.

»›An den folgenden Tagen – 14. und 15. – beschießen vorgeschobene Einheiten unserer Truppen sie von den Ufern aus. Am 16. landet morgens um vier Uhr das feindliche Heer an den Stränden von Jefar del Gracia und Manzanillo, unter dem Feuerschutz des erwähnten Linienschiffs, dreier Fregatten und eines weiteren Schiffs, die unausgesetzt das Land beschießen. In zwei Kolonnen, je fünf Mann breit, marschieren sie nach Norden zu einem Gutshof, wo ein Trupp der unseren sie mit einer Salve empfängt. Zwischen Jefar de Gavala und dem Gutshof befinden sich acht Trupps der unseren, darunter die Grenadierkompanie des Bataillons España, welche die erste englische Kolonne beschießt; da die britischen Schiffsgeschütze jedoch weiter feuern, müssen sich alle unsere Einheiten zurückziehen, da es auf dem Terrain weder Erhöhungen noch sonstige Dekkung gibt. Der Feind erreicht so La Quinta, und in dieser Nacht lagern die Engländer dort und am Jefar de Lozano.

Am 17. besetzen die Feinde den Cerro de la Popa und hissen über dem Kloster dort ihre Fahne. In der Nacht vom 17. auf den 18. greifen sie unsere Vorposten an, die sich darauf zurückziehen mit der Anweisung, den Gegner in Schußweite der Artillerie von San Lázaro zu locken, was ihnen nicht gelingt, da der Gegner nicht weit genug vordringt.

Bei Tagesanbruch des 18. greifen die Feinde eine Abteilung Soldaten und siebzig Mann Miliz an, die den Zugang zum Kanal bewachen, und nachdem der Gegner den Posten eingenommen hat, steckt er die Palisaden an, läßt den Graben jedoch intakt. Da sie die Stellung sofort wieder räumen, besetzen unsere Leute ihn abermals. Am 19. greift der Feind die Stellung wieder an, wird aber zurückgeschlagen und läßt fünfzehn Gefallene sowie einen Gefangenen zurück.

Das Kastell von San Lázaro wird San Felipe de Barajas genannt, ein kleines unregelmäßiges Fort auf einem Hügel, und obgleich es durch Verhaue, Batterien und Gräben bis zur Uneinnehmbarkeit befestigt ist, läßt sich der Boden am Hang gut bearbeiten. In der Nacht vom 19. auf den 20. April greifen die Feinde um halb vier Uhr morgens diese Verhaue von San Lázaro in zwei Kolonnen an; eine richtet sich gegen den Hügel selbst, wo es ein Hornwerk aus Faschinen gibt, das zu diesem Zeitpunkt lediglich über einen Dreipfünder verfügt, die andere attackiert eine Batterie unterhalb der anderen Seite des Forts. Beides sind Ablenkungsangriffe. Zur gleichen Zeit werden diese Stellungen, wo es nur vier Abteilungen Marine und Infanterie gibt, vom Linienschiff und den Bombenschiffen beschossen. Die Kolonne, die die untere Batterie angreift, wird mühelos zurückgeschlagen und vereinigt sich mit der anderen am Hornwerk, wo beide unsere Stellungen mit Gewehrsalven belegen.

Drei der dort postierten Abteilungen ziehen sich zwischen die Verhaue zurück, und mit unausgesetztem Feuer aus allen Gewehren und der Kanone von San Lázaro sowie mehreren Geschützen der Stadt, die den Einschnitt teilweise bestreichen können, leisten sie dreieinhalb Stunden lang erbitterten Widerstand, unter heftigem Beschuß beider Seiten. Eine dritte englische Kolonne rückt zur Verstärkung der beiden anderen an, gerät unter dem Artilleriebeschuß in Unordnung, kann sich aber zum Kanal zurückziehen und dort wieder Reihen bilden. In dem Fort, dem Vorwerk und dem Halbmond befinden sich etwa tausend Mann, und nachdem er vier Abteilungen zur Verstärkung des Hügels entsandt hat, wendet sich der Feind zu überstürzter Flucht; die unseren verfolgen sie bis zum Tal unterhalb des Hügels; der Befehlshaber des Forts, Melchor de Navarrete, hält es nicht für sinnvoll, weiter vorzudringen.

An diesem Tag werden auch 64 verwundete Engländer geborgen, darunter ein Hauptmann der Grenadiere, zwei Leutnants und ein Kadett aus vornehmem Hause; ferner geraten 31 Engländer in Gefangenschaft, darunter mehrere Matrosen. Man erbeutet auch zahlreiches Werkzeug, Säcke, Kleidungsstücke, Waffen und sonstiges Zubehör. Bald darauf bitten die Engländer um eine Feuerpause, um die Toten und Verwundeten zu bergen, was gewährt wird; dabei übergibt man ihnen 361 Leichen.

Auf unserer Seite gibt es an diesem Tag nur 14 Gefallene und 20 Verwundete. Nach Angaben der Gefangenen hat das englische Heer beim Angriff aus 23 200 Mann Infanterie und etwa 5000 Matrosen bestanden. Insgesamt hat der Gegner an diesem Tag etwa 1100 Verwundete und Gefallene zu beklagen, unter den Toten auch Oberst Grant, der den Angriff befehligt hat, und weitere 23 Offiziere. Die Verhaue am Hügel werden ausgebessert, und wir schaffen so viele Kanonen dorthin, wie Platz finden.

Am 21. bildet der Feind vom Cerro de la Popa bis zum Meer eine lange Linie zum Schutz des eigenen Lagers, der Faschinen und der Artillerie, die sie am 22. einzuschiffen beginnen. In der Nacht zum 23. beschießen zwei Mörser von dort aus den Hügel von San Lázaro.

Am 23. verwundet dort eine Bombe den Kommandanten Melchor de Navarrete. Am 25. setzen die Feinde zwei weitere Mörser gegen den Hügel ein.

Am 26. bringen sie unser Schiff *Galicia* nah an die Stadt und beschießen die Mauern und Vorwerke. Gegen ein Uhr mittags können sie dem Beschuß von den Mauern nicht mehr standhalten, kappen die Taue und werden vom Wind auf die Untiefe zwischen Castillo Grande und Manzanillo getrieben. Im Verlauf des Tages beenden die Engländer die Einschiffung ihrer Artillerie.

In der Nacht vom 27. auf den 28. gehen die letzten Truppen an Bord, und am Morgen des 28. ist das englische Lager verlassen, das sofort von unseren Leuten besetzt wird, wobei noch mehrere Gefangene und einiges an Beute gemacht werden.

Um elf Uhr kommt ein Parlamentärsboot, um den Gefangenenaustausch auszuhandeln, der dann vorgenommen wird.

Am 30. stecken sie die *Galicia* und die *Conquistador* in Brand. Nach den Aufzeichnungen wurden zwischen dem 13. und 27. April mehr als 2800 Bomben und Granaten auf die Stadt abgefeuert.‹«

Belmonte legte das letzte Blatt weg; verblüfft stellte er fest, daß es fast dunkel geworden war, was er beim konzentriertern Lesen nicht bemerkt hatte.

»Da haben Sie alles, was Sie vermutlich verpaßt haben«, sagte Smollett. »Sie hätten auch noch Drachen haben können und sprechende Steinschlangen; aber Sie wollten ja nicht.«

»Warum hat der das aufgeschrieben?« sagte O'Leary.

»Wie mir der Bruder damals geschrieben hat, sind diesem armen Kerl beide Beine von einer Kanonenkugel zertrümmert worden. Er war dann in der Stadt im Lazarett und hat sich jeden Tag berichten lassen, was geschah. Er hatte vorher schon Aufzeichnungen gemacht, für die Familie in Spanien, und ich nehme an, das wollte er fertigstellen.«

»War denn danach wirklich Schluß?«

»Nicht ganz, Fergus. Er hat auch ein paar Dinge nicht mitbekommen, die eher hinter der Front stattgefunden haben. Zum Beispiel ...« Belmonte zögerte, dann setzte er hinzu: »Anfälle von Verzweiflung.«

»Sagen Sie es ruhig. Sie können keinem mehr damit schaden, wie ich das sehe«, sagte Smollett.

»Irgendwann wollte der Vizekönig die Sklaven bewaffnen.«

»Ah«, machte O'Leary. »Und?«

»Don Blas hat sich geweigert und gesagt: ›Lassen Sie die Sklaven frei, Exzellenz, und wenn sie dann von sich aus bereit sind, gebe ich ihnen Gewehre.‹«

Smollett schaute in den Himmel. »Lampen«, murmelte er. »Aber Sie schulden uns noch Ihren Schluß.«

»Wollen Sie das jetzt wirklich noch hören?«

Smollett stand auf. »Wenn ich mit Lampen wieder hier bin.«

So endete mit Schmach, Enttäuschung und Verlusten die wichtigste, teuerste und am besten organisierte Expedition, die Großbritannien jemals unternahm.

Rapin / Tindal, *History of England*

Das Finale

O'Leary gähnte mehrmals; seine Kiefer knackten. Er murmelte etwas wie »oj oj oj«; abgesehen davon schwiegen sie, bis Smollett mit einem Windlicht zurückkam und sich setzte.

»Beeilung«, sagte er. »Gehen Sie mitten hinein, Mann; wenn es eine gute Abenteuergeschichte ist, will ich sie hören, ehe ich Sie wegschicke.«

»Mitten hinein; na gut. Blas de Lezo war verwundet, wie gesagt, aber das waren andere auch, und der Admiral hatte ja immer schon die Gewohnheit, sich nichts aus Wunden zu machen. Jedenfalls nach außen hin.«

»Was für Wunden hatte er denn diesmal?« sagte O'Leary.

»Die rechte Hand, die ohnehin kaum zu benutzen war, hatte eine Pistolenkugel daran gehindert, ihm in den Bauch zu dringen. Und im linken Oberschenkel – also in dem von seinem richtigen Bein – steckte ein langer, scheußlicher Holzsplitter.«

Smollett verzog das Gesicht. »Damit hatten wir, eh, die Ärzte reichlich zu tun. Kanonenkugeln zertrümmern das Holz der Schiffe, dann fliegen Splitter, und meistens wäre ein richtiger Treffer angenehmer als das.«

»Lezo hat Anweisungen erteilt, Befehle, während ihm einer unserer Ärzte den Splitter herausgeschnitten hat.«

»Uh«, sagte O'Leary.

»Als das Bein verbunden ist und die anderen gegangen sind, also Arzt und Sekretäre und Offiziere, hat er kurz gestöhnt. Unter uns, gewissermaßen. Dann legt er mir die Hand auf den Arm und sagt: ›Belmonte, Sie haben sich gut geschlagen, aber jetzt brauche ich Sie hier nicht mehr.‹

Ich sage: ›Sind Sie sich da sicher, Exzellenz? Es ist viel zu tun.‹

›Weiß ich doch‹, sagt er.

Den nächsten Satz habe ich nicht verstanden, weil in der Nähe mindestens eine britische Kanonenkugel einschlägt. ›Bitte?‹ sage ich. ›Die Indios‹, sagt er.«

»Was ist mit denen? Ich habe hin und wieder etwas gehört, aber keiner wollte so richtig mit der Sprache raus«, sagte Smollett. »Oder niemand wußte was.«

»Das waren Kogui.«

»Koggi?« sagte O'Leary. »Muß man die kennen?«

»Man sollte, wenn man in der Gegend zu tun hat. Es gab da ein ziemlich herbes Volk, Tairona, die sich unter keinen Umständen anpassen oder unterwerfen wollten.«

O'Leary grinste. »Gute Iren, gewissermaßen?«

»Angeblich Kopfjäger, Kannibalen, was weiß ich. Wollten sich nicht bekehren lassen, und das war ja für meine Vorfahren in Amerika fast so wichtig wie Gold. Irgendwann Mitte des vorigen Jahrhunderts haben unsere Soldaten sie dann – tja, erledigt, könnte man sagen. Die Überlebenden haben sich in die Berge zurückgezogen. Aber die hatten so etwas wie einen Kriegerkult, und obwohl sie nicht viel Kontakt mit der Umgebung hatten, müssen sie irgendwie von Don Blas und seiner Geschichte gehört haben.«

»Langsam, *caballero.*« Smollett langte nach seinem Becher und trank einen Schluck Wasser. »Am Anfang haben Sie von Koggi, Kogui, wie auch immer gesprochen, dann von Tairona. Was denn nun?«

»Die restlichen Tairona haben sich mit ein paar anderen Stämmen vermischt, nehmen wir an, und die Nachfahren nennen sich heute Kogui.«

»Gehörte die berühmte Catalina auch dazu?«

Belmonte starrte Smollett an. »Sie erstaunen mich, Sir«, sagte er. »Dafür, daß Sie von allem nichts wissen wollen, was nicht britisch ist, sind Sie erstaunlich gut informiert. Nein, die gehörte, glaube ich, zu einem anderen Stamm. Volk.«

»Wer ist das, bitte?« sagte O'Leary.

»Eine Frau, die ganz zu Beginn der Eroberung, also um die fünfzehn-dreißig, eine wichtige Rolle gespielt hat. Keine Ahnung, wie sie wirklich hieß; sie hat sich taufen lassen, oder wurde zwangsgetauft, auf den Namen Catalina, und danach hat sie übersetzt und vermittelt. Später hat sie einen Spanier geheiratet, ist mit ihm nach Sevilla gegangen und uralt geworden. Aber weiter, unsere Tairona; nennen wir sie einfach so. Die hatten also von dem großen Krieger Lezo gehört, und ein Häuptling, den wir Tairagga genannt haben – hat wohl auch so ähnlich geheißen, aber da gab's ein paar Laute, die uns arg fremd waren –, also, Häuptling Tairagga ist mit fünfhundert Kriegern nach Cartagena gekommen, um den großen Kriegsmann Blas de Lezo zu sehen und ihm gegen seine Feinde zu helfen. Krieger unter sich; die beiden sind auch gleich sehr gut miteinander ausgekommen. Erstklassige Bogenschützen, aber gegen Kanonen und Gewehre nur in Maßen hilfreich. Lezo hat sie bei den Kämpfen an Land, unten um Bocachica herum, in kleinen Gruppen eingesetzt, zur Unterstützung unserer Leute. Jetzt, in Cartagena, nach dem Rückzug, gibt es eigentlich nur noch eine Verwendung für sie: als Scharfschützen auf den Wällen, gegen Belagerer.«

Smollett hob die Hand. »Augenblick. Ich wüßte da noch etwas, aber darauf ist Ihr Lezo dann sicher gekommen. Vorher noch eine Frage zu dieser Catalina Pocahontas. *Übersetzen* verstehe ich, natürlich; aber was heißt *vermitteln* in diesem Fall?«

Belmonte schob die Unterlippe vor. »Also, ganz genau weiß ich das nicht; ich glaube, sie hat den Indios in der Umgebung gesagt, laßt euch der Form halber taufen, dann lassen die bösen Fremden euch mehr oder weniger in Ruhe. So, oder so ähnlich. Das haben die dann wohl mit sich machen lassen und danach – tja, ich glaube, es gibt von denen immerhin noch mehr als oben, im Norden, von den Mohikanern.«

»Weiter, bitte.« O'Leary ächzte. »Sonst schicke ich gleich noch den heiligen Patrick ins Rennen.«

»Wie Sie sagen, Smollett: Lezo hatte eine andere Verwendung. Für die Tairona und mich. In Cartagena gab es genug Leute, die ihm als Sekretär oder Adjutant helfen konnten, also war ich entbehrlich. Bei den Indios gab es nur zwei oder drei, die halbwegs Spanisch konnten, neben dem Häuptling. Den wollte Lezo in der Stadt behalten und hat ihn gefragt, wer denn sozusagen sein Unterhäuptling wäre. Das war einer namens Churruca oder so; konnte Spanisch, war noch ziemlich jung, nicht viel älter als ich damals, also, sagen wir, Mitte Zwanzig, mit einer Zickzacknarbe auf der linken Wange und ungeheuren Eckzähnen oben, Hauer, könnte man sagen. Immer, wenn er gegrinst hat, hat er die über die Unterlippe gehakt, und er hat ziemlich viel gegrinst.

Also, Lezo und der Häuptling beraten eine Weile; dann redet Tairagga lange mit Churruca, und der sucht sich fünfzig Leute aus den fünfhundert … Na ja, so viele waren's gar nicht mehr, die hatten auch ein paar Verluste gehabt. ›Ihr seid meine Schleicher‹, sagt Lezo. ›Sie auch, Belmonte; keine lauten Waffen, nur Degen und Messer für Sie. Sie können ja mit Pfeil und Bogen üben.‹ Wir sollten …«

»Blöde Frage«, unterbrach ihn O'Leary. »Da gibt's doch diese üblen Geschichten über Giftpfeile und so was. Hatten die das?«

»Nein, aber genug andere unangenehme Sachen. Wir sind also losgezogen, haben uns zwischendurch in kleinere Gruppen aufgeteilt, raus aus der Stadt, durch die Sümpfe, dann auf nassen Umwegen nach Süden, an den Ostrand der Bucht, wo die Engländer einen Teil ihrer Vorräte und Munition und sonstigen Nachschub gelagert haben.«

»Wie war das denn für Sie mit dem Wetter? Für unsere Leute an Land und auch für uns auf den Schiffen war es scheußlich.«

»Für uns auch. Es war drückend heiß, schwül, immer wieder die Sturzbäche von oben, die aber keinen erfrischt haben. Ich hatte keine Uniform an, das wäre zu lästig gewesen, außerdem auffällig, im Unterholz. Ganz gewöhnliche Sachen, die schon kurz nach dem Aufbruch völlig durchnäßt waren. Sumpf in den Stiefeln, ja? Gott, wie habe ich die Tairona beneidet, die bloß Lendenschurz und ihre Waffen hatten.«

»Warum hast du dich nicht auch ausgezogen?«

»Ich hasse glitschige Kriechtiere. Und Schlangen.« Belmonte schüttelte sich. »Da kriecht einiges rum, vor allem giftige Frösche und Spinnen, aber auch Schlangen. Lieber Morast in den Stiefeln, als barfuß auf so was treten. Einmal bin ich beinahe über einen Tapir gestolpert; der muß sehr satt gewesen sein und geschlafen haben. Hin und wieder ein paar halbwegs trockene Momente, unter triefenden Bäumen … Wir haben Frösche, Spinnen und Schlangen gesammelt. Das heißt, die Indios haben das getan; ich habe während der Zeit nach Jaguaren Ausschau gehalten und Kolibris zugesehen, meine Blasen gezählt, Egel abgepflückt.«

»Klingt wie ein erholsamer Spaziergang«, sagte Smollett. »Und die Engländer?«

»Wir haben sie aus dem Unterholz heraus beschossen, mit Pfeilen. Manchmal, wenn wir nahe genug rankommen konnten, hat einer der Indios einen Beutel voller Frösche oder Giftspinnen zwischen sie geworfen.«

»Gah«, sagte O'Leary. »Und irgendwann hast du dann doch meinen edlen Ahnherrn gesehen, nicht wahr?«

»Das war schon ziemlich zum Schluß. Wir haben englische Trupps angegriffen, die Wasser holen sollten oder im Gestrüpp nach Früchten gesucht haben. Irgendwann wurden es aber immer weniger; die haben sich dann auf die andere Seite verzogen, nach Tierra Bomba und weiter Richtung Cartagena. Natürlich haben wir die ganze Zeit das Geschützfeuer gehört, und bei all dem Schlamm und der Nässe war ich dann plötzlich doch froh, nicht in der Stadt zu sein. Ich glaube, es war an dem Tag, an dem wir dann schließlich umgekehrt sind. Wir waren ziemlich weit nach Süden gekommen, und dann gab's keine Engländer mehr, die man hätte belästigen können. Da kamen dann diese drei Leute aus dem Dickicht, die offenbar zu den Briten wollten. Europäer, mehr haben wir zuerst nicht gesehen. Und als sie uns sehen, fangen sie an zu schießen, also kriegen sie ein paar Pfeile zurück.«

»Moment bitte«, sagte Smollett; er richtete sich gerade auf. »Sie haben tatsächlich den mythischen Vater von O'Leary gesehen?«

»Nicht direkt. Aber es stimmt alles mit dem überein, was O'Leary uns sagen konnte.« Belmonte faßte die unverhoffte

Begegnung im Dschungel kurz zusammen, mit ein paar Ergänzungen von O'Leary.

Smollett schüttelte den Kopf; er hatte die Augen weit geöffnet. »Solche Zufälle kann doch niemand glaubhaft erfinden. Na gut, weiter bitte. Sie sind dann zurück nach Cartagena gegangen, eh, geschlichen, nehme ich an. Wann sind Sie wieder in der Stadt gewesen?«

»Kurz vor dem englischen Sturmangriff. Als ich wieder in die Stadt kam, konnte ich Lezo zuerst nicht finden. Nicht im Quartier in der Festung jedenfalls. Dann wurde mir gesagt, er hätte nach dem hundertsten Streit mit dem Vizekönig sein Amt niedergelegt.«

»Hätt ich, glaub ich, viel früher getan«, sagte O'Leary. »Alles hingeschmissen, dem Trottel vor die Füße.«

»Wie geht das denn zusammen mit seinem ›Alles für Gott und den König‹?«

»Konnte ich zuerst auch nicht fassen. Und dann in dieser verzweifelten Lage. Aber ich habe später – übrigens nicht von Lezo, sondern einem der Offiziere, die dabei waren – eine etwas andere Darstellung gehört.«

»Da bin ich aber gespannt«, sagte Smollett. »Wir haben das von einigen unserer Leute erfahren, die bei euch gefangen waren, aber glauben konnten wir es nicht so recht.«

Belmonte deutete in den Himmel. »Es wird dunkel, Sie wollten uns doch los werden. Wollen Sie das jetzt wirklich noch hören?«

»Ja, reden Sie schon!«

»Gehen wir noch mal einen Schritt zurück. Oder mehrere. Lezo war vom König mit der Verteidigung der Stadt betraut, also militärisches Oberkommando. Als wir ... als er nach Cartagena gekommen ist, gab es dort den Bürgermeister und natürlich den Gouverneur der Provinz. Zuständig für alles andere, aber Lezo nicht vorgesetzt. Vom Gouverneur konnte Lezo Dinge *verlangen;* nicht daß der Gouverneur immer geliefert hätte, aber das beiseite. Als dann der Vizekönig eingetroffen ist, hat sich alles verändert – der Vizekönig steht natürlich über dem Kommandeur und dem Gouverneur. Von Eslava konnte Lezo Dinge nur *erbitten.*«

Smollett wedelte mit beiden Händen. »Ja, ja«, sagte er unwirsch. »Das ist klar, das ist so in einer ordentlichen Hierarchie. Und weiter?«

»Es war von Anfang an völlig klar, daß bei einem englischen Überfall ...«

»Angriff«, knurrte Smollett.

»... nur hinhaltende Verteidigung möglich wäre. Lezo hatte ja, abgesehen von ein paar kleineren Booten, nur sechs Linienschiffe zur Verfügung, gegen sechsunddreißig englische, dazu Fregatten und alles andere. Völlig aussichtslos, damit so etwas wie eine offensive Taktik zu verfolgen, eine Seeschlacht oder so etwas. Deshalb ...«

»Wieso eigentlich nur sechs Linienschiffe?« sagte O'Leary. »Die Großmacht Spanien, über deren Ländern angeblich die Sonne nie untergeht, muß doch mehr gehabt haben.«

»Um die vierzig, schätze ich, und Fregatten und anderes. Aber die waren vor allem im Mittelmeer und an den spanischen Küsten.« Er schnitt eine Grimasse. »Wir hatten ein paar gute Leute, sogar in der Politik – Patiño zum Beispiel, der als Minister sehr wohl wußte, was er an Lezo hatte. Aber Patiño war tot, und für seine Nachfolger war Flottenbau nicht so wichtig. Aber weiter. Lezo weiß, daß er nur verteidigen kann. Seine erste Linie war der Strand, den die Engländer nicht unbehelligt betreten durften – Eslava hat ihn daran gehindert, dort Geschütze zu verteilen. Dann die Festungen bei Bocachica – Eslava hat alle Anforderungen nach mehr Material, Vorräten, Pulver und so weiter mißachtet. Als die Engländer gelandet waren, hat er Lezo untersagt, Ausfälle zu unternehmen. Als die Forts aufgegeben werden mußten, ist Eslava zu spät mit Booten zur Evakuierung gekommen. Und als die Engländer Cartagena direkt angegriffen haben, wollte Eslava unbedingt den großen heroischen Ausfall machen, völlig sinnlos bei den Zahlen. Er hat den Ausfall befohlen, Lezo hat sich geweigert, Eslava sagt, dann setze ich Sie ab, Lezo sagt, das können wir einfacher haben, ich lege das Kommando nieder. So.«

»Und dann?«

»Hat Eslava versucht, den Ausfall selbst vorzubereiten und anzuführen. Nach und nach ist ihm dabei aufgegangen, daß es eine besonders sinnlose Form von Selbstmord wäre. Ich nehme an, die anderen Offiziere haben es ihm ein bißchen erklärt. Jedenfalls ist er am nächsten Tag persönlich zu Lezo gegangen und hat Don Blas gebeten, die Verteidigung der Stadt wieder zu übernehmen.«

»Ist ihm bestimmt ganz leicht gefallen, wie?« O'Leary schnaubte. »Wie ich die hochmögenden Herren einschätze. Die sind ja wahrscheinlich in Spanien nicht viel anders als in England.«

»Don Blas hat dann die letzten Schiffe versenken lassen. Ist nicht ganz gelungen, aber immerhin hat es die Engländer daran gehindert, Schiffe näher an die Stadt zu bringen. Er hat einen kleinen Ausfall angeordnet, um die vorrückende englische Infanterie ein bißchen zu verlangsamen, bis zum Abend. Und nachts hat er dann seine letzte Karte gezogen.«

Smollett runzelte die Stirn. »Ich weiß von keiner letzten Karte, *caballero;* was meinen Sie?«

»Er hat sich mit ein paar Offizieren und Ingenieuren beraten. Dann hat er die Truppen neu eingeteilt, also, wer auf welchem Mauerabschnitt was tun soll, die Indios mit ihren Pfeilen dahin, wo sie den erwarteten englischen Sturm von der Seite piksen können, und mir hat er gesagt, ich soll alle verfügbaren Leute zusammentreiben, abgesehen von der Notbesatzung der Mauern, und sie mit Hacken und Schaufeln rausführen.«

»Ah!« sagte Smollett; er nickte.

»Was solltest du denn damit machen?«

Belmonte blinzelte O'Leary zu. »Don Blas sagt, man hätte das schon früher beginnen können, aber dann hätten die Engländer noch darauf reagiert, also deswegen erst ganz zum Schluß. Er wußte, von unseren Leuten auf Jamaika, daß Vernon genau weiß, wo welche Kanonen stehen und wie hoch die Mauern sind. Deshalb haben die Engländer schon auf Jamaika Sturmleitern angefertigt, in der nötigen Höhe. Und ich bin nachts mit allem, was noch buddeln konnte, raus und habe an den Stellen, wo Lezo den Angriff erwartete, einen Graben angelegt.«

»Haben die Briten denn nichts bemerkt? Unternommen?«

»Es war dunkel, Fergus, kommt nachts schon mal vor. Die konnten nichts sehen. Und unsere Geschütze, oben auf den Wällen, hatten abends noch gründlich geschossen, deshalb haben sie ihr Lager außer Schußweite aufgeschlagen. Morgens, beim letzten großen Angriff, mußten sie über Gelände, das vom Regen aufgeweicht war, unter Beschuß mit Kartätschen näher an die Mauern, und als sie nah genug waren, kamen bei uns die Gewehre und Pfeile dazu. Und als sie die Mauer erreicht haben, trotz allem, und die Sturmleitern anlegen, stellen sie fest, die sind zu kurz.«

»Um Vergebung«, sagte O'Leary nach einer Weile allgemeinen Schweigens. »In vornehmer Gesellschaft soll man keine groben Wörter benutzen, aber – Scheiße. Da können sogar mir sogar Engländer leid tun. Also, alles vergebens und jetzt Rückzug unter Beschuß?«

»Das hat uns den Rücken gebrochen.« Smolletts Stimme klang nun uralt und brüchig.

Die Weigerung des Wurms
die Beredsamkeit der Gazelle
die Großmut des Schattens
prangender Sand, das blendende
Schwarz im Rücken der Sonne
und wundersamer als alles
die Augen der Liebsten

DYMAS

Wunder in Antignano

Belmonte stand auf. »Hören Sie, Smollett, wo ist Ihr Abtritt? Ich muß mich kurz für etwas Größeres entschuldigen.«

Smollett deutete zum Haus. »Den Korridor entlang, vorletzte Tür links. Beeilen Sie sich; ich will Sie beide endlich loswerden.«

Belmonte seufzte und ging zum Haus. Drinnen war es fast schon zu dunkel, als daß noch viel zu sehen war. Eher tastend fand er den Abtritt. Während er dort saß, hörte er Schritte, die Geräusche einer Tür, die geöffnet und wieder geschlossen wurde. Schritte von Frauenschuhen. Durch den Spalt unter der Tür sah er plötzlich Licht; jemand mußte im Flur eine Lampe oder Kerze entzündet haben.

Als er den Abtritt verließ, stand er im Flur einer zarten, fast schmächtigen Gestalt gegenüber.

»Um Vergebung, Mrs Smollett«, sagte er.

Und stockte.

Die Nase, deren Spitze ein wenig nach links zeigte. Die Augen mit den braungefaßten Goldsplittern. Er schnappte nach Luft. Es gab Falten, wo damals, so lange her, keine gewesen waren, aber …

Sie blickte ihn an, ohne etwas zu sagen; plötzlich lächelte sie. »Fällt mir jetzt ein Brunnen ein?« sagte sie halblaut.

»Wo bist du mein ganzes Leben lang gewesen?« Er streckte die Hände aus; sie nahm sie und drückte sie, schweigend, aber sie lächelte immer noch.

»Ich habe nie deinen Namen gekannt, daß ich mich ordentlich an dich hätte erinnern können. Ich heiße Ann – nicht daß das wichtig wäre, nach all der Zeit.«

»Osvaldo. Osvaldo Belmonte.«

»Dann bist du ...?«

»Halb Spanier, halb Engländer.«

»Also damals gar kein schweifender Matrose, sondern ...«

»Spanischer Spion. Aber.« Er räusperte sich und schluckte mehrmals. »Kann das denn sein?« Die eigene Stimme kam ihm fremd vor, und heiser war sie trotz des Räusperns.

»Die Welt ist ein Dorf, das von unglaublichen Zufällen regiert wird«, sagte sie. »Was machst du hier?«

»Noch mehr unglaubliche Zufälle. Ein Ire, dessen Vater im Lazarett bei Santiago, ah, bei Spanish Town gestorben ist. Arbeitet für mich, auf meinem Schiff. Er glaubt, sein Vater hätte Schätze vergraben und vielleicht vor dem Tod noch etwas gesagt. Und Smollett hat ...«

»... in dem Lazarett gearbeitet, ich weiß.« Sie nickte.

»Er weiß aber nichts.«

»Schatzsuche über Ozeane und Kontinente hinweg ...« Sie schüttelte den Kopf. Das Lächeln blieb, aber der Ausdruck um die Augen veränderte sich. Verwandelte sich von Heiterkeit zu Staunen. »Ich weiß etwas«, sagte sie schlicht.

Belmonte ächzte. »Das ... das kann nicht sein«, sagte er schwach.

»Warte hier.« Sie wandte sich ab und verschwand hinter einer Tür.

Er stand im matt erleuchteten Flur des Hauses außerhalb von Livorno, am Hang über dem Mittelmeer, durchraste in

Gedanken die Strecke nach Gibraltar und Cádiz, den Atlantik, die halbe Karibik, das Hinterland von Cartagena, sprang nach Norden, nach Jamaika, mit einem Umweg über Irland, kaute auf der Unterlippe und seinem Unglauben, fühlte so etwas wie Schwindel und hielt sich an der Wand fest.

Mrs Smollett kam zurück; in der Hand hielt sie ein gefaltetes Papier.

»Das hat er aufgeschrieben, bevor er gestorben ist«, sagte sie tonlos. »Und mich gebeten, es nach Irland zu schicken oder wenigstens aufzubewahren, falls einmal einer von seiner Familie ... Dann ist er gestorben, ehe er mir sagen konnte, wohin ich es schicken soll. Aber das kann doch gar nicht sein.«

»Was ... wieso ... das Lazarett.« Er konnte nur stammeln.

»Ich habe dort manchmal ausgeholfen«, sagte sie. »Wir haben ganz in der Nähe gewohnt, und mir haben all die armen kranken und verwundeten Männer so leid getan. Der Esel damals, der hat dem Lazarett gehört, und das Wasser war für die Kranken.«

»Aber ...«

»Ich habe mich manchmal an die Betten gesetzt ... Betten, na ja. Da waren alte, ergraute Männer, die geweint und mir von ihren Familien erzählt haben, die sie nie wiedersehen würden. Und arme kleine Jungen, die mich im Fieber für ihre Mutter gehalten haben.«

»Du hast sie gepflegt?«

»Nein, dafür waren Helfer zuständig. Und Sklaven. Nein, ich wollte ... Ich habe mir gesagt, wenn ich einmal in Dreck und Leid sterben sollte, würde ich gern noch einmal ein freundliches Gesicht sehen. Die armen Kerle, die ihre Frauen nie wiedersehen, und die armen Jungs, die nie eine Frau gehabt haben. Verstehst du?«

Belmonte nickte. Und schluckte.

»O'Leary, so hat er geheißen«, sagte sie leise. »Ist er das?«

»Ja.«

»Und sein Sohn ist da draußen?«

»Ja.«

Sie lachte, unterdrückt, ungläubig, mit Augen, in denen sich Feuchtigkeit sammelte. »Das ist ein schlechtes Melodrama«, flüsterte sie. »Toby, ah, mein Mann würde so etwas nie schreiben. Aber das ist ja auch das unordentliche Leben, kein gefeiltes Manuskript. Nicht zu fassen.« Sie hielt ihm das Papier hin.

Er nahm es, ohne es zu entfalten. »Was steht darauf?«

»Ich weiß es nicht.«

»Hast du es nie angeschaut?«

»Doch. Immer wieder. Aber ich kann nichts damit anfangen. Ein Satz auf Irisch, ein Satz auf Spanisch. Irisch verstehe ich nicht, und der spanische Satz ergibt keinen Sinn. Jedenfalls keinen, der etwas mit Schätzen oder Erben oder Familie oder überhaupt etwas zu tun haben könnte, was irgendwie Sinn ergäbe.«

Belmonte steckte das Papier ein. »Ich werde es dem Sohn geben – aber das steht mir nicht zu; gib lieber du es ihm.« Er zog es wieder aus der Tasche und hielt es ihr hin.

Sie betrachtete es einen Moment. »Nein, mach du das«, sagte sie dann. »Und red nicht darüber, solang ihr noch hier seid. Ich müßte ihm sonst eine lange Geschichte erzählen; er will ja immer alles genau wissen.«

»War er immer schon so?«

»Wie?«

»Na ja, unhöflich, schroff ... Nicht wie – wie du unter dem Baum am Brunnen.«

Sie seufzte. »Er hält mich für dumm, weil ich nicht davon ausgehe, daß alle Leute Räuber und Mörder sind«, sagte sie. »Als ich mich in ihn verliebt habe, damals, auf Jamaika, war er jung und fröhlich und voller Hoffnung, entweder ein großer Arzt oder, lieber, ein großer Schriftsteller zu werden.«

»Das ist er doch geworden.«

»Nützt es ihm etwas? Ihm, mir, uns? Er schreibt, ein Drukker und Verleger gibt ihm dafür Geld, danach gehört es nicht mehr ihm, sondern dem Drucker. Und ganz gleich, wie viele Leute die Bücher kaufen und lesen, in wie viele Sprachen sie übersetzt werden, wie groß der Ruhm ist, Toby hat nichts mehr davon. Nein, um zu leben, braucht man Grundbesitz, ein Amt, eine Pfründe, nicht ... Wörter.«

Belmonte stieß Luft durch die Zähne aus. »Und das hat ihn so gemacht?«

»Und wird ihm seine letzten Monate verfinstern.«

»Ich wiederhole: Wo bist du mein ganzes Leben lang gewesen?«

Sie lachte. Dann faßte sie ihn an den Ohren und drückte ihm einen Kuß auf die Lippen. »Bei ihm«, sagte sie. »Ich habe mit ihm gefeiert und gelitten, getanzt und gehungert, unsere Tochter gehegt und begraben. Nach ihrem Tod war er nie mehr wie ... vorher. Und du, wo warst du all die Zeit?«

»Im Krieg, auf See, eine Frau und zwei Kinder in Havanna, alle bei einem Brand umgekommen, und seither ...« Er zuckte mit den Schultern.

»Das Leben ist schlecht organisiert«, sagte sie. »Komm, laß uns in den Garten gehen. Und – wir sind uns eben zufällig im Korridor begegnet. Zum ersten Mal.«

»Gäbe es sonst Streit?«

Sie lachte leise. »Nein. Aber er will alles wissen. Und ich will nicht meine Seele umstülpen, verstehst du?«

Sie nahm ein Windlicht von einem Gestell am Ende des Flurs, zündete es an und ging voraus.

»Ein wandelnder Leuchtturm«, sagte Smollett zur Begrüßung, als sie zur Tischgruppe traten. O'Leary stand auf und deutete eine Verbeugung an.

»Fergus O'Leary«, sagte Belmonte. »Und Mrs Smollett.«

»Ich bin entzückt, die Herrin des Hauses kennenzulernen.«

Sie reichte dem Iren die Hand und musterte sein Gesicht. »Sie erinnern mich an ... irgendwen.«

»Ehe du dich erinnerst, wünsche ich die Rücken der Herren zu sehen«, sagte Smollett. »Mein Bedarf an Dagos und Paddys ist für den Rest meiner Tage gedeckt.«

»Aber«, sagte O'Leary.

»Hören Sie mir auf mit aber und trotzdem und vielleicht. Wir könnten die Geschichte noch tagelang weiterbereden; mir fällt aber das, was Sie suchen, ganz bestimmt nicht mehr ein. Leben Sie wohl.« Smollett lehnte sich zurück, verschränkte die Arme vor der Brust und schloß die Augen.

Mrs Smollett stellte das Windlicht zum anderen auf den Tisch. »Ich bringe sie zur Tür«, sagte sie; in ihrer Stimme schwang etwas wie ein Vorwurf mit. »Willst du danach zu Abend essen?«

Er grunzte nur.

»Ich rufe dich, wenn alles bereit ist.« Sie tätschelte ihm den Kopf, wandte sich ab und ging zum Haus.

Belmonte blickte hinter ihr her, sah die Gestalt im matten Licht der Korridorbeleuchtung kleiner werden und sagte: »Sie, Mister, haben eine gute und schöne Frau. Zu der Sie freundlicher sein sollten. Sie könnten es sonst in Ihrer letzten Stunde bedauern.«

Smollett reagierte nicht.

»Danke für Ihr unbewegtes Entgegenkommen«, sagte O'Leary. »Mögen Engelschwärme Sie zur Ruhe betten und unterwegs dreimal fallen lassen.«

Als sie in den Korridor kamen, hatte Mrs Smollett die Haustür bereits geöffnet. O'Leary sagte leise etwas, was Belmonte nicht verstand, und ging hinaus. Belmonte ergriff ihre Hand, küßte sie und wollte dem Iren folgen.

»Magst du mir schreiben?« flüsterte sie.

»Wie alles ausgeht?«

»Das auch, ja, aber ... einfach so.«

»Wird er nicht zetern?«

Sie lächelte ein wenig traurig. »Daran bin ich gewöhnt.«

»Eigentlich habe ich bis an mein Lebensende genug von Kriegsgeschichten, aber ...«, sagte O'Leary, als sie das Haus verlassen hatten.

»Was?« Belmonte schrak aus Gedanken auf, die sich mit anderem befaßten. Mit Ann Smollett und ihrem Lächeln, mit dem Dichter, der vielleicht doch nicht so widerwärtig war und wußte, daß er nur noch ein paar Monate zu leben hatte.

»Wie ist das denn nun zu Ende gegangen? Ich nehme an, die kurzen Leitern haben, wie Smollett sagt, den Engländern endgültig den Hals gebrochen, oder?«

»Ach so, da bist du ... « Belmonte riß sich mühsam zusammen. »Ja, kann man so sagen. Die hatten aber schon Schwierigkeiten, ihre Leute zu diesem letzten großen Angriff zu prügeln. Sie hatten hohe Verluste gehabt, Gelbfieber im Lager, viele Kranke und Verwundete, und nach dem wochenlangen Kampf unter gegenseitigem Dauerbeschuß – ich meine, das ist für alle furchtbar, aber in der Stadt, am Schluß, gab's für uns ja andere Möglichkeiten, sich zwischendurch die Ohren zu verstopfen und unter einem Dach, im Trockenen, ein paar Augenblicke zu schlafen. Oder wenigstens zu dösen. Die armen Schweine draußen ... unsere Feinde, Gegner, klar, aber irgendwie hatte ich, hatten viele von uns fast Mitleid mit denen. Kein trockener Fetzen am Leib, wochenlanger Dauerregen, schlechte Versorgung, Krankheiten, Tote, die nicht ordentlich bestattet werden können, alles stinkt und trieft und eitert. Die wollten eigentlich alle nur noch weg, und für die Moral ist es bestimmt nicht gut gewesen, daß Vernon und seine Berater gemeint haben, sie hätten keine Zeit für Beerdigungen, und der Boden wäre sowieso so naß, daß die Leichen ein paar Stunden später übers Feld schwimmen, also ab ins Wasser, in die Bucht damit. Überall Leichen, und jeder, der jetzt in den Einsatz gehen soll, weiß genau, wenn's ihn erwischt, ist nichts mit Ruhm und Ehre und wenigstens einer würdigen Bestattung. Nein, der Hals, um bei deinen Worten zu bleiben, war schon angeknackst, und das mit den Leitern war der letzte Strohhalm, unter dem der Esel endgültig zusammenbricht.«

»Also Abbruch, Abzug, Katastrophe – und danach?«

»Vernon hat im nächsten Jahr versucht, auf Kuba zu landen, mußte aber nach ein paar Wochen auch da wieder abziehen. Und bei uns?« Belmonte zuckte mit den Schultern. »Don Blas war verwundet, hab ich ja erzählt, und offenbar hat der Arzt nicht alle Splitter aus dem Oberschenkel schneiden können. Irgendwann hat sich alles entzündet. Er hat noch dreieinhalb Monate gelebt, mal besser, mal schlechter, dann ist er gestorben. Wie er befürchtet hatte, hat er seine Familie nie wiedergesehen.«

O'Leary pfiff leise vor sich hin; nach einer kurzen Pause sagte er: »Da war doch noch was, oder?«

»Ja. Lezo hat einen Bericht über die Vorgänge verfaßt, eigenhändig, so gut er zwischen seinen Fieberanfällen konnte. Den hat er nach Madrid geschickt. Aber Eslava war schneller, sein Bericht ist mindestens einen Monat eher beim König gewesen, und darin hat er Blas de Lezo mit Dreck überhäuft. Der hat's nicht mehr erleben müssen – als der König ihn sämtlicher Ämter und Posten enthoben und ihm alle Titel aberkannt hat, war er schon tot.«

Sie liefen eine Weile schweigend nebeneinanderher. Plötzlich stieß O'Leary eine Mischung aus Schnalzen und Knurren aus.

»Unmöglicher Kerl«, sagte er. »Sie ist viel zu schade für ihn. Jede Frau wäre zu schade für ihn. Am Schluß hat sie so ausgesehen, als ob sie gleich weinen wollte.«

»Dazu gibt es eine kleine Geschichte.«

»Laß hören.«

»Du wirst das alles aber nicht glauben. Und nie darüber reden.«

»Uh uh. Einem Iren das Reden verbieten?«

»Glaubst du an so etwas wie Vorsehung?«

O'Leary prustete. »Das von dir, du ungläubiger Hund, um meine mohammedanischen Gastgeber zu zitieren?«

»Glaubst du denn daran?«

»Jesus weint schon wieder! Nein. Ja. Vielleicht. Könnte sein, daß die großen Zufälle irgendeinem Gesetz, einem Naturgesetz gehorchen. Bah, gehorchen – unterliegen. Und weil wir das Gesetz nicht oder noch nicht kennen, reden wir dann von Vorsehung. So ähnlich. Was ist mit der Geschichte?«

»Wie ich aus Schriften über Smollett weiß, haben die beiden sich anno einundvierzig kennengelernt, als er im Lazarett außerhalb von Kingston gearbeitet hat. Als Arzt.«

»Und?«

»Anno vierzig war ich da, um einen von Lezos Spionen zu treffen. Auf dem Rückweg habe ich Rast an einem Brunnen gemacht, im Schatten eines breiten Baums.«

O'Leary gluckste. »Wenn das jetzt ein irisches Märchen wäre, hättest du an dem Brunnen eine gute Fee getroffen, die dir eine glückhafte Zukunft verheißt und inzwischen Mrs Smollett geworden ist.«

»So ähnlich.«

»Kann doch nicht sein!«

»Ist aber so. Wir haben geplaudert, ohne Verheißungen. Es war ... ich weiß nicht, wie ich es ausdrücken soll. Heiter und auf ganz unschuldige Weise innig. Kannst du dir etwas darunter vorstellen?«

O'Leary schnaubte. »Soll ich das glauben? Auf unschuldige Weise innig! Aber ... was für ein Zufall! Von Jamaika nach Livorno, und drei Jahrzehnte dazwischen.« Er blieb stehen, hielt Belmonte am Arm fest und starrte ihm ins Gesicht, so gut das im kargen Licht der Sterne und des aufgehenden Mondes möglich war. »Mann! Und ihr seid euch sicher? Also ... Aber jetzt mach mal die lange Kette von Zufällen daraus, Osvaldo. Mein Vater im Hinterland von Cartagena, du als Streifer mit Indio-Bogenschützen, sein Tod im Lazarett, sie und Smollett, ich als Sklave in Tunis, du nimmst mich eher nebenher mit, wir fahren nach Livorno und besuchen Smollett. Das ... das ist unmöglich!«

»Ist es das? Majestät Zufall? Oder doch irgendwie eine Fügung?«

O'Leary grunzte nur.

Sie gingen schweigend weiter, bis Belmonte schließlich sagte:

»Aber da ist noch etwas, und das macht alles nur noch ... unmöglicher.«

»Sprich dich ruhig aus, aber erwarte nicht, daß ich, statt zu lachen, ergriffen schweige.«

»Sie hat, weil ihr die armen Kerle leid taten, immer mal wieder an einem der Krankenbetten gesessen und mit den Sterbenden geredet. Ein gewisser Ire hat etwas auf einen Zettel geschrieben und ihr ausgehändigt, damit sie es seiner Familie gibt. Er ist aber gestorben, ehe er ihr sagen konnte, wo die Familie lebt.«

»Das kann doch nicht sein!«

»Ich habe den Zettel von ihr bekommen. Wir werden jetzt zu Castiglione gehen, in seinem Hinterzimmer Wein trinken, eine Kerze anmachen und nachsehen, was auf dem Zettel steht.«

»Ich ... schweige ergriffen.«

»Lass uns loslegen«, sagte O'Leary. »Oder willst du erst noch beten?«

»Zu wem denn? Gott, Allah, Jupiter, Tezcatlipoca?«

»Tezcat wer?«

»Aztekischer Gott.«

»Wie du willst. Ich finde aber, diese, ah, weltlichen Zeremonien genügen völlig.«

Sie hatten zwei Kerzen entzündet, zwei geschliffene Gläser gefunden, Castigliones vermutlich besten Wein – Barolo – entkorkt, nach langem Suchen gute karibische Zigarren gefunden, alles auf dem Tisch im Hinterzimmer verteilt, saßen einander gegenüber und rauchten. Belmonte schnippte mit den Fingern.

»Was noch?« sagte O'Leary.

»Wir müssen noch etwas klarstellen.«

»Bei allen Heiligen und Sankt Patricks Bart! Was willst du klarstellen?«

»Ann hat gesagt …«

»Wer?«

»Mrs Smollett. Sie sagt, sie kann sich keinen Reim auf das machen, was da auf dem Zettel steht.«

»Sind wir denn Dichter? Wir brauchen keine Reime.«

»Schon recht, Fergus. Aber angenommen, wir können das entziffern, enträtseln, entschlüsseln, was auch immer; und weiter angenommen, wir kommen heil nach Amerika und finden, was dein Vater da versteckt hat, und schließlich angenommen, es ist wertvoll.«

O'Leary stöhnte. »Angenommen, angenommen und nochmals angenommen. Worauf willst du hinaus?«

»Was immer es ist, nennen wir es den Schatz, hat einmal deinem Vater und seinen Kameraden gehört.«

»Ah.« O'Leary nickte. »Angenommen, ich weiß, was du sagen willst. Ja, natürlich. Machen wir das jetzt so wie die Engländer, ehe sie Cartagena angegriffen haben? Die Beute verteilen, ehe sie erlegt ist?«

»Nur zur Klärung. Es mag deinem Vater gehört haben, aber wenn wir es finden, gehört es uns. Allen.«

O'Leary schwieg einen Moment. »Angenommen«, sagte er dann. »Dein Schiff, deine Leute, dein Geld. Wenn wir was finden, kann ich kaum behaupten, es wäre alles meins. Nein, es wird geteilt. Wie?«

»So, wie wir Prisen und andere Beute aufgeteilt haben.«

»Wahrscheinlich das Vernünftigste. Außer, du als Kapitän kriegst alles und der Rest nichts.«

Belmonte grinste. »Nette Idee. Nein, so nicht; aber die Einzelheiten können wir festlegen, wenn wir etwas gefunden haben. Nur grundsätzlich.«

»Grundsätzlich angenommen. Wo ist der verdammte Zettel?«

Belmonte zog ihn aus der Tasche und legte ihn auf den Tisch. »Hier. Da er von deinem Vater stammt, solltest du walten.«

O'Leary nahm das Papier und entfaltete es. »Ich walte und entfalte«, murmelte er. Und schwieg.

»Na?«

Der Ire blickte auf. »Kompletter Blödsinn«, sagte er mit heiserer Stimme. »Der irische Satz ist Unsinn, und der spanische, soweit ich ihn verstehe, ist großer Unsinn.« Er schob den Zettel über den Tisch.

Belmonte nahm und las. Die erste Zeile war laut O'Leary Irisch, *capán thiar, a theach, a caint,* die zweite Spanisch, *de capa ten ira, de haya se canta.* »›Vom Umhang nimm Zorn, von einer Buche wird gesungen‹ oder so?« sagte er. »Und was soll das Irische heißen?«

»›Westliche Soßenschüssel, ihr Haus, ihre Sprache‹, oder so.« O'Leary nahm den Zettel wieder auf, hielt ihn hoch, murmelte die Sätze, falls es denn Sätze waren. »Klingt irgendwie ähnlich«, sagte er. »Und sieht ähnlich aus, jedenfalls teilweise, dieses *capa, capán, caint, canta.* Aber was soll das?«

Von Gadir nach Süden, bis mittags
die Sonne im Norden stand,
sind wir gefahren –
nach Norden, bis Berge aus Eis
uns umgaben –
dorthin, wo abends die Sonne
im Meer erlischt,
sind wir gekommen
und hörten kein Zischen –
über den Rand der Welt gesegelt
und nicht gefallen –
heimgekehrt aus Stürmen und Wogen
sollen wir nun der Gier
und dem Tadel seßhafter Greise
uns beugen?
Lichtet den Anker, Freunde,
stoßt wieder ab von dem,
was uns abstößt.

Hamilkar der Seefahrer

Die Reise nach Westen

Die Verhandlungen mit den Kaufherren erforderten nicht viel Zeit. Belmonte hatte morgens eine Weile geschwankt, ob er sich nur um den Transport der kostbaren Gläser bemühen oder die ganze Fracht selbst kaufen sollte. Vermutlich hätte er in Málaga oder einem anderen Hafen einigen Gewinn machen können, denn Glas aus Murano war überall begehrt. Andererseits gab es da den spanischen Zoll, der notfalls mehrere Wochen beanspruchen konnte, und danach begönne erst die Suche nach Abnehmern.

Nichts davon schreckte ihn; er hatte solche Geschäfte oft genug getätigt. Aber diesmal war alles anders. Das eigentliche Ziel lag jenseits des Atlantiks, und ehe man dorthin aufbrechen konnte, waren noch Fragen zu klären und Hindernisse zu überwinden.

Die wichtigste Frage betraf die Besatzung. Einige seiner Leute stammten aus Amerika und würden vielleicht gern heimkehren; es mochten auch einige darunter sein, die das, aus welchen Gründen auch immer, auf keinen Fall wollten. Andere Mitglieder der Mannschaft würden dagegen keinesfalls das Mittelmeer und die umliegenden Lande verlassen wollen.

Und die Hindernisse ... Um nach Amerika zu segeln, mußte er entweder beschließen, Schmuggler zu werden, mit allen Folgen, oder den umständlichen Behördenweg nehmen. Die Casa de Contratación in Cádiz aufsuchen, alle

Mannschaftsangehörigen sowie mögliche Passagiere in Listen eintragen, Fracht beschaffen, diese in Listen eintragen, Ausfuhrzoll entrichten (falls das nicht die Eigner der Fracht taten, die aber meistens vorzügliche Gründe fanden, es zu unterlassen), auf Segelerlaubnis warten, die manchmal erst dann erteilt wurde, wenn ein ganzer Geleitzug zusammengestellt werden konnte ...

Nachdem er sich mit den Kaufherren geeinigt hatte, suchte er mit ihrem Sprecher die von der Gruppe genannte Bank auf, wo man ihm versprach, die nötigen Fracht- und Zollpapiere und die unabdingbare Versicherung bis zum nächsten Tag fertigzustellen. Es gab noch ein kleines Gezeter, weil er sich weigerte, die Kosten der Versicherung zu übernehmen. Danach ließ er sich zum Schiff rudern, wo er sich mit Ortiz besprach; mit ihm kehrte er nachmittags zurück in den Hafen und besichtigte, zusammen mit einem anderen Vertreter der Kaufherren, das Lagerhaus, in dem zur Zeit die Ware untergebracht war. Sie überschlugen, was an Schauerleuten, Booten und Zeit nötig wäre, alles an Bord zu bringen, und welche Änderungen im Schiff vorgenommen werden müßten, um die gut verpackte, aber immer noch zerbrechliche Fracht zu verstauen.

»Mit etwas Glück reicht ein Tag«, sagte Ortiz, als sie später vor einer Taverne heiße Schokolade tranken. »Und viel umbauen müssen wir nicht.«

Belmonte zögerte kurz, ehe er das ansprach, was er als Expedition betrachtete, was sich aber ebenso gut, wie O'Leary gesagt hatte, als sinnlose Jagd auf wild flatternde Elfen herausstellen konnte.

»Hör zu. Du hältst vierzig Hundertstel vom Schiff, Rafael. Wir haben ja schon über O'Learys Traum gesprochen, aber jetzt wird es ernst.«

Ortiz rührte in seiner Tasse. Ohne aufzublicken, sagte er: »Habt ihr denn etwas herausbekommen?«

»Ja und nein. Ja, O'Learys Vater hat ein paar Zeilen auf ein Papier gekritzelt, ehe er gestorben ist. Nein, die Zeilen sind völlig – wie soll ich sagen? Blödsinnig? Rätselhaft? Unzugänglich?«

»Was hat er denn geschrieben?«

»Ich kann es dir nicht zeigen; den Zettel hat Fergus. Es geht ungefähr so.« Belmonte zitierte den spanischen Satz und versuchte, den irischen so gut wie möglich wiederzugeben.

»Bah.« Ortiz schob die leere Tasse von sich, lehnte sich zurück und verschränkte die Arme. »Was für ein ... Aber immerhin, mehr als andere hatten.«

»Wie meinst du das?«

Ortiz bleckte die Zähne. »Kolumbus hatte weniger, als er aufgebrochen ist.«

»Wir wollen aber keinen Kontinent entdecken, der irgendwo mit Sicherheit herumliegt, ob es nun Asien oder etwas Neues ist. Wir suchen einen Schatz, der vielleicht nicht oder nicht mehr existiert, an einem Ort, von dem wir nichts wissen.«

Ortiz schwieg; er schien nachzudenken. Dann lachte er unterdrückt. »Ob wir zwischen Spanien, Tunis und Livorno herumstreunen oder über den großen Ozean ... Ich nehme an, daß wir in Cádiz irgendwas an halbwegs sinnvoller Fracht auftreiben können.«

»Wie viele von den Leuten werden mitmachen?«

»Du meinst ...« Ortiz stockte. »Ja, du hast recht«, sagte er dann. »Wir müssen sie fragen. Wir gehören ja nicht zur Marine, wo man einfach etwas anordnen kann. Hm. Ich weiß nicht. Abner und Salomon ...«

»Für Juden aus Saloniki ist die Aussicht, in rein katholische Gegenden zu reisen, bestimmt nicht besonders reizvoll. Aber auch bei den anderen bin ich mir nicht sicher.«

Ortiz beugte sich vor und legte ihm eine Hand auf den Unterarm. »Wart's ab. Laß uns eins nach dem anderen machen. Erst die Fracht, dann die Frage.«

Am späten Nachmittag des nächsten Tags war alles verstaut. Die Besatzung war vollzählig an Bord. Ortiz rief alle am Fuß des Hauptmasts zusammen.

»Edle und weniger edle Herren«, sagte er. »Der Kapitän hat Ihnen etwas mitzuteilen. Sprechen Sie, Señor.«

Belmonte blickte in die Gesichter. O'Leary hielt sich ein wenig abseits; Belmonte war sich nicht sicher, ob er auf dem Gesicht des Iren ein flackerndes Grinsen sah; es mochte auch eine Täuschung sein, bewirkt vom Schatten einer Spiere.

»Caballeros«, sagte er. »Glas für Málaga. Danach könnten wir versuchen, in Cádiz Fracht für Amerika zu bekommen.«

Stille, dann Getuschel. Einige zeigten durch Miene und Haltung, daß es ihnen völlig gleichgültig war, wohin die Reise ging, andere schwankten offensichtlich.

»Was für eine Art Fracht?« sagte der Zimmermann. »Und welche Gegend? Amerika ist groß – nicht daß ich je da gewesen wäre, aber man hört so einiges.«

»Was ist mit der Inquisition?« sagte der Segelmacher und Bordschneider Salomon.

»Die gibt es noch, aber sie hat nicht mehr viel Macht.«

»Hat die Fahrt über den Ozean etwas mit O'Learys Geschichte zu tun?« sagte einer der Matrosen.

»Hat sich schon herumgesprochen, wie? Ja, wir wollen sehen, ob das Hirngespinste sind oder ob man wirklich etwas finden kann.«

Nun redeten alle durcheinander, bis Belmonte in die Hände klatschte.

»Morgen früh laufen wir aus, wenn der Wind es zuläßt«, sagte er. »Wer die Nacht noch einmal an Land verbringen möchte, soll sich von Señor Ortiz Geld geben lassen. Wer an Land bleiben will, soll sich alles auszahlen lassen, was ihm zusteht. Man kann auch in Málaga oder Cádiz bleiben, wenn man nicht über den Ozean fahren will. Ich muß gleich noch einmal in den Hafen; wer mitkommen will, möge sich bereithalten. Das war's. Ich wünsche frohes Nachdenken.«

Drei Männer wollten sich noch einmal austoben, wie einer von ihnen grinsend sagte. Belmonte nahm sie und vier weitere zum Rudern mit. Bei einem der Ausrüster war noch das von Abner bestellte Werkzeug und Zubehör abzuholen. Bei der Rückkehr fand Belmonte Ortiz und O'Leary auf dem Achterdeck vor, wo sie ein offenbar ernstes Gespräch führten. Er übertrug das Verstauen des Werkzeugs dem Zimmermann und stieg zu den beiden hoch, die an der Heckreling lehnten.

»Sieht furchtbar seriös aus, was ihr da redet«, sagte er. »Störe ich?«

O'Leary schüttelte den Kopf. »Mit dem Ernst sind wir inzwischen fertig.«

»Ich habe ihn gefragt, warum sein Vater nicht einfach nach Irland geschrieben hat«, sagte Ortiz. »Dumm von mir.«

»An wen denn auch? Ich war winzig, meine Geschwister nicht viel größer, Mutter konnte kaum lesen, und die Beförderung von Briefen ...«

»Stimmt schon«, sagte Belmonte. »Komisch, daß ich daran gar nicht gedacht habe.«

»Weil du es weißt.« O'Leary zählte die einzelnen Punkte an den Fingern ab. »Es war Krieg; wer fährt da mittendurch? Schreiben von Admirälen werden von Kurierbooten oder einem anderen Kriegsschiff mitgenommen; sonst hat keiner zu schreiben. Händler haben eigene Schiffe oder kennen jemand, der eins hat, oder kennen wen bei der jeweiligen Flotte. Und ein englischer Offizier, dem man einen Brief an Mrs O'Leary in Skibbereen mitgibt? Pah. Der wirft ihn gleich über Bord oder, bestenfalls, gibt ihn in London einem, der ihn verbrennt, weil blöde Iren keine Nachrichten aus Amerika brauchen.«

Am nächsten Morgen waren tatsächlich alle an Bord. Belmonte war beinahe gerührt; Ortiz klopfte ihm auf die Schulter und verkniff sich alles Weitere.

Sie liefen (wieder unter der Flagge von Savoyen) Ciudadela an. Dort ergänzten sie Wasser und Proviant. Belmonte, der sich inzwischen fast sicher war, daß er jenseits des Atlantiks bleiben würde, nahm melancholischen Abschied von Antonio Pujol und seiner Frau und hitzigen Abschied von Doña Carmen. Sie hatte noch eine Nachricht für ihn.

»Frag nicht nach der Quelle, mein reiselustiger Liebling. Irgendwann im späten Sommer oder Herbst könnte es wieder losgehen. Deine, ah, unsere Leute haben von Buenos Aires aus die Malvinas besetzt und die Briten verjagt, aber die wollen sie natürlich zurückerobern.«

Die Fahrt nach Málaga war ereignislos; nach dem Ausladen der Fracht und den üblichen Balgereien mit Zoll und Abnehmern folgte die Fahrt nach Cádiz. Die Falkland-Krise schwelte, loderte aber noch nicht; da bewaffnete Tatenlosigkeit zwischen Spanien und England herrschte und sogar die Berber-Piraten sich zurückhielten, erreichten sie Cádiz unbehelligt.

Dort verbrachte Belmonte zähe Tage mit den Behörden, die für den Amerikahandel zuständig (und grundsätzlich träge) waren. Es verging fast ein Monat, bis alle Papiere vorlagen und ausreichend Fracht vereinbart war. Inzwischen wurde es fast schon zu spät für die lange Fahrt nach Westen; der Beginn der gefürchteten Herbststürme nahte. Ortiz und Belmonte berieten sich, redeten und würfelten eine Nacht lang; dann beschlossen sie, die Fahrt zu wagen.

Am nächsten Tag hielt ein strammer Südwest sie in der Bucht von Cádiz fest. Belmonte nutzte die Gelegenheit, noch einmal seine Geschwister aufzusuchen. Vor allem der ältere Bruder Jacinto, Nachfolger des Vaters in der Werft, hatte mit seinen Beziehungen sehr geholfen, die wonnevolle Verschleppung der Papiere zu verkürzen und Fracht zu beschaffen, darunter Messer, Klingen, Eisen in Barren und einige Fässer guten, aber gewöhnlichen Landweins. Belmonte hatte an Wein aus der Gegend von Jerez gedacht, aber Jacinto riet ihm ab – zu teuer wegen der unerklärlichen Vorliebe und entsprechend starken Nachfrage aus England.

»Manchmal könnte man glauben, sie schieben immer ein paar Jahre Friede zwischen die Kriege, nur um Jerez leerzukaufen«, sagte er.

An diesem letzten Abend trafen sie sich im alten Haus der Familie; dort lebte inzwischen die älteste Schwester Antonia mit ihrem Mann, einem Schreiber der Admiralität, und den beiden jüngsten von fünf Kindern. Da er sie vorher kaum gekannt hatte, war Belmonte außerstande, die versammelten Nichten und Neffen auseinanderzuhalten, und machte sich und ihnen einen Spaß daraus, alle mit wechselnden phantastischen Namen anzureden: Prinzessin Borobudur, Fürst Dulcineo, Drachenreiter, Piratte, Eisenbeißer … Dann machte er sich klar, daß das nicht seine Neffen und Nichten waren – nicht die Kinder, sondern die Enkel seiner Geschwister. Antonia war eine alte Frau geworden, Jacinto noch nicht ganz ein Greis, und Carmelo und Pepa und Ana ... und Osvaldo Belmonte fühlte sich von einem Moment auf den anderen mit seinen achtundvierzig Jahren uralt.

Am Morgen hatte sich der Wind gedreht, kam nun stoßweise aus Nordosten, vom Land. Langsam glitt die beinahe voll beladene *Santa Catalina* aus der Bucht von Cádiz.

Das Glück der Winde und Wellen blieb ihnen treu. In Santa Cruz, Teneriffa, kauften sie noch einmal frische Nahrungsmittel, gossen das alte Wasser über Bord und füllten die Fässer neu. Dann die langen Tage und Wochen auf See, immer zwischen der Sorge um den drohenden Herbststurm und der Erleichterung über sein Ausbleiben. Frisches Wasser und Vorräte in Santo Domingo, wo sie einen Teil der Ladung verkaufen konnten, darunter die Hälfte des Weins, und zwei Fahrgäste an Bord nahmen, einen Professor der Universität von Santo Domingo und seinen Assistenten: Philosophen und Naturkundler, die im Hinterland von Cartagena Pflanzen und Tiere untersuchen und katalogisieren wollten.

»Mir kommt eine Idee«, sagte Belmonte abends, als sie wieder ausgelaufen waren. Es war eng und voll in seiner Kajüte; Ortiz hatte die seine geräumt, um die Naturkundler unterzubringen, und teilte jetzt den Raum mit dem Kapitän.

»Muß ich mich fürchten?« Ortiz legte den Kopf in den Nacken und blickte die Nase entlang.

»Schau nicht so hochmütig, Neger«, sagte Belmonte. »Nein, fürchten mußt du dich nicht. Eher im Gegenteil.«

»Laß mich teilhaben an deiner Weisheit, Bleichgesicht.«

»Die brauchen doch bestimmt Geleit. Träger, Führer, Schutz, derlei.«

»Brauchen sie vermutlich. Aber keiner von uns ist ortskundiger Pfadfinder.«

»Du vergißt, ich war schon mal im Hinterland. Wenigstens ein bißchen. Außerdem geht es ja nur um eine glaubwürdige Ausrede. Für die Beamten des Vizekönigs, die sonst vielleicht Schwierigkeiten machen.«

»Wären die zu überwinden? Die Schwierigkeiten, meine ich, nicht die Beamten.«

Belmonte goß Wein nach. Er machte ein betrübtes Gesicht und hielt den Krug senkrecht mit der Öffnung über Ortiz' Becher. »Die letzten Tropfen.«

»Du hättest nicht so viel verkaufen sollen. Oder müßtest dich dazu aufraffen, eines der drei übrigen Fässer nicht zu verkaufen, sondern feierlich zu eröffnen.«

»Denk an unseren Umsatz. Sollen wir Fergus dazuholen?«

Ortiz schnaubte und stand auf. »Ich hole ihn.«

Der Ire, dritter Mann in der Hierarchie des Schiffs, hauste in einem winzigen Verschlag im Vorschiff. Während Ortiz unterwegs war, erwog Belmonte die Möglichkeiten, die Vorzüge und Nachteile einer Zusammenarbeit mit dem Professor. Dabei tadelte er sich stumm ob seiner leichtfertigen Annahme, die Universidad Santo Tomás de Aquino sei lediglich für Theologie und ähnliche Fächer zuständig. Professor Carrasco hatte ihm diesen Zahn schnell gezogen; seit 1538 sei es eine richtige Universität, und sogar die von den Dominikanern betriebene Vorgängereinrichtung habe anständig gearbeitet.

Ortiz kam fast sofort zurück. »O'Leary hat eben das Steuer übernommen. Er sagt, er ist mit allem einverstanden, wir sollen einfach machen, was wir für sinnvoll halten.«

»Na gut; dann rede ich morgen mit dem gelehrten Herrn.«

Der Naturkundler fand, wie sich herausstellte, den Vorschlag liebenswürdig, aber unnütz, jedenfalls vorerst, da er die Absicht habe, zunächst mindestens einen Monat in

Cartagena bei alten Freunden zu verbringen. Belmonte versicherte ihm, das Angebot bleibe bestehen, falls die eigenen Ziele nicht eher zu erreichen seien.

»Vielleicht könnten wir aber Kenntnisse austauschen, zu gegenseitiger Ergänzung«, sagte er. »Ich verfüge leider nicht über gute Karten des Hinterlands.«

Carrasco lächelte. »Ich auch nicht, Kapitän. Ich fürchte, die gibt es nicht – es sei denn, die Leute vom Militär hätten welche. Die werden sie aber nicht herausgeben. Ich nehme an, die Jesuiten hatten Karten, aber die hat man ja vor drei Jahren vertrieben, und ihre Bestände sind vermutlich konfisziert worden. Was ich habe, will ich Ihnen gern zeigen.«

»Dann lassen Sie uns heute abend in meiner Kajüte essen, plaudern und schlechte Karten betrachten.«

»Gern. Eh, haben Sie noch Wein? Ich leider nicht mehr.«

Also zapfte Belmonte das drittletzte Faß an. Er sagte sich, daß bei der Kargheit von Wein auch ein nicht mehr volles Faß einen Abnehmer finden würde, und füllte mehrere Krüge. Leborgne zauberte aus den übersichtlichen Vorräten ein sehr genießbares Mahl für Belmonte, Ortiz, Carrasco und seinen Assistenten Esquivel, Tommo servierte, und O'Leary hütete das Ruder.

Carrasco hatte, wie sich zeigte, mehrere Karten von unterschiedlicher Güte. Die beste Karte wollte er natürlich behalten, die zweitbeste überließ er Belmonte.

Beim Essen wurde gründlich geredet und noch gründlicher getrunken. Irgendwann kamen sie auf die jeweiligen Lebensgeschichten; Belmonte bedeutete Ortiz, sich zurückzuhalten, gab selbst nur magere Auskünfte, stellte den beiden Gelehrten viele Fragen und goß ihnen immer wieder nach. Er und Ortiz tranken eher bescheiden.

»Und Sie wollen mir wirklich nicht sagen, was Sie ins Hinterland zieht, Kapitän?« Carrasco schielte schon ein wenig; er hielt den Becher vor ein Auge und versuchte, mit dem anderen Belmonte und Ortiz gleichzeitig anzusehen.

Esquivel sonderte ein »Uh« ab, rülpste, legte die Arme auf den Tisch, ließ den Kopf darauf sinken und begann zu schnarchen.

»Einen Schatz natürlich.«

»Haha, natürlich. Einen Schatz. Was denn auch sonst. Wie sind Sie eigentlich Schiffer und Händler geworden? Sie waren doch Offizier, oder?«

»Wir haben beide den Krieg um Cartagena mitgemacht.«

»Unter dem großen Admiral Holzbein, dem Halbmann? O die Glorie der spanischen Waffen! Das muß, ah, muß es gewesen sein! Erzählen Sie, Mann! Bitte!«

Belmonte goß ihm abermals nach und begann, mit leiser, einschläfernder Stimme zu sprechen. Es dauerte nicht lange, bis Carrasco immer öfter blinzelte und gähnte. Schließlich entschuldigte er sich und stand schwankend auf. Sie halfen ihm, Esquivel in die andere Kajüte zu schleppen, und wünschten ihm ruhigen Schlaf.

»Warum?« sagte Ortiz, als sie wieder in Belmontes Kajüte waren. Er ließ sich auf den Stuhl sinken, legte den Kopf in den Nacken und blickte ein wenig grimmig.

»Um Vergebung, Freund.« Belmonte setzte sich ebenfalls und füllte die beiden Becher auf. »Du meinst, daß du den Mund halten solltest? Denk mal nach.«

»Hab ich. Und?«

»Er wird mit den Leuten des Vizekönigs reden, sobald er an Land ist. Erlaubnisse, Hinweise, Karten, wenn's welche gibt. Sie werden ihn fragen, wie er hergekommen ist. Vielleicht sagt er ihnen nichts, vielleicht aber …«

Ortiz zwinkerte; seine Miene entspannte sich. »Danke, Osvaldo. Du hast natürlich recht. Und ich wäre leichtsinnig gewesen.«

»Gut, und nun trink aus. Laß uns schlafen. Und – sieh dich vor an Land.«

Aber Belmonte konnte nicht gleich einschlafen. Während er Ortiz leicht röcheln hörte – schnarchen konnte man es noch nicht nennen –, dachte er an das lange Gespräch, das sie damals nach dem Tod von Blas de Lezo und seiner Ächtung durch den König geführt hatten. Über den Dank verrückter Könige und die Möglichkeiten des Überlebens. Indem man nicht für oder gegen sie kämpft, sondern etwas tut, was in Krieg und Frieden auf allen Seiten gebraucht wird und stattfindet. Handel statt Handlung. Viel Wein, eine lose Zunge, das falsche Ohr; und eine Hinrichtung wegen Verrats und Majestätsbeleidigung. Irgendwann wären sie wahrscheinlich auch auf den Aufschwung gekommen, den Havanna in den elf Monaten englischer Besatzung erlebt hatte: Aufschwung durch freien Handel außerhalb der spanischen Monopolfesseln. Die waren danach, nicht nur auf Kuba, gelockert worden; und selbstverständlich gab es keinerlei Rechtfertigung für das Verbrechen der Engländer, zugunsten ihrer Handelsfürsten einen Krieg mit Zehntausenden Toten zu beginnen – aber wie feinsinnig würden der Corregidor und seine Richter in Cartagena dies und das unterscheiden?

Bei der Einfahrt in die Bucht von Cartagena ließ sich O'Leary die – vor Jahrzehnten wieder aufgebauten – Festungen bei Bocachica zeigen, im Vorüberfahren.

»Nachdem ich so viel davon gehört habe, wollte ich doch ...«, sagte er. »Also, hier hat das ganze Gemetzel stattgefunden? Sieht gar nicht so aus, als ob hier so viele Soldaten und Kanonen Platz hätten.«

Eine halbe Stunde später trat er zu Belmonte, der am Ruder stand. Ortiz hatte die Gaffelsegel nach Steuerbord schwenken lassen, um den milden Westwind für die letzten Meilen nach Norden zu nutzen.

»Ich versuche mir gerade vorzustellen, wie das hier mit tausend treibenden Leichen und Aasvögeln war«, sagte der Ire. »Hattet ihr auch Haie?«

Belmonte, der in Gedanken die beinahe drei Jahrzehnte zurückgereist war und, während er die *Santa Catalina* zu den Hafenanlagen steuerte, an all die toten Kameraden und versenkten Schiffe dachte, fand nur mühsam in die Gegenwart zurück.

»Eh, was? Haie? Ich weiß nicht. Es hat gestunken, bei der Hitze ist alles ganz schnell in Verwesung übergegangen, aber ... ich hatte andere Dinge zu tun, als Fische zu zählen.«

»Was mir diese Nacht durch den Kopf gegangen ist – was ist eigentlich aus den Kerls geworden, mit denen alles angefangen hat?«

»Wen meinst du? Adam und Eva? Kolumbus? Vernon?«

»Nee, Jenkins, den mit dem Ohr, und Fandiño.«

»Weiß ich nicht. Jedenfalls nicht genau. Jenkins haben sie, glaube ich, irgendwann von London nach Mauritius geschickt oder zu einer anderen Insel. Da sollte er so was wie Gouverneur spielen und zugleich Schmuggel und Piraterie bekämpfen.«

»Aha.« O'Leary grinste. »Mancher Bock gibt später einen erstklassigen Gärtner ab, wie? Damit hat er sich ja ausgekannt. Und weiter?«

»Keine Ahnung. Vielleicht ist er da gestorben, oder er ist später nach England heimgekehrt.«

»Und Fandiño?«

»Den hat im weiteren Verlauf des Kriegs, ich glaube, anno zweiundvierzig, bei den Bahamas ein englisches Linienschiff aufgebracht. Oder war's eine Fregatte? Jedenfalls etwas, was größer und besser bestückt war als ... Nein, er hatte da keine Schebecke mehr, sondern eine Brigg, aber zu klein, sich gegen ein richtiges Kriegsschiff durchzusetzen. Die Engländer haben ihn geschnappt, und als dem Kapitän klar wurde, wen er da vor sich hatte, hat er ihn in Eisen gelegt und nach England geschickt. Angeblich ins Gefängnis von Portsmouth, wo spanische Kriegsgefangene ... na ja, zwischengelagert wurden. Mehr weiß ich aber nicht. Ob sie ihn hingerichtet oder Jahre später, nach Kriegsende, freigelassen haben? Vielleicht ist er im Kerker gestorben.«

Ein paar Stunden lang balgte sich Belmonte mit seinem Gedächtnis, genauer: seinen Erinnerungen. Das war, nachdem er mit Verkaufsagenten verhandelt hatte, die ihm gute Preise für seine Waren, vor allem Wein und Eisenbarren, zusicherten. Ortiz kümmerte sich mit einem Teil der Mannschaft ums Entladen, zusammen mit Stauern und Karrenschiebern der Agenten. Ein anderer Teil der Mannschaft – alles gerecht ausgelost – war dabei, sich in Treibgut zu verwandeln und in den Gossen der Stadt zu verfaulen. O'Leary wollte die Schauplätze der Kämpfe sehen, und Belmonte nahm ihn mit auf einen Rundgang.

Dabei stellte er fest, daß die Bilder von vor fast dreißig Jahren, die Gerüche von Blut und Pulver, die Schreie und der Geschützdonner viel gegenwärtiger waren als Eindrücke von späteren Aufenthalten.

Er versuchte, es dem Iren zu erklären. »Für dich ist das natürlich vollkommen sinnlos, aber bei mir ist es ungefähr so, als ob ... als gäbe es da eine Schicht, die aus irgendeinem scharfen, ätzenden Zeug besteht, und ganz gleich, wie viele andere Schichten ich darüberlege, die untere frißt sich immer wieder nach oben.«

O'Leary wischte sich den Schweiß von der Stirn. Versuchte es jedenfalls, aber seine Hemdsärmel waren längst völlig durchnäßt. »Puh. Also, was du dir da ausdenkst, ist mir für das Wetter viel zu kompliziert. In Europa fängt jetzt der Winter an, und hier hab ich das Gefühl, ich könnte im eigenen Sud gar werden. Jesus weinte! War das damals auch so? Oder ist das, was die hier als Frühjahr ausgeben, ein bißchen milder?«

»Genauso heiß, nur noch ein bißchen schwüler. Jetzt ist es ja beinahe trocken.«

»Ah ja, du hattest was von Regen gesagt. Richtige Regenzeit, wie in den Geschichten, die die Engländer aus Indien erzählen?«

»Mindestens. Und es kommt immer ganz plötzlich. Ich erinnere mich an einen Kolibri ...«

O'Leary unterbrach ihn. »Hat so etwas Kleines Platz in deinem weiträumigen Gedächtnis? Ich meine, ist es nicht zu klein, so daß du es gar nicht mehr auffinden kannst?«

»Blödsinn, Mann. Das war, als ich mit den Indios draußen unterwegs war. Stell dir vor, du hockst irgendwo zwischen den Büschen, bewegst dich nicht, beobachtest eine englische Streife, neben dir steht ein Kolibri in der Luft, säuft sich voll aus einer Blüte, und schlagartig setzt der Regen wieder ein, so wuchtig, daß es den Kolibri aus der Luft zu Boden haut.«

»Armes Tierchen. Hast du ihm aufgeholfen, ihn unter den Achseln gestützt oder was?«

Statt zu antworten, zog ihn Belmonte zu einer Wiese, die unterhalb der Mauer sacht abfiel und sich weit weg in der wabernden Luft mit dem Wasser der Bucht zu vermischen schien. »Hier haben wir gebuddelt«, sagte er leise, fast verträumt.

»Der Graben für die englischen Leitern?«

»Ja. Hier, die ganze Mauer entlang.«

O'Leary versuchte abermals vergeblich, mit dem feuchten Ärmel Schweiß aus dem Gesicht zu wischen. »Liebe Güte«, murmelte er. Zwei Schritte brachten ihn in den nachmittäglichen Halbschatten einer Bastion, wo es nicht kühler war und fast genauso grell. Er legte die flache Hand an die Stirn, als behelfsmäßigen Schirm, und blickte über das abfallende Gelände.

»Da hinten ist La Quinta, wo die Briten ihr Lager hatten«, sagte Belmonte. »Und von da sind sie hergerannt. Hitze, die einem alle Kraft aussaugt, abwechselnd entweder grelle Sonne oder senkrechte Wasservorhänge, der Boden ist tief und weich und schmatzt bei jedem Schritt, hält dich fest und will dich verschlucken, und du hast schweres, nasses Uniformzeug an und mußt Waffen schleppen und dazu die Sturmleitern, und die ganze Zeit wird von der Mauer auf dich geschossen, zuerst mit Kartätschen und dann, wenn du näher rankommst, mit Gewehren und Pistolen, und deine einzige Hoffnung ist, die Mauer zu erreichen und die Leiter anzulegen und hochzuklettern; du weißt, da oben stehen Leute mit Pistolen und Degen, die dich nicht freundlich begrüßen werden, und neben dir fallen die Kameraden und schreien sich die Seele aus dem Leib, und deine einzige Chance ist, raufzuklettern und die Gewehre und Kanonen zum Schweigen zu bringen. Du hast seit Tagen nicht mehr anständig geschlafen, von Regenwasser und fauligem Brot gelebt, alles juckt und kratzt und brennt, du bist eigentlich längst völlig fertig – und dann legst du die Leiter an, und sie ist zu kurz.«

»Und dann unter Beschuß wieder zurück?«

Belmonte nickte.

»Bei allen Exkrementen aller Heiligen«, sagte O'Leary; er klang weniger lästerlich als andächtig. »Bin ich froh, kein Engländer zu sein, sondern Ire!«

»Das hätte dir nicht viel genützt. Es waren genug Iren dabei, zum Flottendienst gepreßt und hier mit Gewehren gegen die Festung gejagt. Nicht daß es den Freiwilligen etwa besser gegangen wäre. Ich habe dir doch von den Leuten aus Nordamerika erzählt, den Freiwilligen unter diesem Lawrence Washington? Von denen sind hier fast drei Viertel gefallen.«

»So viele? Wieviel haben die Engländer denn insgesamt hier verloren?«

»An die dreitausendfünfhundert Mann, und dann noch fast doppelt so viele, die an Verwundungen und Krankheiten und der großartigen ärztlichen Versorgung gestorben sind. Ein paar hundert Kanonen haben sie auch zurücklassen müssen. Und an die zwanzig Schiffe, entweder von uns durch Beschuß versenkt oder so stark beschädigt, daß sie nicht einmal mehr geschleppt werden konnten. Die haben sie dann selbst abgefackelt, draußen vorm Strand.«

O'Leary musterte ihn von der Seite. »Wie fühlt sich das denn an, nach all der Zeit – daß du dabei warst?«

»Wie würdest du dich denn fühlen?«

»Ich weiß nicht; mir ist so etwas ja erspart geblieben.«

»Versuch's trotzdem.«

»Wenn ich meine irische Phantasie anstrenge … Also, ich glaube, ich – eh, wieviel Mann und Zeug habt ihr verloren?«

»An die achthundert Tote und Verwundete, sechs Linienschiffe, zig kleine Boote; warum?«

»Das gehört doch dazu, wenn ich wissen will, wie ich mich fühlen würde. Hm. Ihr habt also der ruhmreichen Navy samt Landetruppen die schlimmste Niederlage ihrer Geschichte bereitet, wie? Also, ich wäre … tja, einerseits wäre ich unendlich stolz, dabeigewesen zu sein. Andererseits – ich weiß nicht, ob da nicht beim Rückblick fast genauso viel Entsetzen wäre.« Er zögerte; dann fügte er hinzu: »Nicht zu vergessen Admiral Holzbein Einauge, dem die Engländer Denkmale errichten würden und der hier nach seinem großen Triumph einfach krepiert ist und hinterher auch noch geächtet wird. Komische Mischung. Wie ist es denn bei dir? Stolz, Entsetzen, Trauer? Alles durcheinander?«

»Von allem etwas. Sie haben uns angegriffen, wir haben sie zurückgeschlagen. Tapfere Kerle, und wenn du so willst Kameraden, bloß auf der falschen Seite. Stolz, ja, auf den Sieg und die Mühen. Trauer? Um die eigenen Leute, die zur Verteidigung der Stadt gefallen sind, und um Blas de Lezo, natürlich. Aber weißt du, was in der Erinnerung überwiegt? Das Gefühl von unendlicher Erleichterung und Müdigkeit. Völlige Erschöpfung, wissen, daß man nicht weiterkämpfen muß, ein paar Atemzüge Luft, die nicht nach Pulverdampf und Blut stinkt, und ein paar Stunden Schlaf ohne Kanonendonner. Und wenn ich daran denke, werde ich glatt wieder müde.« Belmonte gähnte.

Gold gerissen aus dem Gedärm der Erde,
Glitzersteine gebrochen aus dem Busen der Berge,
dabei immer an sie gedacht, von ihrem Lächeln geträumt,
von Höllenhundwinden gehetzt durch Brecher und Strudel,
kehr ich heim und find sie vermählt mit dem Sohn eines Gastwirts?
Andere wissen bestimmt die Schätze zu schätzen;
wenn ich das Schätzchen nicht haben kann,
begnüg ich mich mit dem Schatz.

UNBEKANNTER FAHRENSMANN

Die Schatzsuche

Montes de Maria.« Ortiz deutete mit dem Zeigefinger auf die Karte, die sie auf dem Tisch von Belmontes Kajüte ausgebreitet hatten.

»Meinst du?«

»Wo sonst? Nicht daß es uns viel weiterbrächte.«

Belmonte schlürfte an seinem heißen Kaffee. »Und du?«

O'Leary hob abwehrend beide Hände. »Laßt mich da raus. Was immer mein Vater hier angestellt hat – ich kenne das Land doch überhaupt nicht.«

»Könnte aber sein«, sagte Belmonte nachdenklich.

»Fassen wir noch einmal zusammen.« Ortiz klopfte auf den Tisch. »Nach dem, was wir wissen – ist ja nicht viel, leider –, sind die Jungs damals den Rio Magdalena runtergeschippert, ja? Irgendwo haben sie gehört, daß die Engländer Cartagena belagern. Die Belagerung hat alles in allem ungefähr sieben Wochen gedauert; die Nachricht kann sich also nicht bis an den Oberlauf herumgesprochen haben.«

»Könnte schon«, sagte Belmonte. »Aber dann hätten sie es nicht rechtzeitig bis zur Bucht geschafft. Ich kann's nicht mehr genau sagen, aber ich glaube, ich habe sie so um den 20. April getroffen.«

»Getroffen ist das passende Wort.« O'Leary schnitt eine Grimasse.

»Also, angeblich hat dein Vater das irgendwo zwischen Hügeln oder Bergen versteckt. Wenn wir davon ausgehen, daß sie am Ufer des Magdalena von der Belagerung gehört haben und dann über Land in Richtung Cartagena gegangen sind, kommen sie nur noch durch Sümpfe und Flachland – abgesehen von den Montes de Maria. Das Gebiet ist auch reichlich wild, nach dem zu schließen, was man so hört.«

»Und reichlich groß«, sagte Ortiz. »Wollt ihr das wirklich versuchen? Einen bestimmten Halm auf einem riesigen Stoppelfeld finden scheint mir fast sinnvoller.«

»Berge, Hügel, Wälder, Gesträuch, Schlangen, Jaguare, Tapire und Indios?« O'Leary klatschte in die Hände. »Und irgendwo dazwischen ein paar Smaragde? In einem Lederbeutel oder einer kleinen Kiste?«

»Wir leben in der besten aller möglichen Welten, wie ein Philosoph mal gesagt oder geschrieben hat«, sagte Belmonte mit einem flüchtigen Lächeln.

»Der war aber nicht hier im Dschungel.«

»Wohl wahr. Aber wenn dies die beste aller möglichen Welten ist, gibt es darin sämtliche Möglichkeiten, also auch die, etwas zu finden.«

»Du vergißt, daß es in der besten aller möglichen Welten zwangsläufig auch alle Unmöglichkeiten geben muß«, sagte Ortiz. »Hat dein Philosoph das bedacht?«

»Wir können das jetzt ewig hin und her wenden.« Belmonte stand auf, ging zum Heckfenster der Kajüte und lehnte sich mit dem Gesäß dagegen. »Ich befürchte, die Chancen, etwas zu finden, sind wohl gering. Aber wenn wir es nicht wenigstens versuchen, werden wir uns hinterher unendlich grämen.«

»Dich möchte ich sehen, wie du dich unendlich grämst.« Ortiz schnalzte. »Muß ein bemerkenswerter Anblick sein.«

Ehe die Fracht entladen und verkauft werden konnte, hatten Zöllner die Ladung geprüft und das Schiff untersucht;

ein Mann, der zu einer besonderen Abteilung gehörte (man nannte sie Schnüffler, wie Belmonte in der Stadt hörte), war mit spitzen Fingern auf die Suche nach »aufklärerischer Pornographie« in den Beständen von Carrasco und in Belmontes kleinem Bücherregal gegangen. Die Erwartung, schwierige Verhandlungen führen zu müssen, um ins Hinterland reisen zu dürfen, wurde jedoch angenehm enttäuscht. Offenbar gab es keine Bestimmungen hierüber – es sei denn, man wäre protestantischer Missionar oder hätte die Absicht, Bücher von Voltaire und ähnlichen Unflat im Land zu verteilen.

Der Freund, zu dem Carrasco wollte, lebte nicht in der Stadt selbst, sondern in Turbaco, etwa sechs Meilen landeinwärts in den kühleren Hügeln. Die »besseren Leute«, ausnahmslos Weiße, hatten sich dort hübsche, großzügige Villen bauen lassen, und Belmonte erinnerte sich daran, daß der kleine Ort damals, beim Angriff der Engländer, zu den Zufluchtsstätten von Cartagenas evakuierter Bevölkerung gehört hatte.

Ortskundige rieten ihm, wenn er denn unbedingt nach Süden oder Südwesten wolle, lieber den kleinen Umweg nach Osten über Turbaco zu nehmen; von dort seien die Straßen besser. Da er sich noch gut und nicht besonders gern an das immer wieder von kleinen Wasserläufen unterbrochene Sumpf- und Buschland am Rand der Bucht erinnerte, war er durchaus bereit, derlei Ratschläge zu befolgen.

Um Liegegebühren zu sparen, brachten sie die *Santa Catalina* aus dem Hafen und ankerten im Südosten der Bucht, nicht weit von Pasacaballos. Wer an Land gehen wollte, mußte eben ein Beiboot benutzen. Eigentlich hatte Belmonte das Kommando dem erfahrenen Abner übergeben wollen; der widersprach jedoch heftig und verwies auf die »zweifellos gewaltige Beliebtheit von Juden« auch in den Überseegefilden der katholischen Majestäten.

»Sie könnten recht haben«, sagte Belmonte. Nach kurzer Beratung mit Ortiz übergab er das Schiff der Obhut des savoyardischen Kochs Leborgne und schärfte ihm ein, in allen Zweifelsfällen Abner zu gehorchen.

Leborgne, der wegen der Hitze wie die meisten anderen bis auf zerfetzte Hosen nichts trug, zwirbelte mit einer Fingerspitze in seiner üppigen Brustbehaarung herum. »Herr«, sagte er. »Mit Wonne werde ich mich vor jeder Verantwortung drücken, außer der für Pfannen und Töpfe.«

Sie nahmen noch zwei kräftige Matrosen mit, einen Schwarzen und einen Mulatten; da beide Esteban hießen und keine Nachnamen besaßen, wurde der Schwarze Esteban el Negro, der Mulatte Esteban el Pardo gerufen – falls man rufen mußte. Mit fünf Reit- und zwei Packtieren schlossen sie sich morgens Carrasco und seinem Assistenten an, die sie bis Turbaco begleiteten.

Vier Tage später erreichten sie die Ausläufer der Montes de Maria.

»Und jetzt?« sagte O'Leary am Abend des siebten Tags, als sie unterhalb eines Hangs eine kleine Quelle gefunden und ihr Nachtlager aufgeschlagen hatten. »Wie lange sollen wir hier noch Elfen jagen?«

»Ich weiß es nicht.« Belmonte war ebenso müde und mürrisch wie die anderen; und wie die anderen hatte er sich das Hirn zermartert, um eine Antwort auf wenigstens eine der zahlreichen Fragen zu finden.

»Fällt dir nicht doch noch etwas ein?« Ortiz streckte sich lang aus und seufzte; es klang wollüstig. »O die Annehmlichkeit, den mürben Hintern eine Weile vom Sattel zu entfernen!«

»Was soll mir einfallen?«

»Eine Erklärung dieser beiden sinnlosen Sätze. Oder, ah, vielleicht eine Offenbarung, die dir aus dem Himmel oder den Untiefen deines Gemüts zuteil wird und dir verkündet, wo wir suchen sollen.«

O'Leary hatte Feuer gemacht. Nun stand er auf und ging breitbeinig zu den Packtieren, um die sich gerade der Mulatte kümmerte. »Pardo, gib mir mal den Kessel und das Dreibein.«

Einen halben Tag hinter Turbaco hatte Belmonte beschlossen, für die Dauer der Expedition auf die höflichen Anreden zu verzichten. Ob es sich hinterher an Bord wieder durchsetzen ließe, blieb abzuwarten, aber vielleicht wäre es müßig. Je nachdem, was sie fänden und dann beschlössen.

Esteban reichte dem Iren den Kessel und einen Wasserschlauch. O'Leary knurrte, ließ das Wasser aus dem Schlauch in den Boden sickern, füllte den Kessel an der Quelle und hängte ihn über das Feuer.

»Cap«, sagte er leise. »Canta. Bäh.«

»He«, sagte Esteban Negro. »Capa, canta – Señor, wie hat dich der Indio in der Stadt angeredet?«

»Ossobal. Warum?«

»Ossobal für Osvaldo. Und Blas de Lezo war …«

»Basalesso. Worauf willst du hinaus?«

Esteban kratzte sich im Nacken. »Ich weiß nicht … Vielleicht sind die komischen Sätze ja auch so etwas. Bei den Ähnlichkeiten, meine ich. Könnte doch sein, daß sie nur den Klang von etwas wiedergeben, was etwas anderes bedeutet.«

Belmonte sah zu, wie O'Leary Dörrfleisch, Gemüse und Früchte in den Wasserkessel warf. Er schüttelte sich. »Ich wollte, Leborgne wäre hier«, murmelte er. »Kann schon sein, Esteban; aber …«

»Moment, Señor. Wie war das noch? Der alte Ire ist krank, oder verwundet, weiß, daß er bald sterben wird, und kritzelt etwas auf Papier. Wem soll er das geben?«

»Einem, dem er halbwegs vertrauen kann. In diesem Fall einer Frau, die hin und wieder an seinem Bett sitzt.«

»Warum nicht sonst wem? Einem Arzt vielleicht?«

»Für die Ärzte, lauter schroffe Schotten, wie es heißt, waren er und die anderen doch nur – na ja, Gegenstände, an denen man herumoperiert und denen man beim Krepieren zusieht. Diese Frau, Ann, war der einzige Mensch da, der ihn als Mensch behandelt hat.«

El Negro nickte. »Seh ich ein. Die Nachricht, wenn es wirklich eine ist, darf aber nicht so sein, daß sie sie versteht. Sonst könnte sie ja versuchen, selbst etwas daraus zu machen.«

»Ja, kann sein. Und?«

»Also darf die Nachricht nicht ... Was spricht sie da, auf Jamaika? Englisch, oder? Also darf die Nachricht nicht auf Englisch sein.«

Ortiz setzte sich auf. »Sondern? Eine englische Nachricht auf Spanisch und Irisch? Die aber in beiden Sprachen nichts bedeutet? Ha!«

Negro murmelte etwas.

»Kannst du das wiederholen?« sagte Belmonte.

»Padenossoketanelselo. So klingt der Anfang vom Vaterunser bei meinen Leuten auf Kuba – Padre nuestro que estás en el cielo. Tut aber nichts zur Sache.«

»Ich finde das alles arg umständlich.« Belmonte wandte sich an O'Leary, der im Kessel rührte. »Dein Vater ... Du hast gesagt, um Skibbereen herum sprecht ihr alle Irisch, nicht Englisch. Warum sollte dein Vater eine Nachricht auf Irisch und Spanisch hinterlassen, die eigentlich englisch ist? Wenn es denn tatsächlich so wäre.«

O'Leary nahm die Kelle aus dem Kessel, kostete, schüttelte sich und verdrehte die Augen. »Wer hat das gekocht, und wer soll das bloß essen? Aber ... also, das ist ganz einfach. Der Rest der Truppe, mit der mein Vater damals unterwegs war, das waren Engländer, Waliser und Iren aus der Gegend von Dublin, die kein oder kaum Irisch konnten. Auch der Alte, der sich in Skibbereen totgesoffen hat, McBride ... Der konnte nur ein paar Fetzen Irisch. War entsprechend einsam, bei uns; vielleicht hat er deshalb mehr mit dem Bierglas als mit uns geredet.«

Die Brühe war gar nicht so schlecht – immerhin heiß und nahrhaft. Als sie später um das langsam niederbrennende Feuer saßen, Sterne zählten und dem Geschrei von Nachtvögeln lauschten, räusperte sich Ortiz und sagte: »Lassen wir die Sätze mal beiseite.«

»Tun wir doch; wir haben seit vor dem Essen nichts getan, als die Sätze beiseite zu lassen.« El Pardo gluckste.

»Wir haben hier, in diesen verlassenen Hügeln, bisher nichts gesehen, was irgendwie, na ja, auffällig gewesen wäre.«

»Du meinst, die müßten sich irgendwelche Landmarken ausgesucht haben, an denen sie sich später, wenn sie alles holen, orientieren können?« sagte Belmonte. »Könntest recht haben.«

»Irgendwas, was ins Auge springt«, sagte O'Leary. »Bisher hatte ich nur hin und wieder Dreck und ein paar Mükken im Auge.«

»Müßte irgendwas Größeres sein. Was man von weitem sieht. Groß, auffällig, und dann, was immer es ist, eine Felsformation oder so, dann muß es da drin oder drum oder dran noch was geben, was man leicht wiederfindet.« El Negro kniete neben seinem Bündel, zog die Decke heraus, wickelte sich hinein und streckte sich lang aus. »Würde ich jedenfalls so machen, wenn ich was Wichtiges zu verstecken hätte.«

Belmonte gähnte. »Mal sehen, ob wir in den nächsten Tagen etwas in der Art finden. Sonst ...«

»Jungs, ich würde sagen, sonst war's immerhin ein netter Ausflug.« O'Leary kicherte. »Schlaft gut. Und achtet auf eure Träume; vielleicht seht ihr da ja was Hilfreiches.«

Am nächsten Vormittag kamen sie in ein Tal, in dem an einem gewundenen Bach ein paar Hütten standen. Hinter ihnen weitete sich das Tal ein wenig; man sah Pflanzen und niedrige Zäune oder Pferche.

In den kreisförmigen Hütten, aus Holz und Stroh gebaut, wohnten mehrere Familien: Indios, die zu einem Zweig der Chibcha gehörten. Sie hielten Meerschweinchen und anderes Kleingetier, und auf den Feldern hinter dem Dorf bauten sie Mais, Yuca, anderes Gemüse und Kartoffeln an. Der Älteste und zwei jüngere Männer sprachen ein wenig Spanisch.

Als Belmonte sich nach besonderen Bergen oder auffälligen Hügelformen erkundigte, sagte der Älteste etwas und grinste dabei zahnlos. Belmonte verstand nur Bruchstücke und bat ihn, langsam zu wiederholen. Einer der Jüngeren kam zu Hilfe.

»Sagt, viel Jahr her, andere Bleich auch fragen.«

Belmonte bemühte sich, seine Überraschung nicht allzu deutlich zu zeigen. »Solche wie wir?«

»Anders. Gleich. Ja.«

»Hat er ihnen etwas gesagt?«

»Sagen schicken zu Zipa und Guitaca.«

»Was ist das?«

Die Indios berieten sich, suchten offenbar nach Worten. Schließlich sagte der Jüngere: »Zipa ... *alcalde?*« Er deutete auf den Ältesten, dann auf seinen Kopf.

»Ah, ich verstehe; Oberhaupt, Fürst? Und Guitaca?«

Der Älteste lachte und rief etwas in die nächste der runden Hütten. Eine hübsche junge Frau erschien, lächelte scheu und verschwand wieder.

»Haupt und seine Frau?« sagte Belmonte.

Der zweite der jüngeren Männer verdrehte die Hände – rechts, links, rechts.

»Richtig, aber falsch«, sagte Ortiz. »Sieht so aus, oder?«

»So.« Der andere der jungen Indios hob die Hand und machte ungeschickt eine Art Kreuzzeichen.

»Heilig?« sagte Belmonte. »Haupt und Priesterin?«

»Göttin, vielleicht.« Ortiz seufzte. »Man sollte die Sprachen der Leute lernen, von denen man was wissen will.«

»Wo ist das?« Belmonte zögerte einen Moment, dachte an ferne Gegenden, an Wasser statt an Hügel, ging zu einem der Packpferde, holte ein Dutzend der in Cádiz gekauften Klingen hervor, dazu ein Messer mit verziertem Griff. Dieses hielt er dem jungen Mann hin. Dann deutete er auf die Klingen, auf den Weg, den sie gekommen waren, und sagte: »Klingen für Essen, mitnehmen, ja? Du zeigen Zipa und Guitaca, dann Messer?«

Nach zweistündigem Kraxeln, Rutschen und Steigen erreichten sie den Rand einer kleinen Hochfläche. Gerade voraus, wenn auch noch etliche Meilen weit weg, ragten zwei Berge auf, die irgendwie miteinander verwachsen zu sein schienen. So als hätte sich der eine aus dem anderen entwickelt und emporgereckt, oder als wäre der andere nach langem Überlegen bereit gewesen, sich dem einen zuzuneigen.

»Zipa und Guitaca.« Der Indio deutete auf die Formation.

»Danke, Freund. Du hast das Messer verdient.« Der Indio lächelte, hob die Hand, machte kehrt und verschwand.

Die letzten beiden Stunden hatten sie die Pferde, die unter dem frisch erworbenen Proviant schnauften, hinter sich hergezogen. Nun stiegen sie, mehr oder minder erleichtert, wieder auf. Außer Ortiz, der neben seinem Pferd stand und mit zusammengekniffenen Augen auf die Berge schaute.

»Was hast du, Rafael?« Belmonte drehte sich im Sattel um.

»Da stimmt was nicht.«

»Wo? Bei den Bergen? Auf der Hochfläche?«

Ortiz stieg auf. Mit der linken nahm er die Zügel, mit der rechten Hand schnipste er. »Zwei Berge, die aussehen, als ob ein Erdbeben sie zusammengeschoben hätte ...« Er lachte. »Du kennst ja meine komischen Augen. Also, wenn ich was zu verbuddeln hätte, dann da.«

»Mal sehen; vielleicht ... Aber wir sind ja noch nicht da. Und wir haben immer noch keine Lösung für die beiden Sätze.«

Sie waren nicht viel weiter geritten, als O'Leary plötzlich sein Pferd zügelte und einen schrillen Schrei ausstieß.

»Was ist los?« sagte Belmonte. »Hat dich ein Moskito gebissen?«

»Neijeijein – ich hab's! Ich hab's! Aber es ist ... Also, mein Vater, nein!«

Auch die anderen zügelten ihr Pferd.

»Was hast du?« sagte Ortiz.

Belmonte holte tief Luft, stieß sie aus und sagte: »Laß uns teilhaben, Mann!«

O'Leary brach in schallendes Gelächter aus; die Tränen rannen ihm über die Wangen. Er wischte, lachte weiter, gurgelte irgend etwas, was keiner verstand, schnappte nach Luft.

»Ich, eh, also. Nein, ich glaub's nicht.«

»Mach schon!«

»Erinnert ihr euch an den irischen Satz? ›Westliche Soßenschüssel, ihr Haus, ihre Sprache‹?«

»Ja, natürlich«, sagte Belmonte. »Und?«

»Wenn die Hochfläche zwischen Bergen eine Schüssel ist, wo befindet sich dann die komische Formation da?«

Ortiz pfiff leise. »Im Westen. Und wenn wir uns nicht beeilen, geht die Sonne dahinter unter, ehe wir da sind.«

O'Leary winkte ab. »Willst du da im Dunkeln rumstochern? Wir sollten sowieso irgendwo Rast machen und erst morgen nachsehen.«

Belmonte trieb sein Pferd wieder an. »Los, kommt, weiter. Von mir aus rasten wir am Fuß der Berge da. Und du kannst uns deine geheimnisvolle Lösung auch im Reiten vermitteln, oder?«

»Ich will's versuchen. ›Ihr Haus, ihre Sprache‹ – wo ist er, als er das schreibt? Im Lazarett, und bei ihm sitzt diese jamaikanische Engländerin. Kann *ihr* oder *sein* heißen, nehmen wir *ihr* – es ist ihr Haus, also verweist alles auf ihre Sprache – Englisch. Wie wir schon angenommen hatten.«

»Hm. Kann sein. Und weiter?«

»O Don Osvaldo! Der spanische Satz war doch was mit Umhang oder Mantel oder so, und mit Zorn. Vielleicht ... vielleicht ist alles unter einer dicken Schicht verborgen, einem Mantel, Erde, Laub, Moos, was weiß ich, und das macht uns zornig, wenn wir versuchen, möglichst glatt ranzukommen.«

»Und die singende Buche? Du weißt, Buchen gibt's hier nicht.«

»Da steht bestimmt irgendein Baum. Vielleicht einer, der ein bißchen Ähnlichkeit mit einer Buche hat. Und in den Zweigen singt der Wind.«

Nach einer kurzen Pause, in der er sich räusperte und schneuzte, fuhr der Ire fort. »Die Buche ist aber nicht wichtig; wichtig ist *haya.*«

Ortiz hob die Schultern und blickte Belmonte an. »Verstehst du das?«

»Ich habe das Gefühl, gleich kommt noch was ganz Großartiges.«

O'Leary beugte sich weit hinüber und klopfte dem neben ihm reitenden schwarzen Esteban auf den Oberschenkel. »Den Rest verdanke ich dir und deinem kubanischen Vaterunser. Zipa ist der König, Herr, Haupt – vielleicht ein Kapitän? Und wenn Guitaca eine schöne Frau ist, vielleicht eine Göttin, was sagt man denn über schöne Göttinnen? Die sind verführerisch, ja? Können einen verzaubern. Verhexen.«

»Ha!« Belmonte schrie beinahe. »Ich glaube, ich weiß, worauf du hinauswillst. Das ist ... wahnsinnig. Aber es könnte stimmen.«

El Pardo und el Negro blickten einander an; beide schnitten Grimassen und schüttelten den Kopf.

»Spuckt's schon aus, ihr Ratekünstler«, sagte Ortiz. Er klang müde, beinahe mürrisch.

»Die hören, daß die Engländer Cartagena belagern. Womit hat der Krieg angefangen? Angeblich jedenfalls? Mit dem abgehauenen Ohr von Jenkins. *Kapitän* Jenkins.«

»Capán thiar, a theach, a caint«, sagte O'Leary feierlich. *»De capa ten ira, de haya se canta.«*

Und Belmonte ergänzte: *»The captain's ear, the hag's cunt.«*

Schweigen. Dann begann el Pardo zu lachen; el Negro fiel ein. Ortiz murmelte abscheuliche Verwünschungen.

»Und das kann er natürlich einer englischen Lady keinesfalls sagen. Ich meine, sie wird das Wort kennen; natürlich kennt sie das Wort. Aber so was sagt man einfach nicht. Das Ohr des Kapitäns, die, ah, Möse der Hexe.«

Sie rasteten am Fuß der Felsformation. Belmonte konnte kaum schlafen; immer wieder gingen ihm die albernen Sätze durch den Kopf. Immer wenn er fast eingeschlafen war, fing jemand – oder er selbst – an zu kichern oder rezitierte den Unsinn.

Ortiz mit seiner seltsamen Augengabe fand die Stelle. Von dem Fels, der Zipa hieß und den sie Captain nannten, war irgendwann einmal ein rundlicher Brocken abgebrochen und herabgerollt. Wenn man den Kopf schräg hielt, konnte man – bei gutem Willen – in dem Block so etwas wie ein Haupt sehen, sogar mit Höhlungen und Vorsprüngen, die Gesichtszüge ergaben. Ergeben mochten. Das linke Ohr berührte nicht ganz den Boden. An dieser Stelle erstreckten sich wie Schenkel zwei immer kleiner werdende Ausläufer des anderen Bergs, Guitaca, Zaubergöttin, Hexe.

Ein paar Schritte davon entfernt stand eine verkümmerte Erle.

Sie wechselten sich beim Graben ab. Moos und Flechten, darunter Lehm, und Ortiz war derjenige, der die letzte Schicht beseitigte. Er richtete sich auf, legte den Kopf in den Nacken, brüllte in den Himmel, beugte sich wieder vor und schob den Arm in eine Höhlung.

Es war ein großer Ledersack, und Ortiz brauchte beide Arme, um ihn hervorzuholen. El Pardo breitete eine Decke aus; Ortiz öffnete langsam, beinahe feierlich die Schnüre, mit denen der Sack verschlossen war, hob ihn hinten an und kippte den Inhalt auf die Decke.

Es waren an die hundert Smaragde, keiner kleiner als ein Daumennagel, die meisten dunkelgrün. Die zwischen ihnen

»lungernden« (wie O'Leary sagte) Goldbrocken wirkten dagegen nahezu schäbig.

Alle redeten, seufzten, lachten durcheinander, und natürlich mußte jeder ein paar von den Steinen und etwas Gold in die Hand nehmen, wiegen, wägen, ins Sonnenlicht halten. Belmonte dachte an Oliven und einen anderen Schoß.

»Kennt sich jemand damit aus?« El Pardo klang fast ehrfürchtig.

»Ein bißchen.« Belmonte legte den Stein, durch den er in den Himmel geblickt hatte, wieder auf die Decke. »Nicht gut, aber ein bißchen. Das sind ... das ist weit über eine Million Pesos, Freunde.«

Nach längerem Schweigen seufzte O'Leary tief und sagte: »Leihen Sie mir Ihr Ohr, Kapitän.« Als das Gelächter geendet hatte, setzte er hinzu: »Jetzt eine Flasche – ach was, ein Faß Whiskey auf das Wohl meines Vaters leeren!«

»Machen wir, sobald wir wieder an Bord sind.« Ortiz schüttelte immer wieder den Kopf. »Ich glaub es immer noch nicht. Aber – an Bord, Osvaldo? Das wird nicht ganz einfach, oder?«

»Wegelagerer?« sagte O'Leary.

»Gold und Edelsteine gehören der Krone. Spanischer Zoll. Immerhin nicht auch noch die englische Flotte. Ich kann verstehen, daß dein Vater das alles verstecken und später zurückkehren wollte. Damit wäre er nie durchgekommen.«

»Kommen wir damit durch?«

»Wir haben ein Schiff. An der Bucht gibt es tausend Ecken, die man mit einem Beiboot ungesehen erreichen kann.«

»Und dann?« sagte el Negro.

»Wir werden teilen. Keine Sorge, Esteban und Esteban, jeder kriegt mehr als genug.«

»Wieviel ist das?« Ortiz kaute auf der Unterlippe.

»Mehr als reichlich. Wir werden einen oder mehrere Händler suchen müssen, weit weg, wo es keinen Zoll gibt, um das alles zu verkaufen. Ob wir vorher oder hinterher teilen, müssen wir noch überlegen.«

»Und dann? Nie mehr arbeiten? Oder weitermachen?«

Belmonte lachte. »Du würdest dich doch zu Tode langweilen, Fergus. Ihr anderen auch. Außerdem sind wir noch nicht wieder auf der *Santa Catalina*.«

»Man müßte einen Ort suchen, wo man ungestört davon leben kann«, sagte el Pardo verträumt. »Irgendwo, wo es schön ist. Gutes Wetter, nette Leute, genug zu essen und zu trinken, schöne Frauen, keine Sklaverei, kein Krieg ...«

»Klingt gut.« Belmonte klopfte ihm auf die Schulter. »Ich weiß nur nicht, wo es das gibt. Aber wir haben demnächst genug Zeit und Geld, diesen Ort zu suchen.« Er gluckste und setzte leiser hinzu: »Diesen Unort.«

EPILOG

Sie rasteten kurz vor Pasacaballos. Belmonte ging bei Sonnenuntergang in den kleinen Ort; wie er gehofft und beinahe erwartet hatte, fand er in einer Schenke unweit der Fähre drei von seinen Leuten; das Beiboot hatten sie an einem Pfosten festgemacht.

Als sie später zur *Santa Catalina* zurückruderten, waren sie zu viert: Ortiz, der einen schweren Lederbeutel schleppte, stieg mit ins Boot. Belmonte und die übrigen ritten am Morgen in einem Bogen um die Sümpfe nach Norden. In Cartagena gaben sie die gemieteten Pferde zurück und brachten Waffen und Gepäck zum Hafen, wo beide Beiboote auf sie warteten.

Holländische Händler auf Curaçao kauften ihnen das Gold ab; für Edelsteine verwiesen sie Belmonte an einige der sephardischen Juden der Insel. Er und Ortiz berieten sich kurz, nahmen dann Abner mit zu den Verhandlungen. Sie konnten ungefähr ein Fünftel der Smaragde absetzen; einer der Händler sagte, er nähme gern mehr, aber niemand habe genug Geld, alles zu kaufen. Ohnehin müsse man Pesos, Gulden, Louis d'or und Pfund vermischen und umrechnen, um überhaupt genug zusammenzubekommen.

Als Belmonte weitersegeln wollte, baten Abner und Salomon um einen Tag Bedenkzeit. Sie gingen morgens an Land, kamen nachmittags zurück und sagten, hier sei vielleicht das Paradies auf Erden für sie und ihresgleichen: »Kapitän, wir möchten abmustern und hierbleiben.«

Ortiz und Belmonte verbrachten den Abend mit Rechenübungen. Ausgehend von dem, was sie auf Curaçao bekommen hatten, rechneten sie alles in Pesos um und kamen zu dem Schluß, daß der Gesamtwert ihrer Funde bei etwa 1,1 Millionen Pesos liegen würde – mit Glück ein wenig mehr. Sie zogen O'Leary hinzu. Ohne langes Feilschen einigten sie sich darauf, daß er als Sohn des eigentlichen Finders und sie beide als Schiffseigner und Finanzierer je 100 000 Pesos bekommen sollten; das hieß, daß die zwanzig Leute der Besatzung je 40 000 erhalten würden.

»Wir sind viel zu – soll ich sagen demokratisch?« sagte O'Leary mit einer Grimasse. »Wie war das vor acht Jahren mit der *Hermione?*«

»Zwei Achtel für die beiden englischen Kapitäne«, sagte Ortiz. »Die haben jeder an die fünfundsechzigtausend Pfund gekriegt, und dann immer weiter runter bis zu den Matrosen, bei denen waren's noch knappe fünfhundert. Aber das ist die Prisengeldregelung in der Navy; wir sind freie Händler, und ein Schatz ist keine Prise.«

»Außerdem wirst du das nie alles ausgeben können.« Belmonte grinste O'Leary an. »Nicht für alles Bier in Irland.«

»Pesos«, knurrte O'Leary. »Wieviel ist das noch mal in Pfund? Bloß, damit ich mir was drunter vorstellen kann. Bei den Summen …«

»Ein Peso vier Shilling, fünf Pesos ein Pfund – ungefähr. Deine hunderttausend sind dann zwanzigtausend Pfund. Damit kannst du in London zweihundert Jahre lang gut leben.«

»Ich will nicht in London leben.«

»Na schön – fünfhundert Jahre in Skibbereen.«

»Und wovon lebe ich danach?«

Französische Händler in Dominica und Haiti, englische in Kingston … Leborgne wurde in Haiti ausgezahlt und beschloß, dort eine Garküche zu eröffnen. Als sie Havanna erreichten, hatten sie fast alle Steine verkauft und fast alle Männer ausgezahlt. Die *Santa Catalina,* die im Hafen dümpelte, wollten sie dem Gouverneur als Guardacostas anbieten.

Ohne Besatzung und ohne Leitung. Rafael Ortiz und Osvaldo Belmonte dachten darüber nach, eine Schenke zu eröffnen; Fergus O'Leary sagte, das sei eine gute Idee, da könne er dann sein Geld versaufen, sofern er nicht … Dann brach er ab, nickte den beiden zu und verschwand, um eine junge Witwe zu besuchen, eine Mulattin.

Sie behielten einige Steine. Ortiz sagte, es sei ja nicht auszuschließen, daß man trotz des nahenden Greisenalters noch einmal eine Frau fände, die sich durch grünen Schmuck nicht entehrt fühlen würde. Belmonte ließ einen Smaragd in kühles Silber fassen, legte einen zweiten nackt dazu, machte ein Päckchen aus Wachstuch, Leinen und Leder und gab es einem alten Bekannten mit, dessen Schiff nach Cádiz ging. Zwei Jahre später erhielt er auf den üblichen Umwegen einen Brief. Ann Smollett schrieb, sie habe einen Stein verkauft und könne nun sorglos leben, den anderen trage sie am Hals, und sie habe wie gewünscht eine Flasche Barolo auf das Grab des Dichters geschüttet.

Belmonte ging mit dem Brief in die Schenke und wollte ihn Ortiz zeigen, der gerade in ein Gespräch mit einer etwas verwitterten Frau vertieft war, die ein reizendes Lächeln besaß und unglaubliche Mengen Rum vertrug. Als er Ortiz auf die Schulter klopfte, schrak der hoch, drehte sich zu ihm um und sagte: »*God damn you,* Lezo; was willst du?«

Belmonte schwenkte den Brief. »Ich will dir etwas vorlesen. Leih mir dein Ohr, Kapitän.«